ÁGUAS-FORTES PORTENHAS

seguidas por

ÁGUAS-FORTES CARIOCAS

ROBERTO

ÁGUAS-FORTES PORTENHAS
SEGUIDAS POR
ÁGUAS-FORTES CARIOCAS

ENSAIO INTRODUTÓRIO, TRADUÇÃO, COMPILAÇÃO,
NOTA BIOGRÁFICA E CRONOLOGIA
MARIA PAULA GURGEL RIBEIRO
POSFÁCIO **HORACIO GONZÁLEZ**

ILUMI//URAS

Copyright © 2013 desta tradução e edição
Editora Iluminuras Ltda.

Capa
Eder Cardoso / Iluminuras
sobre fragmentos de *Drago*, aquarela sobre papel [25,5x32 cm],
Xul Solar. Buenos Aires (1927). Cortesia Museu Xul Solar.

Preparação de texto
Jane Pessoa

Revisão
Bruno Silva D'Abruzzo

CIP-BRASIL. CATALOGAÇÃO-NA-FONTE
SINDICATO NACIONAL DOS EDITORES DE LIVROS, RJ

A752a

Arlt, Roberto, 1900-1942.
    Águas-fortes portenhas seguidas por águas-fortes cariocas / Roberto Arlt ; ensaio introdutório, tradução, compilação, nota biográfica e cronologia Maria Paula Gurgel Ribeiro. - São Paulo : Iluminuras, 2013.
    346 p. : 23 cm

    Tradução de: Aguafuertes porteñas e Aguafuertes cariocas
    ISBN 978-85-7321-408-6

    1. Arlt, Roberto, 1900-1942. 2. Buenos Aires (Argentina) - Vida social e costumes. I. Ribeiro, Maria Paula Gurgel. II. Título.

13-1388.   CDD: 809
                        CDU: 82.09

2021
EDITORA ILUMINURAS LTDA.
Rua Inácio Pereira da Rocha, 389 - 05432-011 - São Paulo - SP - Brasil
Tel./Fax: 55 11 3031-6161
iluminuras@iluminuras.com.br
www.iluminuras.com.br

ÍNDICE

ROBERTO ARLT E AS *ÁGUAS-FORTES*, 11
  Maria Paula Gurgel Ribeiro
Agradecimentos, 26

ÁGUAS-FORTES PORTENHAS

Os garotos que nasceram velhos, 29
Oficina de restauração de bonecas, 31
Moinhos de vento em flores, 34
Eu não tenho culpa, 37
O homem da camisa de fundo, 40
Causa e desrazão dos ciúmes, 43
Solilóquio do solteirão, 46
Dom Juan e os dez centavos, 48
Amor no parque Rivadavia, 50
Filosofia do homem que precisa de tijolos, 52
Gruas abandonadas na ilha Maciel, 55
O vesgo apaixonado, 57
O "furbo", 59
A origem de algumas palavras do nosso léxico popular, 61
Divertida origem da palavra "squenun", 64
A tristeza do sábado inglês, 67
A moça da trouxa, 69
Nem os cachorros são iguais, 72
O Sinistro Olheiro, 74
A tragédia de um homem honrado, 76
Os tomadores de sol no Botânico, 78
Apontamentos filosóficos acerca do homem que "se faz de morto", 80
Casas sem terminar, 82
Cadeira na calçada, 85
Motivos da ginástica sueca, 87
Uma escusa: o homem do trombone, 90

Janelas iluminadas, 92
Diálogo de leiteria, 95
Visita ao "tattersal" de quinta, 98
O próximo calçamento, 100
Não era esse o lugar, não..., 102
O que sempre dá razão, 104
A senhora do médico, 107
O turco que joga e sonha, 110
O prazer de vagabundear, 112
Atenti, meu bem, que o tempo passa!, 114
O homem-rolha, 116
"Berço de ouro" e "fraldas de seda", 119
Eu não te disse?, 122
Pais negreiros, 125
O parasita jovial, 128
Enganando o tédio, 131
Persianas metálicas e placas de doutor, 134
"Batente" noturno, 136
Fauna tribunalesca, 138
Entre comerciantes..., 141
O relojoeiro, 144
O homem do apuro, 146
Aquele que não se casa, 148
A decadência da receita médica, 151
O irmãozinho propineiro, 153
Conversas de ladrões, 155
A terrível sinceridade, 158
O idioma dos argentinos, 161
Psicologia simples do chato de galocha, 164
A mãe na vida e no romance, 167
O espírito da Corrientes não mudará com o alargamento, 170
A vida contemplativa, 173
Candidatos a milionários, 176
Gangue, 179
Sobre a simpatia humana, 181
O tímido chamado, 184
A tragédia do homem que procura emprego, 186
A amarga alegria do mentiroso, 189

O doente profissional, 192
A mulher que joga na loteria, 195
Você quer ser deputado?, 197
Aristocracia de bairro, 200
A inutilidade dos livros, 203

APÊNDICE

ÁGUAS-FORTES PORTENHAS: CULTURA E POLÍTICA

A crônica n. 231, 209
Como querem que eu escreva a vocês?, 212
O cortiço da nossa literatura, 215
Penhas de artistas em Boedo, 218

ÁGUAS-FORTES CARIOCAS

Com o pé no estribo, 223
Rumo ao Brasil, de 1ª classe, 226
Dou o oceano de presente, 228
Já estamos no Rio de Janeiro, 230
Costumes cariocas, 232
De tudo um pouco, 234
Na caverna de um compatriota, 236
Falemos de cultura, 239
Os pescadores de pérolas, 241
A cidade de pedra, 243
Para quê?, 246
Algo sobre urbanidade popular, 249
E a vida noturna, onde está?, 252
Trabalhar como um negro, 254
Tipos raros, 256
Cidade sem flores, 259
Cidade que trabalha e que se entedia, 261
Porque vivo num hotel, 264
Rio de Janeiro no domingo, 267
Divagações e locomotivas de fantasia, 270
Castos entretenimentos, 272

Que lindo país!, 275
Dois operários diferentes, 278
Coisas do tráfego, 281
Chamemo-lo de Jardim Zoológico, 283
Só escrevo sobre o que vejo, 286
Recomendo para combater o calor, 289
A beleza do Rio de Janeiro, 292
Pobre brasileirinha!, 294
Elogio de uma moedinha de cinco centavos, 296
Não me falem de antiguidades, 298
Amabilidade e realidade, 300
Trinta e seis milhões!, 303
Elogio da tríplice amizade, 305
"Vento" fresco, 308
Redação de "O Jornal", 311
Festa da abolição da escravatura, 313
Aquele que despreza sua terra, 316
Os mininos, 319
Me esperem, que chegarei de aeroplano, 321
Viagem a Petrópolis, 324
Diário daquele que vai viajar de aeroplano, 327
Propostas comerciais, 330
Este é Soiza Reilly, 332

POSFÁCIO

O SIGNO MORAL DAS *ÁGUAS-FORTES*, 335

Horacio González

Sobre o autor, 339
Cronologia, 343

ROBERTO ARLT E AS *ÁGUAS-FORTES*

Maria Paula Gurgel Ribeiro[1]

As *Águas-fortes portenhas*

A partir de 1880, a Argentina passou por uma série de mudanças econômicas e sociais: transformou-se num país exportador de produtos agrícolas e de gado, tendo o porto de Buenos Aires como principal saída. Pelo mesmo porto chegavam enormes contingentes de imigrantes europeus, fato que aumentou em dez vezes a população da cidade, "passando de 286.000 habitantes em 1880 para 2.254.000 em 1930".[2] Em um desses grupos de imigrantes é que chegaram os pais de Roberto Arlt (1900-1942), para tentar a sorte em terras argentinas.

O intenso movimento mercantil e populacional acelerou o processo de urbanização e industrialização da cidade de Buenos Aires: surgiram bondes elétricos, metrô, cinemas, rádios. Novos bairros foram abertos, provocando o aparecimento de novas linhas de ônibus para ligá-los ao centro. Os cortiços multiplicaram-se.

A alfabetização maciça promovida pelo governo, através da criação de uma ampla rede de escolas públicas e gratuitas, foi outra mudança importante. Paralelamente, as bibliotecas de bairro se multiplicaram. Como consequência,

---

[1] Este ensaio reproduz, parcialmente, a dissertação de mestrado por mim defendida em novembro de 2001, sob a orientação da Profa. Dra. Teresa Cristófani Barreto, na área de Língua Espanhola e Literaturas Espanhola e Hispano-Americana da Faculdade de Filosofia, Letras e Ciências Humanas da Universidade de São Paulo (USP), sob o título *Tradução de Águas-fortes portenhas, de Roberto Arlt*.

[2] WEINBERG, María Beatriz Fontanella de. *El español bonaerense. Cuatro siglos de evolución lingüística (1580-1980)*. Buenos Aires: Hachette, 1987, p. 131.

formou-se um público leitor potencial, tanto nas camadas médias quanto nos setores populares, pronto para receber os inúmeros jornais e revistas que surgiriam a partir de 1920. Para esse público é que se voltaria o mercado editorial.

Dentre as muitas publicações que circulavam na época, havia revistas de entretenimento como *El Hogar*, *Mundo Argentino* e *Don Goyo*, da editora Haynes, fundada pelo inglês Alberto Haynes — um empregado das estradas de ferro britânicas que chegou à Argentina em 1887. Em meio a matérias dedicadas aos cuidados do lar e à moda, o leitor se deparava com contos de vários escrito-res argentinos, entre eles, Jorge Luis Borges e o próprio Roberto Arlt.

Em 1928, a editora Haynes criou o jornal *El Mundo* — dirigido e escrito por jornalistas e escritores profissionais —, com o qual pretendia diferenciar-se de jornais como *La Nación* e *La Prensa*, escritos e lidos pela elite política e cultural portenha, e também se distanciar de jornais sensacionalistas como *Crítica* e *Última hora*.

Alberto Gerchunoff,[3] diretor do novo periódico, convidou jornalistas e jovens escritores para trabalhar no *El Mundo*, entre eles estava Roberto Arlt, já bem conhecido por seu primeiro romance, *El juguete rabioso* (1926), e por contos publicados na revista *Don Goyo*.[4] Arlt abandonou então a crônica policial do jornal *Crítica* e, até sua morte, passou a escrever para o *El Mundo*, bem como para as demais publicações da editora Haynes.

El Mundo, que oficialmente começou a girar suas rotativas em 14 de maio de 1928, depois de um mês de testes e de tiragens secretas e misteriosas, inaugurou o formato tabloide na cidade. Por apresentar fotos, notícias breves, temas bem variados (seções dedicadas ao esporte, ao cinema, à mulher, à vida cotidiana), escritos de forma ágil, o jornal podia ser lido no bonde, no metrô, no café. Seu slogan era "*El Mundo*: jornal de todo dia para toda a família".

De tom ameno, era um jornal para ser lido tanto pela dona de casa quanto pelo pequeno comerciante, pela secretária, pelo universitário; por isso mesmo rechaçava o uso de expressões excessivamente coloquiais. Portanto, não é de estranhar que Arlt muitas vezes tivesse problemas com a direção do jornal, já que constantemente empregava o lunfardo — a gíria rio-platense —, além de ser extremamente irônico com o leitor. Sua linguagem, de moderada, não tinha nada.

Cabe aqui uma breve explicação sobre o lunfardo: sua origem está vinculada aos ladrões, vagabundos e grupos marginais (*lunfa* significa ladrão), que o utilizavam como uma espécie de código. Estava presente nos bairros miseráveis,

---

[3] Importante autor argentino (1883-1949) que escreveu, entre outros, *Los gauchos judíos* (1910), livro de contos em que evoca sua infância vivida na província de Entre Ríos. Esse livro tornou-se um dos clássicos da literatura argentina.
[4] Ao todo foram 22, entregues quinzenalmente, de janeiro de 1926 a fevereiro de 1927. Esses contos estão reunidos em *El resorte secreto y otras páginas*. Buenos Aires: Simurg, 1996.

habitados por malandros, meretrizes, rufiões e imigrantes espanhóis, poloneses, turcos, italianos e franceses. Além disso, aparecia também nas conversas dos prostíbulos. Ora, os prostíbulos não eram frequentados somente por delinquentes, mas também por trabalhadores, por imigrantes. Dessa forma, o lunfardo foi gradualmente sendo incorporado à fala popular e cotidiana, deixando de ter um caráter marcadamente delitivo e de grupo. No entanto, seu uso em escritos ainda era uma relativa novidade naquela época.

Com "O insolente corcundinha", Arlt inaugurou a seção "El cuento de hoy" no primeiro número do jornal. Alguns dias depois, em 23 de maio de 1928, foi publicado outro conto seu, "Pequenos proprietários".

Ao mesmo tempo que tinha seus contos publicados, Arlt ganhou uma coluna de crônicas diária, inicialmente sem título e sem assinatura. Ela foi muito bem recebida pelos leitores, e Muzio Sáenz Peña, o novo diretor do jornal, batizou-a de "Aguafuertes porteñas", inspirando-se na técnica de gravura na qual se utiliza a ação corrosiva do ácido nítrico sobre uma placa metálica. Sobre a relação dessa técnica com a escritura de Roberto Arlt, diz Horacio González:

> Sistema adequado para descrever o que Arlt faz com a escritura: coloquialidade burilada, expressão irada das opiniões, desprezo impetuoso e definitivo pela estupidez, robusta localização da linguagem num arrebatado aqui e agora urbano, captação sobrepujante, zombadora, faiscante, de tipos existenciais muito filigranados. Ácidas vinhetas e baixos-relevos, aptos para calibrar o juízo pessoal e colocá-lo como carranca preciosamente adornada de um artigo jornalístico.[5]

Sob esse título então é que foi publicada "A tragédia do homem que procura emprego" (5 ago. 1928). Sáenz Peña proporcionou também a Arlt a possibilidade de assinar o texto — a única seção assinada durante os primeiros anos do *El Mundo*, o que lhe deu fama imediata. Assim, no dia 14 de agosto de 1928, veio a público "O 'affaire' da casa de governo" com as iniciais R.A. e, no dia seguinte, "O homem que ocupa a vitrine do café" com o nome completo do autor, Roberto Godofredo Arlt. Com o tempo, o cronista passaria a assinar R. Arlt ou Roberto Arlt.

Durante os dois primeiros anos do jornal *El Mundo*, as águas-fortes foram publicadas na página 4, ao lado do editorial. A partir de 1930, até 1942, ano da morte do autor, passaram para a página 6, sempre acompanhadas por ilustrações do chargista Bello, cujos traços lembram o do brasileiro Belmonte (1897-1947), criador do personagem Juca Pato. Durante alguns anos, também compunha

---

[5] GONZÁLEZ, Horacio. *Arlt. Política y locura*. Buenos Aires: Colihue, 1996, p. 63. [Tradução minha. Quando não houver referência ao tradutor, a tradução será minha].

a página 6, na sua parte inferior, uma tirinha do gato Félix, "um gato com preocupações políticas",[6] nas palavras de Arlt.

Para redigir essas crônicas (ou notas, como gostava de chamá-las) Arlt saía pela cidade de Buenos Aires e caminhava pelas ruas onde havia casas inacabadas que lhe suscitavam uma "sensação de mistério e de catástrofe inesperada".[7] Conversava com pessoas, entrava nos cafés "de quinta", tomava o bonde, ouvia o que se falava. Depois, já na redação, escrevia sobre essas histórias que havia escutado, criava outras, relatava as transformações pelas quais a cidade passava, traçava o perfil de seus habitantes e, mais especificamente, da pequena burguesia. Esta foi o alvo preferido de suas observações corrosivas: Arlt criticava duramente os valores pequeno-burgueses — a ânsia pela ascensão social, a valorização do casamento, o dinheiro como fonte de felicidade — não só nas águas-fortes, mas em toda sua obra. No entanto, nas crônicas, ele é muito mais mordaz, chegando mesmo a ridicularizá-los. Arlt se indigna profundamente com a hipocrisia da sociedade, as barbaridades que são cometidas atrás da fachada de um bom pai de família, que, na verdade, "é desses homens que castigam os filhos com uma cinta",[8] de pequenos proprietários sovinas, pessoas que, de tão mãos-de-vaca, mandam bonecas velhas para consertar, em vez de jogá-las fora. Considera os comerciantes uns sujeitos egoístas, de má-fé e, inúmeras vezes, denomina-os "negociantes".

Devido à extraordinária popularidade das crônicas, a editora Victoria insistiu para que Roberto Arlt selecionasse as melhores, que foram então publicadas em 1933, no volume intitulado *Águas-fortes portenhas*. Das 1.500 crônicas que ele havia escrito até então para o jornal, somente 69 fizeram parte do livro.

Os tipos portenhos

Nessa série de crônicas, Arlt reuniu toda uma galeria de tipos portenhos, como o sinistro olheiro; o irmãozinho propineiro; o parasita jovial; o comerciante que tem "inveja a prazo fixo, inveja espreitadora que passa o dia todo meditando nas promissórias do vizinho";[9] o turco que joga, sonha, "aguenta e avança, pensando num número, num número que lhe permita voltar rico para essa Turquia";[10] o doente profissional, "homem que trabalha durante dois meses no ano, e o resto passa em casa";[11] entre outros. Eles raramente têm nome; são identificados por

---

[6] ARLT, Roberto. "Elogio al gato Félix", *El Mundo*, 8 jan. 1931. In: SCROGGINS, Daniel C. *Las aguafuertes porteñas de Roberto Arlt*. Buenos Aires: Ediciones Culturales Argentinas, 1981, pp. 233-5.

[7] Arlt, Roberto. "Casas sem terminar", *Águas-fortes portenhas*, que doravante serão identificadas como *AP*, seguidas do título da crônica.

[8] *AP*, "Pais negreiros".

[9] *AP*, "A amarga alegria do mentiroso".

[10] *AP*, "O turco que joga e sonha".

[11] *AP*, "O doente profissional".

suas atividades ou ações e, principalmente, pelos traços caricaturais que Arlt lhes imprime.

A cidade de Buenos Aires também é personagem desses textos, através de suas ruas com espírito, como Esmeralda, Talcahuano, Rivadavia, "Alsina, a rua mais lúgubre de Buenos Aires... Corrientes, a rua mais linda do mundo. Linda e brava rua. Rua portenha de todo coração."[12] Ruas com veias em que "as artérias subjacentes são desafogos e moradias".[13] É curioso notar que nas crônicas em que apenas a cidade é mencionada ("Moinhos de vento em Flores", "Gruas abandonadas na Ilha Maciel", "O espírito da Corrientes não mudará com o alargamento"), há um tom ameno e até melancólico no texto arltiano, ao contrário de quando se refere à "fauna" portenha que a habita. E, diferentemente da Buenos Aires apresentada por Borges em *Luna de enfrente* e *Fervor de Buenos Aires*, a cidade que Arlt nos mostra apresenta outro cenário. Trata-se dos cafés imundos, teatros de quinta categoria, pensões baratas, cortiços; lugares habitados e frequentados por ladrões, rufiões, prostitutas, comerciantes inescrupulosos. Para Arlt, as ruas são o lugar perfeito para se conhecer a cidade, pois ela é um "palco grotesco e espantoso onde, como nas gravuras de Goya, os endemoniados, os enforcados, os enfeitiçados, os enlouquecidos dançam sua sarabanda infernal".[14]

Como em toda sua narrativa, circulam nas *Águas-fortes portenhas* imigrantes de várias nacionalidades (turcos, italianos, galegos, portugueses) e trabalhadores que exercem as mais variadas profissões, como relojoeiros, vendedores, sapateiros, prostitutas, ladrões. Ao descrevê-los em suas atividades, Arlt, sempre de maneira cáustica, revela ao leitor a mesquinhez e a cobiça que marcam esses indivíduos. Os advogados, por exemplo ("Fauna tribunalesca"), têm como único objetivo despojar o pouco que restou a uma viúva que os procura para resolver problemas de herança; os comerciantes só querem assistir à falência do concorrente. Os pais que querem ver seus filhos como médicos e advogados, só pelo prestígio de ter na porta da casa uma "placa de doutor", são duramente ridicularizados.

As *Águas-fortes portenhas* são também um testemunho da crise social que afetou o mundo ocidental com a explosão demográfica nos grandes centros urbanos, empurrando as camadas mais pobres para as periferias das cidades. Com a queda da bolsa de Nova York, o número de investimentos caiu, a circulação de dinheiro, bem como o número de empregos, diminuiu. Não é à toa que os desempregados aparecem com frequência nas crônicas. Ora são tratados pelo lado dramático do tema, ora sarcasticamente, como o sujeito

---

[12] Ribeiro, Maria Paula Gurgel. "Entrevista possível com Arlt", *Revista USP*, n. 47, p. 123, set./out./nov. 2000.
[13] *AP*, "O espírito da Corrientes não mudará com o alargamento".
[14] *AP*, "O prazer de vagabundear".

que sai em busca de trabalho e depara com uma multidão na mesma situação, ou aquele que acaba se acomodando na profissão de eterno homem em busca de emprego. Arlt denuncia ainda a amoralidade de uma sociedade onde as pessoas que trabalham são tidas como tolas. Daí a insistência na figura do indivíduo que "se faz de morto", do "squenun", pessoas que, conscientemente, deixam que os outros trabalhem por elas. Os funcionários públicos exercem suas funções apenas de olho na aposentadoria, aspiração máxima: "Ninguém se preocupa se o tal parasita fará ou não fortuna. O que lhes preocupa é isto: que se aposente. Daí o prestígio que têm, nas famílias, os chamados funcionários públicos."[15]

Curiosamente, não fazem parte do livro as crônicas especificamente sobre política. E Arlt escreveu várias entre os anos 1930 e 1931, principalmente sobre a revolução militar de 1930,[16] encabeçada pelo general Uriburu, que implantou uma ditadura no país, impondo o estado de sítio, a censura à imprensa e a dissolução do Parlamento. A única exceção é "Você quer ser deputado?", crônica na qual ele demonstra o seu profundo desprezo pela classe política ao dizer para o leitor que, qualquer um que queira ser deputado, deveria, para ter êxito, exclamar por todos os lugares: "Sou um ladrão, roubei... roubei tudo o que pude e sempre". Mesmo quando não trata explicitamente de temas políticos, eles acabam surgindo de forma indireta, como a propina, disseminada nos vários níveis da sociedade, ou a ânsia das pessoas em arrumar uma boa colocação na vida, de "se dar bem" de alguma maneira.

O sucesso da coluna foi enorme. Os leitores reconheciam-se na figura do pequeno comerciante, do tipo que faz corpo mole na hora do trabalho, da moça à procura de um marido, daquele que tem como função o trabalho de procurar emprego. Chegou-se a criar a lenda de que o jornal dobrava sua tiragem no dia da publicação das crônicas. Na realidade, as águas-fortes eram publicadas diariamente. O fato de deixarem, eventualmente, de sair ou estarem em outra página devia-se, na verdade, a questões de distribuição interna do jornal, e não a estratégias de marketing.

Muitas vezes, as águas-fortes eram reproduzidas por outros jornais, tanto das províncias argentinas — que publicavam as principais matérias dos jornais nacionais —, quanto de outros países latino-americanos, numa prática comum de convênio entre os diversos periódicos. Arlt não estava alheio a esse fato: "Jornais uruguaios, *El Plata*, por exemplo, reproduziram minhas notas com farta frequência. Sei também que jornais chilenos publicam minhas águas-fortes; nas

---

[15] *AP*, "Aristocracia de bairro".
[16] Parte dessas crônicas políticas está compilada em *Nuevas Aguafuertes porteñas* (Buenos Aires: Hachette, 1960) e em *Aguafuertes porteñas: cultura y política* (Buenos Aires: Losada, 1994).

nossas províncias, acontece algo parecido."[17] Por ser um assalariado do *El Mundo*, Arlt provavelmente não era remunerado por essas republicações.

Em todos esses anos houve dois únicos momentos em que a coluna deixou de ser escrita: o primeiro foi em 1929, quando Arlt tirou uma licença de dois meses — de 11 de setembro a 15 de novembro — para tratar de uma forte conjuntivite e também para terminar de escrever seu segundo romance, *Os sete loucos*.[18] Foi então substituído por Raúl Scalabrini Ortiz (1898-1956), com uma coluna intitulada "Apuntes porteños".

O segundo momento foi entre 13 de setembro de 1936 e 12 de março de 1937, quando da morte de sua irmã Lila, aos trinta e seis anos, em decorrência de uma tuberculose. O período coincidiu também com a intensa dedicação de Arlt ao teatro (*Savério, o cruel* acabara de estrear e, em seguida, entraria em cartaz *O fabricante de fantasmas*).[19]

Ao longo de todo o período de sua publicação, as águas-fortes aproximaram-se de vários gêneros: costumbristas, as primeiras; relatos ficcionais; pequenos ensaios sobre a linguagem; cartas, denúncias — há uma série em que Arlt relata as péssimas condições de hospitais municipais —; e relatos de viagens. Em todos eles, Arlt está sempre muito próximo do leitor, tornando-o seu cúmplice ao inserir expressões como "veja você", "pense, caro leitor" ou, ainda, "experimente, é infalível".

Arlt atua como uma testemunha dos fatos que presencia pela cidade e narra suas observações para o leitor. Na maioria das *Águas-fortes portenhas* o narrador inicia o texto descrevendo as circunstâncias em que escutou uma história ou presenciou uma cena que considera digna de ser contada: "Caminhava hoje pela Rivadavia, na altura da Membrillar, quando vi numa esquina [...]", "Hoje, enquanto viajava no trem, observava uma jovenzinha [...]", "Uma manhã dessas assisti a uma cena edificante". São sempre impressões instantâneas; o máximo de passado refere-se a um fato ocorrido "há alguns dias". Não há uma história a ser relembrada, como ocorre, aliás, em toda a obra de Arlt. Tampouco há um futuro a ser alcançado. Os fatos são constatados e não há nenhuma alusão a uma possível melhora, revelando o pessimismo e a descrença do autor, que nos

---

[17] ARLT, Roberto. "A crônica n. 231", *Aguafuertes porteñas: cultura y política*, que doravante serão identificadas como *AP: CP*.

[18] "Tinha estado muito doente da vista. Além disso, me sentia cansado; tinha que terminar um romance, *Os sete loucos* e, acima de tudo, experimentava uma imperiosa necessidade de vagabundear, de não fazer nada, de me fazer brutalmente de morto: moleza maravilhosa que amolece os ossos da gente e faz com que a gente se largue num catre e olhe horas e horas o forro do quarto que se enche de fantasmas de sonho." ARLT, Roberto. "La vuelta al pago", *AP: CP*, p. 35.

[19] Cf. SAÍTTA, Sylvia. *El escritor en el bosque de ladrillos. Una biografía de Roberto Arlt*. Buenos Aires: Sudamericana, 2000, pp. 174-5.

mostra que "o pequeno-bur-guês portenho vive irremediavelmente estancado nos limites da sua própria cegueira".[20]

A relação de Arlt com os leitores

Na Buenos Aires dos anos 1920, a redação dos jornais funcionava como ponto de encontro entre jornalistas e leitores, que estavam ali tanto para pedir emprego quanto para fazer alguma denúncia em relação a algum desrespeito às leis trabalhistas ou ao desvio de verbas públicas. Havia também uma seção de cartas dos leitores para a qual eles enviavam sugestões, opinavam sobre as matérias e participavam de enquetes elaboradas pelo jornal.

Não era estranho então que Arlt recebesse muitas cartas, fosse elogiando seu trabalho, fosse sugerindo temas a serem abordados ou até mesmo reclamando da linguagem utilizada pelo cronista. A resposta sempre vinha em forma de "água-forte", carregada de ironia e cinismo. Arlt não tinha o menor prurido de pronunciar certas expressões ou mesmo de informar que iria plagiar as ideias do leitor.

Apesar de ser muito lido, para Arlt, "ganhar a vida escrevendo é penoso e duro".[21] Ele se queixava permanentemente do ritmo jornalístico, da dificuldade que era inventar temas quase todos os dias e do pouco tempo de que dispunha para escrever seus romances.

Por outro lado, é no mundo jornalístico que ele "consolida um público e saboreia a certeza de interessar às pessoas, de saber-se lido por milhares de leitores, de 'ser' através da literatura (e não do crime). A escrita e um nome próprio, reconhecido e popular, são as chaves para sair do anonimato a que o condenava sua origem social, e o diferenciam dos também anônimos leitores que lhe enviam cartas para a redação".[22] Além disso, Arlt tinha sempre garantida ampla divulgação dos seus romances, contos e estreias teatrais, sejam sob a forma de resenhas, de divulgação de trechos de novos livros, informações sobre futuros textos, ou ainda, anúncios. Foi assim que no dia 3 de novembro de 1931, por exemplo, no pé da mesma página 6, o jornal *El Mundo* noticiou o lançamento de *Os lança-chamas*:

---

[20] Scari, Robert M. "Tradición y renovación en las Aguafuertes porteñas de Roberto Arlt". In: *Anales de literatura hispanoamericana* n. 5, 1976, p. 197.
[21] Arlt, Roberto. *Os sete loucos & Os lança-chamas*. Trad. Maria Paula Gurgel Ribeiro. São Paulo: Iluminuras, 2000, p. 193.
[22] Saítta, Sylvia, op. cit., p. 59.

> Roberto Arlt acaba de publicar seu último romance
> OS LANÇA-CHAMAS
> Em edição popular de 260 páginas, 60 centavos. À venda em todas as bancas de jornais. Peça esta obra onde compra *El Mundo*.
> Editora CLARIDAD
> San José n. 1641. Buenos Aires.

Como uma espécie de prêmio pelo seu desempenho, a direção do jornal convidou Arlt para viajar — de primeira classe — como seu correspondente. Ao contrário dos escritores da elite portenha, que viajavam por puro lazer ou para entrar em contato com os movimentos artísticos europeus, para depois, então, relatar a experiência, Arlt viajou a trabalho. Este é que lhe deu a possibilidade de conhecer outras culturas. Ele era um escritor assalariado, um operário "que tem o ofício de escrever, como outro o de fabricar casas. Nada mais."[23]

Sua primeira viagem internacional foi ao Uruguai, em março de 1930.[24] Dias antes de embarcar, Arlt escreveu:

> Ir embora... eu ainda não sei o que é ir embora. Dizem que as viagens modificam as pessoas, que uma viagem faz bem à inteligência... pode ser... mas já perdi a confiança nos lugares comuns que se costuma ter nos transes da vida. A única coisa que eu sei é que vou trabalhar, esteja onde estiver. A única válvula de escape que tenho na vida é isso: escrever.[25]

Mesmo longe, Buenos Aires era sempre o ponto de referência tanto para Arlt como para seus leitores: ele costumava comparar a cidade em que se encontrava àquela que sempre foi sua personagem.

As *Águas-fortes cariocas*

Depois de uma estadia de quinze dias no Uruguai, Roberto Arlt prosseguiu com o seu trabalho de correspondente do jornal *El Mundo* e desembarcou no Brasil, mais exatamente no Rio de Janeiro, em 29 de março de 1930, onde permaneceu até o final de maio do mesmo ano. Produziu, em terras brasileiras, 42 crônicas, intituladas "Nota de bordo", "Notas de viagem" ou, simplesmente, "De Roberto Arlt", reunidas aqui sob o título de *Águas-fortes cariocas*. Até a presente edição, esses textos permaneciam inéditos em livro, com exceção de cinco deles que, no entanto, não faziam parte de um volume específico sobre

---

[23] AP, "A inutilidade dos livros".
[24] As crônicas que escreveu durante a viagem estão em *Aguafuertes uruguayas y otras páginas*. Organização e prólogo de Omar Borré. Montevidéu: Ediciones de la Banda Oriental, 1996.
[25] "Au revoir", *El Mundo*, 10 mar. 1930, p. 6.

essa viagem. Embora as três primeiras crônicas aqui presentes não tenham sido escritas no Rio de Janeiro, decidi incluí-las por tratarem dos preparativos e expectativas da visita, além da viagem de navio e, aí sim, a chegada na cidade.

O meu primeiro contato com essa série de águas-fortes sobre o Brasil foi na Hemeroteca da Biblioteca Nacional Argentina, ao consultar as edições do jornal *El Mundo*, a fim de obter mais dados sobre o periódico para a dissertação de mestrado que, então, eu estava escrevendo. A surpresa foi imensa, claro, e logo tratei de começar a copiá-las (naquela época eu ainda não tinha uma câmera digital ou scanner portátil).

O processo de compilação destas *Águas-fortes cariocas* foi longo e passou por três etapas, que acabaram abrangendo dez anos: na primeira delas, em julho de 2000, copiei 28 crônicas. No entanto, o processo teve que ser interrompido porque o volume com os jornais de 1930 foi para restauro, não podendo mais ser consultado. Nos anos seguintes, fiz várias tentativas de consulta, mas o volume continuava em restauração. Finalmente, em 2007, outra pós-graduanda da Universidade de São Paulo (USP), Rosemeire Andrade de Oliveira Romão Carvalho, que desenvolvia uma dissertação sobre as viagens arltianas à Andaluzia e ao Marrocos, conseguiu consultar o volume e fotografou onze delas para mim; depois, nova sessão de restauro. Ainda faltavam cinco crônicas. Devo a obtenção delas, em 2010, a Horacio González, diretor da Biblioteca Nacional Argentina, que, gentilmente, por intermédio de Juana Orquín, me enviou as fotos. Novamente, agradeço a eles imensamente.

Em "Para quê?", Arlt menciona ter concedido entrevistas para jornais cariocas e cita especificamente uma que teria sido feita pelo *A Noite*. No entanto, em pesquisa na Biblioteca Nacional, não consegui localizá-la. Pesquisei também em *O Jornal* e no *Jornal do Brasil* e tampouco obtive sucesso.

Isso posto, vamos aos textos. Da mesma forma como fazia em Buenos Aires, Arlt saiu caminhando pelas ruas cariocas, pegou bonde, foi a cinemas, visitou o subúrbio, frequentou botecos, hospedou-se em pensões. Ao longo da sua estadia de dois meses no Rio, conviveu com jornalistas da redação de *O Jornal*, lugar onde escrevia e enviava as águas-fortes para Buenos Aires. Roberto Arlt também fotografou bastante a cidade e, algumas vezes, as ilustrações do chargista Bello foram substituídas por essas fotos.

Ansioso por conhecer os costumes e a vida cotidiana do Rio, Arlt afirmou sua intenção de não se relacionar com a elite intelectual nem com os escritores, mas sim com a população local, pois acreditava ser essa a melhor forma de se conhecer um pouco o país onde se está. Tampouco se interessou por visitar apenas pontos turísticos e monumentos, como faziam alguns correspondentes com quem ele conversava na redação do periódico carioca. Depois de conhecer algumas das atrações da cidade — como o Pão de Açúcar e o Corcovado —, Arlt rechaçou completamente esse tipo de passeio, dizendo que paisagens há em qualquer lugar e que "os países não valem por suas montanhas".[26] Além disso, afirmou viajar para "anotar impressões" e não para entender as razões históricas para determinados comportamentos ou costumes.

Assim, em suas andanças, comparou preços de mercadorias e serviços com seus equivalentes portenhos, experimentou sorvetes, entrou em cafés e espantou-se com o pouco tempo que as pessoas permaneciam no estabelecimento, ao contrário do que ocorria em Buenos Aires. Cabe observar que o Rio de Janeiro dos anos 1930 passava por um acelerado desenvolvimento urbano e, entre as muitas mudanças, o hábito do cafezinho servido nas mesas começava a ser substituído pelo café tomado em pé, no balcão.

Outro motivo de espanto foi o fato de as mulheres andarem sozinhas, irem ao cinema, muitas vezes à noite, sem que ninguém as perturbasse. Realmente, senhoras e moças que antes não saíam desacompanhadas agora passeavam sozinhas. O rádio e a propaganda incentivavam os novos hábitos. Através do cinema, a mulher se informava sobre as mudanças da vida moderna, lado a lado com as críticas dos costumes. Além disso, o trabalho fora de casa deixava de ser malvisto e era cada vez maior o número de professoras, enfermeiras, funcionárias públicas.

Uma das coisas que mais chamou sua atenção foi a diferença entre os trabalhadores brasileiros e argentinos. O cronista surpreendeu-se com a passividade política e sindical que observou em nossos operários. Se no seu entender os trabalhadores brasileiros se mostravam pouco organizados, Arlt quase não pôde acreditar quando, numa conversa, o seu interlocutor lhe contou que dali a um ou dois dias iriam ser comemorados os 42 anos da abolição da escravatura.

Em relação à cultura, Arlt se espantou com o pequeno número de salas de teatro, bem como com a inexistência de um "teatro nacional": "Não há teatro, o que nós chamamos 'teatro nacional', isto é, sainete e obra representativa dos nossos costumes e cultura. Nos teatros, são representadas peças estrangeiras".[27] Assim como a portenha, a classe média carioca não escapou ao seu crivo; considerou "ridículo" seu afrancesamento.

Em várias destas *Águas-fortes cariocas* Arlt faz referência à língua portuguesa. Ele se encantou com a musicalidade do idioma e, em muitos momentos, tentou

---

[26] "Não me falem de antiguidades", *Águas-fortes cariocas*, que doravante serão identificadas como AC, seguidas do título da crônica.
[27] AC. "Que lindo país!".

reproduzi-lo: "— O senhor quere acua yelada... Um copo de acua yelada";[28] "[...] para isso tinham o 'feitón. O feitón era o capataz dos escravos [...]".[29]

Além do Rio de Janeiro, Roberto Arlt pretendia visitar outras cidades brasileiras. No entanto, teve que voltar às pressas para Buenos Aires, pois seu romance *Os sete loucos* havia ganhado o terceiro lugar na categoria prosa do Prêmio Municipal de Literatura, instituído pela Sociedade Argentina de Escritores. O primeiro prêmio foi concedido a Sara de Etcheverts e o segundo a Carlos B. Quiroga. Tal premiação gerou uma grita no meio literário, pois tudo indicava que o primeiro lugar seria dado a Arlt. Mas o fato já estava consumado e o terceiro premiado não se abalou nem um pouco, pois, segundo ele próprio, "não fui buscar prestígio no concurso (isso tenho de sobra), se não dinheiro, e dinheiro me deram".[30] E, "com parte do dinheiro que ganha no prêmio, ele aluga um apartamento na Viamonte com a Rodríguez Peña, com janelas para a rua e que dão para um enorme jardim cheio de pinheiros."[31]

Outras viagens

Alguns anos mais tarde, Roberto Arlt viajou para a Espanha e para a África, o que lhe proporcionou farto material para suas crônicas, que passaram a se chamar *Aguafuertes españolas*, *Aguafuertes gallegas*, *Aguafuertes madrileñas* ou, simplesmente, *Notas de viaje*.

Na Espanha, ele permaneceu de fevereiro de 1935 a maio de 1936, percorrendo as terras da Andaluzia, da Galícia, as ruas de Madri. Retornou pouco antes de estourar a Guerra Civil. Além de enviar as águas-fortes para o jornal, organizou-as no volume *Aguafuertes españolas*, publicado pela editora Rosso, em 1936. Estava previsto um segundo volume, que jamais veio a público, como vários outros projetos anunciados ao longo de sua vida. Esse período também incluiu uma viagem ao Marrocos, e dela são frutos a peça *África* (1938) e a série de contos africanos *El criador de gorilas* (1941).

Recentemente, surgiram várias compilações elaboradas por estudiosos da obra arltiana: *Aguafuertes gallegas*, *Aguafuertes gallegas y asturianas*, *Aguafuertes madrileñas*, *Aguafuertes vascas*, *Al margen del cable* (crônicas publicadas no jornal *El Nacional*, do México, de 1937 a 1941) e *El paisaje en las nubes*: *crônicas en* El Mundo *1937-1942*).

A última das "Águas-fortes portenhas" foi publicada no jornal em 27 de julho de 1942, um dia depois de sua morte, sob o título de "A paisagem das nuvens".

---

[28] AC, "Cidade que trabalha e que se entedia".
[29] AC, "Festa da abolição da escravatura".
[30] AC, "Me esperem, que chegarei de aeroplano".
[31] SAÍTTA, Sylvia, op. cit., p. 83.

Algumas palavras sobre esta tradução

As especificidades da linguagem arltiana foram o eixo desta tradução, buscando provocar o mesmo efeito do texto original no leitor brasileiro. Assim, mantive a coloquialidade, o uso de italianismos, as frases invertidas, os arcaísmos, e as repetições.

Também levei em conta o fato de a escrita de Roberto Arlt ser uma mescla da linguagem das ruas dos subúrbios e dos *bas-fonds* portenhos com a de suas leituras de folhetins, de manuais de invenções, de traduções espanholas de Dostoiévski, de Tolstói, em edições populares (da editora Tor) a que tinha acesso nas bibliotecas de bairro — e de palavras estrangeiras introduzidas na fala portenha através da imigração. Arlt, pode-se dizer, escrevia como lia e afirmava que "o idioma das nossas ruas, o idioma em que você e eu conversamos no café, no escritório, em nosso trato íntimo é o verdadeiro",[32] e que era perfeitamente possível tratar de temas sérios utilizando essa linguagem. O que lhe importava era escrever, de uma maneira direta, livros que contivessem a "violência de um *cross* na mandíbula".[33]

Devido à equivalência social, linguística, fruto da mesma imigração italiana, de grandes centros urbanos — Buenos Aires e São Paulo —, optei pela marca paulistana. Nesse sentido, o escritor Antônio de Alcântara Machado (1901-1935) foi uma forte referência, uma vez que ele registrou em seus textos a fala paulistana repleta de interferências do italiano trazido pelos imigrantes, fundamentalmente em *Brás, Bexiga e Barra Funda* (1927). Daí a opção por não traduzir as palavras italianas, como, só para citar um exemplo, em "Atenti, meu bem, que o tempo passa": "[...] ele, como quem cumprimenta uma princesa, tirou o capelo enquanto ela dedilhava no espaço como se se afastasse num 'piccolo navio'". Como se pode notar nesse trecho, tais italianismos às vezes surgem entre aspas, às vezes não, e sempre sem o recurso gráfico do itálico, mantendo exatamente o procedimento utilizado por Roberto Arlt. Apenas alguns termos ligados à culinária ficaram em itálico, devido a pouca familiaridade do leitor brasileiro com eles.

As aspas

Uma das características marcantes na escritura de Roberto Arlt, as aspas, às vezes aparece junto ao lunfardo, às vezes não; num texto, uma mesma palavra

---

[32] ARLT, Roberto. "¿Cómo quieren que les escriba?", *Aguafuertes porteñas: cultura y política*. Buenos Aires: Losada, 1994.
[33] ARLT, Robero. "Palavras do autor", *Os sete loucos & Os lança-chamas*. Trad. Maria Paula Gurgel Ribeiro. São Paulo: Iluminuras, 2000, p. 194.

pode ora estar entre aspas, ora não. O mesmo se dá em relação aos italianismos e estrangeirismos em geral. Discute-se muito a respeito disso, se seria um erro do autor ou dos editores na tentativa de "corrigir" o texto — fato frequente, aliás (daí a importância de se fazer um cotejo entre as várias edições). Paul Verdevoye[34] destaca que a descontinuidade na colocação das aspas talvez se devesse ao "acaso da inspiração, à vontade de chamar a atenção em alguns casos e em outros não, à confusão entre palavras empregadas por todos na linguagem comum e outras de uso raro." Noemí Ulla afirma que, em sua pesquisa, encontrou "lunfardismos, portenhismos ou palavras que queriam se destacar, entre aspas, de forma descontínua, nas revistas da época".[35] Além disso, eu acrescentaria que, em vários momentos, esse uso particular das aspas me parece ser muito mais uma atitude deliberada de Arlt para enfatizar o caráter irônico que quer dar a uma determinada palavra ou expressão, ou ainda para salientar um sentido especial no seu uso, e não meramente para sinalizar uma gíria ou um vocábulo estrangeiro. Mesmo porque, como já foi dito, não há uniformidade em sua utilização. Justamente por ser uma marca tão importante tanto da época quanto do estilo arltiano é que mantive, nesta tradução, o mesmo procedimento, embora, em alguns momentos, tais aspas possam parecer excessivas em palavras já incorporadas à fala cotidiana do brasileiro.

As gírias

As *Águas-fortes portenhas* e as *Águas-fortes cariocas*, mais do quaisquer outras obras de Roberto Arlt, estão repletas de lunfardo e de *vesre* (inversão das sílabas). Na tradução, busquei equivalentes na gíria e na linguagem coloquial paulistana. Algumas delas, inclusive, são comuns aos dois universos, como, por exemplo, "tira", "descuidista", "alcaguetar", "engrupir", "cana".

Procurei, ao longo de toda esta tradução e, principalmente no que diz respeito às gírias, utilizar termos não muito atuais, na tentativa de criar ecos de uma linguagem não contemporânea, já que são textos das décadas de 1920 e 1930. Por esse motivo é que também não aportuguesei certos termos como "garage", "camouflage", "bungalow", "savoir-faire" e "stock", embora muitos deles — se não todos — já tenham sido incorporados ao nosso idioma.

---

[34] VERDEVOYE, Paul. "Aproximación al lenguaje porteño de Roberto Arlt". In: *Seminario sobre Roberto Arlt*. Poitiers: Centre de Recherches Latino-Américaines, 1980, p. 144.
[35] ULLA, Noemí. *Identidad rioplatense, 1930. La escritura coloquial (Borges, Arlt, Hernández, Onetti)*. Buenos Aires: Torres Agüero Editor, 1990, p. 91.

Esta edição

Diferentemente das edições das *Aguafuertes porteñas* publicadas até o momento, esta apresenta, ao final de cada crônica, a data de sua publicação. Repeti o mesmo procedimento com as *Águas-fortes cariocas*. Compiladas originalmente por Roberto Arlt, as crônicas portenhas não seguem uma ordem cronológica, uma vez que o mesmo tema era tratado, muitas vezes, durante uma semana ou mais.

Acrescentei a esse conjunto mais quatro crônicas, compiladas na década de 1980 e publicadas no volume *Aguafuertes porteñas: cultura y política*.[36] Nelas, Arlt faz interessantes comentários sobre sua linguagem, bem como sobre os grupos literários existentes na Buenos Aires das décadas de 1920 e 1930.

Devido à ação do tempo sobre o papel-jornal, trechos de duas das *Águas-fortes cariocas* encontravam-se ilegíveis. Eles aparecem com a seguinte indicação: [ilegível no original].

A fim de deixar fluente a leitura do texto traduzido, optei, inicialmente, por não inserir notas. No entanto, ao preparar esta edição, pareceu-me importante situar o leitor brasileiro em relação aos inúmeros autores citados por Arlt, especialmente os argentinos (que vão desde seus ídolos, companheiros de trabalho e amigos até desafetos). Assim, as notas se tornaram necessárias, trazendo um breve relato sobre cada um deles à medida que são mencionados. Já em relação a algumas gírias muito específicas do universo portenho, a fim de que o leitor desfrute do texto o mais plenamente possível, com o mínimo de interrupções, o recurso foi — na imensa maioria dos casos — outro: a inserção de apostos.

Aceite, então, caro leitor, o convite para se embrenhar no universo destas águas-fortes, que, em muitos momentos, dadas as situações comuns às metrópoles, poderiam também se chamar águas-fortes paulistanas, berlinenses...

maio de 2012

* * *

A próxima obra de Roberto Arlt a ser publicada por esta editora será *O brinquedo raivoso*, seu primeiro romance.

---

[36] Buenos Aires: Losada, 1994.

AGRADECIMENTOS

Manifesto aqui o meu mais profundo agradecimento a todos os que me ajudaram nesta empreitada: a minha orientadora, Prof. Dra. Teresa Cristófani Barreto, com quem aprendi muito sobre tradução; ao CNPq, pela bolsa concedida; ao Prof. Dr. João Azenha Jr., pelas preciosas sugestões feitas tanto na arguição quanto em conversas posteriores; ao Prof. Dr. Jorge Schwartz, pelas sugestões feitas na arguição e pelo seu entusiasmo com as Águas-fortes cariocas, estimulando vivamente a publicação; a Sylvia Saítta, que, numa consulta logo no início das minhas pesquisas, me possibilitou o acesso a um estudo seu com as datas de todas as Aguas-fortes portenhas; a Profa. Dra. Zulma M. Kulikowski, pelas agradáveis e enriquecedoras conversas arltianas; a Profa. Dra. Ana Cecília Olmos, pelas consultorias sobre o universo portenho; aos funcionários da Hemeroteca da Biblioteca Nacional Argentina; aos funcionários da Biblioteca Nacional, no Rio de Janeiro; a Rosemeire Andrade de Oliveira Romão Carvalho, por ter me enviado várias fotos das Águas-fortes cariocas; ao Horacio González, diretor da Biblioteca Nacional Argentina, que, por intermédio de Juana Orquín, me enviou fotos das cinco crônicas sobre o Brasil que estavam faltando para completar esta edição; a todos os amigos que leram, pacientemente, vários destes textos; ao Wilson Alves-Bezerra, pela aguda leitura do ensaio introdutório; ao Samuel Leon, por ter me apresentado a Roberto Arlt e por seu inestimável apoio; a Maria de Lourdes Gurgel Ribeiro, minha mãe, pela força de sempre; ao meu filho, Luis Felipe Gurgel Ribeiro Labaki, pela leitura final do ensaio introdutório e pelas muitas alegrias.

A todos, o meu sincero abraço.

ÁGUAS-FORTES PORTENHAS

OS GAROTOS QUE NASCERAM VELHOS

Caminhava hoje pela rua Rivadavia, na altura da Membrillar, quando vi numa esquina um rapaz com cara de Matusalém; a ponta do forro do sobretudo encostando nos sapatos; as mãos sepultadas no bolso; o seu chapéu "fungi" amassado, e o pálido nariz grandalhão como que lhe chovendo sobre o queixo. Parecia um velho e, no entanto, não teria mais de vinte anos... Falo vinte anos e falaria cinquenta, porque era isso o que aparentava com seu tédio de carranca chinesa e seus olhos embaçados como os de um antigo lavador de pratos. E me fez lembrar de uma porção de coisas, inclusive dos garotos que nasceram velhos, que já na escola...

Esses fedelhos... Esses velhos fedelhos que na escola chamávamos de "caxias" — por que será que nascem garotos que desde os cinco anos demonstram uma pavorosa seriedade de anciãos? — e que comparecem às aulas com os cadernos perfeitamente encapados e o livro sem orelhas nos cantos.

Eu poderia garantir, sem exagero, que se quisermos saber qual será o futuro de um garoto, basta checar seu caderno, e isso nos servirá para profetizar seu destino.

Problema brutal e inexplicável, porque não se pode saber que diabos esse menininho terá na "cachola"; esse menininho que, aos quinze anos, vai ao primeiro ano do Colégio Nacional metido num sobretudo e que acaba sendo mesquinho e munheca até no sorriso, e depois, alguns anos mais tarde, o encontramos e, sempre sério, nos joga na cara que está estudando para escrivão ou advogado, e ele se forma, e continua sério, e está noivo e continua grave como um Digesto Municipal; e ele se casa, e no dia em que se casa, qualquer um diria que assiste ao falecimento de um senhor que deixou de lhe pagar os honorários...

Não mataram aula. Nunca mataram aula! Nem na escola nem no Colégio Nacional. Nem é preciso dizer que jamais perderam uma tarde no café da esquina jogando bilhar. Não. Quando muito ou, no máximo, a diversão a que se permitiram foi acompanhar as irmãs ao cinema, não todos os dias, mas de vez em quando.

Mas o problema não é este de saber se, quando adultos, jogaram ou não bilhar, e sim por que nasceram sérios. Quem é o culpado? O pai ou a mãe? Porque há pirralhos que são alegres, joviais e brincalhões, e outros que não sorriem nem de brincadeira; meninos que parecem estar metidos na negrura de um traje curialesco, meninos que têm algo de porão de uma carvoaria enredado da afetividade de um verdugo em decadência. Quem devemos interrogar? Os pais ou as mães?

Prestando um pouco mais de atenção nos supracitados menininhos, observa-se que carecem de alegria, como se os pais, quando os encomendaram em Paris, estivessem pensando em coisas amargas e enfadonhas. De outra forma não se explica essa vida cacete que os garotos armazenam como um veneno que perdeu o efeito.

E tanto perdeu o efeito que eles passam por entre as coisas mais bonitas da criação com cara amarrada. São tipos que gostam unicamente das mulheres, do mesmo modo que os porcos das trufas e, tirando isso, não são de nada.

No entanto, as teorias mais complicadas caem por terra quando se trata de explicar a psicologia desses pequenos. Há senhoras que dizem, referindo-se a um filho sem graça:

— Eu não sei de "quem" ele puxou tanta seriedade. Do pai, não pode ser, porque o pai é um traste de marca maior. De mim? De mim muito menos.

Garotos pavorosos e tétricos. Garotos que nunca leram *O Corsário Negro*, nem *Sandokan*.[1] Garotos que nunca se apaixonaram pela professora (tenho que escrever uma nota sobre os garotos que se apaixonam pela professora); garotos que têm uma prematura gravidade de escrivão idoso; garotos que não falam palavrão e que fazem a lição com a ponta da língua entre os dentes; garotos que sempre entraram na escola com os sapatos perfeitamente engraxados e as unhas limpas e os dentes escovados; garotos que na festa de fim de ano são o orgulho das professoras que os exibem com o cabelo penteado para trás e com brilhantina; garotos que declamam com uma ênfase regulamentar e protocolar o verso À minha bandeira; garotos com boas notas; garotos que do Nacional vão para a Universidade, e da Universidade para o Gabinete, e do Gabinete para os Tribunais, e dos Tribunais para um lar congelado com esposa honesta, e do lar com esposa honesta e um filho bandido que faz versos, para o cemitério Chacarita... Para que é que estes homens sérios terão nascido? Pode-se saber? Para que terão nascido esses menores graves, esses colegiais austeros?

Mistério. Mistério.

15 ago. 1930

---

[1] Arlt faz aqui referência a duas das histórias folhetinescas do italiano Emilio Salgari (1862-1911), autor de aventuras de corsários, tesouros e selvas. Leituras da juventude de Arlt são mencionadas sempre de maneira carinhosa em algumas das inúmeras águas-fortes arltianas.

OFICINA DE RESTAURAÇÃO DE BONECAS

Existem ofícios vagos, remotos, incompreensíveis. Trabalhos inconcebíveis e que, no entanto, existem e dão honra e proveito àqueles que os exercem.

Uma dessas atividades é a de restaurador de bonecas.

Porque eu não sabia que as bonecas podiam ser restauradas. Achava que uma vez quebradas, eram jogadas fora ou dadas, mas jamais imaginei que houvesse cristãos que se dedicassem a tão elevada tarefa.

Esta manhã, passando pela rua Talcahuano, atrás do empoeirado vidro de uma janela, lúgubre e cor de sebo, vi pendurada num arame, e pelo pulso, uma boneca. Tinha o cabelo de palha de milho, e olhos vesgos. Tão sinistra era a catadura da boneca que me detive um instante para contemplá-la.

E me detive para contemplá-la porque ali, situada atrás do vidro e pendurada desse mau jeito, parecia o sinal de algum ladrão de criança ou de uma parteira. E a primeira coisa que me ocorreu foi que essa endiabrada boneca, empoeirada e desbotada, bem poderia servir de tema para um poema de Rega Molina[1] ou para uma fantasia capenga de Nicolás Olivari[2] ou Raúl González Tuñón.[3] Mas, mais detido ainda, pela atração que o ambíguo espantalho exercia sobre a minha imaginação, cheguei a levantar os olhos e, então, li na frente do janelão, este cartaz: "Consertam-se bonecas. Preços módicos."

Estava na presença de um dos ofícios mais estranhos que se possa exercer na nossa cidade.

Por trás dos vidros se moviam uns homens empoeirados também, e com mais cara de fantasmas do que de seres humanos, e recheavam com serragem pernas de boneca ou estudavam obliquamente o vértice pupilar de um fantoche.

Indubitavelmente, aquela era a casa das bagatelas, e esses senhores, uns sujeitos estranhos, cujo trabalho tinha mais semelhança com a bruxaria do que com os afazeres de um ofício.

Entre as cotoveladas das porteiras, que saíam às compras, e os empurrões dos transeuntes, eu me afastei, mas estava na cara que não devia perder o tema, porque ao chegar na rua Uruguay, noutra vitrine mais caindo aos pedaços ainda

---

[1] Horacio Rega Molina (1899-1957), poeta e jornalista, é autor, entre outros, de *Domingos dibujados desde una ventana* (1928) e *Sonetos con sentencia de muerte* (1940).

[2] Nicolás Olivari (1900-1966), poeta e contista, frequentava tanto o grupo Boedo quanto o Florida. Dentre suas obras, só para citar algumas, estão *La musa de la mala pata* (1926) e *El gato escaldado* (1929). Olivari fazia parte do círculo de conhecidos de Arlt.

[3] Raúl González Tuñón (1905-1974), poeta, escreveu diversos livros, entre eles, *Miércoles de ceniza* (1928), *Todos bailan* (1935) e *La rosa blindada* (1936). Participou da vanguarda, do surrealismo e da militância política (Cf. César Aira, *Diccionário de autores latinoamericanos*. Buenos Aires: Emecé, 2001).

que a da Talcahuano, vi outro fantoche enforcado e, embaixo, o já conhecido cartaz: "Restauram-se bonecas".

Fiquei como quem está tendo visões, e então cheguei a me dar conta de que o ofício de restaurador de bonecas não era um mito, nem um pretexto para trabalhar, mas, sim, que devia ser um ofício lucrativo, já que duas lojas semelhantes prosperavam a tão pouca distância uma da outra.

E então me pergunto: que tipo de pessoa será que leva bonecas para restaurar, e por que, em vez de gastar na restauração, não compra outras novas? Porque vocês hão de convir comigo que isso de mandar consertar uma boneca não é coisa que ocorra a uma pessoa todos os dias. E, no entanto, existem; é, existem essas pessoas que mandam bonecas para restaurar.

São as que amargaram a infância dos pequenos. Os eternos conservadores.

Quem não se lembra de ter entrado numa sala, numa dessas salas das casas onde a miséria começa na sala de jantar?

São salas de visita que parecem bricabraques. Molduras douradas, retratos de toda uma geração, diplomas pelas paredes, quinquilharias sobre as mesinhas; nos medalhões, chumaços de cabelo de algum ser querido e finado; e, sentada numa poltrona, rodeada de fita para cabelo, a boneca, uma boneca grande como uma menininha de um ano, uma dessas bonecas que dizem *papai* e *mamãe* e que fecham os olhos, e que só falta andar para ser um perfeito homúnculo.

É a boneca que deram de presente para uma das meninas da casa. Deram de presente em tempos de prosperidade, no tempo do Onça.

E como a boneca era tão linda e custava uns bons pesos, a menininha nunca pôde brincar com ela.

Vestiram a boneca com luxo, enfeitaram-na com fitas como uma infanta, ou como um cachorro de madame, e a colocaram na poltrona, para a admiração das visitas.

E a menininha só podia brincar com a boneca no dia que havia visitas.

Então, sob o olhar severo das tias ou das parentas, a criancinha, com excesso de precauções, podia pegar a boneca entre seus braços e ver como fechava os olhos ou dizia *papai* e *mamãe*.

Naturalmente, enquanto as visitas estivessem lá.

Agora, passados os anos, a restauração de uma boneca corresponde a um sentimento de avareza ou de sentimentalismo.

Porque eu não concebo que se mande restaurar uma boneca. Não há motivo. Se ela se quebra, joga-se fora e, se não, que cumpra suas funções de brinquedo até que aqueles que se divertem com ela um belo dia a joguem fora para regozijo dos gatos da casa.

No entanto, as pessoas não devem pensar assim, já que existem oficinas de restauração. O sentimentalismo me parece uma razão pobre.

No entanto, não sei por quê, acho que as pessoas que levam bonecas para restaurar devem ser antipáticas. E avarentas. Com essa avareza sentimental das solteironas, que decidem não jogar fora um objeto antigo por estas duas razões:

1º Porque custou "uns bons pesos".

2º Porque lhes faz lembrar seus velhos tempos, quero dizer, seus tempos de juventude.

Agora, se o leitor me perguntar, "como, com tal luxo de precauções e de sentimento conservador, as bonecas se quebram?", eu direi:

O único culpado é o gato. O gato que um dia se enche de ver o monstrengo intacto e, a patadas, tira-o do seu trono rococó. Ou a empregada: a empregada que vai embora da casa por causa de uma discussão e desafoga sua raiva a golpes de espanador no colado crânio de louça da boneca.

E as lojas de conserto de bonecas vivem desses dois sentimentos.

5 set. 1928

MOINHOS DE VENTO EM FLORES

Hoje, perambulando por Flores, entre dois sobrados de estilo colonial, atrás de uma cerca, num terreno profundo, eriçado de sina-sinas, vi um moinho de vento desmochado. Um desses moinhos de vento antigos, de robusta armação de ferro profundamente enferrujada. Algumas pás torcidas pendiam da negra engrenagem, lá em cima, como a cabeça de um decapitado; e fiquei pensando tristemente em como deve ter sido bonito tudo isso há alguns anos, quando a água de uso era tirada do poço. Quantos anos se passaram desde então!

Flores, Flores das chácaras, das enormes chácaras ensolaradas, vai desaparecendo dia após dia. As únicas cisternas que se veem são de "camouflage", e podem ser vistas no pátio de sobradinhos que ocupam o espaço de um lenço. Assim vivem as pessoas hoje em dia.

Que lindo, que espaçoso era o bairro de Flores antes! Em todos os lugares se erguiam os moinhos de vento. As casas não eram casas, mas casarões. Ainda restam alguns na rua Beltrán ou na Bacacay ou na Ramón Falcón. Poucos, muito poucos, mas ainda restam. Nas propriedades havia cocheiras e, nos quintais, enormes quintais cobertos de glicínia, a corrente do balde rangia ao descer no poço. As grades eram de ferro maciço e os postes, de quebracho. Lembro da chácara dos Naón. Lembro do último Naón, um mocinho camarada e muito bom, que sempre estava a cavalo. O que foi feito do homem e do cavalo? E da chácara? É, da chácara eu me lembro perfeitamente. Era enorme, cheia de paraísos e, por um lado, dava na rua Avellaneda e, pelo outro, na Méndez de Andes. Atualmente, todos ali são edifícios de apartamentos ou "casinhas ideais para noivos".

E o quarteirão situado entre a Yerbal, a Bacacay, a Bogotá e a Beltrán?

Aquilo era um bosque de eucaliptos. Como certos lugares de Ramos Mejía; embora Ramos Mejía também esteja se infectando de modernismo.

A terra, então, não valia nada. E se valia, o dinheiro carecia de importância. As pessoas dispunham para seus cavalos do espaço que hoje uma companhia compra para fabricar um bairro de casas baratas. A prova está na Rivadavia, entre a Caballito e a Donato Álvarez. Ainda se veem enormes restos de chácaras. Casas que estão como que implorando em sua bela velhice que não as botem abaixo.

Na Rivadavia e na Donato Álvarez, uns vinte metros antes de chegar a esta última, existe ainda um seibo gigantesco. Contra seu tronco se apoiam as portas e os contramarcos de um galpão de materiais usados. Na mesma esquina e, em frente, pode-se ver um grupo de casas antiquíssimas de tijolo, que cortam irregularmente a calçada. Em frente destas, há edifícios de três andares e, de um desses casarões, saem os gritos joviais de vários vascos leiteiros que jogam bola num campo de futebol.

Naquela época todo mundo se conhecia. As livrarias! É de dar risada! Em todas as vitrines se via os caderninhos de versos do *gaucho* Hormiga Negra e dos irmãos Barrientos. As três livrarias importantes dessa época eram a dos irmãos Pellerano, "A Lanterna" e a de dom Ángel Pariente. O resto eram botecos ignominiosos, mistura de loja de brinquedos, engraxataria, sapataria, loja e sei lá eu quantas coisas mais.

O primeiro cinematógrafo se chamava "O Palácio da Alegria". Ali me apaixonei pela primeira vez, aos noves anos de idade e feito um louco, por Lidia Borelli.[1] No terreno das cavalariças de Basualdo, se instalou então o primeiro circo que foi a Flores.

O único café frequentado era "As Violetas", de dom Jorge Dufau. Félix Visillac e Julio Díaz Usandivaras eram os gênios da freguesia daquele tempo. As pessoas eram tão simples que acreditavam que os socialistas comiam criancinhas cruas, e ser poeta — "pueta" se dizia — era como ser hoje grande fidalgo de Afonso XIII ou algo do gênero.

As ruas tinham outros nomes. A Ramón Falcón se chamava, então, Unión. A Donato Álvarez, Bella Vista.

A dez quadras da Rivadavia começava o pampa.

As pessoas viviam outra vida mais interessante que a atual. Com isso quero dizer que eram menos egoístas, menos cínicas, menos implacáveis. Justo ou equivocado, tinha-se da vida e de seus desdobramentos um critério mais ilusório, mais romântico. Acreditava-se no amor. As moças choravam cantando *La loca del Bequeló*. A tuberculose era uma doença espantosa e quase desconhecida. Lembro que quando eu tinha sete anos, na minha casa se costumava falar de uma tuberculosa que morava a sete quadras dali, com o mesmo mistério e a mesma compaixão com que hoje se comentaria um extraordinário caso de doença interplanetária.

Acreditava-se na existência do amor. As moças usavam magníficas tranças, e nem em sonho teriam pintado os lábios. E tudo tinha então um sabor mais agreste, e mais nobre, mais inocente. Acreditava-se que os suicidas iam para o inferno.

Restam poucas casas antigas na Rivadavia, em Flores. Entre a Lautaro e a Membrillar pode-se contar cinco edifícios. Pintados de vermelho, de azul-claro ou amarelo. Na Lautaro se distinguia, até um ano atrás, um mirante de vidros multicoloridos completamente quebrados. Ao lado havia um moinho vermelho,

---

[1] Lyda Borelli (1887-1959), atriz italiana, foi uma das divas do cinema mudo. Arlt ora escreve "Lidia" como aqui e ora "Lida", como em *O brinquedo raivoso*.

um sentimental moinho vermelho forrado de hera. Um pinheiro deixava sua cúpula balançar nos céus nos dias de vento.

Lá já não estão mais nem o moinho, nem o mirante, nem o pinheiro. Tudo foi levado pelo tempo. No lugar dessa elevação aí, se distingue a porta do chiqueiro onde ficava a empregada. O edifício tem três andares.

Também, as pessoas estão para romantismo? Ali, a vara de terra custa cem pesos. Antes custava cinco e se vivia mais feliz. Mas nos resta o orgulho de ter progredido, isso sim, mas a felicidade não existe. Foi levada pelo diabo.

10 set. 1928

EU NÃO TENHO CULPA

Sempre que eu me ocupo de cartas de leitores, costumo admitir que me fazem alguns elogios. Pois bem, hoje recebi uma carta que não me elogia. Sua autora, que deve ser uma respeitável anciã, me diz:

"O senhor era muito garoto quando eu conheci seus pais, e já sei quem é o senhor através de seu sobrenome Arlt."

Isto é, supõe-se que eu não sou Roberto Arlt. Coisa que está me alarmando, ou me fazendo pensar na necessidade de procurar um pseudônimo, pois outro dia recebi uma carta de um leitor de Martínez, que me perguntava:

"Diga, o senhor não é o senhor Roberto Giusti, o conselheiro do partido Socialista Independente?"

Agora, com o devido respeito pelo conselheiro independente, manifesto que não; que não sou nem posso ser Roberto Giusti, quando muito sou seu xará e, mais ainda: se eu fosse conselheiro de um partido, de maneira alguma escreveria notas, e sim, me dedicaria a dormir truculentas sestas e a "me ajeitar" com todos os que tivessem necessidade de um voto para fazer aprovar um regulamento que lhes desse milhões.

E outras pessoas também já me perguntaram: "Diga, esse Arlt não é um pseudônimo?".

E vocês compreendem que não é coisa agradável andar demonstrando para as pessoas que uma vogal e três consoantes podem ser um sobrenome.

Eu não tenho culpa de que um senhor ancestral, nascido sabe lá em que remota aldeia da Germânia ou da Prússia, se chamasse Arlt. Não, eu não tenho culpa.

Tampouco posso arguir que sou parente de William Hart, como me perguntava uma leitora que era dada à fotogenia e seus astros; mas tampouco me agrada que coloquem sambenitos no meu sobrenome, e que andem procurando pelo em ovo. Não é, por acaso, um sobrenome elegante, substancioso, digno de um conde ou de um barão? Não é um sobrenome digno de figurar em plaquinha de bronze numa locomotiva ou numa dessas máquinas estranhas, que ostentam o acréscimo de "Máquina polifacética de Arlt"?

Bem: eu acharia agradável me chamar Ramón González ou Justo Pérez. Ninguém duvidaria, então, da minha origem humana. E não me perguntariam se sou Roberto Giusti, ou nenhuma leitora me escreveria, com mefistofélico sorriso de máquina de escrever: "Já sei quem é o senhor através de seu sobrenome Arlt".

Já na escola, onde para minha felicidade me expulsavam a cada momento, meu sobrenome começava a dar dor de cabeça às diretoras e professoras. Quando minha mãe me levava para me matricular, a diretora, torcendo o nariz, levantava a cabeça, e dizia:

— Como se escreve "isso"?

Minha mãe, sem se indignar, voltava a ditar meu sobrenome. Então a diretora, se humanizando, pois se encontrava diante de um enigma, exclamava:

— Que sobrenome mais estranho! De que país é?

— Alemão.

— Ah! Muito bem, muito bem. Eu sou grande admiradora do Kaiser — acrescentava a senhorita. (Por que será que todas as diretoras são "senhoritas"?)

Na aula, começava novamente a via crucis. O professor, me examinando, de mau humor, ao chegar ao meu nome na lista, dizia:

— Ouça, senhor, como se pronuncia "isso"? ("Isso" era o meu sobrenome.)

Então, satisfeito de colocar o pedagogo em apuros, ditava-lhe:

— Arlt, carregando a voz no ele.

E o meu sobrenome, uma vez aprendido, teve a virtude de ficar na memória de todos os que o pronunciaram, porque não acontecia uma barbaridade na classe sem que o professor dissesse imediatamente:

— Deve ser o Arlt.

Como vocês podem ver, ele gostara do sobrenome e da sua musicalidade.

E em consequência da musicalidade e da poesia do meu sobrenome, me expulsavam das classes com uma frequência alarmante. E se a minha mãe ia reclamar, antes de falar, o diretor lhe dizia:

— A senhora é a mãe do Arlt. Não; não senhora. Seu garoto é insuportável.

E eu não era insuportável. Juro. Insuportável era o sobrenome. E em consequência dele, o meu progenitor me descadeirou inúmeras vezes.

Está escrito na Cabala: "Tanto é acima como abaixo". E eu acho que os cabalistas tiveram razão. Tanto é antes como agora. E as confusões que o meu sobrenome suscitava, quando eu era uma criança angelical, se produzem agora que tenho barba e "vinte e oito setembros", como diz aquela que sabe quem sou eu "através de seu sobrenome Arlt".

E isso me enche.

Enche porque eu tenho o mau gosto de estar encantadíssimo em ser Roberto Arlt. É verdade que preferiria me chamar Pierpont Morgan ou Henry Ford ou Edison ou qualquer outro "esse", desses; mas na impossibilidade material de me transformar a meu gosto, opto por me acostumar ao meu sobrenome e cavilar, às vezes, de quem foi o primeiro Arlt de uma aldeia da Germânia ou da Prússia, e me digo: Que barbaridade terá feito esse antepassado ancestral para que o chamassem de Arlt! Ou, quem foi o cidadão, burgomestre, prefeito ou porta-estandarte de uma corporação burguesa, a quem ocorreu designar com essas inexpressivas quatro letras um senhor que devia usar barbas até a cintura e ter um rosto sulcado de rugas grossas como cobras?

Mas na impossibilidade de esclarecer esses mistérios, acabei por me resignar e aceitar que eu sou Arlt, daqui até morrer; coisa desagradável, mas irremediável. E sendo Arlt não posso ser Roberto Giusti, como me perguntava um leitor de Martínez, nem tampouco um ancião, como supõe a simpática leitora que aos vinte anos conheceu os meus pais, quando eu "era muito garoto". Isso me tenta a lhe dizer: "Deus lhe dê cem anos mais, minha senhora; mas eu não sou quem a senhora supõe".

Quanto a me chamar assim, insisto: Eu não tenho culpa.

6 mar. 1929

O HOMEM DA CAMISA DE FUNDO

Eu o chamaria de Guardião do Umbral. É verdade que os que se dedicam às ciências ocultas entendem por Guardião do Umbral um fantasma robusto e terribilíssimo que aparece no plano astral para o estudante que quer conhecer os mistérios do além. Mas o meu guardião do umbral tem outra catadura, outros modos, outro "savoir-faire".

Quem já não o viu? Qual o cego mortal que já não tenha observado o guardião do umbral, o homem da camisa de fundo? Onde pernoita o cego mortal que ainda não notou o cidadão que passa o umbral, para que eu o mostre vivo e rebolando?

É um dos infinitos matizes ornamentais da nossa cidade; é o homem da camisa de fundo. Deus fez a passadeira e, assim que a passadeira saiu de suas mãos divinas com uma cesta sob o braço, Deus, diligente e sábio, fabricou, a seguir, o guardião do umbral, o homem da camisa de fundo.

Porque todos os legítimos esposos das passadeiras usam camisas de fundo. E não trabalham. É verdade que procuram trabalho, e que elas se acostumam a que ele trabalhe no trabalho de procurar trabalho; mas o caso é este. Usam camisa de fundo e montam guarda no umbral.

Quem já não o viu passar?

Em geral, as passadeiras moram nessas casas que em vez de ter um jardim na frente, têm um muro, disfarce de tapume e tentativa de divisória, onde se lê: "Lava-se e passa-se". Depois, uma escadinha de mármore sujo e, no último degrau, solitário, em mangas de camisa de fundo, erguidos os bigodes, citrina a faccia, enegrecida a melena, azeda a pupila, calçando alpargatas, está sentado o guardião do umbral, o legítimo esposo da passadeira.

Quando é que vai aparecer um Charles Louis Phillipe que descreva o nosso arrabalde tal qual é! Quando é que vai aparecer um Quevedo dos nossos costumes, um Mateo Alemán da nossa picardia, um Hurtado de Mendoza da nossa vadiagem!

Enquanto isso, dá-lhe Underwood.

A passadeira se casou com o homem da camisa de fundo quando era jovem e linda. Como era bonita e linda então! Lábios como flor de romã e trança abundante. Sob o braço, a cesta envolta em meio lençol.

Ele também era um bonito rapaz. Tocava violão que era um primor. Moravam no cortiço. O rapaz pensou bem antes de se decidir: a mãe da moça tinha a oficina. Pensou tão bem que, depois de um namorico com violão e versinhos do extinto *Picaflor Porteño*, se casaram como Deus manda. Houve baile, cumprimentos, presentes de bazar, e a "velha" enxugou uma lágrima. É verdade que o rapaz não é mau, mas gosta tão pouco de trabalhar... E as velhas que faziam roda em torno da coitada comentaram:

— O que se há de fazer, senhora! Os jovens de hoje são assim...

É, são tão assim que, na semana em que se casou, o homem da camisa de fundo começou a alegar que os chefes tinham inveja dele e que por isso não parava em nenhum trabalho e, em seguida, cutucou a sogra assim: que o trabalho que queriam lhe dar não estava em consonância com sua "estirpe"; e a velha, que morria por causa dessa história de estirpe, porque tinha sido cozinheira de um general das campanhas do deserto, aceitou-o, resmungando a princípio, e assim, um dia e outro, o homem da camisa de fundo foi esquivando o corpo do trabalho, e quando mãe e filha perceberam, já era tarde; ele tinha se apoderado do umbral. Quem iria tirá-lo dali?

Havia tomado, jurídica e praticamente, posse do umbral. Tinha se convertido, automaticamente, em guardião do umbral.

Desde então, todas as manhãs de primavera e de verão pode-se contemplá-lo sentado no degrau de mármore ou de cimento romano do cortiço, impassível, solitário; a aba do chapéu fazendo sombra na testa, o torso convenientemente ventilado pelos furinhos da sua camisa de fundo, a calça preta sustentada por um cinto, as alpargatas deformadas pelos calcanhares.

Manhã após manhã. Crepúsculo após crepúsculo. Que vida linda a desse cidadão! Levanta-se de manhã cedinho e ceva um mate para a coitada, dizendo: "Você percebe que bom marido que eu sou?". Depois de ter mateado à vontade, e quando o solzinho se levanta, vai ao armazém da esquina tomar uma caninha e dali, tonificado o corpo e fortalecida a alma, toma outros mates, pulula pela lavanderia para cumprimentar as "ajudantes" e, mais tarde, se planta no umbral.

À tarde, dorme sua sestinha, enquanto sua legítima esposa se descadeira na tábua de passar. E bem descansado, lustroso, se levanta às quatro, toma outros mates e volta ao umbral, para se sentar, olhar as pessoas passarem e tomar esses intermináveis banhos de vadiagem que o tornam cada vez mais silencioso e filosófico.

Porque o homem da camisa de fundo é filósofo. Bem diz sua mulher:

— Tem uma cabeça... mas... — Esse "mas" diz tudo. Nosso filosofante é o Sócrates do cortiço. Ele é quem intervém quando se armam essas confusões descomunais; ele é quem consola o marido enganado com duas frases de um Martín Fierro lendário; ele é quem convence um calabrês a não cometer um homicídio complicado com o agravante do filicídio; é ele quem, na presença de uma desgraça, exclama sempre pateticamente:

— É preciso se resignar, senhora. A vida é assim. Siga o meu exemplo. Eu não me aflijo com nada. — Fala pouco e sisudamente. Tem a sabedoria da vida e a sapiência que concede a vadiagem contumaz e a aleivosa, e por isso é, em todo cortiço, com sua camisa de fundo e sua guarda no umbral, o matiz mais pitoresco da nossa urbe.

3 set. 1928

CAUSA E DESRAZÃO DOS CIÚMES

Existem bons rapazinhos, com uma paixão cega de primeira, que amarguram a vida de suas respectivas namoradas promovendo tempestades de ciúmes que são realmente tempestades em copo d'água, com chuvas de lágrimas e trovões de recriminações.

Geralmente as mulheres são menos ciumentas do que os homens. E se são inteligentes, mesmo que sejam ciumentas, cuidam muito bem de desanuviar tal sentimento, porque sabem que a exposição de semelhante fraqueza as entrega de mãos e pés atados ao fulano que lhes sugou os miolos.

De qualquer maneira, o sentimento dos ciúmes é digno de estudo, não pelos desgostos que provoca, mas pelo que revela em relação à psicologia individual.

Pode-se estabelecer esta regra:

Quanto menos mulheres um indivíduo teve, mais ciumento ele é.

A novidade do sentimento amoroso conturba, quase assusta, e transtorna a vida de um indivíduo pouco acostumado a tais cargas e descargas de emoção. A mulher chega a constituir para esse sujeito um fenômeno divino, exclusivo. Ele imagina que a soma de felicidade que ela suscita nele pode ser proporcionada a outro homem; e então, o Fulano segura a cabeça, espantado ao pensar que toda "sua" felicidade está depositada nessa mulher, como num banco. Agora, em tempos de crise, vocês sabem perfeitamente que os senhores e as senhoras que têm depósitos em instituições bancárias se precipitam para retirar seus depósitos, possuídos pela loucura do pânico. Algo parecido acontece com o ciumento. Com a diferença de que ele pensa que se o seu "banco" quebrar, já não poderá depositar sua felicidade em nenhum lugar. Sempre acontece essa catástrofe mental com os pequenos financistas sem cancha e com os pequenos apaixonados sem experiência.

Frequentemente, também, o homem tem ciúmes da mulher cujo mecanismo psicológico não conhece. Agora: para conhecer o mecanismo psicológico da mulher, é preciso ter muitas, e não escolher precisamente as ingênuas para se apaixonar, mas as "vivas", as astutas e as sem-vergonhas, porque elas são fonte de ensinamentos maravilhosos para um homem sem experiência, e lhe ensinam (involuntariamente, é claro) as mil molas e engrenagens de que a alma feminina "pode" ser composta. (Conste que digo "de que pode ser composta", não de que se compõe.)

Os pequenos apaixonados, como os pequenos financistas, têm em seu capital de amor uma sensibilidade tão prodigiosa que há mulheres que se desesperam ao se encontrar diante de um homem de quem gostam, mas que lhes atormenta a vida com suas estupidezes infundadas.

Os ciúmes constituem um sentimento inferior, baixo. O homem quase sempre tem ciúmes da mulher que não conhece, que não estudou, e que quase sempre é intelectualmente superior a ele. Em síntese, o ciúme é a inveja do avesso.

O mais grave na demonstração dos ciúmes é que o indivíduo, involuntariamente, se coloca à mercê da mulher. A mulher, nesse caso, pode fazer dele o que lhe der na telha. Controla-o de acordo com sua vontade. O ciúme (medo de que ela o abandone ou prefira outro) evidencia a frágil natureza do ciumento, sua paixão extrema e sua falta de discernimento. E um homem inteligente jamais demonstra ciúmes a uma mulher, nem quando é ciumento. Guarda prudentemente seus sentimentos; e esse ato de vontade, repetido continuamente nas relações com o ser que ama, acaba por colocá-lo num plano superior ao dela, até que, ao chegar a determinado ponto de controle interior, o indivíduo "chega a saber que pode prescindir dessa mulher no dia em que ela não proceda com ele como é devido".

Por sua vez, a mulher, que é sagaz e intuitiva, acaba percebendo que com uma natureza tão solidamente plantada não se pode brincar e, então, as relações entre ambos os sexos se desenvolvem com uma normalidade que raras vezes deixa algo a desejar, ou terminam, para melhor tranquilidade de ambos.

Claro que para saber ocultar habilmente os sentimentos subterrâneos que nos sacodem, faz-se mister um longo treinamento, uma educação de prática da vontade. Essa educação "prática da vontade" é frequentíssima entre as mulheres. Todos os dias deparamos com moças que educaram sua vontade e seus interesses de tal maneira que envelhecem à espera de marido, em celibato rigorosamente mantido. Dizem: "algum dia chegará". E em alguns casos chega, efetivamente, o indivíduo que as levará contente e dançando para o Cartório, que devia se denominar "Cartório da Propriedade Feminina".

Só as mulheres muito ignorantes e muito toscas são ciumentas. O resto, classe média, superior, excepcionalmente abriga semelhante sentimento. Durante o namoro, muitas mulheres aparentam ser ciumentas; algumas também o são, efetivamente. Mas naquelas que aparentam ciúmes, descobrimos que o ciúme é um sentimento cuja finalidade é demonstrar amor intenso inexistente a um boboca que só acredita no amor quando o amor vem acompanhado de ciúmes. Certamente há indivíduos que não acreditam no afeto se o carinho não vem acompanhado por comediazinhas vulgares, como são, na realidade, as que constituem os ciúmes, pois jamais resolvem nada sério.

As senhoras casadas, no fim de meia dúzia de anos de matrimônio (algumas antes), perdem por completo os ciúmes. Algumas, quando suspeitam que os esposos têm aventurazinhas de gênero duvidoso, dizem, nas rodas de amigas:

— Os homens são como crianças grandes. É preciso deixar que se distraiam. Também, você não vai querer ele o dia todo na barra da sua saia...

E as "crianças grandes" se divertem. Mais ainda, se esquecem de que um dia foram ciumentos...

Mas esse é tema para outra oportunidade.

29 jul. 1931

SOLILÓQUIO DO SOLTEIRÃO

Olho o dedão do meu pé, e gozo.

Gozo porque ninguém me incomoda. Como uma tartaruga, pela manhã tiro a cabeça debaixo da couraça das minhas colchas e me digo, saborosamente, movendo o dedão do pé:

— Ninguém me incomoda. Vivo só, tranquilo e gordo como um arcipreste glutão.

Minha caminha é honesta, de solteiro, obrigado. Poderia ser usada sem objeção alguma pelo papa ou pelo arcebispo.

Às oito da manhã entra no meu quarto a dona da pensão, uma senhora gorda, sossegada e maternal. Dá dois tapinhas nas minhas costas e coloca ao lado do abajur a xícara de café com leite e o pão com manteiga. A dona da minha pensão me respeita e me considera. A dona da minha pensão tem um louro que diz: "Curupaco! Já foi? Passe muito bem", e o louro e a dona me consolam de que a vida seja ingrata para outros, que têm mulher e, além de mulher, uma caterva de filhos.

Sou docemente egoísta e não me parece mal.

Trabalho o indispensável para viver, sem ter que viver filando de ninguém, e sou pacífico, tímido e solitário. Não acredito nos homens e menos nas mulheres, mas essa convicção não me impede de às vezes procurar a companhia delas, porque a experiência se afina no seu toque e, além disso, não há mulher, por pior que seja, que não nos faça indiretamente algum bem.

Gosto das mocinhas que ganham a vida. São as únicas mulheres que provocam em mim um respeito extraordinário, apesar de que nem sempre sejam um encanto. Mas gosto delas porque afirmam um sentimento de independência, que é o sentido interior que rege a minha vida.

Gosto mais ainda das mulheres que não se pintam. As que saem de cara lavada e, com o cabelo úmido, saem para a rua, dando uma sensação de limpeza interior e exterior que faria com que uma pessoa, sem escrúpulos de nenhum tipo, lhes beijasse os pés, encantado.

Não gosto das crianças, a não ser excepcionalmente. Em toda criancinha, quase sempre aparecem fisionomicamente os rastros das patifarias dos pais, de maneira que só me agradam à distância e quando penso artificialmente o pensamento dos demais, que coincidem em dizer: "que crianças, são um encanto!", embora seja mentira.

Tomo banho todos os dias no inverno e no verão. Ter o corpo limpo me parece que é o começo da higiene mental.

Acredito no amor quando estou triste, quando estou contente olho para certas mulheres como se fossem minhas irmãs, e me agradaria ter o poder de fazê-las felizes, embora não seja segredo para mim que tal pensamento seja um disparate, pois se é impossível que um homem faça feliz uma só mulher, menos ainda todas.

Tive várias namoradas, e nelas só descobri o interesse de se casar; é verdade que disseram que me amavam, mas logo amaram também outros, o que demonstra que a natureza humana é extremamente instável, embora seus atos queiram se inspirar em sentimentos eternos. E por isso não me casei com nenhuma.

Pessoas que me conhecem pouco dizem que sou um cínico; na verdade, sou um homem tímido e tranquilo que, em vez de se ater às aparências, busca a verdade, porque a verdade pode ser o único guia do viver honrado.

Muitas pessoas tentaram me convencer a formar um lar; no fim descobri que elas seriam muito felizes se pudessem não ter um lar.

Sou serviçal na medida do possível e quando o meu egoísmo não se ressente muito, embora eu tenha percebido que a alma dos homens está constituída de tal maneira que esquecem mais depressa o bem que lhes fizeram que o mal que não lhes causaram.

Como todos os seres humanos, localizei em mim muitas mesquinharias e mais me agradaria não ter nenhuma, mas no fim me convenci de que um homem sem defeitos seria insuportável, porque jamais daria motivo aos seus próximos para falar mal dele, e a única coisa que não se perdoa a um homem é sua perfeição.

Há dias em que acordo com um sentimento de doçura florescendo no meu coração. Então dou escrupulosamente o nó na gravata e saio para a rua, e olho amorosamente as curvas das mulheres. E dou graças a Deus por haver fabricado um bicho tão lindo que só com sua presença nos enternece os sentidos e nos faz esquecer tudo o que aprendemos à custa da dor.

Se estou de bom humor, compro um jornal e me ponho a par do que está se passando no mundo, e sempre me convenço de que é inútil que a ciência dos homens progrida se continuam mantendo duro e azedo o coração, como era o coração dos seres humanos há mil anos.

Ao anoitecer, volto ao meu quartinho de cenobita, e enquanto espero que a empregada — uma moça muito bronca e muito irritadiça — ponha a mesa, "sotto voce" cantarolo *Una furtiva lágrima*, ou se não *Addio del passato* ou *Bei giorni ridenti*... E o meu coração se aninha numa paz maravilhosa, e não me arrependo de ter nascido.

Não tenho parentes, e como respeito a beleza e detesto a decomposição, me inscrevi na sociedade de cremação para no dia em que eu morra o fogo me consuma e reste de mim, como único rastro do meu limpo passo sobre a terra, cinza pura.

8 jul. 1931

DOM JUAN E OS DEZ CENTAVOS

Muitos psicólogos estudaram a personalidade de dom Juan, mas ninguém o fez do ponto de vista dos dez centavos, ou seja, dom Juan ante ao problema de não ter dez centavos para seguir uma dama que, depois de olhar para ele, sobe num bonde.

Porque se faz mister reconhecer que dom Juan seria em nossos dias um "duro". Não trabalhava, dedicava-se exclusivamente ao amor e, salvo se vivesse de rendas, andaria toda sua vida com as algibeiras sem um tostão furado.

Naturalmente, este artigo me foi sugerido pela confissão de um amigo. Caminhava pela rua e, de repente, uma moça se comprouve em olhá-lo. Olhou-o recatadamente duas ou três vezes e, de repente, parou numa esquina para tomar o bonde. E nosso homem também parou, mas pálido. Não tinha dez centavos. Nesse momento não tinha os dez centavos indispensáveis para pagar sua passagem e seguir a amável desconhecida. Quando o carro chegou, ela subiu e, em seguida, ficou olhando para ele com estranheza de ver que ele permanecia na esquina feito um poste, olhando-a desaparecer.

Nosso indivíduo deixou cair a cabeça sobre o peito, e permaneceu ali, aturdido, por vários minutos. Tinha perdido a possível felicidade por causa de dez centavos. Estava certo de que tinha perdido sua felicidade. Como seria o amor dessa moça que tinha olhado para ele tão profundamente?

— E passei vários dias amargurado — me contava —, amargurado pela certeza de que a minha felicidade esteve suspensa por essa ninharia que são dez centavos. Percebe? Dez centavos! Nada mais que dez centavos. Porque se eu tivesse esses dez centavos a teria seguido, teria averiguado onde morava e talvez... talvez, como meu destino mudaria.

Que teria feito dom Juan em nossos dias? Várias são as soluções que podem ser dadas a esse conflito. Eu, de acordo com a personalidade do apaixonamento instantâneo, imagino que dom Juan tomaria um táxi, embora não fosse dono nem de cinco centavos e, de automóvel, chegaria a seu destino. Em seguida, viraria para o chofer, dizendo:

— Veja amigo, eu sou dom Juan. Não tenho dinheiro; se quiser faça fiado, senão, vamos pra delegacia.

É, assim imagino que procederia dom Juan. Essa atitude se encaixava em seu temperamento. O amanhã não existia; o futuro tampouco. Homem absolutamente sensorial, vivia exclusivamente para o presente, e com tal frenesi que tudo o que tendia para afastá-lo de seu fim o atiçava ainda mais.

Me contaram que nos Estados Unidos as moças e os rapazes dividem os gastos. Esse é um costume encantador, sobretudo para o Dom Juan portenho e, especialmente, no fim do mês.

É que, na verdade, não há "coisa" mais horrível do que o dinheiro, ou melhor: a falta de dinheiro. É espantoso, principalmente quando se está na companhia de mulheres.

É um acidente que pode acontecer com qualquer um. Ele se encontra, por exemplo, com umas amigas ou conhecidas. Imprudentemente, o homem que nos serve de exemplo dá a entender que não tem nada para fazer. E as amigas dizem, então, com seu tom mais deliciosamente encantador:

— Que sorte! Quer dizer então que está livre? Bom, então vai nos acompanhar até o centro.

E de repente as catástrofes despencam sobre nosso homem. O coitado parece estar num banho turco. Sua em bicas. Ensaia um sorriso de lebre metafísica. Se inclina, empalidece, o céu se povoa de estrelinhas para seus olhos e, da quietude em que nadava seu espírito de homem sem dinheiro, passa aos infernos da dúvida, às vertiginosas cavilações, a esse instante terribilíssimo em que, como Hernán Cortés, o homem tem que queimar seus navios. E que navios!

Porque não se trata de dinheiro. Mas de moedas. Dez centavos. Sempre os dez centavos. Como confessar a carência de dez centavos? Como confessar que não se tem esses dez centavos, esses vulgaríssimos dez centavos que se dá de esmola ou que se deixa de gorjeta na mesa de um café? E isto é o trágico: a mesquinhez do assunto. Dez centavos. Nada mais que dez centavos.

Eu conheço um caso que não vacilo em considerar como uma possível atitude de dom Juan, se este vivesse hoje.

Na última hora, um rapaz que tinha que ver sua namorada numa determinada plateia de um teatro, se viu na situação de que, ao retirar a entrada, lhe faltavam dez centavos. Dez centavos. Sem vacilar, deixou o resto do dinheiro com o bilheteiro prometendo voltar em poucos minutos e, depois, se lançou pelos cafés em busca de um conhecido. Nada. Passavam os terríveis minutos e tudo ia ser posto a perder. Então, se apresentou a ele tudo o que perderia numa noite assim e, sem vacilar, tomou a derradeira resolução. Parou numa esquina e quando viu um homem de cara humanitária que se aproximava, chegou perto dele e lhe disse:

— Desculpe, senhor. Preciso de dez centavos. Tenho que ver minha namorada que está me esperando num teatro. São dez centavos que me faltam pra pagar a entrada.

O outro os entregou a ele. Insisto que só dom Juan teria tido um gesto assim para conseguir os dez fatídicos centavos.

1º set. 1928

AMOR NO PARQUE RIVADAVIA

Se me contassem, eu não acreditaria. Sério, não teria acreditado. Se eu não fosse Roberto Arlt e lesse esta nota, tampouco acreditaria. E, no entanto, é verdade.

Como começarei? Dizendo que outra tarde, "uma encantadora tarde"... Mas isso seria inexato porque uma "encantadora tarde" não pode ser aquela em que choveu. Tampouco era de tarde, e sim de noite, bem de noite, às oito.

Como eu estava contando, tinha chovido. Choveu um pouco, o suficiente para lavar os bancos, umedecer a terra e deixar os caminhos das praças em estado pastoso.

Mais ainda: choveu de tal maneira que se você reparasse nos bancos das praças, comprovaria que conservavam frescas manchas d'água. Não havia banco que não estivesse molhado.

Eram oito da noite e eu cruzava o parque Rivadavia. Não ia triste nem alegre, mas tranquilo e sereno como um cidadão virtuoso. Um casal ou outro cruzava meu caminho e eu aspirava o odor dos eucaliptos que pairava no ar, embalsamando-o docemente ou, melhor dizendo, acremente, pois o odor dos eucaliptos deriva do alcatrão que contém, e o odor do alcatrão não é melado e, sim, amargo.

Como eu estava dizendo, eu ia cruzando o parque, feito um santinho. As mãos submersas nos bolsos da capa de gabardina, e os olhos atentos.

E de repente... (Aqui chegamos e por isso me demoro em chegar.) De repente, numa alameda que corre de leste a oeste, e cheia de bancos em que os refletores revelavam frescas manchas d'água, vi casais compostos de seres humanos de sexo diferente, conversando (isso de conversar é uma metáfora) muito unidos. Vocês percebem? Não só não sentiam o fresco ambiente, como também eram até insensíveis à água sobre a qual estavam sentados.

Eu fazia o sinal da cruz, e dizia a mim mesmo: "Não, não é possível... Quem vai acreditar nisso? Não é possível". E, como um ingênuo, aproximava o nariz dos bancos, olhava-os e os via molhados, molhados a tal ponto que, com capa de gabardina e tudo, eu não me teria sentado ali. E os casais, como se tal coisa... Qualquer um teria dito que, em vez de estarem se dizendo ternuras sobre uma dura madeira molhada, repousavam em almofadões da Pérsia recheados de plumas de grou rosado.

E não era um casal... casal que, se fosse um, poderia nos fazer exclamar: uma andorinha só não faz verão!

Não, não era um casal. Eram muitos, mas muitos casais mesmo, igualmente insensíveis à umidade e igualmente laboriosos nisso de demonstrar que se amavam.

Alguns permaneciam num silêncio comatoso, outros, quando eu me aproximava, se apressavam em gesticular como se discutissem temas de vital interesse.

Em resumo, acabei de cruzar o parque, consternado e admirado, pois ignorava que o amor, como um hidrófugo qualquer, impermeabiliza as roupas dos que se sentavam em bancos molhados.

Na noite seguinte, volto a passar pelo parque Rivadavia. Feito um santinho, com as mãos submersas no bolso da capa de gabardina e os olhos atentos. Não estava chovendo, mas, em compensação, havia uma umidade dos diabos, se é que diabo pode ser úmido. Tanta umidade que a umidade se distinguia flutuando no ar sob a forma de neblina. Eram oito da noite, hora em que os cidadãos virtuosos se dirigem às suas casas para engolir um prato de sopa bem quente. E eu cruzava o parque pensando que teria aceito de bom grado um prato de sopa e outro de guisado, pois estava com frio e sentia fraqueza. A dez metros de distância mal se distinguia um cristão ou uma cristã. Tão espessa era a neblina. E eu pensava:

"Eis-me aqui, no lugar mais adequado para pegar uma broncopneumonia ou, pelo menos, uma pneumonia dupla. Não falemos de gripe, porque só de pôr o nariz aqui a gente se torna merecedor dela."

Ia entregue a esses pensamentos acéticos ou bacilosos, quando cheguei à alameda que corre de leste a oeste. Essa, a própria, a dos bancos.

Dá para acreditar?

Desafiando as broncopneumonias, as pneumonias duplas e simples, as gripes, os resfriados, as pleurisias secas e úmidas, e tudo quanto é peste que possa se relacionar com as vias respiratórias, incontáveis casais de meninos e mocinhas, jovens e cavalheiros, arrulhavam de dois em dois sob os galhos das árvores, que gotejavam lagrimões diamantinos.

Juro que seria criminoso não confessar que arrulhavam ternamente. Não é necessário que a força pública obrigue uma pessoa a se declarar à força. Não. Arrulhavam ternamente. Na neblina, sob as árvores gotejantes.

"Não acredito mais nem na paz dos sepulcros." Não acredito nos efeitos da chuva, da neblina, do vento, do frio nem do diabo. Não acredito na paz nem na solidão de nada.

Sempre e sempre que me dirigi a um lugar solitário e escuro, a uma paragem que de fora fazia pensar na solidão do deserto, sempre encontrei ali uma multidão. De maneira que me inclino a acreditar que a única solidão possível é aquela que se produz num buraco de terra em cujo fundo deixaram um caixão... nem nessa se pode acreditar.

De qualquer maneira, aprendi uma coisa: que quem quer solidão que a busque dentro de si mesmo; e que não importune os casais que, por terem a convicção de seu amor, se amam ao ar livre e à luz de uma ou várias luas de arco voltaico.

1º set. 1931

FILOSOFIA DO HOMEM QUE PRECISA DE TIJOLOS

Há um tipo de ladrão que não é ladrão, segundo nosso modo de ver, e que legalmente é mais gatuno do que o próprio Saccomano. Esse ladrão, e homem decente, é o proprietário que rouba tijolos, que rouba cal, areia, cimento e que não passa disso. O roubo mais audaz que pode fazer esse honrado cidadão consiste em duas chapas de zinco para cobrir a armação do galinheiro.

E a coisa extraordinária que esse tipo de indivíduo oferece é o contraste entre sua profissão de proprietário e a de ladrão acidental. Porque, legal e juridicamente, comete um furto previsto e penalizado por nossas sábias leis.

E a prova de que os proprietários não acreditam na honradez dos outros proprietários vizinhos consiste em que não há indivíduo que construa uma casa que, automaticamente, não coloque na obra um guarda-noturno.

Não é exagero dizer que o objetivo do guarda-noturno numa casa em construção não é afugentar os ladrões profissionais. Não há ladrão profissional que vá sujar suas mãos com cinco tijolos ou suas costas com um saco de areia.

Isso estabelece com claridade meridiana que fora, afastado, independentemente do grêmio de ladrões de ofício, existe e professa outro grêmio de pequenos ladrões acidentais, ladrões que não são ladrões, e que, no entanto... são proprietários.

É, proprietários. Por que outro, a não ser um proprietário, um modesto e pequeno proprietário, vai carregar um pacote de seis tijolos que pesam trinta quilos, ou um saco de areia que pesa quase cem quilos, ou meio saco de cimento romano?

Quase se estabelece aqui a verdade desse postulado de Proudhon de que a propriedade é um roubo. Pelo menos em determinados casos. Ou no caso de todos os proprietários.

Se o roubo do pequeno proprietário não existisse, os guardas-noturnos não teriam razão de ser.

Porque o guarda-noturno existe para isso nas obras. Para evitar que os pequenos proprietários, como as formigas no verão, despojem, lenta e pouco a pouco, a construção de seus tijolos, de sua cal, de sua areia, dessas mil pequenas coisas que não têm valor algum independentemente como unidades, mas que no total fazem um conjunto respeitável.

"De grão em grão a galinha enche o papo", diz um antigo provérbio espanhol, e isso é verdade. O roubo do pequeno proprietário entra na categoria de grão. Porque não de outra forma furta o honrado homem dos tijolos. Sempre começa assim:

Estão construindo uma obra ao lado da sua casa. Ele precisa de uns tijolos para terminar de levantar um pilar ou construir um muro. Porque há de comprar os tijolos, se ali, junto ao seu terreno, descarregaram quinze mil nessa mesma manhã? Em que pode prejudicar o novo dono aquele que tirar cem ou cinquenta das pilhas? Em nada, absolutamente. Ou que leve uns cestos de areia. Ficará mais pobre ou mais rico por isso? De modo algum.

E com esse raciocínio sutil, o homem desculpa seu furto. Mais ainda, justifica-o, porque se ele embeleza a sua casa, beneficia o vizinho, já que duas propriedades lindas são como "uma mão lava a outra e as duas lavam a cara". Se valorizam mutuamente.

Naturalmente, esse raciocínio é humano. É cordial. É quase aceitável. Por que não fazer um benefício ao vizinho? O outro "não vai morrer por causa de cem tijolos".

Agora, o ruim, o inaceitável desse raciocínio, é que todos os proprietários que confinam com a casa do novo dono pensam a mesma coisa que o primeiro filósofo do tijolo. Eles também querem beneficiar o vizinho, eles também não "precisam de nada mais do que cem tijolos".

O que são cem tijolos? O que é uma gota d'água tirada do oceano? O que é um cesto de areia?

Por essa razão, todo homem que se estima como proprietário prudente e cuidadoso de seus interesses, a primeira precaução que toma ao iniciar a construção de uma obra que lhe pertence é colocar um guarda-noturno. E dar ao guarda-noturno um revólver carregado com umas boas balas.

O roubo de tijolos, de cal ou de areia, não se efetua, geralmente, a não ser passadas às dez da noite, nos bairros humildes. E o ladrão, chamemos o dito cujo de ladrão, embora se trate de um honesto proprietário, vai na companhia de toda a sua prole para efetuar o "rapa" tijolal.

Acompanha-o sua honesta esposa, seus três filhos maiores, os cinco menores, e um primo que "chegou da Itália faz pouco tempo". Todos em coletividade, como fantasmas, fazendo fila indiana, se dirigem para as construções como os primeiros cristãos e catecúmenos se dirigiam para as catacumbas.

Se se trata de levar areia, cada um vai armado com seu correspondente saquinho e, se de tijolos, aí sim que é um espetáculo!

Os pequenos pegam três tijolos, os adultos sete ou oito e, agilmente, silenciosamente, os apanham das pilhas se retirando exaustos, mas com pressa.

Assim, três, quatro, cinco vezes. As pilhas minguam que é uma beleza. O pai de família de repente sente escrúpulos de decência, e diz:

— Bom, chega, porque senão vão suspeitar.

E do que vai suspeitar o dono? De que em cinco minutos levaram dele duzentos tijolos, e de que às onze ou à meia-noite chegará outro vizinho, temente a Deus e honrado como o anterior, que também "precisa de cem tijolos, mais nada?"

Que o sistema dá resultado, nem é preciso dizer. Tanto que há proprietários que construíram, se não uma casa, mas quase um cômodo, à base desses pequenos furtos. Porque hoje numa obra, amanhã noutra... O caso é como a história da galinha; e nisso o provérbio tem razão: "a galinha, de grão em grão, enche o papo".

4 set.1928

GRUAS ABANDONADAS NA ILHA MACIEL

A ilha Maciel é rica em espetáculos brutais. Nela não se pode delimitar, às vezes, onde termina o canavial e começa a cidade.

Ela tem ruas terríveis, dignas da cinematografia ou do romance.

Ruas de lama negra, com pontezinhas que cruzam de casa a casa. Os cachorros, em fila indiana, cruzam essas pontes para se divertir, e é regozijante vê-los avançar um metro e recuar cinquenta centímetros.

Há ruas ao longo de salgueiros, mais misteriosas do que refúgios de pistoleiros, e um bonde amarelo-ocre põe, sobre o fundo ondulado de chapa de zinco das casas de dois andares, sua movediça sombra de progresso.

Em certos locais, às onze da manhã, na ilha, parece três da tarde. A gente não sabe se se encontra numa margem da África ou nos arredores de uma nova cidade da península do Alasca. Mas é ostensivo que os fermentos de uma crescente civilização estão se forjando entre os estalidos de idiomas estranhos e os "macacões" dos homens, que cruzam lentamente caminhos paralelos a vias que não se sabe aonde irão parar.

Mas o espetáculo que mais chama a atenção ao entrar na ilha, a poucos metros da ponte do Riachuelo, é uma patrulha de vinte gigantes de aço, mortos, ameaçando o céu com os braços enrolados em correntes, abandonados talvez até a oxidação. São vinte gruas que havia alguns anos trabalhavam diante da costa da capital.

Um dia, aconteceu que o frigorífico fez novas instalações, que as transformaram em supérfluas e, desde então, não voltaram a mover seus poderosos braços de aço, cosidos por longas fileiras de rebites.

E é extraordinário ver esses mecanismos abandonados, enfileirados nos trilhos da margem e cercando o céu de azul-cobalto com seus braços em V, oblíquos, e todos parados na mesma direção. Esta parece uma paisagem de algum conto fantástico de Lord Dunsany.

De roldanas negras, carregadas de coágulos de óleo e fuligem, caem as cadeias de elos partidos, e nessa alta solidão de ferro frio e perpendicular, um pardal salta de uma polia para um contrapeso.

E nada mais sombrio do que esse passarinho revoando por entre ferros inúteis, tirantes de ferro corroídos pela oxidação. Ele dá a sensação definitiva de que essas toneladas de aço e de força estão mortas para sempre.

Nem as cabines dos maquinistas se livraram da destruição.

Os vidros desapareceram totalmente, os batentes de madeira, acinzentados, se fendem e se partem, e como uma brancura de osso de esqueleto é a brancura do betume que se desprende lentamente dos contramarcos para seguir o caminho dos vidros. E inclusive o cabo de madeira das alavancas dos guindastes rachou, na incúria do tempo e suas inclemências.

Tudo ao redor revela a destruição aceita.

O molhe, onde cruzam os trilhos que sustentam esses guindastes, também está desmoronando. Numerosas tábuas do piso desapareceram, e as que restam embranquecem como ossadas de dromedários no deserto, e por esses buracos que deixam escapar um vento áspero, se escuta como estala a água escura.

Retorcidos e avermelhados ficam, do que foram, os pregos de cabeça quadrada e as matas de pasto verde.

E por onde se olha, em torno dessas vinte gruas enfileiradas como condenados à morte, ou patíbulos, não se comprova outra realidade que a paralisação da vida. Nos trilhos, as rodas parecem petrificadas sobre seus eixos; sob as abóbadas de seus corpos piramidais os desocupados e os vagabundos construíram refúgios e, se secando ao sol, penduradas por cordas, as roupas recentemente lavadas se movem.

Enquanto faço anotações, por ali sai, debaixo de uma grua, um *criollo* cego, com bigodes brancos. Um cozinheiro de uma balsa, aos gritos, acorda um vagabundo para lhe oferecer uma travessa de sobras de uma macarronada e, unicamente olhando em direção da ponte, ou da água, ou dos bares da vida, a gente se esquece desse espetáculo sinistro, que encarnam os vinte braços, engrinaldados de correntes cheias de fuligem, cercando o céu de um azul-cobalto, entre a desgarrada forma de seus duplos V.

5 jun. 1933

O VESGO APAIXONADO

Há pessoas que têm certa prevenção contra os coxos. Acreditam que são maus, incapazes de uma boa ação. No entanto, hoje eu descobri que um coxo é fichinha perto de um vesgo, sobretudo se se trata de um vesgo que está apaixonado.

Ia sentado hoje no bonde quando, ao virar o olhar, tropecei com um casal constituído de um vesgo robusto, com óculos de armação de tartaruga, e uma rapariga loirona, cara de pseudoestrela cinematográfica (só vendo isso de pseudoestrelas que saíram nestes tempos de perdição). A rapariga tinha um desses olhões que dizem "gosto de todos, todos, menos deste aí que está do meu lado". O vesgo robusto passava uma cantada na moça. Era o namorado, se via de longe, a rapariga loirona escutava semientediada, e o meu vesgo, dá-lhe que dá-lhe. Eu pensava, ao mesmo tempo: "Ela vai enfeitar a sua testa, querido vesgo". E não se poderia nem mesmo me acusar de fazer mau juízo, porque... ainda que vocês me digam... deve haver milhares de cristãos com os dois olhos em ordem para ir escolher um cujo olho está como que cravado num vértice da órbita.

O vesgo fazia seu trabalho amoroso com o olho estropiado. Com o outro, vigiava os passageiros que se seguravam para não sorrir, e ninguém podia subtrair a emoção curiosa que produzia esse fulano, bem penteado, bem banhado e que esgrimia sua "vesguice" como uma tremenda arma de combate destinada a enternecer o coração da loirona.

Porque não tem jeito. O vesgo a cantava com seu olho torto. Eu não sei de que músculos ou nervos se valia para mover o mencionado olho, mas por momentos tinha-se a sensação de que o vesgo enfiava o olho no nariz da rapariga, em seguida passeava seu olhar sobre a assistência masculina, aspirava profundamente o vento e, infatigavelmente, sorvido o ar, voltava à carga com tal denodo que a rapariga, cravando impaciente suas pupilas no olho torto, permanecia como que hipnotizada durante um minuto; em seguida, passeava seu olhar sobre a assistência masculina, com mais deleite do que deve se permitir a uma donzela que vai casar.

O vesgo nem por isso se dava por vencido, mas ao contrário, nos desaires da loirona encontrava incentivo para fazer girar a ortofônica do seu papo furado (me saiu uma frase tipo nova sensibilidade), e essa conversa fiada eterna, com o sujeito que às vezes parecia investir com o nariz e rasgar a cara da moça com o olho torto, não podia ser mais grotesca e patética. E não tinha um só passageiro no bonde que não pensasse:

"Ela vai enfeitar a sua testa, querido vesgo."

O amor não é compatível com a vesguice. Não pode ser. Não será jamais. Um vesgo começa a ver torcidas todas as coisas, menos as que efetivamente estão. Um vesgo não pode falar da lua, das estrelas e das flores, porque sua tendência ao falar dessas belezas é arregalar os olhos, e quando um vesgo arregala os olhos revolve-os furiosamente, como um touro que levam ao matadouro, transformando o romântico da situação em algo assim como um melodrama por etapas.

Um caolho pode ser alegre ou não, um vesgo, não. Um vesgo é sempre suspicaz. Um vesgo não pode ser amado, porque por mais insensível que uma mulher seja, resiste diante desse espetáculo de um olho atravessado que a espia como um foco infernal.

Um vesgo tem tendência ao drama, à tragédia de primeira página, à matança pública ou privada com metralhadora, sabre ou faca. Um vesgo é mais ciumento do que um turco, e se não é ciumento não é vesgo, é então um vesgo apócrifo, um vesgo impossível, um vesgo absurdo.

De vez em quando, o vesgo fazia uma cara ameaçadora, examinava os bons moços do bonde e parecia querer lhes dizer com os olhos:

"Quando eu me casar com esta rapariga, vou trancá-la a sete chaves." Em seguida, levantava o nariz, aspirava ar como um elefante e voltava à carga, e dá-lhe que dá-lhe, como se estivesse diante do Verdún do feminismo, a quem tinha que demolir com canhonaços de conversa fiada.

Indubitavelmente, um vesgo apaixonado é um espetáculo melodramático e tragicômico, sobretudo se dá uma de sentimental e usa óculos e se penteia com brilhantina. Por isso todos nós, tripulantes desse bonde eterno, nos olhávamos como se de repente nos tivessem trasladado para um centro recreativo, enquanto a rapariga loirona olhava em volta, como que dizendo:

"Deixem a gente ir ao cartório e verão em seguida como eu o meto na calçada."

15 fev. 1930

O "FURBO"

Do dicionário italiano-espanhol e espanhol-italiano:

Furbo: tapeador, pícaro.
Furbetto, Furbicello: picarozinho.
Furberia: trapaça, engano.

O autor destas crônicas, quando iniciou seus estudos de filologia "lunfarda", foi vítima de várias acusações, entre as quais, as mais graves lhe delatavam como um solene "contador de lorotas". Sobretudo no que se referia à origem da palavra "berretín", que o infraescrito fazia derivar da palavra italiana "berreto", e a do "squenun", que era um desdobramento de "squena", ou seja, das costas, em dialeto lombardo.

Agora, o autor triunfante e magnificado pelo sacrifício e pelo martírio a que o submeteram seus detratores aparece na liça, como dizem os vates de Jogos Florais (os concursos literários), em defesa de seus foros de filólogo, e apadrinhando a formidável e danada palavra "furbo", que não há malandro que não a tenha vinte vezes por dia na sua bocarra blasfemadora.

Eu insistia em estudos anteriores que a nossa gíria era produto do italiano aclimatado, e agora venho demonstrá-lo com esta outra palavra.

Como se vê, a palavra "furbo", em italiano, expressa a índole psicológica de um sujeito e se refere categoricamente à virtude que imortalizou Ulisses, e que fez com que fosse chamado de o Astuto ou Sutil. Hoje Ulisses não seria o astuto nem o sutil, e sim o chamaríamos sinteticamente de "um furbo". Vemos simbolizadas nele as virtudes dessa raça de desocupados e vagabundos, que passavam o dia pleiteando na ágora, e que eram uns solenes charlatões. Porque os gregos foram isso. Uns charlatões. Eles se caracterizavam pela vadiagem disciplinada e pela pilantragem em todos os seus atos. Delinquentes da antiguidade, infiltraram a estética nos países sãos e, como a maçã podre, decompuseram o robusto e burguês império romano. E sabem vocês por quê? Porque os gregos eram uns "furbos".

Originária das belas colinas do Lácio, como diriam os Gálvez e os Max Rhode, veio à nossa linda terra a palavra furbo. Fresca e sonora nos lábios negros de "pitar" charutos toscanos, dos robustos imigrantes que se estabeleceriam na Boca e em Barracas.

Escutaram-na de seus hercúleos progenitores todos os pirralhos que passavam o dia fazendo diabruras pelos terrenos baldios, e bem sabiam que quando o pai tinha conhecimento de uma barbaridade que não o chatearia, lhes diria meio grave e satisfeito:

— Ah, seu furbo!...

Insistimos no matiz. O pai dizia sem se chatear: "Ah, seu furbo!", e a palavra emitida dessa maneira adquiria nos lábios paternos uma espécie de justificação humorística da pilantragem, e se fortaleceu no dito sentido. O furbo era, na imaginação do moleque, um gênero de astúcia consentida pelas leis paternas e, por conseguinte, louvável, sempre que se saísse bem. E assim ficou fixada na mente de todas as gerações que viriam.

E a prova da existência desse matiz, magistralmente descoberto por nós, está no seguinte fenômeno de dicção:

Nunca se diz de um homem com cujas pilantragens não se simpatiza que é um "furbo" e, sim, em troca, acrescenta-se a palavrinha, mesmo quando se refere a um jovial espertalhão:

— Esse aí?... Ah, esse aí é um "furbo"!

E a palavra furbo vem mitigar a dureza do qualificativo pilantra, ameniza o grave da acusação de enganador ou de astuto, e disfarça, melifica a condição, com o som melífluo que prolonga a virtude negativa.

Um pilantra, estabelecendo com exatidão matemática o valor da frase, é um homem perseguido pelas leis. Um "furbo", não. O "furbo" vive dentro da lei. Acata-a, reverencia-a, adora-a, violando-a setenta vezes ao dia. E as testemunhas desse rompimento das leis sentem regozijo, um regozijo maligno e cheio de espanto, que se traduz nesta admirativa expressão:

— É um "furbo".

Em resumo, o "furbo" é um homem que viola todas as leis, sem perigo de que estas se voltem contra ele, o furbo é o jovial espertalhão que depois de vos haver metido numa confusão, saqueado as algibeiras, vos dá umas palmadinhas amistosas nas costas e vos convida para comer um "risotto", tudo entre gargalhadas bonachonas e falsas promessas de amizade.

Na nossa cidade reconhece-se como típico exemplar do "furbo" o arrematador de ocasião, o corretor de vendas de casas à prestação, o comerciante que sempre fracassa e resolve o "assunto" na "concordata". Tipicamente, ele está enquadrado dentro da ordem comercial, suas astúcias enganadoras se magnificam e se exercitam dentro do terreno dos negócios. Assim, o "furbo" venderá uma casa feita de barro e construída com péssimos materiais como "boa"; se é leiloeiro, só intervirá em negócios equívocos; se é comerciante, desaparecerá um dia, deixando uma quantidade enorme de pequenas dívidas que somam uma grande, mas que em resumo não atingem individualmente a importância necessária para ser processado e, por onde for, entre amigos e desconhecidos, fará algumas das "suas", sem que as pessoas cheguem a se irritar a ponto de tratar de lhe partir a alma, porque em meio a tudo reconhecerá sorrindo que "é um furbo". E o que se há de fazer...

17 ago. 1928

A ORIGEM DE ALGUMAS PALAVRAS DO NOSSO LÉXICO POPULAR

Exaltarei com esmero o benemérito "fiacún".

Eu, cronista meditabundo e entediado, dedicarei todas as minhas energias para fazer o elogio do "fiacún", para estabelecer a origem da "fiaca", e para deixar determinados, de modo matemático e preciso, os alcances do termo. Os futuros acadêmicos argentinos me agradecerão, e eu terei tido o prazer de ter morrido sabendo que trezentos e sessenta e um anos depois me erguerão uma estátua.

Não há portenho, da Boca a Núñez e de Núñez a Corrales, que não tenha dito alguma vez:

— Hoje estou com "fiaca".

Ou que tenha sentado na escrivaninha do seu escritório e, olhando o chefe, não dissesse:

— Tenho uma "fiaca"!

Disso deduzirão seguramente meus assíduos e entusiastas leitores que a "fiaca" expressa a intenção de "se fazer de morto", mas isso é um grave erro.

Confundir a "fiaca" com o ato de se fazer de morto é o mesmo que confundir um asno com uma zebra ou um burro com um cavalo. Exatamente o mesmo.

E, no entanto, à primeira vista parece que não. Mas é assim. Sim, senhores, é assim. E o provarei ampla e rotundamente, de tal modo que não restará dúvida alguma a respeito dos meus profundos conhecimentos de filologia lunfarda.

E não restarão, porque esta palavra é autenticamente genovesa, isto é, uma expressão corrente no dialeto da cidade que o senhor Dante Alighieri tanto detestou.

A "fiaca" no dialeto genovês expressa isto: "Desânimo físico originado pela falta de alimentação momentânea". Desejo de não fazer nada. Languidez. Torpor. Vontade de deitar numa rede durante um século. Desejos de dormir como os dormentes de Éfeso durante uns cento e tantos anos.

É, todas essas tentações são as que expressa a palavra mencionada. E algumas mais.

Me comunicava um distinto erudito nessas matérias que os genoveses da Boca, quando observavam que uma criança bocejava, diziam: "Tem a "fiaca" em cima, tem".

E, imediatamente, lhe recomendavam que comesse, que se alimentasse.

Atualmente, o grêmio de donos de armazéns está formado, em sua maioria, por comerciantes ibéricos, mas há quinze ou vinte anos a profissão de dono de armazém, em Corrales, Boca, Barracas, era desempenhada por italianos e quase todos oriundos de Gênova. Nos mercados se observava o mesmo fenômeno. Todos os donos de bancas, açougueiros, verdureiros e outros comerciantes provinham da "bella Itália" e seus empregados eram rapazes argentinos, mas filhos de italianos. E o termo transcendeu. Cruzou a terra nativa, ou seja, Boca, e foi se esparramando por todos os bairros. O mesmo aconteceu com a palavra "manjar", que é a derivação da perfeitamente italiana "mangiar la follia", ou seja, "perceber".

O fenômeno é curioso, mas autêntico. Tão autêntico que mais tarde prosperou este outro termo, que vale ouro, e é o seguinte: "fazer o rosto".

Então vocês não imaginam o que quer dizer "fazer o rosto"? Ora, fazer o rosto, em genovês, expressa preparar o molho com que se condimentarão os talharines. Nossos ladrões a adotaram e a aplicam quando, depois de cometer um roubo, falam de alguma coisa que ficou fora da venda por suas condições insuperáveis. Isso, o que não podem vender ou utilizar momentaneamente, chama-se "rosto", quer dizer, o molho, que equivale a manifestar: o melhor para depois, para quando tiver passado o perigo.

Voltemos com esmero ao benemérito "fiacún".

Estabelecido o valor do termo, passaremos a estudar o sujeito a quem se aplica. Vocês devem se lembrar de ter visto, sobretudo quando eram rapazes, esses robustos ajudantes de quinze anos, dois metros de altura, cara vermelha feito um pimentão, calças que deixavam descoberta uma meia tricolor, e meio sonsos e brutos.

Esses rapazes eram os que intervinham em todo jogo para amargar a festa, até que um "menino", algum garoto bravo, pregava um belo sopapo neles, eliminando-os da função. Bom, esses grandalhões que não faziam nada, que sempre atravessavam a rua mordendo um pão e com gesto fugidio, esses "pirulões" que passavam a manhã sentados numa esquina ou na soleira do bar de um armazém, foram os primitivos "fiacunes". A eles se aplicou o termo com singular acerto.

Mas a força do costume o fez correr e, em poucos anos, o "fiacún" deixou de ser o rapaz parrudo que acaba trabalhando como puxador para entrar como qualificativo da situação de todo indivíduo que se sente com preguiça.

E, hoje, o "fiacún" é o homem que, momentaneamente, não tem vontade de trabalhar. A palavra não engloba uma atitude definitiva como a de "squenun", mas tem, sim, uma projeção transitória e relacionada com esse outro ato. Em todo escritório público ou privado, onde há pessoas respeitosas do nosso idioma, e um empregado vê que seu companheiro boceja, imediatamente pergunta:

— Você está com "fiaca"?

Esclarecimento. Não se deve confundir esse termo com o de "se fazer de morto", pois se fazer de morto supõe premeditação de não fazer algo, enquanto a "fiaca" exclui qualquer premeditação, elemento constituinte da aleivosia, segundo os juristas. De modo que o "fiacún", ao se negar a trabalhar, não age com premeditação, mas instintivamente, o que o faz digno de todo respeito.

24 ago. 1928

DIVERTIDA ORIGEM DA PALAVRA "SQUENUN"

Em nosso amplo e pitoresco idioma portenho está na moda a palavra "squenun". Que virtude misteriosa revela tal palavra? Sinônimo de quais qualidades psicológicas é o mencionado adjetivo? Ei-lo aqui:

No puro idioma de Dante, quando se diz "squena dritta" se expressa o seguinte: Costas endireitadas ou retas, isto é, diz-se da pessoa a quem se faz a homenagem dessa poética frase, que tem as costas retas; mais amplamente, que suas costas não estão cansadas por nenhum trabalho e sim que se mantêm eretas devido a uma louvável e persistente vontade de não fazer nada; mais sinteticamente, a expressão "squena dritta" se aplica a todos os indivíduos folgados, tranquilamente folgados.

Nós, ou seja, o povo, assimilamos a classificação, mas achando-a excessivamente longa, a reduzimos à clara, ressonante e breve palavra "squenun".

O "un" final é onomatopaico, arredonda a palavra de modo sonoro, lhe dá categoria de adjetivo definitivo, e o grave "squena dritta" se converte, por essa antítese, num jovial "squenun", que expressando a mesma ociosidade a suaviza com particular jovialidade.

Na bela península itálica, a frase "squena dritta" é utilizada pelos pais de família quando se dirigem a seus párvulos, nos quais descobrem uma incipiente tendência à vagabundagem. Isto é, a palavra se aplica aos menores de idade que oscilam entre os catorze e os dezessete anos.

No nosso país, na nossa cidade, melhor dizendo, a palavra "squenun" se aplica aos poltrões maiores de idade, mas sem tendência a ser *compadritos*, isto é, tem sua exata aplicação quando se refere a um filósofo de botequim, a um desses perdulários grandalhões, estoicos, que arrastam as alpargatas para ir ao armazém comprar um maço de cigarros e, em seguida, voltam para casa para subir ao terraço, onde ficarão tomando banho de sol até a hora de almoçar, indiferentes aos resmungos do "velho", um velho que sempre está podando a vinha caseira e que usa chapéu preto, graxento como o eixo de um carro.

Em toda família dona de uma casinha, aparece o caso do "squenun", do poltrão filosófico, que reduziu a existência a um mínimo de necessidades, e que lê os tratados sociológicos da Biblioteca Vermelha e da Casa Sempere.

E as mães, as boas velhas que protestam quando o grandalhão lhes pede algum para um maço de cigarros, têm uma estranha queda por esse filho "squenun".

Defendem-no do ataque do pai, que às vezes se azeda feio, defendem-no dos cochichos dos irmãos, que trabalham como Deus manda, e as pobres anciãs, enquanto cerzem o calcanhar de uma meia, pensam consternadas por que esse "garoto tão inteligente" não quer trabalhar, a exemplo dos outros?

O "squenun" não se aflige com nada. Leva a vida com uma serenidade tão extraordinária que não há mãe no bairro que não lhe tenha ódio... esse ódio que as mães alheias têm por esses poltrões que podem, algum dia, fazer a filha cair de amores. Ódio instintivo e que se justifica, porque por sua vez as moças sentem curiosidade por esses "squenunes" que lhes dirigem olhares tranquilos, cheios de uma sabedoria inquietante.

Com esses dados tão sabiamente acumulados, acreditamos pôr em evidência que o "squenun" não é um produto da modesta família portenha, nem tampouco da espanhola, e sim da autenticamente italiana, ou melhor, genovesa ou lombarda. Os "squenunes" lombardos são mais refratários ao trabalho do que os "squenunes" genoveses.

E a importância social do "squenun" é extraordinária em nossas freguesias. Pode-se encontrá-lo na esquina da Donato Álvarez e Rivadavia, em Boedo, em Triunvirato e Cánning, em todos os bairros ricos, em casinhas de proprietários itálicos.

O "squenun" com tendências filosóficas é aquele que organizará a Biblioteca "Florencio Sánchez" ou "Almafuerte"; o "squenun" é quem na mesa do café, entre os outros que trabalham, proferirá cátedras de comunismo e "de que aquele que não trabalha não come"; ele, que não faz absolutamente nada o dia todo, a não ser tomar banho de sol, assombrará os outros com seus conhecimentos do livre-arbítrio e do determinismo; em resumo, o "squenun" é o mestre da sociologia do café do bairro, onde recitará versos anarquistas e as *Evangélicas* do tagarela do Almafuerte.[1]

O "squenun" é um fenômeno social. Queremos dizer, um fenômeno de cansaço social.

Filho de pais que a vida toda trabalharam infatigavelmente para amontoar os tijolos de uma "casinha", parece que traz em sua constituição a ansiedade de descanso e de festas que os "velhos" jamais puderam gozar.

Entre todos da família que são ativos e que se viram de mil maneiras, ele é o único indiferente à riqueza, à poupança, ao porvir. Nada lhe interessa nem tem importância. A única coisa que pede é que não o incomodem, e a única coisa que deseja são os quarenta centavos diários, vinte para o cigarro e outros

---

[1] Almafuerte, pseudônimo de Pedro Bonifacio Palacios (1854-1917), educador e autor de prosa e poesia. Por suas ideias políticas, por sua ampla divulgação nas esferas populares, merecia a simpatia dos jovens iconoclastas de então; seus versos eram recitados pelos jovens boêmios, que se consideravam críticos da sociedade. Às vezes Arlt caçoava de Almafuerte, mas sempre de uma maneira carinhosa, como fazia com os amigos (Cf. Daniel C. Scroggins, *Las aguafuertes porteñas de Roberto Arlt*. Buenos Aires: Ediciones Culturales Argentinas, 1981, p. 91).

vinte para tomar café no bar, onde, atarracado à mesa, uma orquestra típica o faz sonhar horas e horas.

Com esse orçamento se acomoda. E que trabalhem os outros, como se ele trouxesse nas costas um cansaço enorme antes mesmo de nascer, como se todo o desejo que o pai e a mãe tiveram de um domingo perene estivesse arraigado em seus ossos eretos de "squena dritta", isto é, de homem que jamais será estafado pelo peso de nenhum fardo.

7 jul. 1928

A TRISTEZA DO SÁBADO INGLÊS

Será, por acaso, porque passo vagabundeando a semana toda, que o sábado e o domingo me parecem os dias mais chatos da vida? Acho que o domingo é tremendamente chato e que o sábado inglês é um dia triste, com a tristeza que caracteriza a raça que lhe pôs seu nome.

O sábado inglês é um dia sem cor e sem sabor; um dia que "não fede nem cheira" na rotina das pessoas. Um dia híbrido, sem caráter, sem gestos.

É dia em que prosperam as rixas conjugais e no qual as bebedeiras são mais lúgubres do que um "de profundis" no crepúsculo de um dia nublado. Um silêncio de tumba pesa sobre a cidade. Na Inglaterra ou em países puritanos, se entende. Ali faz falta o sol que é, sem dúvida alguma, a fonte natural de toda alegria. E como chove ou neva, não há aonde ir; nem às corridas, sequer. Então as pessoas ficam nas suas casas, ao lado do fogo, e já cansadas de ler *Punch*, folheiam a Bíblia.

Mas para nós o sábado inglês é um presente moderníssimo que não nos convence. Já tínhamos de sobra com os domingos. Sem dinheiro, sem ter aonde ir e sem vontade de ir à parte alguma, para que queríamos o domingo? O domingo é uma instituição sem a qual a humanidade vivia muito comodamente.

Deus Pai descansou no domingo, porque estava cansado de ter feito esta coisa tão complicada que se chama mundo. Mas o que fizeram durante os seis dias todos esses folgados que andam por aí, para descansar no domingo? Além disso, ninguém tinha direito de nos impor mais um dia de folga. Quem pediu? Para que serve?

A humanidade tinha que aguentar um dia por semana sem fazer nada. E a humanidade se chateava. Um dia de "moleza" era suficiente. Aí vêm os senhores ingleses e... que bonita ideia! Eles nos impingem mais outro, o sábado.

Por mais que se trabalhe, um dia de descanso por semana é mais do que suficiente. Dois são insuportáveis em qualquer cidade do mundo. Sou, como vocês verão, um inimigo declarado e irreconciliável do sábado inglês.

Gravata que a semana toda permanece engavetada. Terno que ostensivamente tem a rigidez das roupas bem guardadas. Botas que rangem. Óculos com armação de ouro, para o sábado e o domingo. E tal aspecto de satisfação de si mesmo que dava vontade de matá-lo. Parecia um noivo, um desses noivos que compram uma casa à prestação. Um desses noivos que dão um beijo a prazo fixo.

Tinha as botas tão cuidadosamente lustradas que, quando saí do carro, não me esqueci de lhe pisar um pé. Se não há gente por perto, o homem me assassina.

Depois desse palerma, há outro homem do sábado, o homem triste, o homem que cada vez que vejo me penaliza profundamente.

Eu o vi inúmeras vezes, e sempre me causou a mesma e dolorosa impressão.

Caminhava eu um sábado pelo passeio, na sombra, pela Alsina — a rua mais lúgubre de Buenos Aires —, quando pela calçada oposta, pela calçada do sol, vi um empregado, de costas encurvadas, que caminhava devagar, levando pela mão uma criança de três anos.

A criança exibia, inocentemente, um desses chapeuzinhos com fitas que, sem serem velhos, são deploráveis. Um vestidinho rosa recém-passado. Uns sapatinhos para os dias de festa. Caminhava devagar a garotinha e, mais devagar ainda, o pai. E de repente tive a visão da sala de uma casa de aluguel, e a mãe da criança, uma mulher jovem e enrugada pela penúria, passando as fitas do chapéu da garotinha.

O homem caminhava devagar. Triste. Entediado. Eu vi nele o produto de vinte anos de guarita e catorze horas de trabalho e um salário de fome, vinte anos de privações, de sacrifícios estúpidos e do sagrado terror de que o joguem na rua. Vi nele Santana, personagem de Roberto Mariani.[1]

E no centro, a tarde de sábado é horrível. É quando o comércio se mostra em sua nudez espantosa. As portas de aço têm rigidezes agressivas.

Os porões das casas importadoras vomitam fedores de breu, de benzeno e de artigos de ultramar. As lojas fedem a borracha. As serralherias, a pintura. O céu parece, de tão azul, que está iluminando um estabelecimento comercial na África. As tavernas para apontadores de apostas permanecem solitárias e lúgubres. Algum porteiro joga mus com um faxineiro na beirada de uma mesa. Meninos que parecem ter nascido por geração espontânea por entre os musgos das casas-bancas[2] aparecem na porta de "entrada para empregados" dos depósitos do dinheiro. E experimenta-se o terror, o espantoso terror de pensar que a essa mesma hora em vários países as pessoas se veem obrigadas a não fazer nada, mesmo que tenham vontade de trabalhar ou de morrer.

Não, não tem jeito; não há dia mais triste do que o sábado inglês nem do que o empregado que, num sábado desses, está procurando ainda, à meia-noite, numa empresa que tem sete milhões de capital, um erro de dois centavos no balanço do fim do mês!

9 set. 1928

---

[1] Roberto Mariani (1892-1946), autor de contos, romances e poesia, foi integrante do Boedo, "mas não foi um escritor característico do grupo, devido ao natural esmero na forma e uma temática não proletária, que foi se tornando cada vez mais psicologista" (César Aira, *Diccionário de autores latinoamericanos*. Buenos Aires: Emecé, 2001, p. 341). Dentre sua obra, só para citar duas, estão *Cuentos de la oficina* (1923) e *La frecuentación de la muerte* (1930). Fazia parte do círculo de amizades de Arlt.

[2] Casas que funcionam como bancas de apostas.

A MOÇA DA TROUXA

Todos os dias, às cinco da tarde, eu tropeço em moças que foram buscar costura.

Magras, angustiadas, sofridas. O pó de arroz não chega a cobrir as gargantas onde sobressaem os tendões; e todas caminham com o corpo inclinado para um lado: o costume de levar a trouxa sempre no braço oposto.

E os pacotes são maciços, pesados: dão a sensação de conter chumbo, de tal maneira elas tencionam a mão.

Não se trata de fazer sentimentalismo barato. Não. Mas mais de uma vez fiquei pensando nessas vidas, quase absolutamente dedicadas ao trabalho. Senão, vejamos.

Quando essas moças fizeram oito ou nove anos, tiveram que carregar um irmãozinho nos braços. O leitor, como eu, deve ter visto no arrabalde essas remelentas que carregam um molequinho no braço e que passeiam pela calçada esbravejando contra o remelento, e vigiadas pela mãe que salpicava água na bateia.

Assim até os catorze anos. Depois, o trabalho de ir buscar costuras; manhãs e tardes inclinadas sobre a Neumann ou a Singer, fazendo passar todos os dias metros e mais metros de tecido, e terminando às quatro da tarde, para se trocar, colocar o vestido de percal, preparar o embrulho e sair; sair carregadas e voltar do mesmo jeito, com outro pacote que é preciso "passar na máquina". A mãe sempre lava a roupa; a roupa dos filhos, a roupa do pai. E essas são as moças que aos sábados à tarde escutam a voz do irmão, que grita:

— Ei, Angelita. Passa logo a camisa que eu tenho que sair.

E Angelita, Maria ou Juana, na tarde de sábado trabalham para os irmãos. E passam a roupa cantando um tango que aprenderam de memória em *A alma que canta*; porque isso, os romances em fascículos e uma sessão de cinematógrafo, é o único divertimento das moças de que estou falando.

Digo que essas moças me dão pena. Um belo dia, elas ficam noivas e nem por isso deixam de trabalhar, pois o noivo (também um rapaz que a faz dar duro o dia todo) à noite cai em casa para fazer amor.

E como o amor não serve para pagar a caderneta do armazém, trabalham até três dias antes de se casar, e o casamento não é uma mudança de vida para a mulher do nosso meio pobre, não; pelo contrário, é um aumento de trabalho e, na semana em que se casaram, é possível ver essas mulherzinhas sobre a máquina. Voltaram para a costura, e no mesmo ano há um garoto no berço, e essa moça já está enrugada e cética; agora tem que trabalhar para o filho, para o marido, para a casa... Cada ano um novo filho e sempre mais preocupações e sempre a mesma pobreza; a mesma escassez, o mesmo dinheiro contado, o mesmo problema que existia na casa dos seus pais se repete na sua, só que maior e mais árduo.

E agora você vê essas mulheres cansadas, magras, feias, nervosas, estridentes.

E tudo isso foi originado pela miséria, pelo trabalho; e de repente você associa os anos de vida até a maturidade e, com assombro, quase misturado de espanto, a gente se pergunta:

— Em tantos anos de vida, quantos minutos de felicidade essas mulheres tiveram?

E você, com terror, sente que lá de dentro uma voz responde que essas mulheres nunca foram felizes! Nunca! Nasceram sob o signo do trabalho e desde os sete ou nove anos até o dia em que morrem, não fizeram nada mais do que produzir, produzir costuras e filhos, uma coisa e outra, e mais nada.

Cansadas ou doentes, trabalharam sempre. Que o marido estava sem trabalho? Que um filho ficou doente e tinha que pagar dívidas? Que os velhos morreram e teve que empenhar para o enterro? Veja você; nada mais que um problema: o dinheiro, a escassez de dinheiro. E junto a isso, umas costas encurvadas, uns olhos que vão ficando cada vez menos brilhantes, um rosto que ano após ano vai se enrugando um pouquinho mais, uma voz que perde, à medida que o tempo passa, todas as inflexões de sua primitiva doçura, uma boca que só se abre para pronunciar estas palavras:

— É preciso fazer economia. Não se pode gastar.

Se você não leu *O sonho de Makar*, de Vladimiro Korolenko, trate de ler.

O assunto é este. Um camponês que vai ser julgado por Deus. Mas Deus, que anota todas as barbaridades que nós mortais fazemos, diz para o camponês:

— Você foi um pilantra. Mentiu. Se embebedou. Bateu na tua mulher. Roubou-a e levantou falso testemunho contra teu vizinho. — E a balança carregada das culpas de Makar se inclina cada vez mais para o inferno, e Makar tenta trapacear Deus pisando no prato oposto; mas aquele descobre e, então, insiste: — Vê como eu tenho razão? Você é um trapaceiro, além de tudo. Tenta enganar a mim, que sou Deus.

Mas, de repente, acontece uma coisa estranha. Makar, o brutamontes, sente que uma indignação desperta em seu peito e, então, se esquecendo que está na presença de Deus, se enche, e começa a falar; conta seus sacrifícios, suas aflições, suas privações. É verdade que batia na sua mulher, mas batia nela porque estava triste; é verdade que mentia, mas outros que tinham muito mais do que ele também mentiam e roubavam. E Deus vai sentindo pena de Makar, compreende que Makar foi, sobre a terra, como a organização social o moldara e, subitamente, as portas do Paraíso se abrem para ele, para Makar.

Eu me lembrei do sonho de Makar, pensando que alguém *in mente* diria que não conhecia eu os defeitos das pessoas que vivem sempre na penúria e aflitas. Agora você sabe o porquê da citação, e o que quer dizer o "sonho de Makar".

19 nov. 1929

NEM OS CACHORROS SÃO IGUAIS

Caí numa maravilhosa pensão. O edifício ameaça vir abaixo de um dia para o outro, mas o quintal está tão cheio de plantas, trepadeiras e parreiras, pombas, galinhas e pássaros, que não trocaria meu quartinho com grade de ferro por toda a Pasaje Güemes. A dona é gorda, citrina e caolha. Um dos seus garotos deve ter algum problema nas glândulas de secreção interna, outro é estrábico. Em resumo: é um casarão estupendo que me lembra a Arca de Noé. É uma antiga casa de Flores, e quando se fala de Flores, é preciso tirar o chapéu porque é a freguesia mais linda da capital. Pena que estragaram a igreja, pintando-a e colocando um para-raios dourado na cabeça de um santo. Isso é um escândalo que, se eu fosse arcebispo, corrigiria imediatamente.

Não desviemos do assunto e vamos direto ao ponto. Na maravilhosa casa que está caindo aos pedaços, além das pombas, galinhas, pássaros e outros bicharocos com penas cujo nome zoológico ignoro, habitam dois cachorros que são exclusiva propriedade da dona da pensão.

Um cachorro se chama Chaplin e o outro se chama Guitarrita.

Chaplin e Guitarrita não se dão bem, pelo que eu observo.

Chaplin é cachorro mocinho, com barbas no focinho; barbas ralas ainda. Isso não o impede de ser bem-educado. Assim que me viu pela primeira vez, pulou ao meu encontro latindo para mim. A dona lhe disse um autoritário "Passa Chaplin!", e Chaplin, tratando de se congratular comigo, baixou a cabeça, cheirou a ponta dos meus sapatos e balançou a cauda.

Em seu entendimento de cachorro respeitador das leis que regem a vida da sociedade, fez-se nítido o conceito de que eu era um favorecedor de sua dona, e como tal me olhou e me acolheu, se solidarizando completamente com sua patroa, que me enumerava todas as belezas de uma cama com pulgas e de um sofá coberto de tecido dourado que é uma maravilhosa encubadora de pulgas. À medida que a dona da pensão se enternecia me descrevendo seu populoso sofá, Chaplin abanava mais e mais a cauda, como se quisesse me dar a entender que ele, em sua qualidade de cachorro delicado, também tinha apreciado as condições de melifluidade e maciez do sofá.

À noite, quando fui jantar, Chaplin compareceu. Me olhou, mexeu sua cauda com jeito de "bom proveito" e em seguida escapuliu para não ser inoportuno.

No dia seguinte, quando eu acabava de almoçar, passou Guitarrita. Guitarrita é baixinho, castanho, focinho ratoeiro. Me olhou de esguelha e passou rapidamente. "Vem Guitarrita", eu lhe disse, mas foi como se não o tivesse chamado. Virou a cabeça como que para lascar uma dentada, e se enfiou no refeitório.

"Mau sujeito esse cachorro", pensei, e me sentando numa rede, fiquei contemplando beatificamente as pombas metidas por entre o verdor das trepadeiras.

Pouco depois, grave e escorregadiço, Guitarrita tornou a passar. Queria me olhar, mas não me demonstrar seu desejo de que me observava e, como quem não quer nada, deu uma volta diante da minha rede, enquanto, com o rabo do olho, me espreitava cheio de gana. Novamente, cordial, eu lhe disse:

— Vem, Guitarrita, vem.

Mas como se o tivesse insultado, ou quisesse lhe tirar um osso, ele virou bruscamente a cabeça e apressou o movimento de suas curtas patas.

Não havia transcorrido dez minutos, e Guitarrita volta a passar! Dessa vez, digno, sem olhar. "Maldito cachorro! — pensei. Está se fazendo de difícil." E já não voltei a lhe dizer nada.

Acho que o meu silêncio deve tê-lo ofendido, porque ele retornou poucos minutos depois; deu uma volta mais extensa que nunca ao chegar ao lugar onde eu tomava meu banho de sol e, para que não restasse dúvida alguma de que ele, Guitarrita, me desprezava cordialmente, descobriu o beiço mostrando a brilhante curvatura dos dentes. E eu fiquei pensando:

— Tenho cá para mim que Chaplin e Guitarrita são dois temperamentos diferentes. Chaplin é respeitoso, cordial, amável. Chaplin, se fosse homem, pertenceria à Sociedade dos Amigos da Arte ou da Cidade; em compensação, Guitarrita é pessimista. Deve ter recebido mais de um pontapé dos pensionistas, e seu entendimento de cão com experiência o ensinou a desconfiar dos homens e a se manter numa solidão azeda, num isolamento que não cede nem com a doçura das pombas, porque assim que uma dessas se aproxima dele, Guitarrita, subitamente zangado, lhe dá uma mordida, não sem se certificar previamente, com um rápido olhar, se o dono pode vê-lo.

Guitarrita vive orgulhosamente só. Prescinde de afetos. Está no casarão como se se encontrasse na selva ou no desterro. Vai e vem com independência absoluta, enquanto Chaplin, prestando atenção em como seu dono transforma em lebre um gato, levanta a cabeça com os olhos lustrosos de cordialidade.

E enquanto as pombas arrulhavam entre as glicínias e as galinhas ciscavam, fiquei pensando que nem os cachorros são iguais, que cada animal tem um caráter diferente, tão diferente que, de repente, ao ver que um frango bota para correr outro tão grande como ele, a bicadas, pergunto:

— Por que esse frango, aparentemente forte como o outro, fugiu deste que fica desfrutando sozinho um canteirinho de grama? Se os frangos pudessem dividir a terra, esse frango autoritário e cabreiro seria o patrão e o outro... vai se saber o que seria!

19 jan. 1930

O SINISTRO OLHEIRO

O Sinistro Olheiro é um espertalhão que existe em todos os bairros da nossa cidade.

O Sinistro Olheiro é o homem que não chegou a ser absolutamente nada na vida. Persiste como um fenômeno que se mantém de maneira absurda e diversa. Às vezes, e é o mais frequente, o Sinistro Olheiro desfruta de uma rendinha. Parece mentira; noventa e nove por cento dos casos de olheiros que eu estudei apresentavam a particularidade psicológica de uma moleza somada à economia de uma rendinha mixuruca.

Em geral o olheiro é amigo de um comerciante. Ou de vários. Levanta-se às nove ou às dez da manhã. Sai. E vai se instalar na beira do caixa de seu amigo, o negociante. Está ali há horas, dá-lhe que dá-lhe, de papo com o outro. O outro lhe confia seus pesares. Suas angústias econômicas. Os problemas que tem com sua mulher ou com seu sócio. O Sinistro Olheiro escuta. Escuta tudo. Em seguida:

— Não se queixe do que está acontecendo com o senhor. Com fulano foi pior...

O negociante levanta a cabeça do livro-caixa, morde a ponta da caneta e faz esta reflexão:

— Mas o caso é que não posso levantar a promissória.

— É que nunca se deve assinar promissórias...

O comerciante contempla o Sinistro Olheiro. Este diz a verdade, mas o que fazemos com as verdades quando não podemos utilizá-las para nada? Por sua vez, o olheiro pensa: "Como o X vai ficar contente quando souber que este daqui não pode levantar a promissória". O chão arde sob os pés do olheiro. Gostaria de escapulir para levar a notícia ao outro. Aquele que se confia ao olheiro também sabe que o olheiro está se coçando para vomitar a notícia que lhe foi comunicada. Porque essa é a única missão do olheiro. Ir e levar e trazer casos entre os comerciantes. Quer dizer, a missão do olheiro ou, sua especialidade, são os comerciantes. O olheiro não se interessa pelos dramas conjugais dos que se confiam a ele. Não. A única coisa que sacode o espírito do olheiro são os próximos desastres econômicos dos que se dedicam ao comércio.

Muitas vezes, o olheiro é um indivíduo que teve um negócio. Passou o diabo, quebrou, teve que rematar, o caso é que do negócio lhe restou um resíduo em metálico, que vai consumindo lentamente. Como seu meio é o comercial e não outro, e ali tem suas amizades, o olheiro vai passar as horas mortas no estabelecimento de seus confrades que, aparentemente, têm mais sorte que ele. E a hora das visitas do olheiro é pela manhã. Pela manhã, a maioria dos estabelecimentos carece de movimento. O olheiro chega e se instala. Os empregados da casa odeiam cordialmente o olheiro.

Odeiam-no porque suspeitam, com fundada razão, que é ele quem transmite ao patrão as fofocas sobre seus comportamentos.

Observe e verá se não é verdade. O patrão, de braços cruzados na porta do seu estabelecimento ou atrás do caixa, escuta as notícias que o olheiro lhe dá. O olheiro está informado de uma porção de coisas. Por exemplo: que X pediu convocatória de credores, que N teve negado um crédito no banco, que a F a casa atacadista B se negou a renovar um vencimento, que H teve um bate-boca com o corretor de XXXX e quase saem aos pontapés... e assim... uma atrás da outra vai vomitando suas notícias, e todas são negativas. Ei-las aqui:

— Lembra do V, aquele que lhe passou um cheque sem fundos? Vi ele com um magnífico automóvel... o que é ser um pilantra... eles sempre têm sorte...

Ou então...

— Lembra do Z, que lhe passou esse stock de mercadoria fajuta? Instalou um negócio assim (o correspondente movimento de punho)... O senhor não poderia iniciar uma demanda judicial agora? (Faz a pergunta porque sabe que é impossível.)

Outras vezes:

— Sabe?... Me disseram que o N quer se instalar por aqui. (O N é um ex-empregado do patrão e o difamou em todos os sentidos...)

Assim passa a manhã o Sinistro Olheiro. Repartindo notícias. Sai da casa de fulano e entra na de beltrano.

Todos detestam o Sinistro Olheiro. Mas todos desejam sua companhia. Dentre os muitos maus momentos que ele lhes proporciona, algumas vezes traz uma dessas notícias que eletrizam de alegria a alma do comerciante. Todos o detestam, mas falte um dia o Sinistro Olheiro e, no dia seguinte, ao entrar no estabelecimento, o negociante respira. Respira porque sente falta dele. Respira, porque o Sinistro Olheiro é seu duplo, o duplo carregado de ruindades e invejas que a terrível luta pela vida suscita cotidianamente.

E o Sinistro Olheiro sabe disso. Não desconhece que ele, como os outros, faz parte dessa engrenagem, onde o competidor, o ave negra, o corretor, o fraudulento, são rodinhas indispensáveis para o satisfatório funcionamento da máquina econômica do bairro.

25 fev. 1930

A TRAGÉDIA DE UM HOMEM HONRADO

Todos os dias eu assisto à tragédia de um homem honrado. Esse homem honrado tem um café que bem pode estar avaliado em trinta mil pesos ou algo mais. Bom: esse homem honrado tem uma esposa honrada. Colocou essa esposa honrada para cuidar da vitrola. Tal procedimento lhe poupa os oitenta pesos mensais que teria que pagar a um vitrolista. Mediante esse sistema, meu homem honrado economiza, no fim do ano, a respeitável soma de novecentos e sessenta pesos, sem contar os juros capitalizados. Ao fim de dez anos terá poupado...

Mas meu homem honrado é ciumento. E como compreendi que é ciumento! Montando guarda atrás do caixa, vigia, não só o consumo de seus fregueses, mas também os olhares destes para sua mulher. E sofre. Sofre honradamente. Às vezes fica pálido, às vezes seus olhos fulguram. Por quê? Porque algum engraçadinho se embota mais do que o devido com as rechonchudas panturrilhas de sua cônjuge. Nessas circunstâncias, o homem honrado olha para cima, para se assegurar se sua mulher corresponde às inflamadas olhadelas do cliente, ou se se entretém em ler uma revista. Sofre. Eu vejo que sofre, que sofre honradamente; que sofre esquecendo nesse instante que sua mulher lhe proporciona uma economia diária de dois pesos e sessenta e cinco centavos; que sua legítima esposa proporciona à poupança novecentos e sessenta pesos anuais. Sim, sofre. Seu honrado coração de homem prudente, no que concerne ao dinheiro, conturba-se e se esquece dos juros quando algum açougueiro ou fiscal de ônibus estuda a anatomia topográfica de sua também honrada cônjuge. Mas sofre mais ainda quando aquele que se deleita contemplando os encantos de sua esposa é algum rapazola robusto, com bigodinhos insolentes e costas suficientemente poderosas como para poder suportar qualquer trabalho extraordinário. Então meu homem honrado olha desesperadamente para cima. Os ciúmes que os divinos gregos imortalizaram lhe desarranjam a economia, põem abaixo a quietude, lhe minam a alegria de poupar dois pesos e sessenta e cinco centavos por dia; e, desesperado, range os dentes e olha para o seu cliente como se quisesse dar nele tremendos beliscões nos rins.

Eu compreendo, sem ter falado uma só palavra com esse homem, o problema que sua alma honrada está encarando. Eu o compreendo, o interpreto, o "manjo". Esse homem se encontra diante de um dilema hamletiano, diante do problema da burra de Balaão, diante... diante do horrível problema de poupar oitenta mangos mensais! São oitenta pesos. Vocês sabem os pacotes, as cestas, as jornadas de dezoito horas que esse aí trabalhou para ganhar oitenta pesos mensais? Não; ninguém imagina.

Daí que o compreendo. Ao mesmo tempo, ama sua mulher. Como é que não vai amá-la! Mas não pode fazer outra coisa senão colocá-la para trabalhar, como o famoso mão-de-vaca Anatole France não pôde fazer menos que cortar umas rebarbas das moedas de ouro que oferecia à Virgem: seguia fiel ao seu costume.

E oitenta pesos são oito notas de dez pesos, dezesseis de cinco e... dezesseis notas de cinco pesos, é dinheiro... é dinheiro...

E a prova de que nosso homem é honrado, é que sofre assim que começam a olhar o cônjuge. Sofre visivelmente. Que fazer? Renunciar aos oitenta pesos, ou se resignar a uma possível desilusão conjugal?

Se esse homem não fosse honrado, não lhe importaria que cortejassem sua própria esposa. Mais ainda, se dedicaria como o célebre senhor Bergeret, suportando estoicamente sua desgraça.

Não; meu cafeteiro não tem pinta de marido extremamente complacente. Nele ainda pulsa o Cid, o dom Juan, o Calderón de la Barca e toda a honra da raça, misturada à terribilíssima avareza das pessoas da terrinha.

São oitenta pesos mensais. Oitenta! Ninguém renuncia a oitenta pesos mensais à toa. Ele ama a mulher; mas seu amor não é incompatível com os oitenta pesos.

Também ama sua testa limpa de qualquer enfeite, e também ama seu negócio, a economia bem organizada, a ficha de depósito no banco, o talão de cheques. Como ama o dinheiro esse homem honradíssimo, malditamente honrado!

Às vezes vou ao seu café e fico uma hora, duas, três. Ele acha que quando olho para sua mulher estou pensando nela, e está enganado. Penso é em Lênin... em Stálin... em Trotski... Penso, com uma alegria profunda e endemoniada na cara, no que esse homem faria se amanhã um regime revolucionário lhe dissesse:

— Todo teu dinheiro é papel pintado...

1º fev. 1930

OS TOMADORES DE SOL NO BOTÂNICO

A tarde de ontem, segunda-feira, foi esplêndida. Sobretudo para as pessoas que nada tinham para fazer. E mais ainda para os tomadores de sol consuetudinários. Gente de princípios higiênicos e naturistas, já que se resignam a ter as botinas rotas a perder seu banhozinho de sol. E depois há cidadãos que se lamentam de que não haja homens de princípios. E estudiosos. Indivíduos que sacrificam seu bem-estar pessoal para estudar botânica e seus derivados, aceitando ir com o terno esfarrapado a perder tão preciosos conhecimentos.

Examinando as pessoas que pululam pelo Jardim Botânico, a gente acaba por se propor este problema:

Por que as ciências naturais possuem tanta aceitação entre sujeitos que têm catadura de vadios? Por que as pessoas bem vestidas não se dedicam, com tanto frenesi, a um estudo semelhante, saudável para o corpo e para o espírito? Porque isso é indiscutível: o estudo da botânica engorda. Não vi um bebedor de sol que não tenha a pele lustrosa e um corpaço bem nutrido e mais bem descansado.

Que aspecto, que bonomia! Que edificação exemplar para um senhor que tenha tendências ao misticismo! Porque vocês não podem deixar de reconhecer que uma ciência tão infusa como a botânica deve ter virtudes essenciais para engordar sujeitos que calçam botinas rotas.

Não há outra explicação. É verdade que o repouso deve contribuir em algo, mas nesse assunto age ou influi algum fator estranho e fundamental. Até os jardineiros tendem à obesidade. O porteiro — os porteiros estão bem saciados —, os subjardineiros, já adquiriram esse aspecto de satisfação íntima que produzem as conezias municipais; e até os gatos que vivem no alto dos pinheiros impressionam favoravelmente pela sua inesperada grossura e lustrosa pelagem.

Eu acredito ter esclarecido o mistério. As pessoas que frequentam o Jardim Botânico estão gordas pela influência do latim.

Efetivamente, todas as tabuletas das árvores estão redigidas no idioma melífluo de Virgílio. Aquele que não está acostumado se embanana. Mas os assíduos visitantes deste jardim já devem estar acostumados, e sofrem os benefícios desse idioma, porque observei o seguinte:

Como eu ia dizendo, fui até lá ontem à tarde. Me sentei num banco e, de repente, observei dois jardineiros. Com um rastelo na mão olhavam a tabuleta de uma árvore. Em seguida, olhavam-se entre si e voltavam a olhar a tabuleta. Para não interromper suas meditações mantinham o rastelo completamente imóvel, de modo que não restava dúvida alguma de que essa gente ilustrava seus magníficos espíritos com a tabuleta escrita no idioma do maçante Virgílio.

E o êxtase que tal leitura parecia lhes produzir devia ser infinito, já que os dois indivíduos, completamente quietos, como outros tantos budas à sombra da árvore da sabedoria, não moviam o rastelo nem de brincadeira. Tal fato me chamou extremamente a atenção, e decidi continuar minha observação. Mas passou uma hora e eu me enchi. O delíquio desses folgados diante da tabuleta era imenso. O rastelo permanecia junto deles como se não existisse.

Vocês percebem agora a influência do latim botânico sobre os espíritos superiores? Esses homens, em vez de arar a terra, como era seu dever, permaneciam de braços cruzados em honra da ciência, da natureza e do latim. Quando fui embora, virei a cabeça. Continuavam meditando. Os rastelos esquecidos. Não me pareceu estranho que engordassem.

E vi inúmeras pessoas entregues à santa paz do verde. Todos meditando nos letreiros latinos que se oferecem em profusão à vista do público. Todos tranquilinhos, imperturbáveis, adormecidos, tomando sol como lagartos ou crocodilos e encantados da vida, apesar de seus aspectos não denunciarem milhões, de jeito nenhum. Mas o Senhor, bondoso com os homens de boa vontade, lhes dispensa o que nos negou: a felicidade. Em compensação, esses indivíduos que poderiam ser tidos como solenes vagabundos, e até pode ser que o sejam, à sombra das árvores chocavam sua folga e floresciam em meditações de maneira invejável.

Em muitos bancos, esses poltrões formam um círculo. E lembram os sapos do campo. Porque os sapos do campo, ao se acender a luz e ao deixá-la abandonada, se reúnem em torno dela em círculo, e permanecem como que conferenciando horas e horas.

Pois no Botânico acontece a mesma coisa. Pode-se ver círculos de vagabundos cosmopolitas e silenciosos, encarando-se, nas posições mais variadas, e sem dizer um ai.

Naturalmente, as pessoas se inquietam com essa vadiação semiorganizada; mas para os que conhecem o mistério das atitudes humanas, isso não espanta. Essa gente aprende idiomas, se interessa pelas chamadas línguas mortas e se regozija contemplando as tabuletinhas das árvores.

Onde os apaixonados se reúnem agora? Perderam o romantismo? O caso é que no Botânico o que mais escasseia são os casais amorosos. Só se vê algum casal provecto que espairece seus olhos sem prejudicar suas rendas, já que para se distrair percorre os caminhos solitários, separados meio metro um do outro.

Definitivamente, não sei se porque era segunda-feira, ou se porque as pessoas encontraram outros lugares de distração, o caso é que o Jardim Botânico oferece um aspecto de desolação que assusta. E a única coisa nobre, são as árvores... as árvores que envelhecem se afastando dos homens para acolher o céu entre seus braços.

11 set. 1928

APONTAMENTOS FILOSÓFICOS ACERCA DO HOMEM QUE "SE FAZ DE MORTO"

Antes de iniciar nosso grandioso e belo estudo acerca do "homem que se faz de morto", é necessário que nós, humildes mortais, exaltemos Marcelo de Courteline, o magnífico e nunca bem elogiado autor de *Os senhores barnabé*, e o que mais ampla e jovialmente tratou de perto o nefasto grêmio dos "que se fazem de morto", grêmio parasita e imperturbável, que tem pontos em comum com o "squenun", grêmio de sujeitos que têm cara de otário e que são mais vivos que linces. E já cumprido nosso dever para com o senhor De Courteline, entramos em cheio em nossa simpática apologia.

Há uma roda de amigos num café. Faz uma hora que estão tomando uns aperitivos e, de repente, chega o ineludível e fatal momento de pagar. Olham uns para os outros, todos esperam que o companheiro puxe a carteira e, de repente, o mais descarado ou o mais filósofo põe fim à questão com estas palavras:

— Me faço de morto.

O sujeito que anunciou tal determinação, ao acabar de pronunciar as palavras de referência, fica tão tranquilo como se nada tivesse acontecido; os outros olham para ele, mas não dizem nem A nem B; o homem acaba de antecipar a última determinação admitida na linguagem portenha: Se faz de morto.

Isso quer dizer que vai se suicidar? Não, isso significa que o nosso personagem não contribuirá com um só centavo à soma que se necessita para pagar os tais aperitivos.

E como essa intenção está apoiada no rotundo e fatídico anúncio de "me faço de morto", ninguém protesta.

Com mediana clareza que causaria inveja a um acadêmico ou a um confeccionador de dicionários, acabamos de estabelecer a diferença fundamental que estabelece o ato de "se fazer de morto", com aquele outro adjetivo de "squenun".

Fazemos esse esclarecimento para colaborar com o porvir do léxico argentino, para evitar confusões de idioma tão caras à academia dos fósseis e para que nossos devotos leitores compreendam definitivamente a distância que há entre o "squenun" e o "homem que se faz de morto".

O "squenun" não trabalha. O "homem que se faz de morto" faz que trabalha. O primeiro é o cínico da vadiagem; o segundo, o hipócrita do *dolce far niente*. O primeiro não esconde sua tendência à vadiagem, pelo contrário, a fomenta com senhores banhos de sol; o segundo comparece ao seu trabalho, não trabalha, mas faz que trabalha quando o chefe pode vê-lo, e, em seguida, "se faz de morto" deixando que seus companheiros se descadeirem trabalhando.

O que "se faz de morto" é um homem que depois de tantas cavilações chegou à conclusão de que não vale a pena trabalhar? Não. Não "se faz de morto" aquele que quer, e sim aquele que pode, o que é muito diferente.

Aquele que "se faz de morto" já nasceu com tal tendência.

Na escola era o último a levantar a mão para poder passar a lição ou, se conhecia as manhas do professor, levantava o braço sempre que este não ia chamá-lo, achando que sabia a lição.

Quando mais infante, fazia-se levar nos braços pela mãe, e se queriam fazê-lo caminhar, chorava como se estivesse muito cansado, porque em seu rudimentário entendimento era mais cômodo ser levado do que levar a si próprio.

Depois ingressou num escritório, descobriu com seu instinto de parasita qual era o homem mais ativo e se apegou a ele, de modo que tendo os dois que fazer um mesmo trabalho, na realidade só um fazia, ou o outro tinha que fazê-lo ainda que este o fizesse, de tão cheio de erros que estava o trabalho do que "se faz de morto".

E os chefes acabaram por se acostumar com o homem que "se faz de morto". Primeiro protestaram contra "esse inútil", depois, fartos, o deixaram em paz, e o homem que "se faz de morto" floresce em todos os escritórios, em todas as nossas repartições públicas, inclusive nas empresas onde é sagrada a lei de sugar o sangue daquele que ainda o tem.

A natureza, com sua sábia previsão dos acontecimentos sociais e naturais, e para que jamais faltasse assunto aos cavalheiros que se dedicam a fazer notas, dispôs que haja inúmeras variedades do exemplar do homem que "se faz de morto".

Assim, existe o homem que não pode se "fazer espontaneamente de morto". É atraído pelo *dolce far niente*, mas esse prazer deve vir acompanhado de outro deleite: a simulação de que trabalha.

Vós o vereis diante da máquina de escrever, o gesto grave, a expressão taciturna, a testa carrancuda. Parece um gênio, aquele que o olha diz a si mesmo:

— Que coisas formidáveis esse homem deve pensar! Que trabalho importantíssimo deve estar realizando!

Inclinemo-nos diante da sabedoria do Todo-Poderoso. Ele, que provê de alimentos o micróbio e o elefante ao mesmo tempo; ele, que reparte tudo, a chuva e o sol, fez com que para cada dez homens que "se fazem de mortos", haja vinte que queiram obter méritos, de modo que, por sábia e transcendental compensação, se num escritório há dois sujeitos que abandonam tudo nas mãos do destino, nesse mesmo escritório sempre há quatro que trabalham por oito, de modo que nada se perde nem nada se ganha. E os vinte restantes ensebam de modo razoável.

11 jul. 1928

CASAS SEM TERMINAR

Que sensação de mistério e de catástrofe inesperada dão essas construções não terminadas, onde, sobre as paredes desniveladas, levantam-se os batentes enegrecidos pela intempérie e as aberturas exteriores tapadas por chapas de zinco, nas quais o vento crepita sinistramente nas noites de inverno!

Essas são as "casas" onde a imaginação infantil localiza os conciliábulos de ladrões, as reuniões de assassinos; essas são as "casas" onde, ao escurecer, vê-se entrar ou sair sombras sub-reptícias que, se fossem descobertas, em seguida, cobririam o bairro de escândalo.

E dão, mais ainda do que o cartaz de leilão judicial, a ideia da catástrofe econômica. Sugerem, de chofre, a ideia de um pleito monstruoso; as inumeráveis pastas cobrindo a mesa de um juiz; os pedreiros rangendo os dentes na antessala da secretaria, e o mistério..., o mistério do vazio, que é o que preenche suas aberturas tapadas por chapas de zinco.

Tudo é singular na casa inacabada. As paredes se levantam desoladas, a terra faz montinhos no interior das habitações destelhadas; uma porção de argamassa se solidificou lentamente, o poço de cal deixou aparecer entre as escoriações da superfície uma mata de grama, as aranhas improvisam seu albergue nos cantos, e um trapo podre, seco, negro, pendurado em algum prego; e tudo está como se a tarefa de edificação tivesse sido interrompida inesperadamente por um fenômeno cósmico, por algo superior às forças do homem.

É, é exatamente essa a impressão que suscita.

E as pessoas que passam não podem fazer nada a não ser virar a cabeça e olhar, intrigadas, as paredes inacabadas, vermelhas; o fundo escuro de uma parede-meia fechando um triângulo e os ângulos nus, ásperos, como se tivessem sido lambidos pelo calor de um terremoto, enquanto as centopeias correm pelas chapas de zinco perfuradas.

E se o coração do homem ia carregando uma alegria, de repente, na presença da casa maldita, essa alegria é rejeitada, desaparece. E uma angústia súbita, um mal-estar invencível azeda o semblante do olheiro.

É que essa casa, sem teto, sem portas, sem reboque, é o exponente de um fracasso de ilusões, a demonstração mais evidente de que seu dono foi surpreendido por algo terrível quando menos esperava.

Sem querer, a gente começa a imaginar o que é que pode ter acontecido. Ora pensa-se que o homem empreendeu uma construção com falsos cálculos sobre os gastos que podia efetuar; outras vezes, em compensação, formula-se uma altercação com os pedreiros; uma dessas broncas surdas por causa da cláusula do contrato mal interpretada; outras, que é um embargo, um desses embargos traidores e que parecem caídos do céu ou brotados do inferno, pois não se sonhava com tal dívida; mas sempre, sempre é o imprevisto, o diabo do imprevisto, porque na obra, como depois de uma fuga diante de uma inundação, resta um boné, tachos de argamassa endurecida, pois nem se deram ao trabalho de limpá-los, um tirante atravessado de qualquer jeito diante da porta para impedir que os vagabundos penetrem, tirante que de nada serve e que logo desaparece na fornalha de alguma casa vizinha.

E o tempo que essas misteriosas casas permanecem abandonadas é incrível.

Na rua Laguna (Floresta), na altura do 700, mais ou menos, há uma edificação de dois andares nesse estado. O trabalho foi interrompido ao chegar no último andar, e pouco depois de os batentes serem colocados. Faz três anos, no mínimo, que permanece em tal abandono.

A quem pertence? O que é que aconteceu ali? Vai saber! Mas não há criança do bairro que não corra a chapa de zinco para se meter ali para brincar ou fazer travessuras.

Na Chivilcoy e na Gaona, Floresta também, há outra casinha no mesmo estado. Só que ali não colocaram nem batentes nem chapas. As sete paredes estão de pé sabe-se lá até quando.

Na avenida San Martín, perto de Villa del Parque, também tinha outra em blocos de cimento. Ou terminou o cimento romano do cuidadoso construtor ou a prefeitura não transigiu com a inovação.

Na mesma avenida San Martín e Añasco, muito mais acima, ou seja, quase em Villa Crespo, durante a guerra havia outra casa de três andares, em idêntico abandono. As escadas eram de tábuas, o teto em parte, de abóbadas de gesso e em outras, cobertos de chapa. Eu conheci muito essa casa.

Era durante a guerra, na qual a abominável "lista negra" deixou na rua muitas famílias alemãs. E nessa ruína, encurralados pela pobreza, se refugiou uma família que nós conhecíamos. Mas como eles não eram os donos da catastrófica casa, uns russos se refugiaram nos outros quartos e, depois, como ameaçaram vir mais, as duas famílias tiveram que se coligar para impedir que toda a vadiagem de Villa Crespo buscasse guarida na casa infernal.

Quando chovia, ali era quase pior que a rua. A água rolava pelas paredes, se soltava das abóbadas de gesso, e uma noite, um ancião russo quebrou uma perna ao descer por uma tábua com varetas atravessadas, que era tudo o que constituía a escada. No entanto, esta família e a outra moraram no barraco algo em torno de três anos. Ninguém jamais foi perguntar para eles com que direito tinham se instalado ali. A única coisa que sabiam é que uma tarde os pedreiros se retiraram e não voltaram mais. E isso é tudo.

E é assim, então, as casas inacabadas, as casas que fazem os vigilantes olharem obliquamente, sabendo que ali se refugiam sujeitos sombrios e se produzem histórias inconfessáveis, sejam as mais interessantes e também as mais misteriosas, misteriosas porque contrariam o espírito de todos os tratados de construção que estabelecem que, quando se começa uma casa, deve-se terminá-la...

22 set. 1928

CADEIRA NA CALÇADA

Chegaram as noites das cadeiras na calçada, das famílias plantadas na porta de suas casas; chegaram as noites do amor sentimental do "boa-noite, vizinha", do político e insinuante "como vai, dom Pascual?". E dom Pascual sorri e alisa os bigodes, que bem sabe por que o "ragazzino" lhe pergunta como vai. Chegaram as noites...

Eu não sei o que esses bairros portenhos têm... tão tristes de dia sob o sol, e tão lindos quando a lua os percorre obliquamente. Eu não sei o que eles têm. Sejam os humildes ou os inteligentes, desocupados ou ativos, todos nós gostamos desse bairro com seu jardim (lugar para a futura sala) e suas garotinhas sempre iguais e sempre distintas, e seus velhos, sempre iguais e sempre distintos, também.

Encanto mafioso, doçura rastaquera, ilusão baratieri, sei lá eu o que todos esses bairros têm! Esses bairros portenhos, compridos, cortados com a mesma tesoura, todos parecidos, com suas casinhas vagabundas, seus jardins com a palmeira ao centro e um mato semiflorido que perfuma como se a noite arrebentasse por eles a paixão que encerram as almas da cidade; almas que só sabem o ritmo do tango e do "te amo". Embuste poético; isso e algo mais.

Alguns pirralhos que jogam bola no meio da rua; meia dúzia de desocupados na esquina; uma velha cabreira numa porta; uma menor que espreita a esquina, onde está a meia dúzia de desocupados; três proprietários que driblam cifras em diálogo estatístico diante do botequim da esquina; um piano que solta uma valsa antiga; um cachorro que, atacado repentinamente de epilepsia, gira em círculos, extermina a dentadas uma colônia de pulgas que ele tem junto das vértebras da cauda; um casal na janela escura de uma sala; as irmãs na porta e o irmão complementando a meia dúzia de desocupados que vagabundeiam na esquina. Isso é tudo e nada mais. Embuste poético, encanto mixo, o estudo de Bach ou Beethoven junto a um tango de Filiberto ou de Mattos Rodríguez.

Isso é o bairro portenho, bairro profundamente nosso; bairro que todos nós, chinfrins ou inteligentes, levamos metido no tutano como uma bruxaria de encanto que não morre, que não morrerá jamais.

E junto de uma porta, uma cadeira. Cadeira onde repousa a velha, cadeira onde repousa o "velho". Cadeira simbólica, cadeira que se empurra trinta centímetros mais para um lado quando chega uma visita que merece consideração, enquanto a mãe ou o pai diz:

— Menina, traga outra cadeira.

Cadeira cordial da porta da rua, da calçada; cadeira de amizade, cadeira onde se consolida um prestígio de urbanidade cidadã; cadeira que se oferece ao "proprietário do lado"; cadeira que se oferece ao "jovem" que é candidato a namorar; cadeira que a "menina" sorrindo e com modos de dona de casa oferece, para demonstrar que é de família; cadeira em que a noite do verão estanca numa voluptuosa "pachorra", em bate-papo agradável, enquanto "estrila a da frente" ou murmura "a da esquina".

Cadeira onde se eterniza o cansaço do verão; cadeira que forma uma roda com outras; cadeira que obriga o transeunte a descer para a rua, enquanto a senhora exclama: "Mas, minha filha! Você está ocupando toda a calçada".

Sob um teto de estrelas, dez da noite, a cadeira do bairro portenho afirma uma modalidade citadina.

No respiro das fadigas suportadas durante o dia, é a armadilha onde muitos querem cair; cadeira engrupidora, agarradora, sereia de nossos bairros.

Porque se você passava, passava para vê-la, nada mais; mas se deteve. Onde já se viu não cumprimentar? Como ser tão descortês? E fica um tempo proseando. Que mal há em falar? E, de repente, lhe oferecem uma cadeira. Você: "Não, não se incomodem". Mas qual, a "menina" já foi voando buscar a cadeira. E uma vez que a cadeira está ali, você continua conversando.

Cadeira engrupidora, cadeira agarradora.

Você se sentou e continuou conversando. E sabe, amigo, onde às vezes essas conversas vão acabar? No cartório.

Tome cuidado com essa cadeira. É agarradora, fina. Você se senta, e fica bem sentado, sobretudo se ao lado se encontra uma moça. E você que passava para cumprimentar! Tenha cuidado. A coisa começa por aí.

Depois, tem a outra cadeira, cadeira de cortiço, cadeira de "velhos", carcamanos e galaicos; cadeira de palhinha, cadeira onde ex-varredores e peões municipais fazem filosofia barata, todos em mangas de camisa, todos, cachimbo na boca. A lua lá em cima sobre as frontes rapadas. Um bandoneón ressoa broncas carcerárias em algum quintal.

Em um quício de porta, porta caiada como a de um convento, ele e ela. Ele, do Esquadrão de Segurança; ela, passadeira ou costureira.

Os "velhos", funcionários públicos da carroça, da pá e do escovão, ficam de conversa fiada sobre "erogoyenismo", um ego presidencial. Algum moço matreiro medita na soleira de uma porta. Alguma *criollaza* gorda pensa amarguras. E esse é outro pedaço do nosso bairro. Esteja tocando *Cuando llora la milonga* ou a *Patética*, pouco importa. Os corações são os mesmos, as paixões as mesmas, os ódios os mesmos, as esperanças as mesmas.

Mas tenha cuidado com a cadeira, sócio! Pouco importa que seja de Viena ou que seja de palha brava do Delta: os corações são os mesmos...

11 dez. 1929

MOTIVOS DA GINÁSTICA SUECA

Não sei se vocês notaram o calor brutal que fazia ontem. Não? Era uma temperatura para se refugiar num "bungalow" e buscar meia dúzia de dançarinas indianas para que, com penachos, refrescassem a gente. E, no entanto, eu vi um homem que se envolvia numa flanela. Vocês vão achar absurdo, mas vejam como foi.

Eu acabava, às seis da tarde, de fazer ginástica na ACM (Associação Cristã de Moços) e estava no vestiário, quando um sujeito enormemente grande começa a se despir do meu lado.

Isso não foi nada, e sim o que ele fez, uma vez despido. De um pacote que trazia, tirou uma peça de flanela — sei lá quantas varas seriam —, e com elas começou a enrolar o estômago e o ventre como um contrabandista de seda.

O caro leitor teria aberto os olhos como dois ovos fritos, embora fosse indiscreto, não? Pois eu fiz o mesmo. Olhava para o gigante com os olhos e a boca bem abertos. Olhava-o, e o "Golias" em questão, sem me dar bola, continuava empacotando o estômago com a flanela.

Afinal não pude me conter e lhe disse, sorrindo:

— Será que o senhor não sente calor ao fazer exercícios com essa flanela?

— É pra emagrecer — respondeu o outro, com vozeirão de bronze. E ato contínuo, sobre esse colchão de flanela que lhe envolvia o estômago e o ventre, meu gigante enfiou um camisetão de lã, exclusivamente útil para ir ao polo; pois em outra região faria suar um esquimó. E ato contínuo, se explicou: — Só não emagrece quem não quer.

Em seguida, olimpicamente, me deu as costas e se dirigiu à quadra para fazer sua boa meia hora de desconjuntamento rápido.

E um senhor que tinha escutado tudo o que conversamos, e que sabia quem eu era, me disse:

— Olha, aqui na Associação não há uma pessoa que não faça ginástica sueca por algum motivo. O homem é de per si preguiçoso, e quando resolve fazer um esforço a que não está acostumado, é porque lhe passa algo grave no seu íntimo. O senhor, por exemplo, por que faz ginástica?

— Um médico me recomendou. Andava excessivamente nervoso.

— Sei. Eu, em compensação, vou lhe contar uma história. O senhor será discreto, ou seja, não dirá que fui eu que contei.

— Com muito prazer, conte o que quiser. Posso fazer uma matéria com sua história.

— É. Aí vai.

Eis aqui o relato do companheiro de ginástica:

— Eu tinha uma namorada com a qual cortei relações bruscamente. Nós nos dirigimos cartas atrozes. O grave é que eu a amava tanto que uma vez que cortei, compreendi que ia me acontecer algo terrível. Enlouqueceria ou cometeria um disparate. Isso não teria sido nada se uma noite, me olhando num espelho, não observasse que envelhecia a cada hora que passava. E, de repente, tive esta ideia:

"Dentro de um ano o sofrimento terá me transformado numa casca de homem. Estarei magro, angustiado e arrebentado. E de repente me vi assim, só que no futuro e na rua. O destino me colocara diante da minha ex-namorada, mas a minha ex-namorada ia agora acompanhada de um magnífico bom moço e me olhava ironicamente, como que dizendo: 'Você não é de nada. É possível que tenha sido tão estúpida em te amar?'.

"Bom, quando eu pensei, aliás, quando visualizei meu futuro, acredite em mim, saí pra rua, enlouquecido. Precisava me salvar, me salvar da catástrofe que tinha pela frente com o esgotamento que me sobrevinha devido a meu excesso de sensibilidade. Caminhei a noite toda pensando no que poderia fazer. De repente me lembrei da ginástica sueca, da salvação física por meio do exercício e, acredite em mim, passei uns minutos de deslumbramento maravilhoso, de uma alegria como a que os místicos deviam experimentar quando compreendiam que tinham encontrado a entrada do Paraíso.

"É escusado dizer que eu era um preguiçoso como os que o senhor pinta em suas notas. E algo ainda pior. Indolente até dizer chega. Pois essa noite eu não dormi; veja, não tinha dinheiro, empenhei tudo o que tinha pra pagar os direitos de entrada na ACM, e dois dias depois estava fazendo ginástica.

"O senhor, que está começando a fazer exercício agora, vai se dar conta dos efeitos da ginástica num indivíduo fisicamente esgotado, espiritualmente desmoralizado. Mais de uma vez estive tentado a abandonar tudo, mas no momento em que ia largar tudo o fantasma dessa moça aparecia, em companhia do outro, do outro que algum dia a acompanharia pela rua. Desses dois fantasmas eu só via dois olhos gozadores, os dela, dizendo: 'Que pouca coisa que você é', e então, acredite, embora estivesse dolorido, com os músculos tensos, quase queimando, fazia um esforço, apertava os dentes e, raivoso, persistia no exercício, na execução perfeita dos movimentos. E que alegria, amigo, quando vencemos a vontade. E, como você pode ver, de um homem fisicamente insignificante que eu era me transformei numa máquina quase perfeita."

Enquanto meu companheiro falava, eu sorria. Pensava nos melindres que o orgulho humano tem. Realmente, o homem é um animal extraordinário. Tem possibilidades fantásticas. E meu camarada termina:

— Percebe? O sofrimento que teria afundado outra pessoa me salvou. Se fizer a matéria, recomende aos que queiram se suicidar por angústia do amor, que façam ginástica sueca.

Não pude conter a pergunta:

— E nunca mais a viu?

— Não, mas algum dia nós nos encontraremos. E percebe a surpresa que ela experimentará? Em vez de se encontrar com um indivíduo estragado pela vida como aquele que ela conheceu, se encontrará com um homem maravilhosamente reconstituído, forte e mais interessante do que era.

Indubitavelmente, o homem é um animal extraordinário que, quando tem condições, encontra tangentes inesperadas para se transformar sempre em melhor e melhor. E talvez a verdadeira vida seja isto: constante superação de si mesmo.

17 dez. 1929

UMA ESCUSA: O HOMEM DO TROMBONE

É inútil. Em todas as coisas é preciso ter experiência. Eu acreditava que ter como vizinho um senhor que se dedica ao estudo da música no brônzeo corpo de um trombone era um sacrifício superior à mais carinhosa resignação humana; mas agora compreendi que não, que o estudo do trombone não irrita os nervos nem ensurdece como pode parecer à primeira vista, e colocando-se em um lugar absolutamente teórico, poder-se-ia acreditar.

Acredito que todo aquele que se dedica ao estudo da música trombonífera é um animal imensamente triste. Digo isso me baseando em conjecturas acústicas. Imaginem vocês um homem que todos os dias, do meio-dia e meia à uma e das vinte e trinta às vinte e uma, se dedica a arrancar melancólicos bufidos do seu instrumento, e toda essa filarmonia brônzea tem por caixa harmônica um sótão.

Tal é o senhor que me coube ter como vizinho; não na minha pensão e, sim, numa casa geminada, onde, para regozijo de todos nós, o homem inunda o bairro de selváticos lamentos nas horas consagradas à sesta e à digestão.

O que me permitiu chegar à conclusão de que o homem do trombone é um animal imensamente triste.

O que é que o impulsionou a se refugiar na doce melancolia do instrumento, que, sem querer, lembra a tromba de um elefante?

Como um primeiro princípio, pode-se assentar que as pessoas que se dedicam à indústria do calçado têm uma especial predileção pelo trombone. Em seguida seguem-se os solteirões que trabalham em inúteis afazeres de alvenaria e construção, porque o aparelho, por suas razoáveis dimensões, presta-se para ser suportado pelo cangote de um ajudante de pedreiro ou carregador de tijolos.

Em terceiro grau, viriam os alfaiates, embora os alfaiates melancólicos sejam mais aficionados de tocar a ocarina; no Exército da Salvação contam-se inúmeros conversos que em sua juventude foram alfaiates e, nas festas dominicais, manejam o trombone com tanta habilidade como antanho a tesoura.

O que me faz pensar que tudo que possa ser escrito a respeito do tocador de trombone é pura bobagem, bobagem que chega às excelsitudes. A que excelsitudes chegará?

Vejo que estou dizendo bobagens, e das grandes... E tudo porque tenho que escrever esta matéria em vinte e cinco minutos, pois tenho que pegar o metrô e para ir à ACM. Não é trágico isto de ter que escrever uma matéria em vinte e cinco minutos? Por mais que eu faça as teclas ressoarem, não preencho o tempo necessário para terminar o artigo; ir até a Rivadavia, pegar o metrô, chegar à Associação. Faz dois dias que me faço fervorosamente de morto.

A verdade é que vinha pensando a todo vapor. Dará o sujeito do trombone tema de matéria para oitocentas palavras? Maldito seja o trombone! Podia ter pegado o argumento de outro assunto; por exemplo, que exemplo?... Agora entendo por que o meu diretor sempre me diz:

— Deixe uma matéria adiantada, Arlt.

Eu não posso negar que o meu diretor tem razão. Como vou negar se ele faz essa observação em tom paternalíssimo! Mas o caso é que a gente tem preguiça, e está certo de que no dia seguinte terá argumento. E a verdade é que o argumento do homem do trombone não é mau, mas me falta tempo para desenvolvê-lo.

É verdade que hoje o homem do trombone não me importa a mínima. Escrevo sobre isso como poderia escrever sobre qualquer outra coisa, mas o tempo urge; o desenhista reclama a matéria para ilustrá-la. Eu penso que já faz uns três dias que não ponho o focinho na ACM e que minhas articulações se oxidam e que meus músculos se relaxam, e estou espantado de ter chegado a tal grau de indolência e abandono de mim mesmo. O que é a natureza humana! (Rapazes, o negócio é encher linguiça.) O que é a natureza humana! Durante trinta anos me fiz de morto e ri da ginástica, e agora estou com um "delirium tremens" de frenesi atlético. (Como, do exercício das virtudes do trombone, viemos parar na ginástica! Daqui a pouco e nesse tom chegaremos a dissertar sobre a temperatura das estrelas ou qualquer outra coisa improvável e matematicamente demonstrada por isso mesmo.)

Mas, me digam vocês. Não é uma piada isto de ter que soltar uma matéria em vinte e cinco minutos contados no relógio? Nem mais nem menos.

Vejo que o ponteiro dos minutos marca sete; são então sete e trinta e cinco. Toca um telefone. Graças a Deus que entrei na terceira lauda! Se alguém perguntar por mim, direi que não estou... Diga-se o que se quiser, o trabalho de escrever é brutal. Não, imagine se vai ser brutal! Estou conformado porque faltam sete parágrafos para terminar. Tenho sobre a escrivaninha a correspondência sem abrir. Agora que estou chegando ao final, eu me pergunto, meio temeroso: o diretor não vai me dar um esbregue por esses meus apertos? Faz uma semana que me pede, paternalmente, a matéria adiantada. Eu lhe digo que sim, e deslizo enquanto se descuida, porque senão ele me agarra, faz com que eu me sente e termine a famosa matéria adiantada. E o grave é que não posso negar que ele tem razão. Vou fazê-la esta noite.

Mas não. Faz duas noites que durmo sete minutos e meio e... ah, jornalismo!... No entanto, diga-se o que se diga, é lindo. Sobretudo se se tem um diretor indulgente, que o apresenta às visitas com estas eloquentes palavras:

— O vagabundo do Arlt. Grande escritor.

29 jan. 1930

JANELAS ILUMINADAS

Outra noite me dizia o amigo Feilberg, que é o colecionador das histórias mais estranhas que conheço:

— Já prestou atenção nas janelas iluminadas às três da manhã? Veja, ali há argumento para uma nota curiosa.

E imediatamente se enfiou nos meandros de uma história que não teria sido desprezada por Villiers de L'Isle-Adam ou Barbey de Aurevilly ou pelo barbudo do Horacio Quiroga.[1] Uma história magnífica relacionada com uma janela iluminada às três da manhã.

Naturalmente, pensando depois nas palavras desse amigo, cheguei à conclusão de que ele tinha razão, e não estranharia que dom Ramón Gómez de la Serna[2] tivesse utilizado esse argumento para uma de suas geniais *greguerías*.

Certamente, não há nada mais chamativo no cubo negro da noite do que esse retângulo de luz amarela, situado numa certa altura, entre o prodígio das chaminés tortas e as nuvens que vão passando por cima da cidade, como que varridas por um vento de malefício.

O que é que acontece ali? Quantos crimes teriam sido evitados se, nesse momento em que a janela se ilumina, um homem tivesse subido para espiar?

Quem está ali dentro? Jogadores, ladrões, suicidas, doentes? Nasce ou morre alguém nesse lugar?

No cubo negro da noite, a janela iluminada, como um olho, vigia os terraços e faz levantar a cabeça dos tresnoitadores que, de repente, ficam olhando aquilo com uma curiosidade mais poderosa do que o cansaço.

Porque ora é a janela de uma água-furtada, uma dessas janelas de madeira desfeitas pelo sol, ora uma janela de ferro, coberta de cortinados e que, entre as cortinas brancas e as persianas, deixa entrever umas faixas de luz. E depois a sombra, o vigilante que passeia embaixo, os homens que passam mal-humorados pensando na pilha de coisas que terão que resolver com suas respeitáveis esposas, enquanto a janela iluminada, falsa como uma mula, oferece um refúgio temporário, insinua um esconderijo contra o aguaceiro de estupidez que se descarrega sobre a cidade nos bondes atrasados e cheios de rangidos.

---

[1] Horacio Quiroga (1878-1937), uruguaio, se estabeleceu na Argentina. É autor de uma vasta obra, em sua maioria contos, com forte marca de Edgar Allan Poe, passando pela literatura infantil e pela crítica cinematográfica. Parte de seus contos está reunida em *Cuentos de amor de locura y de muerte* (1917), um de seus clássicos, *Anaconda* (1921) e *La gallina degollada y otros cuentos* (1929).

[2] Ramón Gómez de la Serna (1891-1963), escritor espanhol, se instalou na Argentina em 1937, onde permaneceu até sua morte, em 1963 (Cf. Gonzalo Aguilar e Mariano Siskind, "Viajeros culturales en la Argentina". In: Noé Jitrik (org.), *Historia crítica de la literatura argentina*, v. 6. *El imperio realista*. Buenos Aires: Emecé, 2002).

Frequentemente, esses quartos são parte integrante de uma pensão, e nelas não se reúnem nem assassinos nem suicidas e, sim, rapazes de bem que passam o tempo conversando enquanto esquentam a água para tomar mate.

Porque é curioso. Todo homem que transpôs a uma da madrugada já considera a noite tão perdida que é preferível passá-la de pé, conversando com um bom amigo. É depois do café, das rondas pelos botequins turvos. E juntos se encaminham para o quarto, onde, fatalmente, aquele que não o ocupa se recostará sobre a cama do amigo, enquanto o outro, com toda pachorra, acende o fogareiro para preparar água para o mate.

E enquanto sorvem, conversam. São as conversas intermináveis das três da madrugada, as conversas dos homens que, sentindo o corpo cansado, analisam os fatos do dia com essa espécie de febre lúcida e sem temperatura, que na vigília deixa nas ideias uma lucidez de delírio.

E o silêncio que sobe da rua torna as palavras mais lentas, mais profundas, mais desejadas.

Essa é a janela cordial, que da rua olha o agente da esquina, sabendo que os que a ocupam são dois eternos estudantes resolvendo um problema de metafísica do amor ou recordando, em confidência, fatos que não se pode engolir a noite toda.

Há outra janela que é tão cordial quanto essa, e é a janela da paisagem do bar tirolês.

Em todos os bares "imitação de Munique" um pintor humorista e genial pintou umas cenas de burgos tiroleses ou suíços. Em todas essas cenas aparecem cidades com telhados e torres e vigas, com ruas tortas, com lampiões cujos pedestais se retorcem como uma cobra e, abraçados a eles, fantásticos alemães com meias verdes de turistas e chapeuzinho jovial, com a indispensável pena. Esses simpáticos bêbados, de cujos bolsos escapam gargalos de garrafas, olham com olhar lacrimoso para uma senhora obesa, apoiada na janela, coberta com um extraordinário camisolão, com touca branca, e que hasteia um tremendo garrote lá das alturas.

A obesa senhora da janela das três da madrugada tem o semblante de um açougueiro, enquanto seu cônjuge, com as pernas de arame retorcido em torno do lampião, trata de adocicar a pouco amável "frau".

Mas a "frau" é inexorável como um beduíno. Dará uma surra no marido.

A janela triste das três da madrugada é a janela do pobre, a janela desses cortiços de três andares, que, de repente, ao se iluminar bruscamente, lança seu resplendor na noite como um queixume de angústia, um pedido de socorro. Sem saber por que se vislumbra, por trás do súbito acender, um homem que salta da cama espavorido, uma mãe que se inclina atormentada de sono sobre um berço; adivinha-se essa inesperada dor do dente molar que estalou no meio do sono e que transtornará um pobre-diabo até o amanhecer, detrás das cortinas puídas de tão usadas.

Janela iluminada das três da madrugada. Se a gente pudesse escrever tudo o que se oculta detrás de teus vidros biselados ou quebrados, se escreveria o mais angustioso poema que a humanidade conhece. Inventores, gatunos, poetas, jogadores, moribundos, triunfadores, que não podem dormir de alegria. Cada janela iluminada na noite alta é uma história que ainda não foi escrita.

19 set. 1928

DIÁLOGO DE LEITERIA

Dias atrás, tabique como divisória, numa leiteria com pretensões de "reservado para famílias", escutei um diálogo que ficou grudado no meu ouvido, de tão estapafúrdio que acabou sendo. Indubitavelmente, o indivíduo era um brincalhão, porque as coisas que dizia eram de dar risada. Eis aqui o que mais ou menos eu retive:

O Sujeito. — Me diz, eu não te jurei amor eterno. Você pode afirmar sob testemunho de um escrivão público que eu te jurei amor eterno? Você me jurou amor eterno? Não. E então...

Ela. — Nem precisava que eu te jurasse, porque você bem sabe que eu te amo...

O Sujeito. — Hum... Isso são outros quinhentos. Agora estamos falando do amor eterno. Se eu não te jurei amor eterno, por que você me questiona e me acusa?...

Ela. — Monstro! Vou te arrancar os olhos...

O Sujeito. — E agora ameaça a minha segurança pessoal. Percebe? Você quer me privar do meu livre-arbítrio?...

Ela. — Que disparates você está dizendo!...

O Sujeito. — É claro. Você não quer me deixar tranquilo. Espera que eu, como um cabrito manso, passe a vida te adorando...

Ela. — Cabrito manso, você?... Que figura... sem-vergonha até dizer chega...

O Sujeito. — Não satisfeita em ameaçar a minha segurança pessoal, você me injuria com palavras.

Ela. — Se você não me jurou amor eterno, em compensação disse que me amava...

O Sujeito. — Isso são outros quinhentos. Uma coisa é amar... e, outra coisa, amar sempre. Quando eu disse que te amava, te amava. Agora...

Ela (ameaçadora). — Agora o quê?...

O Sujeito (tranquilamente). — Agora não te amo como antes.

Ela. — E de que jeito me ama, então?

O Sujeito (com muita doçura). — Quero... te ver longe...

Ela. — Nunca conheci um descarado feito você.

O Sujeito. — Por isso sempre te recomendei que viajasse. Viajando, a gente se instrui muito. Mas não vá viajar de ônibus nem de bonde. Pegue um vapor grande, grandinho, e vá... vá pra longe.

Ela (furiosa). — E por que então você me beijava?

O Sujeito. — Hã, Hã... Isso são outros quinhentos...

Ela. — Você parece um contador.

O Sujeito. — Eu te beijava porque se não te beijasse você ia comentar com tuas amigas: "Vocês estão vendo, que homem mais bobo? Nem me beija...".

Ela (bufando). — Eu não sei como não te mato! Então você me beijava só pelo prazer de beijar?

O Sujeito. — Não vamos exagerar. Eu gostava um pouco também... Mas não tanto como você imagina...

Ela. — Me diz, pode-se saber onde você foi criado? Porque você não tem vergonha. Nunca teve. Ignora o que seja a vergonha.

O Sujeito. — No entanto, eu sou muito tímido... Você pode ver o quanto matuto antes de te mandar pro inferno... Não, pro inferno, não, querida; não fique chateada... é uma maneira de dizer.

Ela (aferrando-se ao assunto). — Quer dizer então que você me beijava...

O Sujeito. — Meu Deus! Se a gente tivesse que prestar contas dos beijos que deu, teria que passar quinhentos anos no presídio. Você parece norte-americana.

Ela. — Norte-americana! Por quê?

O Sujeito. — Porque lá você lasca um beijo num cabo de vassoura e zás! A única indenização tolerada é o casamento... de modo que não dê importância aos beijos. Agora, se eu tivesse posto a perder a tua inocência, seria outra coisa...

Ela. — Eu não sou inocente. Inocentes são os loucos e os bobos...

O Sujeito. — Convenhamos que você está dizendo uma verdade do tamanho de um bonde. E em seguida me recrimina de ser injusto. Eu te dou razão, querida. Sim, amplamente. De que pecado você me recrimina então? O de ter te dado uns beijos?...

Ela. — Uns beijos? Ora, se foram bem uns quarenta.

O Sujeito. — Não... Você está mal ou tenho que supor que você não entende nada de matemática. Digamos que são dez beijos... e estaremos na conta. E tampouco chegam a dez. Além do mais, não valem porque são ósculos paternais... E agora, depois de ficar chateada por eu ter te beijado, fica chateada porque não quero continuar te beijando. Quem entende as mulheres?

Ela. — Eu estou chateada porque você quer me abandonar infamemente.

O Sujeito. — Eu não te dei nada mais do que uns beijos só pra que você não dissesse a tuas amigas que eu era um sujeito bobo. Não tenho outro pecado sobre a minha consciência. Do que você me recrimina? Pode-se saber? Eu não gosto de fazer encenação. Você se entedia na sua casa, se encontra comigo e gruda em mim como se eu fosse o seu pai. E eu não quero ser seu pai. Eu não quero ter responsabilidades. Sou um homem virtuoso, tímido e tranquilo. Gosto de abrir a boca feito um palerma diante de um malandro que vende banha de serpente ou panelas inoxidáveis. Você, em compensação, se empenha pra que eu te jure amor eterno. E eu não quero te jurar amor eterno nem transitório. Quero andar vagabundeando tranquilamente sozinho, sem uma tipa no pé que me conte histórias pueris e chochas... e só por me dar um beijo mixuruco pleiteia mais do que se tivesse me emprestado a juros compostos os tesouros de Rotschild.

Ela. — Mas você é impossível...

O Sujeito. — Sou um autêntico homem honrado.

9 jul. 1931

VISITA AO "TATTERSAL" DE QUINTA

Misturado a uma plateia de padeiros, leiteiros, verdureiros, donos de carros de mudanças, assisti à venda de um cavalo proletário, do tungo que dia a dia ganha a alfafa entre as varas, sob a dura fubecada do chicote, e o admirei, sob um telhadinho de zinco, sentado numa grade de madeira, entre compradores silenciosos e obstinados em subir o lance de um animal, enquanto o leiloiero se esgoelava gritando:

— Mas parece mentira... Dez pesos por este cavalo... Um cavalo que vale cinquenta.

O tungo, melancólico, insensível ao elogio que o leiloeiro lhe fazia, dava voltas numa pista de terra, cercada de tábuas de madeira cinzenta.

Na arena, um malandro com camisa rosa e boné achatado trata de transmitir aos potros dinamismos de pur-sang, impingindo-lhes árduas chicotadas, e, como é lógico, os dois animaizinhos postos à venda se apinham, traçando continuamente um círculo feito carrossel, enquanto o leiloeiro berra:

— Mas é um insulto oferecer dez pesos por esta nobre besta.

A nobre besta, como é natural, não diz nadica de nada, e os compradores menos ainda.

Reuniu-se uma cáfila de mercadores de primeiro nível que é de arrepiar; gente que manuseia o peso com conta-gotas e os tostões com balança de precisão.

Vascos corados e gorduchos, blusa branca, lenço azul e boina preta; tchecoslovacos com "fungi" preto e paletó recém-tirado do guarda-roupa; napolitanos com fogo na pupila e os bigodes arrevesados de cobiça.

Essa gente lota a terrível tribuna, faz um círculo sobre as cercas da arena, sentadas na beirada da tábua, enquanto o moço de estrebaria passa de uma cancela a outra para empurrar a mercadoria preguiçosa em direção ao prédio da oferta.

Entram na arena dois cavalinhos semicoxos, semicegos, semituberculosos. Dois animaizinhos lanosos, melancólicos; o nariz aduncado, os olhos lacrimosos. Dois pilungos de autêntica caricatura, com o olhar úmido e triste. O malandro do relho o faz estalar no ar, e os animalecos de Deus ensaiam um número de indomáveis ridículos, trotando seu desalento de quatro patas, com um coxear de anemia.

Inútil que os fustiguem... Jamais poderão representar a farsa da nobre besta.

Um malicioso diz, nas minhas costas:

— Com esses dá para fazer meias.

Um compassivo fabricante de puros embutidos de alguma parte da Itália adquire os dois pangarés por sete pesos e meio cada um. Involuntariamente, ele pensa em quantos quilômetros de salame podem ser extraídos de um cavalo e, embora não sejam quilômetros, de qualquer modo um cavalo em picadinhos rende mortadela várias vezes seu preço de sete pesos e meio.

Fico horrorizado. Sete pesos e meio em cavalo! No "tattersal" do hipódromo, eu vi rematarem pilungos por sete mil pesos. Vocês acreditam que há alguma diferença entre ambos tungos, hein?

Uma turma de moleques, às minhas costas, nas escadarias, tece crítica objetiva sobre os pangarés. Ouço frases como estas:

— Olha só, o castanho-escuro aí está estropiado.

Outro:

— Que lindo esse tordilho pra andar!

Aparece na pista um cavalo *compadrón*. De rédeas, como reza o confrade do martelo, que em vez de utilizar um martelo, hasteia um pedaço de garrote com o qual faz um estrépito infernal.

— Um animal de cem pesos!... Que não chega a quarenta.

Isso é simplesmente lamentável. Dá vontade de comprar um matungo, de tão barato que os tiram.

Agora entendo os grandes progressos da indústria de embutidos no país. O leiloeiro faz o possível e o impossível para poder convencer esse público de pés-rapados a adquirir a mercadoria. Obter a oferta de um peso a mais sobre uma proposta lhe custa dez minutos de gritaria incessante. Isso não parece "uma queima" e, sim, um incêndio, que às vezes a turma de meninos apaga com uma imprudência. Por exemplo: Um sujeito comprou um cavalo; vai pagar a comissão, quando, de repente, os moleques gritam:

— Olha só o que esse tungo aí tem na pata!

O leiloeiro diz que é uma verruga. O comprador resmunga e se nega a adquirir o pangaré estropiado, com um câncer ou algo do gênero no casco.

Um que outro *criollo*, de rosto de cobre e alpargatas azuis, dá voltas pela arena com um rebenque de punho amarelo. O ambiente não é alegre e, sim, tristonho; tristonho como o próprio olhar desses cavalinhos trazidos do campo, de Rauch, de Luján, de Casares, para padecer e morrer um belo dia no paralelepípedo da cidade, sob o golpe de um funesto raio de sol.

18 out. 1932

O PRÓXIMO CALÇAMENTO

Os que não são proprietários nem têm a maldita esperança de sê-lo ignoram uma das felicidades do gênero humano dos proprietários; gênero que é diferente de outros gêneros, como o gênero trouxa, o gênero jogador, o gênero safado etc. etc.

Os proprietários ou unhas de fome podem ser divididos em duas categorias: progressistas e mixos.

Os progressistas não querem saber de grupos, levantam casarões de vários andares, e não fazem outra coisa que "evoluir o capital", comprando casas hoje e vendendo-as amanhã. Eles têm alguma coisa a ver com o gênero dos furbantes, dos safados, que consiste em passar gato por lebre aos infelizes compradores. Esse tipo de proprietário limita de preferência com o rematador aficionado, enquanto o outro, que não é progressista e, sim, mixo, constitui um espécime digno de um estudo de Last Reason ou Félix Lima.

O proprietário mixo ou "choramiséria", o proprietário fora de brincadeira, com hipoteca e prestações, é uma "realidade tangível" nesta cidade de loterias e radicalismo.

O proprietário mixo comprou, há dez anos, um terreno em qualquer uma dessas ruas, que são o inferno dos matungos e o terror dos puxadores, pois, quando uma carroça encalha, ali, o mínimo que acontece é quebrar o eixo ("quebrar o eixo" é uma frase de exatidão matemática e deriva das carroças que entraram desgraçadamente num lugar ermo do nosso arrabalde). Não falemos dos pobres matungos.

Assim ergueram-se bairros e mais bairros. Se não, ande por Villa Ortúzar, por Villa del Parque (todo barrento e nada de parque), por Villa Luro. Ruas e mais ruas sem paralelepípedos. Você caminha longos períodos sem divisar o salvador paralelepípedo. Há casas que envelheceram. Meninos que se tornaram adultos ali. Não importa. A prefeitura ou o governo ou o diabo se esqueceram de que nessas casas viviam cristãos e, quando chove, é uma beleza. É preciso entrar com pernas de pau ou com um hidroavião, pois de outra maneira não há jeito de se comunicar com os moradores.

É verdade que, ano após ano, qualquer um dos proprietários das bibocas diz na sua cara, esperançoso: "Progredimos. Hoje a prefeitura determinou que se colocasse paralelepípedos na rua O Assalto". (A rua O Assalto fica a cinco quadras daquela onde mora nosso herói do barro.) Mas ele se alegra. Alegra-se porque pensa que dali a cem anos a rua onde habita também será de paralelepípedos, e então...

Só vendo a grande alegria que dá no dono de uma propriedade barrenta no dia em que fica sabendo que a "estrada" será de paralelepípedos. Só vendo! Ou melhor, só vendo-os!

Quase todos leem diariamente a seção "Municipais" dos periódicos, de maneira que simultaneamente ficam sabendo do milagre a ocorrer, ou seja, do decreto de pavimentação. Esse decreto — sempre tem um que é amigo do inspetor municipal da zona — é conhecido por alguns uma semana ou quinze dias antes, mas carece da legalidade necessária que, para esses semianalfabetos, adquire um decreto publicado num diário. De maneira que a publicação de "Municipais" vem pôr fim à angústia originada pelo serviço do informado sobre a pavimentação, e todos os desejos explodem agora como os bigodes dos proprietários, que, no bar da esquina ou nas portas de suas casas, comentam o decreto com este sacramental:

— Já era tempo de se lembrarem de nós...
— Verdade... e o bom é que valoriza o bairro...
— Sabe de uma coisa?... O dono do terreno aí da frente tinha uma oferta de vinte a vara e não quer entregar por menos de trinta agora... (Só vendo como reluzem os olhos quando apontam esses dados.)
— Trinta!... Eu por menos de trinta e sete não entrego...

É de dar risada e não acreditar nos diálogos que se travam nas portas, não só entre os donos como também entre as cônjuges dos fulanos. Veja:

— Então temos calçamento, hein, senhora?...
— O que me diz?... Finalmente... também... já era hora!...
— Agora, se a gente quiser, vamos poder vender comodamente.
— Também, a gente se sacrificou.

E é verdade. Se sacrificaram. Anos e anos, invernos e mais invernos, não há um só habitante da vila X que não conheça de cor os caminhos margeados pelas cercas que se percorrem esquivando a água que sobe na calçada, não há um só deles que não tenha maldito o fato de "vir a se enterrar" ali, a sete quarteirões do bonde, ruas onde nem os verdureiros vendendo mercadorias querem entrar.

O calçamento é uma espécie de salvação para essa gente. É a civilização, o progresso, aproximando a cidade do pampa disfarçado de cidade, que é nossa urbe. O calçamento é a esperança de linha de bonde ou de ônibus, é a valorização do terreno e da casinha, o calçamento é a obrigação próxima da calçada de lajotas, da cerca com sessenta centímetros de muro em alvenaria, o calçamento implica a frente rebocada, o surgimento de estabelecimentos comerciais... o calçamento para a crosta suburbana é um mar de carros... nem mais nem menos... como parece... um mar de carros.

7 ago. 1930

NÃO ERA ESSE O LUGAR, NÃO...

Hoje, passando pela Garay e Chiclana, vi a estátua de Florencio Sánchez...[1] Uns cachorros se cheiravam mutuamente ao pé do pedestal, e a desolação do céu acremente azul sobre a cabeluda cabeça do escritor somava-se à tragédia descolorida de um cartaz amarelo do Exército da Salvação. E olhando em volta, as humildes casinhas térreas, com pequena cozinha na frente, eu me impregnava de tristeza proletária. Disse para mim mesmo:

— Não; não era esse o lugar, não.

Se a alma vive e conserva suas faculdades de discernimento depois da morte, me ocorre que a alma de Florencio Sánchez teria gostado que instalassem sua estátua na rua Corrientes. Em qualquer esquina, na frente de algum café.

É, ele teria gostado dali.

Para que o contemplem todas as aprendizes de coristas, para que seu metal e seu espírito se impregnem do perfume das cortesãs que passam, e para que o observassem com a amabilidade de velhos amigos as atrizes que, à uma da madrugada, vão tomar um chocolate em qualquer um dos mil cafés de quinta que decoram a rua.

E me ocorre que o trágico Florencio Sánchez de Riganelli terminaria por sorrir.

É... teria sorrido ao amanhecer, quando o sol ilumina as cornijas dos arranha-nuvens e a rua, repleta de sombras azuis e latas de lixo, ostenta garçons que, com avental de carpinteiro, varrem os saguões e esfregam os mármores das "adegas". Teria sorrido quando, às onze da manhã, saem as moças das "maisons", e as tresnoitadas, com olhos ainda inchados de sono, aparecem nas sacadas de seus apartamentos para "ver como o dia se apresenta".

E Florencio Sánchez não teria ficado sozinho.

O tráfego fenomenal da rua típica lhe faria companhia. Os rapazes cabeludos, do interior de algum café, olhariam para ele, pensando: "Algum dia seremos como você", e as velhas atrizes, as que estão acabadas e definhadas de cenário e desbotadas pelos refletores, recordando-se dele, passariam dizendo: "Como gostava das mulheres. E mais do que das mulheres, da arte".

E Florencio Sánchez não teria ficado sozinho.

---

[1] Florencio Sánchez (1875-1910), uruguaio, jornalista, autor teatral, "ocupou um lugar de destaque nas histórias da literatura argentina e central nas que recortam o processo do teatro rioplatense. [...] Foi protagonista da denominada 'época de ouro', localizada nos primeiros anos do século XX, e impulsor da primeira modernização teatral" (Liliana B. López, "Puesta en escena de un realismo inconformista: obra de Florencio Sánchez". In: Noé Jitrik (org.), *Historia crítica de la literatura argentina*, v. 6. *El imperio realista*. Buenos Aires: Emecé, 2002, p. 111). Sua primeira peça, *Canillita*, estreou em 1902, em Rosario. Dois anos depois foi encenada em Buenos Aires e o sucesso foi tanto que o apelido do protagonista, "Canillita", virou sinônimo dos garotos vendedores de jornal (Cf. César Aira, *Diccionário de autores latinoamericanos*. Buenos Aires: Emecé, 2001).

Teria a companhia de seus irmãos, os *canillitas*, os meninos que vendem jornais, os meninos da Corrientes, que ao oferecer uma revista a uma corista o fazem com o mesmo gesto como se lhe dessem um ramo de flores. Teria a companhia dos vigilantes da Corrientes, que ao verem passar suas habituais vizinhas, as moças "das cinco da tarde às cinco da manhã", cumprimentam-nas amavelmente, como se eles fossem seus amigos. Teria a companhia dos solenes desocupados e "squenunes" da urbe, que, das três da tarde às quatro da manhã, se enroscam nas mesas a papear de nada, de tudo, de muito e de nada.

E Florencio estaria contente. Apostaria a minha mãe como estaria contente. Em seu corpo de bronze penetraria o calor de tanto olhar de mulher emperiquitada e perfumada, tanto sorriso amável de milongueiras e malandros despertaria seu sorriso. E estaria sempre acompanhado. De sol a sol e de lua a lua escutaria o estrépito dos automóveis bacanas, o ruído da multidão que entra e sai dos vinte cinemas e teatros da rua; receberia o cumprimento dos autores novatos, que recém-estreiam e que, ao passar, lhe diriam:

— Tchau, irmão. Algum dia te faremos companhia.

E Florencio estaria contente.

Contente de escutar as discussões dos atores que vão tomar o vermute à uma da tarde, para almoçar às duas; regozijado de ouvir às três da tarde, na calçada, o bater dos saltos das donas que vão comprar erva para cevar o mate para o seu amo e senhor; e seu espírito toleraria festivamente o discurso que um poeta bêbado, arrotando vinho, soltaria num amanhecer. É, sorriria. Não tenham dúvida. Porque ele amava a substância vagabunda desta cidade tão bacana.

Não era um homem sério que merecesse ter uma estátua na avenida Alvear ou na praça Constituición. Muito menos ali, na Chiclana, junto ao desolado cartaz amarelo do Exército da Salvação. Não, por Deus! Se Florencio pudesse ressuscitar, protestaria. Diria que não quer se salvar. Que, se querem instalar uma estátua, que... bem, que a instalem: mas na Corrientes, na rua mais linda do mundo... à sombra dos teatros, à vista das moças que pintam os olhos, os lábios e o coração e que, noite após noite, florescem à luz de alumínio da lua e à luz verde, vermelha e azul das centenas de letreiros luminosos convidando a pensar que a vida é linda, que as mulheres são boas e os homens, fraternos.

É. Florencio teria gostado dali... (e se guardarem segredo), a dez metros do Politeama de tijolo cor de chocolate e teto enredado, como o convés de um navio.

6 jul. 1931

O QUE SEMPRE DÁ RAZÃO

Existe um tipo de homem que não tem cor definida, sempre dá razão a você, sempre sorri, sempre está disposto a condoer-se com sua dor e a sorrir com sua alegria, e não contradiz ninguém nem por brincadeira, nem tampouco fala mal de seus semelhantes, e todos são bons para ele e, embora digam na cara dele: "O senhor é um hipócrita!", é impossível fazê-lo abandonar sua estudada posição de equanimidade.

Inclusive quando fala, parece se encher de satisfação, e dá tapinhas nas costas dos que escutam como se quisesse se fazer perdoar a alegria com que os acolhe.

Essa efígie de homem me dá uma sensação de monstro gelatinoso, enorme, com mais profundidades do que o próprio mar.

Não pelo que diz, mas pelo que oculta.

Observe-o.

Sempre procura algo com que afagar a vaidade de seus semelhantes. É especialista em descobrir fraquezas, não para vituperá-las ou corrigi-las, e sim para elogiá-las e temperá-las como a uma salada.

O senhor é um boa-vida. Pois o sujeito lhe dirá:

— Que formidável "molengão" o senhor é! Eu o invejo, chefe...

Por outro lado, o senhor tem a pretensão de ser um bom moço. O fulano o encontra e te para, põe as duas mãos nos seus braços, o olha docemente e exclama:

— Como o senhor está elegante hoje! Como está bem! Onde comprou essa magnífica gravata? Homem de sorte.

O senhor caminha preocupado, achando que está doente. Meu monstro localiza sua obsessão e exclama, quase indignado:

— Doente, o senhor? Não caçoe. Imagina se está doente! Doente estou eu.

E ipso facto desembucha tamanha coleção de doenças que o senhor quase o olha com terror... e contente de se achar doente de uma só doença.

Você me dirá: "São características de um indivíduo doente, fraco".

Mais que homem, meu indivíduo é uma trepadeira, lenta, inexorável, que avança. Você pode lhe cortar todos os brotos que quiser, pode ofender essa trepadeira do jeito que você tiver vontade. É inútil. O monstro não reagirá.

Cresce com lentidão aterradora. Crava as raízes e cresce. Inútil que o meio lhe seja adverso, que ninguém queira ajudá-lo, que o desprezem, que deem a entender que dele se pode esperar o pior. Perda de tempo. A trepadeira, em troca de injúrias, lhe devolverá flores, perfume, carícias. Você o desprezou e um dia ele vai parar espantado diante de você, exclamando:

— Quem é o seu alfaiate? Que magnífico terno ele lhe cortou! Seu sem-vergonha, não tem o direito de ser tão elegante.

Você faz uma piada de mau gosto; o homem dá risada, "te dá um tapinha nas costas" e, depois de quase ser vítima de uma congestão por excesso de riso, diz:

— Como o senhor é engraçado!... Que incrível!...

E ele novamente volta a ser vítima de um ataque de riso, que sobe do ventre até a nuca.

Ele se dá bem com todos. Alguns o desprezam, outros se compadecem dele, raríssimos o estimam, e a maioria lhe é indiferente. Ele, mais do que ninguém, tem perfeito conhecimento da repulsão interna que suscita, e avança com mais precauções do que uma aranha sobre a rede que extrai de seu estômago.

Ele se dá bem com todos. Você pode lhe contar um segredo na segurança de que ele o engolirá mais zelosamente do que uma caixa de ferro.

Você pode aprontar uma para ele. Antes que tenha tempo de se desculpar, ele lhe dirá:

— Compreendo. Vamos esquecer. Somos homens. Todos falhamos. Rá, rá! Que sujeito delicioso!

Imperceptivelmente, seus galhos vão prendendo. Enroscando-se nas defesas fixas. Não é necessário vê-lo para compreender onde se encontra. Mais oleoso do que uma biela, corre de um ponto a outro com tal eficácia de elasticidade que, ali onde houver alguém a quem festejar ou adular, ali tropeçareis em seu amplo sorriso, olhos deslumbrados e sorridentes, e mãos beatificamente cruzadas sobre o peito.

Não o surpreenderão em nenhuma contradição; salvo as contradições inteligentes em que ele mesmo incorre para dar razão a seu adversário e deixá-lo mais satisfeito de seu poder intelectual.

Outros se queixam. Falam mal da sorte, do destino, dos chefes, dos amigos. A única pessoa de quem ele fala mal é de si mesmo. Os demais, para os demais, expele não sei de que zona de seu corpo tal extensão de óleo que, assim que alguém encrespa uma palavra, ele afoga a tempestade do copo d'água com um barril de graxa.

Eu disse que esse homem era um monstro, e que me infundia terror, terror físico, igual a um pesadelo, porque adivinhava nele mais profundidades do que tem o mar.

Efetivamente: vocês imaginam esse bicharoco chateado? Ou tramando uma vingança?

"O sofrimento vai por dentro." Exteriormente, sorri como um ídolo chinês, eternamente.

O que é que se desenvolve dentro dele? Que tormentas? Eu nem imagino... mas você pode ter certeza de que na solidão, nesse semblante que sempre sorri, deve desenhar-se uma tal fealdade taciturna que deixará até o próprio diabo com a pele fria, e olhará com prevenção para seu monstrengo sobre a terra: o hipócrita.

18 jul. 1931

A SENHORA DO MÉDICO

Telefone. — Trimm... trimm... trim...
Articulista. — Pro diabo com o telefone!
Telefone. — Trimm... trimm... trim...
Articulista. — Alô?... É, com o Arlt... Fale...
Desconhecido. — Senhor Arlt, perdão se o incomodo. Entre quebrar a cabeça da minha mulher a pauladas ou lhe contar o que está acontecendo comigo, optei por este último... Desejo que faça uma matéria pra minha mulher...
Articulista. — Pra sua senhora?...
Desconhecido. — É, pra minha legítima esposa. Permita que me apresente. Sou médico.
Articulista. — Muito prazer.
Médico. — Sou médico... e não ria, senhor Arlt; acaba de ocorrer, com a minha mulher, o acontecimento mais estapafúrdio que pode se apresentar a um profissional. Tão estapafúrdio que já lhe disse: entre quebrar a cabeça da minha mulher a pauladas ou me confiar ao senhor, opto pelo último. Se agarre ao aparelho, não vá cair de costas.
Articulista. — Já estou habituado a notícias-bombas, de maneira que não me surpreenderá. Fale.
Médico. — Bom, neste momento, a minha senhora está terminando de se vestir pra ir consultar um curandeiro.
Articulista. — Que formidável! O senhor é médico e ela...
Médico. — E ela está terminando sua "toilette" na companhia de uma amiga, para ir à casa de um sem-vergonha, que dá uma de naturalista, com o objetivo de adivinhar de que doença padece, a qual, diga-se de passagem, consiste em uns eczemas, naturalmente duros de curar, devido ao fato de ser diabética.
O maravilhoso do caso é que esse sujeito aí diz diagnosticar as doenças pela forma da letra e pelo nome dos pacientes, e a minha mulher é tão ingênua que acredita nele, e não só acredita nele como, além disso, arma um drama para que eu lhe permita visitar esse tremendo pilantra, que mora em Villa Domínico e não cobra a consulta, mas receita ervinhas que um cúmplice seu, no ervanário da esquina, vende a peso de ouro.
Articulista. — Realmente seu problema é divertido.
Médico. — O senhor compreende que a gente não cursa os seis anos de escola primária e outros seis do secundário, mais outros sete da universidade, para terminar fraturando o crânio de sua legítima esposa. É incompatível com a profissão; de maneira que lhe agradeceria profundamente se não se incomodasse

em escrever uma matéria sobre esse caso, demonstrativo de que até as mulheres dos médicos têm cérebro de minhoca.

Articulista. — Com prazer, senhor. Estava precisamente ruminando um pouco de bílis, de maneira que o senhor ficará agradecido, porque acho que vai sair uma matéria soltando faíscas.

As néscias morrem pelos charlatões. Como as néscias abundam, o problema do homem inteligente é muito mais grave do que se pode supor. Os charlatões são os únicos indivíduos que açambarcam a atenção das frívolas e mentecaptas. O autor destas linhas não sabe a que anomalia atribuir semelhante fenômeno. Deve-se à mentalidade quase infantil das coitadas? Ou a sua pouca facilidade para se concentrar em temas sérios?

Uma mulher duvida do marido, do namorado, do irmão e do pai, mas tropeça no seu caminho com um sem-vergonha loquaz, pirotecnia pura, gestos melodramáticos, postura estudada, teatralidade estilo romance dessa boboca chamada Delly, e pai, irmão, namorado ou marido ficam anulados pelo charlatão.

Não há nada que se possa fazer. O charlatão ataca diretamente a imaginação da mulher, subleva suas glândulas de secreção interna, altera seu equilíbrio e, "ponto final", como dizem as velhas.

Inútil argumentar. Inútil lhes demonstrar que o sujeito dos fogos de artifício é um sem-vergonha que vai explodir o pouco cérebro e a mínima discrição que têm e o insignificante discernimento que entesouram. Inútil. Só uma estaca poderia realizar o milagre... que... nem uma plantação de estacas surtiria o efeito que se deseja que o raciocínio provoque.

Marido, irmão, namorado, pai, na obtusa, fracassam todos. Assim que um charlatão consegue se infiltrar naquela microscópica zona de entendimento com que a mulher se enfeita, o trabalho mais lógico, mais rotundo, vai por água abaixo na fulana, como a água num penhasco. Não escuta nem quer saber de nada que possa minar o domínio de seu fetiche. O alvo é o farsante que, uma vez, se denomina curandeiro, outra, professor de cinema ou professor de declamação ou de qualquer outra bobagem.

"Ele vai me curar." "Ele vai me mandar para 'Rolivudi'." "Ele vai fazer com que eu supere Berta Singerman."[1]

---

[1] Berta Singerman (1901-1998), nascida na Rússia no início do século XX, imigrou, ainda pequena, para a Argentina junto com a família. Tornou-se uma célebre intérprete de poesia, declamando, entre outros, poemas de Pablo Neruda, García Lorca, Juan Ramón Jiménez, e apresentando-se tanto nos palcos da Argentina quanto em toda a América Latina, México, Cuba, Estados Unidos e Europa. Esteve por três temporadas no Brasil, e aqui conviveu com Mário de Andrade, Guilherme Figueiredo, Heitor Villa-Lobos, Lasar Segall. Sobre o público brasileiro, declarou: "O brasileiro é talvez um dos melhores públicos que tive no mundo, não obstante a diferença de língua" (*Mis dos vidas*. Buenos Aires: Ediciones Tres Tiempos, 1981, p. 119). Em 2003, de maio a agosto, ocorreu, no Museu Lasar Segall (SP), a exposição "A aventura modernista de Berta Singerman", com

Você pode, com a tábua pitagórica na mão, lhe demonstrar, como dois e dois são quatro, que o charlatão é um embusteiro, um vivaldino, e a fulana dirá que "sim", e no fim irá ao apartamento do vivaldino, porque o vivaldino lhe demonstrará que dois mais dois são cinco.

Diz um refrão:

"Nada mais difícil do que fazer um burro beber água quando não tem sede." Parodiando o provérbio, pode-se dizer: "Nada mais difícil do que fazer uma mulher entender razões que não quer entender. É mais fácil fazer um burro que não tem sede beber um rio inteiro".

Em tais circunstâncias, a conduta que devem adotar marido, namorado, irmão ou pai, é deixar que a futura enganada rache a cabeça contra a parede... Isso é sempre um remédio... e de indiscutível eficácia.

29 jul. 1931

curadoria de Patrícia Artundo (professora da Universidade de Buenos Aires e doutora pela Universidade de São Paulo), que apresentou retratos da declamadora feitos por Lasar Segall, Flávio de Carvalho, Ismael Nery, Di Cavalcanti, entre outros.

O TURCO QUE JOGA E SONHA

Nas batidas em casas baratas de carteado, a polícia costuma deter, frequentemente, jogadores com cara de turco que perdem a mercadoria num problemático jogo de azar, e digo problemático porque, em geral, o jogo já está preparado com dois metros de fita e um corte fustão. O resto a banca engole.

A atração do acaso sobre a fantasia oriental é extraordinária. A sorte, a sorte inesperada, é o que põe nesse homem, aparentemente tão fatalista, um frenesi de fogo, que o impulsiona todas as semanas a jogar num caça-níqueis, ou numa loteria, as míseras economias.

Nos bairros pobres, por exemplo Canning e Rivera, Junín e Sarmiento, Cuenca e Ganoa, os turcos são os principais clientes dos donos de lotéricas.

Endividam-se até o pescoço com esse homem que lhes fia, porque sabe que pagarão para poder ter crédito com o qual voltar a jogar, de modo que trabalham exclusivamente para o capitalista, que, como uma aranha, escondido sob a figura do corretor, aguarda tranquilamente todo o dinheirinho do "bobre durgo".

E o "bobre durgo" solta os pesinhos que é um contentamento.

Jogada a jogada, loteria a loteria, caminhou três dias para reunir uns pesos que, durante uma hora, darão à sua vida uma emoção extraordinária, já que dentro de uma hora cabe todo o máximo de esperança e agitação que se pode desejar.

Quantas vezes, no verão, na hora da sesta, em que me encontrava blasfemando contra o calor e os mosquitos, e com uma sede que obriga a gente a se transformar numa espécie de búfalo, à força de tanto beber água, de repente, na rua, ressoava o doloroso pregão do turco:

— Artigos, senhora? Artigos baratinhos...

O sol rachava a terra, os cavalos adormeciam à sombra das árvores, e esses homens espantosos, carregados com um caixote, uma cesta e um pacote de mantas e cortes sobre as costas, avançavam gritando:

— Guer artigos baratinhos, senhora?...

Quantas vezes durante o verão!...

E eu ficava pensando de onde é que esses homens tiravam a vontade de viver, de viver assim tão terrivelmente, e de onde extraíam coragem e resistência para passar a manhã e a tarde caminhando, caminhando sempre, sob o sol, gritando docemente entre a poeira do arrabalde:

— Guer artigos baratinhos, senhora...

E mais tarde, muitas vezes me lembrei de um turco ancião e de um turco jovem — que era filho do velho — que, quando eu tinha sete anos, passavam uma vez por semana na minha casa oferecendo artigos. Minha mãe tinha comprado do turco um corte de felpa, e o turco se achegava a cada sete dias na companhia do filho, e contavam à minha mãe que faziam economia para poder voltar para a Turquia, e eu imaginava, escutando o turco tagarela, que a Turquia era uma cidade redonda rodeada de água azul e com igrejas douradas.

Faziam economia. Que economia espantosa! Comiam um pão e um pouco de salame ao meio-dia, onde estivessem e, em seguida, marchavam, marchavam infatigavelmente até o escurecer, quando se recolhiam.

Depois, passaram-se muitos meses. Não voltei a vê-los, até que, um ano depois, apareceu o velho, mas tão envelhecido que parecia uma múmia. O filho não o acompanhava. Tinha morrido de uma longa doença. Todas as economias foram para o diabo. Estava tão enormemente triste que, de repente, disse para a minha mãe:

— Eu já não bor esperança no trabalho. Jogar loteria agora. Mim não boltar Turquia.

O turco é sonhador por natureza. Daí ser jogador. E a isso se une sua vida; uma vida de trabalho que é desmoralizadora em seu mais alto grau, e para a qual se requer uma série de forças que de repente se acabam.

E para deixar de trabalhar de uma vez, trabalha e joga. Trabalha para poder jogar. Joga semana a semana, jogada a jogada, até o último centavo de lucro que lhe restou.

E, em seguida, começa outra vez. Não foi agora? Será amanhã! Quem sabe? O acaso dos números só Deus conhece...

Por isso joga. Não é só a emoção, como no jogador histérico, para quem o jogo é um prazer puramente nervoso; para o turco, porém, é uma possibilidade de enriquecimento súbito. Quando ganhar, não jogará mais, e isso é o que o diferencia do jogador *criollo*, que, ganhe ou perca, apostaria até a alma se o lotérico ou banqueiro aceitasse.

Daí que, nas tardes de verão, quando o sol racha a terra e os cavalos adormecem à sombra das árvores, insensíveis ao sol e às nuvens de pó, avança o turco com sua carga e sua fadiga, que cobre seu semblante de água. Não lhe importa. Aguenta e avança, pensando num número, num número que lhe permita voltar rico para essa Turquia que, na minha imaginação infantil, era uma cidade redonda, rodeada de água azul e com muitas igrejas douradas...

17 set. 1928

O PRAZER DE VAGABUNDEAR

Começo por declarar: acredito que para vagabundear é preciso ter excepcionais condições de sonhador. Já o disse o ilustre Macedonio Fernández: "Nem toda vigília se faz de olhos abertos".

Digo isso porque há desocupados e desocupados. Vamos nos entender. Entre o "pé-rapado" de botinas mal-ajambradas, cabeleira ensebada e adiposidade com mais gordura do que um carro de magarefe, e o vagabundo bem vestido, sonhador e cético, há mais distância do que entre a Lua e a Terra. Salvo se esse vagabundo se chamar Máximo Gorki ou Jack London ou Richepin.

Antes de mais nada, para ser um desocupado é preciso estar despido por completo de preconceitos, e depois ser um tiquinho cético, cético como esses cães que têm olhar de fome e que, quando são chamados, balançam a cauda, mas em vez de se aproximarem, se afastam, colocando entre seu corpo e a humanidade uma respeitável distância.

Claro está que a nossa cidade não é das mais apropriadas para o vagabundeio sentimental, mas o que se há de fazer!

Para um cego, desses cegos que têm as orelhas e os olhos bem abertos inutilmente, nada há para ver em Buenos Aires, mas em compensação, como são grandes, como são cheias de novidades as ruas da cidade para um sonhador irônico e um pouco alerta! Quantos dramas escondidos nos sinistros apartamentos! Quantas histórias cruéis nos semblantes de certas mulheres que passam! Quanta canalhice em outras caras! Porque há semblantes que são como o mapa do inferno humano. Olhos que parecem poços. Olhares que fazem pensar nas chuvas de fogo bíblico. Tontos que são um poema de imbecilidade. Malandros que mereceriam uma estátua por cavador. Assaltantes que meditam suas trapaças detrás da vidraça turva, sempre turva, de uma leiteria.

O profeta, diante desse espetáculo, se indigna. O sociólogo constrói indigestas teorias. O palerma não vê nada e o vagabundo se regozija. Entendamo-nos. Regozija-se diante da diversidade de tipos humanos. Sobre cada um pode-se construir um mundo. Os que têm escrito na testa o que pensam, como aqueles que são mais fechados do que uma ostra, mostram seu pequeno segredo... o segredo que os move pela vida como fantoches.

Às vezes o inesperado é um homem que pensa em se matar e que, o mais gentilmente possível, oferece seu suicídio como um espetáculo admirável, no qual o preço da entrada é o terror e o compromisso na delegacia do bairro. Outras vezes o inesperado é uma senhora se esbofeteando com a vizinha, enquanto um coro de remelentos se agarra às saias das fúrias e o sapateiro da metade da quadra coloca a cabeça na porta da sua biboca para não perder o prato do dia.

Os extraordinários encontros da rua. As coisas que se vê. As palavras que se escuta. As tragédias que se chega a conhecer. E de repente, a rua, a rua plana e que parecia destinada a ser uma artéria de tráfico com calçadas para os homens e pavimentada para os animais e os carros, se transforma numa vitrine, aliás, num palco grotesco e espantoso onde, como nas gravuras de Goya, os endemoniados, os enforcados, os enfeitiçados, os enlouquecidos, dançam sua sarabanda infernal.

Porque, na realidade, o que foi Goya, senão um pintor das ruas da Espanha? Goya, como pintor de três aristocratas glutões, não interessa. Mas Goya, como animador da canalha de Moncloa, das bruxas de Sierra Divieso, dos vadios monstruosos, é um gênio. E um gênio que dá medo.

E ele viu tudo isso vagabundeando pelas ruas.

A cidade desaparece. Parece mentira, mas a cidade desaparece para se transformar num empório infernal. As lojas, os letreiros luminosos, as chácaras, todas essas fachadas bonitas e regaladoras dos sentidos, desvanecem para deixar flutuando no ar azedo as nervuras da dor universal. E o afã de viajar se afugenta do espectador. Mais ainda: cheguei à conclusão de que aquele que não encontra todo o universo encerrado nas ruas de sua cidade não encontrará uma rua original em nenhuma das cidades do mundo. E não a encontrará, porque o cego em Buenos Aires é cego em Madri ou Calcutá...

Lembro perfeitamente que os manuais escolares pintam os senhores ou cavalheirinhos que perambulam como futuros perdulários, mas aprendi que a escola mais útil para o conhecimento é a escola da rua, escola azeda, que deixa no paladar um prazer agridoce e que ensina tudo aquilo que os livros não dizem jamais. Porque, desgraçadamente, os livros são escritos pelos poetas ou pelos tontos.

No entanto, passará ainda muito tempo antes que as pessoas percebam a utilidade de tomar uns banhos de multidão e de perambulação. Mas no dia em que aprenderem serão mais sábias e mais perfeitas e mais indulgentes, sobretudo. É, indulgentes. Porque por mais de uma vez pensei que a magnífica indulgência que tornou Jesus eterno derivava de sua contínua vida na rua. E de sua comunhão com os homens bons e maus, e com as mulheres honestas e também com as que não o eram.

20 set. 1928

ATENTI, MEU BEM, QUE O TEMPO PASSA!

Hoje, enquanto eu vinha no bonde, espiava uma jovenzinha que, acompanhada do namorado, fazia uma cara de estar fazendo um favor a este, permitindo que estivesse ao seu lado. Em toda a viagem não disse outra palavra que não fosse sim ou não. E para economizar saliva movia a cabeça como uma besta de carga. O tonto que a acompanhava ensaiava toda arte de conversa, mas à toa; porque a moça se fazia de difícil e olhava para o espaço como se procurasse alguma coisa que fosse menos banana que o acompanhante.

Eu meditava broncas filosóficas ao mesmo tempo que pensava. Enquanto isso, os quarteirões passavam e o tal Romeu vinha dá-lhe que dá-lhe, conversando com a moça que me deixava nervoso ao vê-la tão condescendente. E esnobando-a, eu lhe dizia "in mente":

— Meu bem, não vou te falar do tempo, do conceito matemático do esquifoso tempo que tinham Spencer, Poincaré, Einstein e Proust. Não vou te falar do espaço-tempo, porque você é muito burra para me entender; mas preste atenção nestas razões que são de homem que viveu e que preferiria vender verdura a escrever:

"Não despreze o tipo que vai do seu lado. Não, meu bem; não o despreze.

"O tempo, essa abstração matemática que revolve os miolos de todos os otários com patentes de sábios, existe, meu bem. Existe para escárnio da tua trombinha, que, dentro de alguns anos, terá mais rugas que luva de velha ou terno de desempregado.

"Atenti, garota, que os séculos correm!

"É verdade que o teu namorado tem cara de banana, com esse naso fora do normal e os bigodinhos como os de uma foca. É verdade que em cada fossa nasal ele pode levar contrabando, e que tem o olhar remelento como empregado sem salário ou bestalhão sem destino; verdade que existem rapazes mais lindos, mais simpáticos, mais escolados, mais práticos para dedilhar a viola do teu coração e qualquer coisa que possa ocorrer àquele que me lê. É verdade. Mas o tempo passa, apesar de Spencer dizer que não existia, e de Einstein afirmar que é uma realidade da geometria euclidiana que não tem nadica a ver com as outras geometrias... Atenti, meu bem, que o tempo passa! Passa. E a cada dia mingua o stock de bobos. A cada dia desaparece um sonso de circulação. Parece mentira, mas é assim mesmo.

"Eu te adivinho o pensamento, costureirinha. É este: 'Pode aparecer outro melhor...'

"Certo... mas pense que todos querem sentir a mercadoria, tocar o material, saber o que estão comprando para depois jogar na cara que não gostam, e que diabo! Lembre-se de que nem nas feiras é permitido tocar a manteiga, e de que o estatuto municipal nas barracas dos turcos diz bem claro: 'Proibido tocar a carne'. Mas lembre-se de que esses estatutos, na caça do noivo, no clássico do civil, não rezam, e muitas vezes é preciso infringir o digesto municipal para chegar ao cartório.

"Que o homem é feio feito um gorila? É verdade; mas se você se acostumar a olhá-lo, ele vai parecer mais lindo do que o Valentino. Depois, um namorado não vale pela cara, mas por outras coisas. Pelo salário, por pão-duro que seja, por cioso do seu trabalho... pelas promoções que pode ter, em resumo... por muitas coisas. E o tempo passa, meu bem. Passa a galope; passa com gana. E a cada dia mingua o stock de bananas; a cada dia desaparece de circulação um sonso. Alguns que morrem, outros que acordam..."

Assim ia eu pensando no bonde onde a moça dava uma de difícil com o senhor que a acompanhava. Juro que a convencida não pronunciou meia dúzia de palavras durante toda a viagem, e não era só eu que a vinha espiando, mas outros passageiros também se fixaram no silêncio da fulana, e até sentíamos bronca e vergonha, porque um homem passava por maus bocados, e que diabos! No fim das contas, entre os leões há alguma solidariedade, ainda que involuntária.

Em Caballito, a menina subiu numa conexão, enquanto o bobo ficou na calçada esperando que o bonde arrancasse. E ela lá de cima e ele da rua se olhavam numa cena cômica de despedida sem consolo. E quando o motorneiro galego arrancou, ele, como quem cumprimenta uma princesa, tirou o capelo enquanto ela dedilhava no espaço como se se afastasse num "piccolo navio".

E me fixando na pinta da dama, novamente refleti:

— Atenti, meu bem, que o tempo voa! Ainda está em tempo de você pegar o sonso que está tratando com prepotência, mas não se iluda.

"Vêm aí os anos de miséria, de gana, de revolução, de ditadura, de quebras e concordatas. Vêm os tempos de encarecimento. Mais dia, menos dia, você galgará na rua em busca do sustento cotidiano. Não seja, então, arisca com o homem, e dê atenção a ele como é devido. Medite. Hoje, você ainda o tem ao lado; amanhã poderá não tê-lo. Converse, que não custa nada. Pense que os homens não gostam das namoradas silenciosas, porque desconfiam que sob o silêncio se esconde uma boa bisca e uma tipa matreira, astuta e raivosa. Atenti, meu bem, que o tempo não volta!..."

3 set. 1930

O HOMEM-ROLHA

O homem-rolha, o homem que nunca se afunda, sejam quais forem os acontecimentos escusos em que está metido, é o tipo mais interessante da fauna dos pilantras.

E talvez também o mais inteligente e o mais perigoso. Porque eu não conheço sujeito mais perigoso do que esse indivíduo, que, quando vem vos falar de seu assunto, vos diz:

— Eu saí absolvido de culpa e responsabilidade desse processo com o atestado de que nem meu bom nome nem minha honra ficaram afetados.

Bom, quando um malandro desta ou de qualquer outra categoria vos disser que "seu bom nome e honra não ficam afetados pelo processo", ponham as mãos nos bolsos e abram bem os olhos, porque, senão, vai lhes pesar mais tarde.

Já na escola, foi um desses alunos dissimulados, de sorriso falso e excelente aplicação, que quando se tratava de jogar uma pedra a entregava para o colega.

Sempre foi assim, velhaco e trapaceiro e simulador como ele só.

Esse é o mau indivíduo, que se frequentava nossas casas convencia nossas mães de que ele era um santo e, nossas mães, inexperientes e boas, enlouqueciam-nos em seguida com a cantilena:

— Siga o exemplo de fulano. Veja que bom rapaz que ele é.

E o bom rapaz era o que colocava alfinetes na cadeira do professor, mas sem que ninguém o visse; o bom rapaz era o que convencia o professor de que ele era um exemplo vivo de aplicação, e nos castigos coletivos, nas aventuras nas quais toda a classe pagava o pato, ele se livrava em obséquio de sua conduta exemplar; e esse pilantra em semente, esse malandro em flor, por "a" por "b" ou por "c", mais profundamente imoral do que todos os brutamontes da classe juntos, era ele o único que convencia o bedel ou o diretor de sua inocência e de sua bondade.

Rolha desde a sala de aula, continuará sempre flutuando. E nos exames, embora soubesse menos que os outros, ia bem; nas aulas, a mesma coisa e sempre, sempre sem se afundar, como se sua natureza física participasse da fofa condição da rolha.

Já homem, toda sua malícia natural se arredondou, aperfeiçoando-se até o inacreditável.

No bem ou no mal, nunca foi bom; bom no que a palavra significaria platonicamente. A bondade desse homem fica para sempre sintetizada nestas palavras: "O processo não afetou nem meu bom nome nem minha honra."

Aí está sua bondade, sua honra e sua honradez. O processo não "afetou-os". Quase, quase poderíamos dizer que se é bom, sua bondade é de caráter jurídico. Isso mesmo. Um excelente indivíduo, juridicamente falando. E o que mais se pode pedir a um sem-vergonha dessa laia?

O que ocorreu é que flutuou, flutuou como a maldita rolha. Ali onde outro pobre-diabo teria afundado para sempre na cadeia, na desonra e ignomínia, o cidadão Rolha encontrou a brecha na lei, a escapatória do código, a falta de um procedimento que anulava todo o desempenho, a prescrição por negligência dos curiais, dos aves negras, dos oficiais de justiça e de toda a corte de corvos lustrosos e temíveis. O caso é que se salvou. Salvou-se "sem que o processo afetasse seu bom nome nem sua honra". Agora seria interessante estabelecer se um processo pode afetar o que um homem não tem.

Onde as virtudes do cidadão Rolha são mais ostensivas é nas "litis" comerciais, na gritaria das reuniões de credores, nos conatos de quebras, nas concordatas, verificações de crédito, conferência do livro-caixa, e todas essas tramoias onde os prejudicados acreditam perder a razão e, se não a perdem, perdem o dinheiro, que para eles é quase o mesmo ou pior.

Nessas confusões, espantosas de tão turvas e incompreensíveis, é onde o cidadão Rolha flutua nas águas da tempestade com a serenidade de um tubarão. Que os credores confabulavam para assassiná-lo? Pedirá garantias ao ministro e ao juiz. Que os credores querem lhe cobrar? Levantará mais falsos testemunhos do que Tartufo e seu progenitor. Que os falsos credores querem lhe chupar o sangue? Pois é melhor parar por aí, porque se há um sujeito com direito a sanguessuga é ele e ninguém mais. Que o síndico não quer "vida mansa"? Pois vai criar complicações para o síndico, que será acusado de ser um mau síndico.

E tanto vai e tanto vem e dá voltas, e trama combinações, que no fim das contas o homem Rolha embrulhou todo mundo, e não há Cristo que se entenda. E o ganancioso, o único ganancioso é ele. Todos os demais se dão mal!

Fenômeno singular, cairá, como o gato, sempre de pé. Se é num assunto criminal, se livra com a condicional; se num assunto civil, não paga nem o selo; se num assunto particular então, que Deus os livre!...

Terrível, astuto e cauteloso, o homem Rolha não dá passo nem ponto em falso.

E se dá bem em tudo. Assim como na escola passava nos exames ainda que não soubesse a lição, e no exame sempre acertou com um ponto favorável, esse sujeito, na escola da vida, acerta igualmente. Se se dedicou ao comércio, e o negócio vai mal, sempre encontra um sonso a quem endossá-lo. Se acontece uma quebra, é ele que, apesar da ferocidade dos credores, ajeita tudo com uns quinze por cento para serem pagos na eternidade, quando puder ou quando quiser. E sempre assim, falso, amável e terrível, prospera nos baixios onde teria ido a pique ou encalhado mais de uma preclara inteligência.

Talento ou instinto? Quem vai saber!

21 set. 1928

"BERÇO DE OURO" E "FRALDAS DE SEDA"

Ia outro dia num bonde, quando ouço um fulano dizer para outro:
— Eu nasci em berço de ouro...
O resto das palavras se perdeu no burburinho do tráfego; mas conseguindo olhar o sujeito de soslaio, pensei:
— Grandessíssimo imbecil! Você deve ter nascido num curral e num berço de alfafa, não de ouro. Quando com tua estatura, tua fuça aduladora, teus olhos gordurentos e o bigodinho de quinta que deixou crescer se tem a audácia de dizer que nasceu em berço de ouro, é indiscutível que o tal berço foi algo como um cesto de lixo.
É irritante, na verdade. Não conheci sem-vergonha, malandro, vigarista, pilantra, medíocre, imbecil de carteirinha, ladrão, espertalhão, lambe-botas dos chefes, folgado nem trapaceiro; não conheci miserável pretensioso, arruinado com sobrenomes de aristocrata, ordenança com panca de patrão e patrão com substância de ordenança, que não proclamasse em quinze minutos de conversa, com soberba de solteira, quando alguém duvida de sua donzelice:
— Eu me criei em berço de ouro.
Raios o partam! Quando, como e onde? Que berço de ouro?
— Eu me criei em berço de ouro.
Que coisa bárbara! Passe a averiguar onde e em que consistia o berço de ouro, e vai descobrir de cara que o tal berço de ouro era apenas de madeira tosca — e não de primeira mão, mas de quarta — com franjas de aranha e cascavéis de pulgas.
Outro tipo de desgraçado ligeiro é aquele que exclama:
— É de pequeno que se aprende certas coisas.
O formidável do caso é que sempre, e sempre que você se encontra na presença de um sujeito que recorre a tais expressões pudibundas, é um bandido de marca maior, um hipócrita monumental, em síntese: qualquer tipo de obra-prima dentro do gênero dos desgraçados.
Esses tipos falam apressadamente das fraldas e do berço de ouro em que não foram criados. Preste atenção: se o leitor tem algum conhecido que destile essa frase, estude-o. A primeira coisa que comprovará é que o beltrano do berço de ouro é dissimulado, falso, malandrinho... Se rotundamente não é malandro, então pode afirmar que está na presença de um imbecil de primeira, de um bobalhão de dezoito quilates.
Quase todos os que empregam tais expressões foram indivíduos humilhados de maneira atroz. Eu dizia que eram pilantras, quase sempre acontece o contrário:

são mentirosos que, além de mentirosos, padecem de falta de espírito e caráter, e a única coisa que lhes ocorre sobre a terra é passar por "bem-nascidos". Ah! Isso de "bem-nascido" é outro termo da cáfila, do berço ao montepio. Eu muitas vezes me perguntei por que esses cretinos não têm a ideia de se passar por sábios, em fazer acreditar que são gênios ignorados, poetas não descobertos, psicólogos sem sorte, físicos sem gabinete... nada... A única coisa que ocorre a quase todos esses safados é dar uma de bem-nascidos. Como quem não quer nada, falam de fraldas e berço de ouro.

O notável é que nasceram tão bravamente mixos como a maioria de nós, que ganhamos o pão nosso de cada dia. Eles não. Trabalham? Sim, mas por amor à arte. Guardam o dinheiro porque não é elegante desperdiçá-lo.

E quanto mais de quinta é o refúgio em que esses sonsos viram a luz do dia ou de uma lâmpada de querosene, quanto mais pobrezinho e espúrio o canto onde para a desgraça das pessoas sensatas nasceram, mais se pavoneiam do berço, mais se entusiasmam com as fraldas... mais...

É realmente horrível. E digo que é realmente horrível porque certo grau de imbecilidade humana acaba sendo regozijante. Nem sempre um cretininho nos amarga o dia. O sonso mais recalcitrante tem instantes de lucidez preciosa e de engenho peregrino. Mas esse tipo de besta é francamente aniquilador. Você sente que a brutalidade do sujeito repercute nos seus miolos como o martelo de um titã. Fala, fala do berço, das fraldas, das tias que deram banho nele, das fronhas de seda e de... E você escuta, sorri, diz debilmente que sim; bufa, assente. O homem descreve um círculo com a mão e reitera a metáfora de chamar de berço de ouro uma jazida indecente; e de repente você sente que os agônicos suores de Cristo lhe umedecem a testa. O maldito, como um Niágara de estupidez, despeja enxurradas e enxurradas de asneiras. Você não sabe se lhe diz quatro palavrões ou se se enternece e chora, e o sujeito nem por isso para a máquina e, sim, persiste em convencê-lo da limpeza de suas fraldas, e à medida que a incomensurável necedade do sujeito entorna em suas orelhas, você sente que perde o discernimento, encontra-se enjoado, transitoriamente cretinizado. São os efeitos da novela que lhe contam todos os "bem-nascidos", os de "é preciso aprender de pequeno" e os do "berço de ouro".

Podendo classificar esses tipos como imbecis ou pilantras, cabe perguntar-se: o que se deve fazer quando se aproximam de nós? Simples. Deve-se perguntar a eles, baixando a voz, como se lhes solicitasse uma importantíssima confidência:

— Por que o senhor é tão inconsciente, meu chapa?

Essa pergunta, ingênua demais, tem a virtude de brecar a língua do sujeito durante cinco minutos. Ao fim de cinco minutos, o império da estupidez se faz sentir novamente. Então já não se pergunta e, sim, afirma-se com a mesma doçura e o mesmo tom de voz, baixo e insinuante:

— Sabe que o senhor é realmente um inconsciente?

Eu os previno que é um sistema maravilhoso. Praticamente, dá resultados magníficos. O sujeito a quem se faz duas vezes essa observação engole em seco, não sabe se responde bem ou mal à sua amável reflexão e, de repente, enfia a mão no colete, olha apressado o relógio e sai em disparada. Faça esse teste com alguma pessoa que torra a sua paciência, botando uma panca idiota. Asseguro que a receita é boa.

9 jul. 1930

EU NÃO TE DISSE?

Sempre que numa casa, por intercessão ou culpa de um terceiro, ocorre um rebuliço, não há membro da família que não exclame, regozijado:

— Eu não te disse? Eu sempre achei que isso ia acabar assim.

Como é natural, sobre se o referido membro disse ou não disse, arma-se outro bafafá; bafafá que de modo algum esclarece a confusão, mas a conturba ainda mais, pois por causa dos ânimos explosivos vêm suscitar novas fofocas, novas histórias, novos cascudos.

É que a frase traz sempre à baila uma primeira impressão: primeira impressão que se descartou por inútil, já que o semblante novo é como uma terra desconhecida que, por seus acidentes, permite julgar sua topografia, suas possibilidades transitáveis e outras tantas condições que se relacionam com a vida.

Daí que muitos, quando se encontram na presença de um rosto novo, é como se de repente tivessem um mapa diante dos olhos; mapa que lhes permite, no aturdimento das palavras que se trocam pela primeira vez, intuir as virtudes ou os vícios desse novo conhecido que se move nas vozes e nos gestos e nos traços faciais.

São pessoas que chegam até a adivinhar coisas alheias. Não se trata de magos nem de bruxos, de quiromantes nem de astrólogos, mas sim de intuitivos, como explicaremos mais adiante.

Para eles a cara de um indivíduo é como um livro aberto, com letras grandes e com figurinhas explicativas. Por isso, dificilmente se enganam. E essa habilidade extraordinária foi desenvolvida, que é uma maravilha, por seu ilimitado amor ao fuxico. Porque não é possível falar muito bem nem mal das pessoas se você não conhece a vítima. E o afã de fazer fuxico fica tão intenso que os fuxiqueiros aprendem a reconhecer as pessoas com uma segurança e uma rapidez inconcebível. Assim soltam sua baba de maledicência e, assim também, demonstram seus dotes proféticos quando dizem: "Eu não te disse?".

É que quando um indivíduo, um pouco sensível, começa a manifestar suas primeiras impressões, acaba sendo frequentemente tachado de venenoso ou de fuxiqueiro; e quando suas profecias se confirmam, a gente olha para ele com uma raivazinha mal dissimulada. Essa raivazinha com que julgaríamos um homem que pôde salvar a gente de um perigo e não salvou, embora saibamos perfeitamente que o "intuitivo" não teve culpa, já que bem que nos advertiu.

O que, diga-se de passagem, não é nenhum mérito, já que as pessoas, em geral, são mais más do que boas, e então menos perigo de se equivocar se corre pensando desfavoravelmente sobre a humanidade do que de um modo otimista.

Segundo os manuais de ciências ocultas e de psicologia transcendental, os intuitivos são pessoas de grande sensibilidade e cultura, pessoas cujo refinamento interior e exterior lhes permite julgar, só de olhar, a mentalidade de seus semelhantes. Isso, segundo a psicologia; porque, segundo os livros de ciências ocultas, essas intuições são o produto de uma vida pura, física e mentalmente falando.

Mas eu descobri que isso deve ser pura gozação, ou gozação licenciosa de pessoas que precisam escrever um livro e, mais do que escrevê-lo, vendê-lo.

E faço essa brusca proposição porque observei que nos bairros da nossa cidade as que desempenham tal tarefa profética não são pessoas de extraordinária cultura nem vida interior semelhante à do Buda ou de Cristo, e sim velhas de nariz adunco, anciãs temíveis de fofoqueiras que são, de sorriso melífluo, que, a cada mudança que se efetua no bairro, surgem envoltas num xale, na porta da rua e, com um sorriso gozador, aguçando como chaves de fenda seus olhinhos cinza, controlam todos os cacarecos que os descarregadores tiram dos carros.

Outras vizinhas, igualmente curiosas, rondam o descarregamento, e a velha intuitiva reserva a opinião até de tarde.

No dia seguinte, a do nariz adunco e da língua afiada observa seus novos vizinhos com sorriso afetuoso. Passa, de propósito, três vezes na frente da casa, para notar de que modo as mulheres vestem, para ver suas caras e, em seguida, prudente, matreira, se recolhe. Botou opinião.

E no outro dia, no açougue, quando todas as amigas se juntam em volta dos bofes ou de um repolho, enquanto a mulher do açougueiro vigia a banca de verdura, a velha, ao ser interrogada, responde:

— Acho que são uns trapaceiros.

E o curioso é que a maldita velhota acerta.

Outras vezes, o estudo psicológico se refere ao namorado da menina.

A anciã enxerida observa por dois ou três dias a cara do galã e, depois, um dia, quando se fala de casamento e de noivado, e na conversa se mistura o futuro matrimônio da mocinha que desperta a inveja de todas as suas amigas, a de nariz adunco diz:

— O coração me diz que esse moço aí vai deixar ela plantada no altar.

E assim acontece. Um belo dia, o patife desaparece, e todas as comadres, recordando a premonição da condenada velha, exclamam:

— Já viu isso? Que faro a dona Maria tem!

O caso é que dona Maria, ou dona X, passa a vida estudando a vida do próximo. E a estuda com paixão inconsciente em todos os detalhes externos que permitem fazer deduções profundas, e chega um momento em que vê com mais clareza a vida dos outros do que a própria.

25 set. 1928

PAIS NEGREIROS

Fui testemunha de uma cena que me parece digna de ser relatada.

Um amigo e eu costumamos frequentar um café atendido pelo próprio dono, sua mulher e dois filhos. Dos filhos, o maior deve ter nove anos e o menor, sete. Mas os moleques se saem como verdadeiros garçons, e não há nada a se falar do serviço, a não ser que, nos intervalos, as crianças aproveitam para fazer besteiras, que, graças ao diabo, ao pai e à mãe, nem tempo de fazer bobagens dignas de sua idade eles têm.

Que bobagens? Trabalhar. Só vendo o pai. Tem cara melíflua e é desses homens que castigam os filhos com uma cinta, enquanto dizem devagarzinho, no ouvido deles: "Cuidado para não gritar, senão eu te mato, viu? Senão eu te mato". E o mais grave é que não os matam, mas os deixam moribundos a lapadas.

A mãe é uma mulher gorda, cenho acentuado, bigodes, braços feito pernil e olhos que vigiam o centavo com mais prolixidade do que se o centavo fosse um milhão. Homem e mulher se dão admiravelmente bem. Lembram o casal Thenardier, o estalajadeiro que dizia: "Deve-se cobrar do viajante até as moscas que seu cachorro come". Não pensam em nada mais do que no maldito dinheiro. Seria preciso trancá-los num quarto cheio de discos de ouro e deixá-los morrer de fome ali dentro.

Meu amigo costuma deixar várias moedas de gorjeta. Não é pobre. Bom: eu acho que o garoto que nos servia cometeu a imprudência de dizer isso ao pai, porque ontem, quando nós nos sentamos, o moleque nos serviu, mas no momento de nos levantarmos e deixar paga a consumação, preciso instante em que o garoto vinha para recolher as moedas, o pai, que vigiava um gato ou uma pomba distraída, o pai se precipitou, deu uma ordem ao garoto e, veja bem, sem contar o dinheiro para ver se o pagamento da consumação estava certo ou não, enfiou-o no bolso. O garoto olhou lastimosamente em nossa direção.

Meu amigo vacilou. Queria deixar uma gorjeta para o garçonzinho; e então eu lhe disse:

— Não. Você não deve fazer isso. Deixe que o garoto julgue o pai. Se você lhe deixar uma gorjeta, a impressão penosa que ele teve se apagará imediatamente. Em compensação, se você não lhe deixar a gorjeta, ele nunca se esquecerá que o pai lhe "roubou", por prepotência, duas moedinhas que ele sabia perfeitamente que estavam ali para ele. É necessário que os filhos julguem os pais. Você pensa que as injustiças são esquecidas? Algum dia, esse garoto que não teve infância, que não teve brinquedos apropriados para sua idade, que foi posto para trabalhar enquanto pôde para servir ao próximo, algum dia esse garoto aí odiará o pai por toda a exploração iníqua de que o fez vítima.

Em seguida nos separamos, mas fiquei pensando no assunto.

Lembro que outra manhã, encontrei numa rua de Palermo um açougueiro gigantesco que entregava uma cesta bastante carregada de carne a um garoto, seu filho, que não teria mais do que sete anos de idade. O garoto caminhava completamente torto, e as pessoas (são tão estúpidas!) sorriam; e o pai também. Afinal, o homem estava orgulhoso de ter em sua família, tão cedo, um burro de carga, e seus próximos, tão bestas como ele, sorriam, como que dizendo:

— Vejam, tão criança e já ganha o pão que come!

Pensei em fazer uma nota com o assunto; depois outros temas me fizeram esquecê-lo, até que outro caso me fez lembrar dele.

Cabe perguntar-se, agora, se esses são pais e filhos, ou o que é que eles são. Eu observei que neste país, e sobretudo entre as famílias estrangeiras, o filho é considerado como um animal de carga. Assim que tem uso de razão ou forças, "o empregam". O garoto trabalha e os pais recebem. Se a gente diz algo a respeito, a única desculpa que esses canalhas têm é:

— É... É preciso aproveitar enquanto são pequenos! Porque quando são grandes se casam e já não se lembram mais do pai que lhes deu a vida. (Como se eles tivessem pedido, antes de existir, que lhes dessem a vida.)

E quando são pequenos os fazem trabalhar porque algum dia serão grandes; e quando são grandes, têm que trabalhar porque senão morrem de fome!...

Em geral, o garoto trabalha. Acostuma-se a abaixar o lombo. Entrega a quinzena íntegra, com raiva, com ódio. Assim que faz o serviço militar, casa-se e não quer saber de nada com "os velhos". Detesta-os. Eles lhe amargaram a infância. Ele não sabe, mas os detesta, inconscientemente. Vá e converse com essas centenas de rapazes trabalhadores. Todos lhe dirão a mesma coisa: "Desde que eu era um pirralho, me enfiaram no batente". Há pais que exploraram os filhos barbaramente. E os que fizeram fortuna, não lhes importa um pingo o ódio dos filhos. Dizem: "Temos dinheiro e nos respeitarão".

Há casos curiosos. Conheço um colchoeiro que possui dez ou quinze casas. É rico até dizer chega. O filho se largou. Agora é um beberrão. Às vezes, quando está de cara cheia, põe a cabeça entre os colchões e grita para o pai, que está cardando lã:

— Quando você se acabar, eu vou vestir, com o seu dinheiro, de roupas coloridas todos os bêbados de Flores! E as casinhas, vamos transformá-las em vinho!

Essas monstruosidades são explicáveis. Claro! A relação entre esses pais e filhos foi muito mais azeda do que entre um patrão exigente e um operário necessitado. E esses filhos estão desejando que o pai "se acabe" para esbanjar em um ano de ociosidade a fortuna que ele acumulou em cinquenta de trabalho odioso, implacável, tacanho.

25 jan. 1930

O PARASITA JOVIAL

Confundir o parasita jovial com o "squenun" ou o homem que se faz de morto é um erro crasso.

O parasita jovial, ou o "garronero", como nós o chamamos em nosso "fabulare" gentil e harmonioso como o canto de uma sereia (a poesia é influxo da primavera), ou fila-boia, é um ente não abstrato e metafísico, como poderia interpretar um professor de filosofia. Não; o fila-boia não é uma enteléquia, o fila-boia é um ser de carne e osso que anima e contribui para o engrandecimento da economia do nosso país, fazendo com que os outros gastem por eles e por ele, de modo que esse personagem é um artefato de utilidade pública que bem merece nossa atenção.

Já no pícaro Guzmán de Alfarache aparece em Toledo a irmandade dos Cavaleiros da Garra. Os Cavaleiros da Garra se dedicam a toda atividade de vigarice, e não há personagem com escudos ou dispensa bem-posta que escape à voracidade de sua garra. O cavador portenho e o meliante bonaerense, de repente, descobriram que esse gesto, unhada ou golpe, merecia um qualificativo extraordinário, e talvez algum andaluz pedante e perdulário, ou algum ladrão erudito, encontrou o termo exato, e de repente, para definir o movimento de apresar a coisa chamou-o de "garrón".

"Garrón", na sua origem, quis definir o assalto, logo, sabe-se lá por que misteriosas operações de transformação da linguagem (veja-se Otofried Muller: *Estudos de filologia*), o termo continuou se ampliando e o indivíduo que era viciado, que dava com suma frequência esse manotaço de fera faminta, foi chamado de "fila-boia", e já aí o fila-boia implicou a categoria de assaltante de comida ou de mesa posta.

Naturalmente, todas as hipóteses propostas necessitariam de alongados estudos para chegar a dar uma visão exata dos matizes. Mas o assunto é este:

Chama-se de fila-boia em nossa cidade todo sujeito que, sem distinção de credo político, religioso ou filosófico, procede de assalto nos negócios que se relacionam com seu estômago ou com sua comodidade.

Logo o termo transcendeu por sua musicalidade. A frasezinha afagava os ouvidos formados pelo tosco amargor do acordeão; e um vendedor de *pucheros* podres e de *chinchulines* passados escolheu-o como título do seu armazém: "El Garrón".

O fila-boia costuma ser um "duro" na maioria dos casos; e na minoria, um desses maus-caracteres que se fazem de morto quando soa a hora de encarar o garçom.

Mas, na pura acepção da frase, o fila-boia é um pobre-diabo, um sujeito jovem, de botinas esgarçadas, barba de três dias, semblante acavalado e morto de fome, que sempre que encontra com um amigo lhe diz, se suspeita que o amigo tem moedas:

— Vamos tomar um café.

O interessante é o fila-boia no café.

Sentado à mesa, faz como se não tivesse vontade de tomar; medita. O garçom, que conhece a idiossincrasia do cidadão, espera com o guardanapo apoiado na mesa; o amigo olha assustado para o fila-boia, pensando em que gastos o meterá; e o fila-boia pensa, olha o ar, a vitrine e, como se lhe custasse um grande esforço pedir, coça a barba.

O amigo sente que seus bolsos queimam. O que esse mau-caráter irá pedir? Mas o mau-caráter, que sacoleja admiravelmente o turvo oceano da manga, resolve e diz, finalmente:

— Bom... me traz um café.

O amigo o olha, quase emocionado.

— Por que não toma outra coisa? — diz a ele, mansamente.

— Não; me traz um café.

O amigo respira, agradecido.

É que o fila-boia de café esteve, consciente ou inconscientemente, fazendo-se perdoar o fato de tomar café, de haver convidado e de não pagar. E o fez perdoar com o susto que deu no outro pobre coitado, que meditava no alcance das suas moedas, enquanto o astuto fila-boia pensava que, se se precipitasse para pedir um café, o outro não lhe agradeceria absolutamente nada, e agora ele tem o direito de estar tranquilo na mesa, e quem, na verdade, sente-se superior, é o fila-boia, o fila-boia que nem por um instante perdeu a linha, enquanto o outro mordia os lábios impacientemente, sentindo-se pego num laço do qual não podia saber como sairia.

Fila-boia, clássico fila-boia. Já explicava Guzmanillo as artimanhas do fila-boia. Sempre se apresentava nas casas quando estavam almoçando, e se lhe perguntavam se tinha almoçado, respondia que sim, mas aos poucos, acrescentava:

— Vossa excelência come com tanta graça que faz apetecer ao farto.

Ou se não:

— Na verdade, este guisado cheira tão bem que não prová-lo seria um pecado.

E ao cabo de um tempo o fila-boia se torna especialista. Sua memória se tranforma numa interminável lista de pessoas que podem servi-lo, e assim que vê um amigo num café, precipita-se ali, a cumprimentá-lo efusivamente, embora o tenha visto uma só vez, e se o convidam, diz que não; se insistem, aceita, e se não insistem, acrescenta, aos poucos:

— Vamos fazê-lo gastar... — e pede, mas pede com tal sutileza, faz ao garçom um gesto tão fino, tão fugidio, que o amigo não sabe se o garçom se apresenta espontaneamente ou se o fila-boia o chamou.

E como nunca paga, seu sistema acaba sendo aceito por todos os que pagam, e as pessoas até acham graça nesse eterno parasita jovial, que, quando o outro deixa uma abundante gorjeta para o garçom, diz ao amigo:

— Não acostume mal os garçons, meu chapa. Não tem nada que dar gorjeta. Que trabalhem em outra coisa em vez de ser parasitas do consumidor.

E esse conselho do fila-boia não é outra coisa, no fundo, que a cólera provocada pela concorrência...

27 set. 1928

ENGANANDO O TÉDIO

Entre o pomposo teatro de variedades com letreiros de ozônio e o barracão fuleiro, onde se exibe a penúria transcontinental da variedade bufonesca e ambiente, media toda uma gama de antros mais ou menos qualificáveis e interessantes.

Mas, sem disputa alguma, o mais sugestivo dos teatrinhos fuleiros é aquele salão equívoco, mistura de circo e de taberna milagreira, onde se acomodam nas mesas insignes malandros e desocupados, que, por umas moedas, tomam um banho de arte adequado à sua imaginação.

O teatrinho de quinta se caracteriza em nossa cidade por estar situado no centro da mesma ou numa de suas artérias principais.

Um sonso vestido de hindu toca um bumbo com mais alavancas do que uma locomotiva, enquanto, às suas costas, em espelhos convexos e côncavos, os palermas se contemplam gordos como laranjas ou pernaltas e flexíveis como palmeiras.

Do outro lado da barraca, um passador de chapéus estraga concienciosamente os "fungis" de econômicos cidadãos, enquanto os ajudantes de um engraxate vociferam seu sacramental e ensurdecedor:

— Entre, cavalheiro... que não vai lhe acontecer nada! Ennntreee...!

A penúria de todas as classes comerciais está ali irmanada do modo mais absurdo e pitoresco.

Um ex-ladrão se dedica a fabricar chaves Yale em três minutos, e no balcão costumam encostar insignes escrunchantes em busca de chaves para seus ofícios e negócios; um gravador romano e famélico talha em alumínio o nome de qualquer palerma que não sabe em que jogar dez centavos, enquanto um prodigioso velhaco, de nariz vermelhão e barba de peixe antártico, distribui o programa do teatrinho de variedades, assoando o nariz com os dedos da mão direita.

O programa é uma baba de internacionalismo fraternizado com a urgência da fome e da lorota.

Canta "La Cielito", cantora espanhola de toadas, que cantou diante de Suas Majestades e Altezas Reais da Espanha. Faz um número cômico o patife do Franfrucheli, cavaleiro italiano "que é um esbanjamento de graça"; dançará La Dolores, "Rainha da Algazarra"; em seguida, "La Maleva", acompanhada de violões pelo professor XX. O professor XX é um insigne malandro, com guizos de assassino e pontas de ladrão, no dizer do Quixote. Tem a cara cruzada por um talho formidável e a melena lhe cortando a testa como um revés de betume.

Em seguida, prosseguem "Os Irlandeses", com canções típicas; as duas "Irmãs Búlgaras", que cantarão música nacional (da Bulgária, entenda-se); e, por último, "La Palazzini", exímia soprano "napolitana".

Lá dentro, meia dúzia de agentes de investigações monta guarda. Têm cara de assassinos, de ladrões e de trapaceiros. Fazem um círculo em torno das mesas e esperam a chegada de duvidosos clientes, que são autênticos ladrões e assassinos de verdade. Um sino, um bumbo, a Marcha Real Espanhola, o Hino Nacional e um pasodoble dão o tom no salão quase vazio. Um salão escuro, onde a curriola de meganhas sugere um quadro de romance de Ponson du Terrail.

Um que outro entediado vai entrando no pátio de Convenções.

Ora é um chofer com o carro na garage; uma empregada de férias; dois porteiros que querem cultivar seus conhecimentos estéticos escutando "La Cielito" e a "Rainha da Algazarra"; em seguida, um napolitano com patente de carrinho de verduras e uns bigodes com jeito de cimitarras. Seguem-se dois desocupados que podem ser qualquer coisa, menos pessoas decentes. Sentados em suas respectivas mesas, três colegiais com pinta de cabuladores de aula; um filósofo que procura mulheres a quem regenerar e que se enganou de caminho, pois devia entrar no Exército da Salvação; mais tarde um homem com perna de pau, que deve esconder cocaína na extremidade apócrifa; um jornaleiro; um pai de família com sua respeitável e gorda cônjuge. O público aumenta, enquanto os patifes da orquestra insinuam o prelúdio de um pasodoble, e o do violino adota posturas sentimentais de gênio em desgraça. O garçom faz arabescos e cabriolas para atender as mesas que vão se enchendo. A curriola de "tiras" rastreia como os cães atrelados quando farejam a caça.

Aos acordes da Marcha Real Espanhola, corre-se o imundo pano e, em seguida, já caída, se abanando, fazendo caretas com a fuça, aparece a soprano "napolitana": uma tipa, ex-cozinheira, a quem lhe deu essa loucura, e que canta arrebentando os tímpanos desse público afeito aos uivos mais extraordinários.

O público ri e se diverte. A pobre-diaba compreende que está fazendo um papelão, mas o que se há de fazer? A laringe não dá para mais que isso, e ela tem que comer.

Desaparecida essa Fúria, aparece "La Maleva" e o professor XX de violão. Quando o professor vê a curriola de meganhas, fica verde; em seguida, ajusta o violão; e turbulenta, "trapaceira" e feia como o diabo, aparece "La Maleva", se esganiçando num tango feroz. A tribo dos jornaleiros vocifera de entusiasmo. O professor de violão solta as cordas e a moça, de vestido colorido e fita verde no cabelo, enrouquece de entusiasmo.

Finalmente, aparecem "Os Irlandeses", que não são irlandeses nem nada, mas dois pilantras que rosnam com sotaque catalão, sabe-se lá que gíria infernal, e que se valem de um terno e meio fraque para atuar nos palcos como artistas. O público joga amendoins neles e os perdulários vão embora, com toda a tralha, para outro lugar.

    E tudo ali é triste e batido. Refúgio da penúria e do fracasso, o teatrinho de variedades do centro é como uma ilhota de quinta, da bebida e do mau gosto. E, no entanto, as pessoas vão para lá. Vão porque ali se entediam pensando que se divertem. E todos nós gostamos de nos enganar, ora essa!

26 set. 1928

PERSIANAS METÁLICAS E PLACAS DE DOUTOR

O título... a placa na porta... Este, o sonho da casa própria e do automóvel particular constituem uma das preocupações mais sérias dos lares bem constituídos. Agora, se alguém me perguntar em que consiste um lar bem constituído, de acordo com o critério estritamente burguês (estou me comportando bem, não uso termos em lunfardo nem cometo uma rata), direi que o lar bem constituído seria aquele onde a seleção de trouxas (já me bandeei!) se faz com perfeito critério científico. Esse critério científico impede, por exemplo, que uma menina tenha família antes de se casar, nem que escape com um magnífico pé-rapado. Ou que se case com um maltrapilho.

Há casas que, involuntariamente, lembram a gente o que pode ser um harém, porque entra-se nelas e não acaba nunca de aparecer mulheres por todos os lados. São casas com desgraça. Fatalmente, aquele que entra ali tem que maridar, senão o levam para o cartório na marra. Casas onde, entre meninas e adultas, somam mais de meia dúzia de saias. Vocês percebem a tragédia de uma mãe que deve vigiar meia dúzia de meninas, sublevadas e ariscas? Em muitas casas prudentes, para evitar que as meninas se entretenham elaborando pensamentos inconvenientes, conchavam com as mais velhas, enquanto as mais jovens e palatáveis ficam em casa para agarrar o otário (já me escapou outro termo reles!).

No entanto, em quase todas as casas com superabundância de damas, nunca falta um par de calças. As calças é frequentemente um irmão a quem a coletividade feminina faz estudar para "doutor".

E sabem para que o fazem estudar para doutor?

Ora, para que traga amigos para casa.

Quando a família tem ares semiaristocráticos, o homem, em vez de ser doutor, segue a carreira militar. Então (só vendo o que são as vizinhanças), isso de que "fulana é irmã do primeiro-tenente X" soa como se dissessem que é uma Álzaga Unzué ou qualquer outra família tradicional.

Um fenômeno concomitante com o fato de que o primogênito da família se forme doutor ou subtenente é que a família muda de casa. Na maioria dos casos, salvo ser gente sensata, mas esse exemplar não é muito abundante.

É; se a família alugava uma casinha módica, com jardinzinho ordinário dando para a rua, agora acha que é indigna de sua posição social a casa com jardinzinho dando para rua, e aluga uma fechada, com sala e escritório dando para a via pública, com persianas nos postigos.

E apesar de se morar mais apertadamente, se respira. Não é a mesma coisa pretender um namorado numa casa com jardim mixo do que numa moradia com persianas metálicas e fechadura Yale. Não; não. Há diferenças. Há categorias. Há algo, é como estar nos prolegômenos da carreira aristocrática.

A placa dá ares de suntuosidade. Há placas (já vi) que são quase tão grandes como cartazes de leilão judicial. Nelas se anuncia a que horas o "doutor" atende e deixa de atender; a que horas consuma seus homicídios; em quantos lugares recebeu autorização e se mostrou didático para trucidar seus próximos; e embora nunca seja visto, que a gente até se inclina a achar que ele ganha a vida em corretagens, as irmãs, à sombra da placa benfeitora, espreitam o otário remoto, indagam o horizonte com periscópio e cobram interrogatório e declaração de bens a quanto Cristo passe por ali, e a família, involuntariamente, inconscientemente, enche o peito com o título, engorda com o doutor da placa... que...

Que, de vez em quando, convida seus amigos para irem a sua casa. Já não é a casa de jardim fuleiro e com baratas atravessando o corredor, mas é casa com persianas, casa que parece denunciar folga de prata; casa sobre a qual costumam dizer certas moças, ao namorado, num ataque de sinceridade:

— Ah! Se eu me casar, fico com a minha mãe; que aqui tem quarto de sobra — como se com isso quisessem ajudar o infeliz a esquecer o cortiço, as exigências do fim do mês e a fuça amarfanhada do cobrador que passa a conta com donaire de uma bela punhalada.

Ou senão, diz a mãe, entre as filhas:

— Bom; agora, pelo menos se pode receber as pessoas, que antes...

Placa de doutor, placa engrupidora. Enquanto as mocinhas ganham a vida no ateliê de costura; enquanto as senhoritas mais velhas dão duro se esfalfando no metrô e no ônibus, e sem tempo para a digestão, para pegar o bonde e chegar na hora no trabalho, a placa, na porta, delata prepotência de desafogo econômico, alcagueta vida tranquila, enquanto os autênticos doentes passam rapidamente e olham com desconfiança perfeitamente visível o conto de "atende-se de tal a tal hora". As pessoas do bairro, menos ainda, recorrem ao médico. Todos nós queremos ser assassinados, mas com dissimulação, de maneira que a placa só serve para que se extasie a mãe, olhando-a de viés; a mãe do dono e a menina que espera o namorado. Porque, afinal de contas, uma casa com persianas metálicas fica melhor com placa de doutor do que sem placa.

15 out. 1930

"BATENTE" NOTURNO

Tenho um amigo, Silvio Spaventa, que, fora de brincadeira, é um caso digno de observação frenopática.

Trabalha depois de ter se dedicado vinte e cinco anos a flautear. Como e quando, eu não sei, mas tenho informações de que a família, no dia em que soube que o garoto pegava no batente, achou que tinha tido um ataque de alienação mental e avisaram ao médico da família. Numerosas pessoas foram fazer uma visitinha para se informar se se tratava de um caso que entrava nos domínios do doutor Cabred ou se a notícia era um simples e fortuito boato que, por mero acaso, tinha começado a correr pelo calçamento da cidade.

Mas não; o boato não era brincadeira, o batente tampouco era ataque de alienação, e os vizinhos, depois de especular sobre o caso durante uma semana, sossegaram e, atualmente, o fenômeno continua intrigando unicamente os parentes, que, quando se encontram com o estroina, lhe cutucam assim, à queima-roupa, como eu mesmo já tive a oportunidade de escutar a seguinte pergunta:

— Então você está trabalhando? Ficou louco?

Os parentes, como é natural, sempre deram duro. Mas se acostumaram a ver que o outro não trabalhava, e agora se espantam com o mesmo espanto com que ficaria estupefata uma galinha ao ver que o frango, nascido de um ovo de pato, anda na água sem se afogar.

E tanto e tanto especularam sobre o assunto que, a pedido do amigo, me vejo obrigado a explicar por que e como pega no batente... e devido a que razões seu caso foge à frenopatia, à alienação e penetra no mundo dos casos racionais e perfeitamente "manjados" pela quase totalidade dos cidadãos deste país.

"A vantagem em fazer uma nota sobre por que trabalho — me disse — consiste em que me livro da peleja de explicar a todos os consanguíneos as razões pelas quais trabalho. Tão pronto eu os encontre e me perguntem, como penso em comprar duzentos exemplares de *El Mundo*, lhes entrego a folha recortada e dou o pira."

— Trabalho — me disse o amigo — das nove às duas da madrugada. Quer dizer, na hora em que todo mundo vai pro café ou ferra no sono. Quer dizer: trabalho num horário em que quase ninguém trabalha, que é como não trabalhar. Porque — você percebe? — tenho o dia disponível. Posso dormir enquanto "Febo a crista doura". E durmo. Às três da tarde me levanto e saio para arejar; depois, às nove, entro no escritório e saio às duas. Muito bem; o que acaba comigo é o trabalho com horário, a caterva, isso de levantar às sete da manhã como todo mundo, jogar uma água na cara, me enfiar no metrô repleto de fulanos com olheiras e... meu chapa! Esperar que chegue o meio-dia para outra vez começar a cantilena do "vai mais para a frente" etc.? Não, meu chapa! Eu não trabalho assim nem como ministro. Que me deem um trabalho que não seja trabalho. Que não tenha as aparências de tal. Percebe? Tenho psicologia... A única coisa que peço é que me disfarcem o batente.

— Está bem... Continue...

— De outro modo é pra tomar cianureto. Eu nunca me neguei a pegar no batente, mas, isso sim, que me dessem um trabalho do meu agrado. Demorei vinte e cinco anos para encontrá-lo. Mas encontrei! O que demonstra que quando você procede de boa-fé e com a melhor das intenções, aquele que procura não pode deixar de encontrá-lo algum dia. Se eu fosse um safado de primeira, não trabalharia. Andaria como portuário pelos cafés. Mas não; trabalho. Isso sim, trabalho porque dá gosto... é como se você farreasse. O que acontece é que eu sou um inovador. Um reformador da humanidade. Penso: Por que Vicente há de ir aonde vão todas as pessoas? Você vê as consequências desse regime carcerário? Que a uma mesma hora um milhão de habitantes rangam; meia hora depois, esse milhão, a galope e às cotoveladas, se espremem nos bondes e ônibus para chegar no horário ao escritório... E não é possível, meu chapa... não!... Eu sou contra a uniformidade. Me dê variação. Me dê a poesia da noite e a melancolia do crepúsculo e uma jogatina às três da matina e uma autêntica churrascada às quatro horas. Ser ou não ser, meu chapa. Fora de brincadeira. Ponha-se no meu lugar...

— Você é um herói...

— Faz a nota que eu mostro pro chefe, e você vai ver... é gente boa!... Assim que ler vai rachar o bico... Bom... Diga que advogo pela abolição do regime do batente diurno, que te impede de dar uns bons fomentos de sol e umas saborosas pançadas de oxigênio. Veja: o que você tem que fazer é explicar a psicologia de um biltre na solidão noturna, gozando o silêncio, pegando no batente sozinho, juntando seus mangos pro fim da settimana... Isso é o que você tem que fazer...

Parodiando Nietzsche, que morreu sozinho num manicômio, eu também posso dizer: "Assim falava Spaventa". Com melíflua e cachorra expressão de homem do mundo, que sabe o que é especular sobre o destino numa mesa de café, enquanto o garçom ladra uma ladainha raivosa e um "de profundis" assassino pelo débito de um capuccino miserável e dois cafés com gosto de chicória.

Assim falava Spaventa!... Aquele que agora trabalha... Depois de ter se dedicado durante vinte e cinco anos a flautear. Mas sua boa-fé ficou evidenciada. Que sirva de exemplo e gozoso testemunho de vida espiritual para todos os safados que neste mundo existimos.

26 ago. 1930

FAUNA TRIBUNALESCA

Bem disse Quevedo:
"Advogados e escrivães são aprendizes de envenenadores e peçonha graduada", querendo dar a entender com isso que era preferível sofrer a acometida de um touro furioso a se relacionar com semelhantes bicharocos, despojadores de viúvas e inimigos natos do órfão.

E hoje eu escrevo isso porque uma magnífica sociedade, composta pelo advogado Galina e pelo escrivão Virginillo, foi acusada por uma respeitável viúva de tê-la despojado de todos os seus bens de forma dolosa, o que é extremamente grave.

Tão grave que o juiz decretou prisão preventiva contra um dos acusados e o outro passará raspando pela prisão se não deixar bem assentada sua inocência.

Quem já não viu o gato e o bofe?

A dona de casa chega do açougue com um pedaço de bofe embrulhado num jornal, e ninguém ainda a viu entrar, a não ser o gato, a cauda tesa, o lombo arqueado, o miado pranteador, implora sua parte de uma maneira comovente.

O mesmo acontece com certos advogados e escrivães na presença de uma herança. O cheiro do dinheiro os deixa tão nervosos que, antes do defunto esfriar, já estão rodeando a casa mortuária. Só vendo para acreditar!

Aproximam-se da viúva e do órfão, compungidos com tanta desgraça, e eles, cujo coração é duro como pedra e feito de resistentíssimo aço, vertem lágrimas de crocodilo, e vigiam os parentes com olhar espreitador, temerosos de que a sucessão lhes escape.

Os parentes do morto, por sua vez, se consultam às escondidas com os corvos legistas, que se comportam dignamente e insinuam respostas catonianas, pois dizem que não se ganhará nada com a pressa. E eles, que estão sempre apressados para encher as algibeiras com o dinheiro alheio, exclamam, sisudos e carrancudos:

— Dê tempo ao tempo, amigo. Respeite a dor da viúva e o sofrimento do órfão.

Por sua vez, o escrivão, que sempre foi aprendiz de peçonha, calcula seus honorários e, no círculo de enlutados, insinua um caso relacionado com a severidade de seu registro, e quanto estuda toda operação antes de registrá-la, tudo isso acompanhado de ditos como este:

"Bendito seja Deus" ou "tenhamos paciência, que ao menos Deus nos fez", e outras frases de compungimento que fazem com que as pessoas se admirem de que um escrivão seja tão homem de bem, tão temente a Deus e possua um coração tão terno.

As viúvas são os seres mais imprudentes da terra. E são imprudentes porque acreditam "em sua experiência de vida" e em outras bobagens mais ou menos sentimentais e injustificadas.

Agora: como o marido jamais se preocupa em inteirar a esposa (quando ele vive) de seus negócios, nem tampouco seria prudente porque as mulheres, em seu afã de colocar o nariz em tudo, costumam fazer grandes besteiras, acaba acontecendo que, assim que ficam livres do marido, do eterno marido que, finalmente, resolveu morrer, dizem:

— Bom, agora me governarei por conta própria.

E então é quando aparece o desgoverno e as bobagens, do tamanho de um bonde.

Não é exagero dizer que o primeiro ato de toda viúva é se consultar com um advogado. Porque essas "peçonhas graduadas" exercem grande influência sobre a mente das futuras prejudicadas.

Poderia explicar-se dizendo que o advogado as sugestiona pelo seu aspecto de homem de negócios, que não faz negócios, e que nisso intervém a teatralidade da banca, a coleção em encadernação de couro de *Sentenças da Suprema Corte* e esse ambiente de mistério que esses temibilíssimos inimigos do órfão e baleias da fortuna dão às consultas que concedem à viúva.

E não há maçã do demônio mais cobiçada pela viúva do que esse ato simples de se sentar numa banca, enquanto o corvo, a testa lustrosa de gordura e negra enxúndia de tanta jurisprudência, cruza as mãos sobre o colete e entrefecha as pálpebras com a atitude do homem que dispõe todas suas faculdades mentais para interpretar as profundas e sábias perguntas que lhe dirigirá a viúva.

A viúva, que estava acostumada a ser mandada para o inferno cada vez que perguntava sobre negócios a seu marido, se comove diante de tanta solicitude e atenção. Ela jamais imaginava que as suas curiosidades pudessem interessar um homem que tem toda coleção de *Pareceres da Suprema Corte* em encadernação de couro, e então, afagada em seu amor-próprio, conversa com o "aprendiz de envenenador e peçonha graduada", que a deixa devanear até o cansaço, interpondo, de vez em quando, com melífluas palavras e graves gestos, conselhos e máximas como estas:

— O mundo está cheio de perdidos, desgraçadamente; mas a senhora teve sorte em se dirigir a mim. Não é para me vangloriar nem exibir falsa modéstia, "mas é assim, senhora, embora não seja de bom tom que eu o diga".

Com essas frasezinhas feitas e a coleção em encadernação de couro de *Sentenças da Suprema Corte*, a viúva fica tão convencida que dali saem os dois para a casa de um cúmplice e espertalhão, escrivão, também "muito homem de bem", que estenderá uma procuração ao advogado "para que realize o juízo sucessório como melhor convier".

Um belo dia, ou mau dia, melhor dizendo — belo, para todos os sequazes de Temis e para todos os aprendizes de corvos —, a viúva acorda na "rua", na matemática "rua", possuidora apenas da roupa que está vestindo.

E então começa a tragédia, os choros diante do juiz, as tribulações da mulher que sofreu a sedução da coleção encadernada de *Sentenças da Suprema Corte*, peregrinação que pode ser vista todos os dias no Palácio da Justiça na figura de senhoras anciãs seguidas por um órfão que leva uma incomensurável confusão de papéis, e um procurador faminto que quer devorar os últimos restos do festim dado por escrivães e advogados.

28 set. 1928

ENTRE COMERCIANTES...

Ser comerciante não é fácil. Mas se estancando essa dificuldade, você chega a ter um bar, nada mais custoso do que ser comerciante e não sentir os esporões da inveja quando aparece um concorrente.

Concorrente que vai antecedido de um bando de olheiros sinistros, que gozam formidavelmente do vulcão de gana que foi despertado no velho comerciante, a quem lhe aparece, da noite para o dia, no bairro, um novo rival.

O diálogo

O sinistro olheiro. — E então, excelência: parece que vão abrir uma loja nesse novo estabelecimento... vai aparecer um concorrente...

O lojista (com um sorriso falso de segurança). — Se esse aí vier pra comprar o meu bar, eu dou de presente. Os tempos estão bicudos.

O sinistro olheiro. — Não tenho certeza de que seja uma loja. Ouvi dizer... mas que importância isso pode ter pro senhor. É velho no bairro e as pessoas não deixam o conhecido pelo desconhecido...

O lojista. — Quem disse que é uma loja?...

O sinistro olheiro. — Estão falando... até me falaram que já tinham assinado o contrato. Parece que é uma firma de peso...

O lojista (com sorriso falso). — Hoje dou de presente as firmas de peso...

O sinistro olheiro. — Verdade... o comércio vai mal... mas que importância tem pro senhor um concorrente a mais ou a menos, não é verdade?

O lojista (que se importa muito com o concorrente). — Realmente, pouco me importa...

O sinistro olheiro. — Eu vi o tal que vai abrir o negócio. Parece um homem vivo, tome cuidado.

Uma semana depois

O sinistro olheiro. — Então, parece que vamos ter outra loja...

O lojista. — Faça-me o favor. Vi a cara dele. Juro pela minha mãe como nunca vi cara tão desgraçada como essa. Amigo, é preciso viver pra ver e acreditar. Sério. Será que esse infeliz não tem outro lugar pra jogar o dinheiro? Veja só, abrir uma loja neste bairro. Mas se a vida mal dá pra um. Mal...

O sinistro olheiro (gozando do lojista). — Eu também tenho o palpite que esse aí vai falir.

O lojista. — Quer que lhe mostre os livros de contabilidade? O balanço? Cristo! Se hoje a gente não tira nem pro bonde.

O sinistro olheiro. — E vem dizer isso para mim. E veja só se não é um louco, o fulano, que até instalações de luxo trouxe.

O lojista (sobressaltado). — Não diga...

O sinistro olheiro. — Só vendo... Umas prateleiras que parecem móveis de sala de jantar. Puro vidro, só vendo. O senhor não passou por ali?... Deve ter gastado uma dinheirama, o desgraçado.

O lojista. — Mas Cristo... onde estamos?... Esse homem não faz contas... E o pessoal? E o aluguel? E a licença? E a luz?

O sinistro olheiro. — Não sou eu quem está abrindo o negócio. É ele. O que você quer. Eu não tenho culpa...

O lojista. — Esse homem tem que quebrar. (Tratando o olheiro por você.) Você percebe? Só sendo vigarista pode-se fazer uma instalação como você está dizendo. (Confidencialmente.) Mas, e a instalação, meu chapa, é linda?

O sinistro olheiro (se banhando em água de rosas). — É brincadeira, excelência. Sabe, é dessas instalações de madeira lustrada. Os vidros. Os vidros biselados. Pura cristaleira com varinhas de níquel. O piso... como se chama?...

O lojista. — Continue, Cristo... se chama parquê...

O sinistro olheiro. — As paredes, sabe, pintadas imitando mármore, o forro...

O lojista (suando). — E você acha que esse aí pode viver. Diga. Você acha...

O sinistro olheiro. — Eu não sei... às vezes acho que não... às vezes acho que sim... O senhor sabe... não se pode descuidar. De onde menos se espera vem o pulo do gato.

O lojista. — Mas que gato que nada! Você pensa que os negócios são feitos com forro de painel e parquê? Te dou de presente o parquê... o parquê... o parquê... Vamos ver se ele paga as promissórias e as contas com o parquê... com o parquê...

Quinze dias depois

O sinistro olheiro. — Já tem gente... só vendo... tem gente...

O lojista (perdeu dez quilos). — Tem... mas me diz... todos os que vão, compram?

O sinistro olheiro. — Tem bons preços, excelência... Sério... E a mercadoria é nova, sabe... e depois o tipo é engrupidor... Só vendo... amável com todo mundo.

O lojista. — Mas, Cristo, se tem uma cara de "disgraçado"...

O sinistro olheiro. — O que vamos fazer com o retrato...

O lojista. — Mas, quer que te mostre o balanço? Quer ver? Se não se está ganhando nada. Esse homem, ao preço que vende, tem que roubar mercadoria. Acredite em mim. Não se ganha nada. E os gastos? E a licença?

O sinistro olheiro. — O caso é que as pessoas estão indo. Estão indo, excelência.

O lojista. — Espere. Juro pela minha saúde. Espere dois meses. Você vai ver. Não o juiz e, sim, toda Investigação pregando tabuletinhas na porta. Incêndio e quebra fraudulenta. Você vai ver! Espere dois meses...

Passaram-se dois anos. Todos os dias os lojistas rivais aparecem na porta, olham-se e cospem em direção contrária. Nenhum dos dois faliu, apesar de o negócio não dar nem "para o bonde". Odeiam-se. Odeiam-se cordialmente, se odeiam e controlam os clientes do outro...

25 fev. 1930

O RELOJOEIRO

Se existe um ofício estranho é indubitavelmente o de relojoeiro, já que os relojoeiros não parecem ter estudado para relojoeiro e, sim, apareceram sobre o mundo conhecendo a profissão.
E não deixo de ter razão.
Conversando hoje com um desconhecido, num ônibus — senhor que acabou sendo relojoeiro, relojoeiro autêntico, e não ladrão de relógios —, me dizia esse senhor:
— O ofício de relojoeiro não se aprende. Traz-se no sangue. E depois de trazê-lo no sangue, é preciso praticar um infinito número de anos para dominar perfeitamente os mecanismos, já que de outro modo se pode colocá-los a perder em vez de consertá-los.
De acordo com seu critério, respondi:
— Um relojoeiro deve ser uma espécie de bicho raro, uma "avis rara", como dizia Asnorio Salinas.
— Não, senhor, nada disso. Pelo contrário; o ofício abunda tanto que pra notar isso basta ler as páginas de anúncios dos jornais. Nunca pedem relojoeiros. E não pedem porque há de sobra. A profissão está decaindo. Sem falar que eu estive nove meses sem trabalho, procurando emprego de relojoeiro, e olha que eu sou oficial. Finalmente, agora eu me acomodei e me dedico à especialidade dos despertadores.
— Como? No ofício há especialidades?
— Sim, senhor. Imagine, por exemplo, um homem que antes de ser relojoeiro tenha trabalhado como ferrador de cavalos. Por mais prática que ele tenha, é inútil, não servirá para o trabalho fino e delicado, para consertar e remontar relógios de pulso de senhoras, que têm peças microscópicas. Comigo aconteceu a mesma coisa. Antes de ser relojoeiro fui rebitador de caldeiras e, naturalmente, a mão estava um pouco viciada.
— É, explica-se.
— Agora, eu sou um homem prudente e não me meto em camisa de onze varas; daí minha especialidade serem os relógios despertadores.
— E dá pra ganhar?
— Pouco.
Depois que me afastei do chato do relojoeiro, fiquei pensando nesse grêmio misterioso e dono do tempo.
E fiquei pensando porque, mais de uma vez, percorrendo as ruas, eu me detive, perplexo, diante de um portal, olhando para um sujeito quase sempre de condição israelita, e com um tubo preto num olho, que remendava relógios como quem faz

meias-solas numa botina. E não sei de onde me surgiu a ideia de que os relojoeiros, no fundo, deviam ser todos meio anarquistas e fabricantes de bombas-relógio.

Porque nos romances de Pío Baroja, os relojoeiros, se não são anarquistas, são filósofos. E um relojoeiro filósofo ou anarquista não cai nada mal. Na Rússia, pelo menos na época do czarismo, todos os relojoeiros eram acusados de semirrevolucionários.

E, no fundo, o trabalho de consertar relógios é um trabalho filosófico.

Antes de mais nada, é preciso ter a paciência de um beato ou de um angélico para aturar tanta minúcia e se preocupar de que ande bem por certo tempo, nada mais.

Depois, certa tristeza de viver.

Porque vocês devem se lembrar que esse trabalho de corcovado e de ciclope, já que o sujeito trabalha com um só olho, é angustiante.

Quase todos os relojoeiros são pálidos, de modos lentos, silenciosos. As estatísticas policiais nunca dão um relojoeiro criminoso. Prestei atenção, detidamente, nesse fenômeno.

No máximo, quando se irritam em seus lares, dão dois pontapés na mulher. Mas nesse caso a mulher tem que ser muito perversa. Senão, não se descontrolam jamais.

Não lhes atrai nem o mau nem o bom vinho. Cruzam pela vida como entes monacais, misteriosos, cautos, cheios de um silêncio de ouro.

É que em outros tempos o ofício de relojoeiro era um trabalho cheio de condições misteriosas e quase sagradas. Se não me engano, Carlos V, quando se desiludiu do mundo e de suas pompas, foi estropiar relógios num convento.

E os astrólogos do passado conheciam essa arte mecânica e quase mágica. Lembrem-se de que sob o reinado de Ivan, o Terrível, foi um relojoeiro quem confeccionou um aparelho para voar; e que o papa Silvestre III também era um relojoeiro aficionado e tinha nos seus jardins um pássaro mecânico, que cantava a partir de uma árvore de esmeralda. É verdade que Silvestre III gozava da fama de ser um pouco mago e cultivador das ciências ocultas, mas nessa época toda arte um pouco mais delicada recebia o nome de bruxaria.

Daí que os relojoeiros atuais sintam em suas almas essa espécie de nostalgia do prestígio que os rodeou nos tempos da clavícula do Rei Salomão.

Hoje, os relojoeiros sobrevivem nesta cidade a duras penas. Salvo os aristocratas da relojoaria, o resto se vê relegado a ignóbeis cortiços onde têm que lidar com relógios baratos e de "série", cheio de defeitos, e que requerem um trabalho espantoso para evitar que deem meio-dia antes da hora.

Baixaram de categoria, e pode-se quase equipará-los aos remendões ambulantes, eles que "precisaram de nove anos de estudo teórico e prático".

13 set. 1928

O HOMEM DO APURO

O homem que "precisa de um milhão de pesos para amanhã de manhã sem falta" não é um mito nem uma criação dos infelizes que têm que servir todos os dias um prato humorístico aos leitores de um jornal; não.

O homem que "precisa de um milhão de pesos para amanhã de manhã sem falta" é um fantasma de carne e osso que pulula ao redor dos tribunais...

No momento em que eu terminava de escrever a palavra "os tribunais", uma rajada morna veio da rua e o tema do homem que precisa de um milhão de pesos para amanhã de manhã sem falta foi para o diabo. E eu pensei no homem do umbral; pensei na doçura de estar sentado de camiseta no mármore de uma porta. Na felicidade de estar casado com uma passadeira e lhe dizer:

— Princesa, me dá quinze pratas pra um maço de cigarros.

Chegaram os dias mornos. Não sei se prestaram atenção no fenômeno; mas todos aqueles que têm uma calça calafetada, remendada ou tamponada, que, segundo as avarias do traje, pode-se definir o gênero de conserto, remendo, emenda ou cerzido; todos aqueles que têm um traje avariado sobre as nádegas meditam com semblante compungido na brevidade do império do sobretudo. Porque não se pode negar: o sobretudo, por mais batido que seja, presta seu serviço. É cúmplice e encobridor. Encobre a craca que há embaixo, as rupturas do linho. Se sempre fizesse frio, as pessoas poderiam prescindir dos alfaiates e fazer um terno a cada cinco anos.

Em compensação, com esse "ventinho" morno, prognóstico de próximos calores, os sobretudos caem fora, e não só os sobretudos ficam pendurados num canto do guarda-roupa ou da garçonnière, como também a moleza que levamos infiltrada nos músculos se espreguiça e nos faz pensar que se não conseguirmos... quem dera conseguir um milhão de pesos para amanhã de manhã sem falta! Quem dera! Ou estar casado com uma passadeira.

Porque todos os consortes das passadeiras são uns molengas declarados. O que mais pega no batente é aquele que há dez anos foi carteiro. Depois o exoneraram e ele não voltou a pegar no batente. Deixa que a mulher faça fortuna com a goma e o ferro. Ele é um desempregado. Quem me dera que fosse desempregado! Faz dez anos que o deixaram na "rua". A todos os que queiram escutar, conta a história. Depois, ele se senta na soleira da porta da rua e olha o belo par de pernas das moçinhas que passam. Mas com seriedade. Ele não se mete com ninguém. Pode não trabalhar, como diz a mulher, "mas não se mete com ninguém. Mais de uma ricaça gostaria de ter um marido tão fiel".

Sabe como acontecem os crimes, não é? Uma palavra puxa a outra, a outra traz a reboque uma terceira e, quando se lembraram, um dos atores do acontecimento está a caminho do cemitério Chacarita e outro dos tribunais. A mesma coisa acontece enquanto a gente escreve. De uma coisa salta-se involuntariamente à outra e, assim, quando menos se pensa, a gente se encontra diante do tema da fidelidade dos preguiçosos. Porque é mais do que certo: os homens da soleira da porta, os que não querem saber nadica de nada com o trabalho, aqueles que são desempregados profissionais ou que esperam a próxima presidência de Alvear, como anteriormente esperava-se a presidência de Irigoyen, a chamada cáfila de "squenunes" helioterápicos, é fiel à "donna". Por quê? Eis aqui um problema. Mas é agradável insistir. Todo preguiçoso que vive no umbral é fiel à sua cônjuge. Ele pode não trabalhar, se fará de morto, ele pedirá uns mangos a sua Sesebuta para os cigarros e a genebra na esquina; ele dará uma pedrada nos cachorros, quando enchem muito no bairro; ele irá ao boteco jogar sua partida de truco ou de sete e meio; ele irá noturnamente cumprir seus velórios e dizer o sacramental "acompanho-o no sentimento". Não serei eu quem vai negar essas virtudes cívicas do preguiçoso, não, não serei eu; mas quanto à fidelidade... Ali sim a senhora passadeira pode estar segura de que seu homem não lhe falta nem um tiquinho assim... É que o rabulazinho não acredita no amor?

Quando muito, esse menino se limita a olhar e a sorrir quando passa uma boa moça recém-casada, como quem diz, pensando no marido: "Que senhora boa fulano tem!". Quando muito a cumprimenta com picardia, no máximo aventura um gracejo um pouco sujo, um gracejo de homem vivo que se retirou dos campos de combate antes que o declarassem inútil para toda e qualquer batalha; mas dali não passa. Não, senhor. Dali não passa. Ele é capaz de caminhar dez quadras a pé para visitar seu compadre ou sua comadre; ele é capaz de ir, para votar no caudilho do bairro, a qualquer lugar; ele, se lhe é oferecido um churrasco com couro, não negará sua participação no rega-bofe, mas quanto a confusões com saias, isso sim que não!

E ela vive feliz. Ele lhe é fiel. Verdade que não trabalha, verdade que passa o dia sentado no umbral, verdade que ela poderia ter se casado com o beltrano, que agora é capataz na Aduana; mas o destino da vida não pode ser modificado. E a passadeira pensa que se bem que seja verdade que não se pode pretender todas essas coisas de um homem constituído normalmente e de acordo com todas as leis da psiquiatria, em compensação ele lhe é fiel, rotundamente fiel... e até conta, para quem quiser escutar, que não há uma amiga... Fulana... "que quis lhe tirar o marido".

14 ago. 1930

AQUELE QUE NÃO SE CASA

Eu teria me casado. Antes sim, mas agora não. Quem é o audaz que se casa do jeito que as coisas estão hoje?

Eu, faz oito anos que estou noivo. Não me parece ruim, porque a gente antes de se casar "deve se conhecer" ou conhecer o outro, aliás, a gente se conhecer não tem importância, e conhecer o outro, para embromá-lo, isso sim.

Minha sogra ou, minha futura sogra, olha e grunhe cada vez que me vê. E se eu lhe sorrio ela me mostra os dentes como um mastim. Quando está de bom humor, o que faz é me negar o cumprimento ou fazer que não percebe a mão que lhe estendo ao cumprimentá-la, e olha que para ver o que não lhe importa tem um olhar agudíssimo.

Com dois anos de noivado, tanto "ela" como eu concordamos que para se casar é preciso um emprego e, se não um emprego, pelo menos trabalhar com capital próprio ou alheio.

Comecei a procurar emprego. Pode calcular-se uma média de dois anos de procura de emprego. Se tiver sorte, você se emprega em um ano e meio, e se anda numa maré de azar, nunca. Por tudo isso, a minha noiva e a mãe andavam às turras. É curioso: uma, contra você, e a outra, a seu favor, sempre disparam a mesma coisa. A minha noiva me dizia:

— Você tem razão, mas quando vamos casar, querido?

Minha sogra, em compensação:

— O senhor não tem razão de protestar; de maneira que faça o favor de me dizer quando pode se casar.

Eu, olhava. É extraordinariamente curioso o olhar do homem que está entre uma fúria amável e outra raivosa. Ocorre-me que Carlitos Chaplin nasceu da conjunção de dois olhares assim. Ele estaria sentado num banquinho, a sogra de um lado o olhava com fobia, do outro a noiva com paixão, e nasceu Charles, o do doloroso sorriso torcido.

Eu disse para a minha sogra (para mim uma futura sogra está na sua pior fase durante o noivado), sorrindo com melancolia e resignação, que quando conseguisse emprego me casaria, e um belo dia consigo um lugar, que lugar!... Cento e cinquenta pesos!

Casar-se com cento e cinquenta pesos significa nada menos que colocar uma corda no pescoço. Vocês reconhecerão, com justíssima razão, adiei o matrimônio até que me promoveram. Minha noiva moveu a cabeça aceitando meus argumentos (quando são noivas, as mulheres passam por um fenômeno curioso, aceitam todos os argumentos; quando se casam o fenômeno se inverte, somos nós, os homens, que temos que aceitar seus argumentos). Ela aceitou e eu tive o orgulho de afirmar que minha noiva era inteligente.

Me aumentaram para duzentos pesos. É verdade que duzentos pesos são mais do que cento e cinquenta, mas no dia em que aumentaram descobri que, com um pouco de paciência, podia-se esperar outro aumento, e se passaram dois anos. Dois, mais dois, mais dois, seis anos. Minha noiva fez cara de pouco caso e então, com gesto digno de um herói, fiz contas. Contas claras e mais compridas do que as contas gregas, que, segundo me disseram, eram intermináveis. Demonstrei-lhe com o lápis numa mão, o catálogo de móveis na outra, e um orçamento de Longobardi sobre a mesa, que era impossível qualquer casório sem um salário mínimo de trezentos pesos, quando muito, duzentos e cinquenta. Casando-se com duzentos e cinquenta teria que convidar os amigos para uns biscoitinhos.

A minha futura sogra cuspia veneno. Seus ímpetos tinham um ritmo mental extremamente curioso, pois oscilavam entre o homicídio composto e o tríplice assassinato. Ao mesmo tempo que sorria para mim com as mandíbulas, ela me dava punhaladas com os olhos. Eu a olhava com o terno olhar de um bêbado consuetudinário que espera "morrer por seu ideal". A minha noiva, pobrezinha, inclinava a cabeça meditando nas ganas intestinas, essas verdadeiras batalhas de conceitos foragidos que se solta quando o coitado está ausente.

No fim, impôs-se o critério do aumento. A minha sogra passou uma semana em que ia morrer e não morria; depois resolveu martirizar seus próximos durante mais um tempo e não morreu. Pelo contrário, parecia vinte anos mais jovem do que quando a conheci. Manifestou desejos de fazer um contrato trintenário pela casa que ocupava, propósito que me arrepiou. Disse algo entre dentes que me soou a isto: "Eu te levarei flores". Imagino que seu desejo de me levar flores não chegaria até o cemitério. Resumindo, com toda clareza, minha futura sogra revelou a intenção de viver até o dia em que me aumentassem o salário para mil pesos.

Chegou o outro aumento. Isto é, o aumento de setenta e cinco pesos.

Minha sogra me disse num tom que se poderia conceituar de irônico se não fosse agressivo e ameaçador:

— Suponho que não terá intenção de esperar outro aumento.

E quando eu ia lhe responder, estourou a revolução.

Casar-se sob um regime revolucionário seria demonstrar até a evidência que se está louco. Ou, no mínimo, que está com as faculdades mentais alteradas.

Eu não me caso. Hoje, eu lhe disse:

— Não, senhora, eu não me caso. Vamos esperar que o governo convoque as eleições e que resolva se vai se reformar a Constituição ou não. Uma vez que o Congresso esteja constituído e que todas as instituições andem como devem, eu não porei nenhum inconveniente ao cumprimento dos meus compromissos. Mas enquanto o governo provisório não entregar o poder ao Povo Soberano, eu tampouco entregarei minha liberdade. Além disso, eles podem me deixar desempregado.

2 out. 1930

A DECADÊNCIA DA RECEITA MÉDICA

Parodiando Rudyard Kipling, direi:
— Há algo mais notável que escutar um médico falar mal de um farmacêutico? Sim; é escutar as opiniões de um farmacêutico sobre um médico.

Gente notável, cavilosa e embrulhona essa dos boticários.

Sobretudo, agora, que triunfa o específico; sobretudo, agora, que chegou a hora da decadência da receita.

Eu me lembro de ter me extasiado inúmeras vezes com esses folhetos de trapaças farmacêuticas que começam com o sacramental "antes e depois".

No "antes", aparece um sujeito esquálido, mostrando os duzentos ossos que tem o corpo humano e botando a alma pela boca, enquanto dirige uma graciosa careta de moribundo para um frasco que, numa vitrine, promete a ressurreição.

No "depois", aparece o indivíduo a que se refere o prospecto, que é o mesmo personagem, mas roliço, rodeado por um enxame de crianças, e sorrindo afavelmente para o dito frasco do anúncio, enquanto, através de uma janela do desenho, vê-se correr uma multidão de doentes até o armazém onde vendem a mencionada panaceia.

Ontem, quero dizer, faz vinte anos, chegava da Espanha um galego, trabalhava como lavador de chão cinco anos numa farmácia; ao cabo dos cinco anos e depois de ter dado fartas mostras de fidelidade e honradez a seu patrão, este o promovia a lavador de garrafas e ajudante de laboratório, e o sujeito passava a manipular os ácidos e a preparar receitas, aplicando, na ausência de seu patrão, injeções escassas, e ora opinando sobre as doenças, que em ritmo de consulta vinham exteriorizar as lavadeiras da vizinhança.

Depois de vários anos atrás do balcão, e quando já conhecia bem o ofício, isto é, "quando tinha acertado a mão", instalava uma botiquinha num bairro distante, punha dois frascos, um com água verde outro com água vermelha, no escritório. Na vitrine que dava para a rua, um pote com álcool e, boiando no álcool, uma cobra venenosa, e na entrada do laboratório uma frase em latim que pegava do *Manual do perfeito idôneo*.

Realizados todos esses trâmites, destinados a oferecer uma ideia suficiente de seus conhecimentos médico-farmacêuticos, o ex-lavador de chão se entregava à dificultosa tarefa de vender ácido bórico, sabão, barras de enxofre para os "ares", purgante "para as crianças", licor de As Irmãs "para as senhoras", sais, unguento branco, tintura de iodo, leite de magnésia, algodão, pó de arroz e Água Florida, aquela que depois foi substituída pela Água de Colônia. E vamos parar por aí.

O farmacêutico não só tinha a ocupação de vender a água do seu poço — que, desde que fosse profundo, o enriqueceria —, mas, além disso, como era o personagem mais respeitável do bairro, "o mais sábio", era também o que recebia as confidências de todas as pessoas. Por exemplo: aparecia na farmácia uma senhora doente já em estado grave. O farmacêutico compreendia que, receitando por sua conta, se metia numa camisa de onze varas e, então, dizia para a senhora:

— Veja, eu poderia passar uma receita para a senhora; poderia, mas não quero fazê-la gastar. Vá ver um médico. Eu não sou desses farmacêuticos que, para vender algo, são capazes de acabar com a saúde da cliente.

Vinte e quatro horas depois, a coitada caía com uma penca de receitas e, então, o alquimista de verdade (pois transforma a água do poço em ouro) lhe dizia:

— Viu, senhora, como eu tinha razão em lhe dizer que fosse consultar o médico?

Quantas vezes eu fiquei pensando nessas misteriosas visitas que os maridos fazem à farmácia na hora em que não "há ninguém que espie pelas portas"! Essas consultas em que o coitado olha torvamente ao redor; o farmacêutico o faz passar para os fundos, corre a cortina de veludo esfiapado e fica conferenciando um pouco com o homem, que não ata nem desata.

Era linda, antanho, a vida de farmacêutico! Era linda e produtiva. Bastava ter um poço de água, ser amável, curandeiresco e matreiro, para encher a sacola de autênticos patacões.

Tenho simpatia pelos farmacêuticos. São pessoas que possuem conhecimentos para poder fabricar bombas de dinamite, que às vezes se ocultam sob uma pastilha de menta; e isso merece de mim um profundo respeito.

Pois bem, hoje em dia, toda essa gente anda abatida. A menos que venda cocaína, morre-se de fome.

A profissão foi morta pelo específico.

Hoje, nenhum médico receita preparados que, com razoável lucro, se poderia fabricar na farmácia. Todos administram específicos, remédios que já vêm preparados. Basta pegar um catálogo de uma indústria química para perceber que se prepara remédios para a tosse, o reumatismo, a apendicite, o câncer, a loucura e o diabo a quatro. E o farmacêutico está reduzido à simples condição de despachante de frascos com um montão de selos fiscais e aduaneiros, que não lhe deixam senão "uma margem de quinze por cento", isto é, quinze centavos por cada peso; quando, antes, por uma receita que custava quinze centavos, recebiam um peso e trinta e cinco.

Hoje, os farmacêuticos languidecem. Na província, levam uma vida de batalha com os médicos, pois entre ambos se arrebatam os escassos doentes; e aqui, na cidade, eles se entediam nas portas de suas bibocas, contemplando a balança de precisão e um alambique, que passou pelas mãos de quatro gerações de farmacêuticos, sem que nenhum o usasse.

9 jan. 1929

O IRMÃOZINHO PROPINEIRO

O irmãozinho propineiro é um fenômeno, produto do namoro burguês. Ou melhor, de todos os namoros onde as mães andam com a barba sobre o ombro, porque, como diz o ditado, quando você vir o seu vizinho fazer a barba, ponha a sua de molho...

Esses molhos se recrudescem naqueles bairros onde "aconteceu alguma coisa". Namoro que se interrompe bruscamente, põe de sobreaviso todas as mães; e a vigilância de que os namorados eram objeto volta a recrudescer nestas advertências que a mãe faz ao irmãozinho propineiro:

— Você fique na sala e não se mexa daí. Se não, vou dar um jeito em você...

A recomendação que a mãe acaba de fazer ao pequeno sempre está em evidente contradição com as palavras que seguem, e que o namorado diz ao encarregado de vigiá-lo:

— Por que você não vai brincar um pouco com os garotos, Josezito?

— É, anda, Josezito. Por que você não vai brincar com os garotos? — pergunta a irmã.

— A minha mãe me disse pra eu não me mexer daqui...

— Como você é, Josezito! — reitera a irmã. — Como você é mau, Josezito! Por que não vai brincar?...

— Pega, Josezito... anda... vai se divertir... pega pra você... — e o namorado morre com uns cobres...

"Em média — me contava uma vez um fulano — cada minuto que eu ficava a sós com a minha namorada me custava treze centavos. É verdade que eu tirava proveito disso, mas o maldito irmão era impossível. Ia e vinha. Isso sem contar a mãe, que com os braços cruzados e o nariz desviado, chegava sem fazer barulho para xeretar o que estava acontecendo..."

Frequentemente, o irmãozinho propineiro é um safado. Sabe que o mandam vigiar a irmã e encontra um prazer secreto em acabar com a festa dos apaixonados. Agora, o que parece inexplicável são estas palavras da mocinha:

— Como você é, Josezito!... Por que não vai brincar com os garotos? — E parecem inexplicáveis por que para que diabos a moça vai querer que Josezito vá brincar com os garotos?

Josezito, ou X, quase sempre se senta na soleira da porta. A soleira pode estar congelada que Josezito nem liga. Aguarda estoicamente sempre que o assunto é vigiar. A irmã reitera; mas agora, olhando para o namorado:

— Você não conhece o Josezito? O Josezito é muito bom.

Josezito não diz nem a nem b. É incorruptível; sente-se à prova de adulações, sempre, é claro, que não o comprem com vinte centavos.

— Não é verdade, Josezito, que você é bom?

O namorado aventura esta frase, de resultados matemáticos:

— Pega, Josezito, não quer ir comprar umas balas pra você?

O semblante de Josezito se adoça. Perdeu esse ar de dignidade ofendida que luzia havia um instante. Deixou de ser Catão para se transformar num Elpidio González. Apesar de querer manter as aparências, estica o braço rapidamente e agarra a moedinha. Em seguida, dá o pira...

Esses intervalos são os que as mães prudentes temem, e por isso é que as mães argumentam com seus filhos:

— Se você sair da sala, eu acabo com a sua raça!

Assim que Josezito se deixa comprar uma vez, a mãe já pode considerar que perdeu noventa e nove por cento da eficácia que sua vigilância podia lhe prestar. É verdade que José, por um resto de prudência e temor a acontecimentos misteriosos que não consegue explicar, mas que intui o reino dos chutes e pancadas que sua mãe pode lhe dar, não se descuida; é verdade que Josezito, apesar das perturbadoras moedas e das melosas adulações de "Josezito é um bom garoto" e outras coisas do gênero, faz uma vigilância medíocre; mas quem pode ter confiança numa vigilância assim capenga?

Um rapaz me dizia, certa feita...

— Quando eu era garoto, nunca me faltava dinheiro. Tinha várias irmãs, todas com namorados e, como, além disso, elas frequentemente trocavam de namorado, era uma baba. O que eu sofria quando uma das minhas irmãs se casava!... Era o fim de uma renda. Eu até adivinhava a proximidade do casamento, porque então o namorado, em vez de me dizer: "não quer ir brincar com os moleques aí do lado, Josezito?", num primeiro momento me lascava o grito de que eu chispasse dali, e num segundo, me mandava com um pontapé. E era inútil que eu me queixasse para a minha mãe, porque já nem ela me dava razão e, em troca, respondia:

— Isso acontece por você não ser um garoto ajuizado.

De modo que as únicas pessoas com quem a gente pode propinar admiravelmente quando garoto é com os novos namorados das irmãs. Os outros passam a ser da família e não há jeito de lhes arrancar nem cinco, salvo que de boa vontade deem algo.

15 jul. 1930

CONVERSAS DE LADRÕES

Às vezes, quando estou entediado e me lembro de que num café que eu conheço se reúnem alguns senhores que trabalham como ladrões, me encaminho para ali para escutar histórias interessantes.

Porque não há gente mais aficionada a histórias do que os ladrões.

Será que esse hábito provém da prisão? Como é lógico, eu nunca pedi determinadas informações a essa gente que sabe que eu escrevo e que não tenho nada a ver com a polícia. Além do mais, o ladrão não gosta de ser questionado. Basta você lhe perguntar alguma coisa, fecha a cara como se estivesse diante de um auxiliar e no escritório de uma delegacia.

Eu não sei se muitos de vocês leram *Contos de um sonhador*, de Lord Dunsany. Lord Dunsany tem, entre seus relatos maravilhosos, um que me parece que vem a calhar. É a história de um grupo de vagabundos. Cada um deles conta uma aventura. Todos choram, menos o narrador. Terminado o relato, o narrador se incorpora ao círculo de ouvintes; outro, por sua vez, retoma um novo romance que faz chorar também o recente narrador.

Bom, o caso é que entre os ladrões ocorre a mesma coisa. É sempre a uma ou às duas da madrugada. Quando, por A ou B, não têm que trabalhar, é quase sempre num período da vida em que anunciam um firme propósito de viver decentemente. Aqui acontece uma coisa estranha. Quando um ladrão anuncia seu propósito de viver decentemente, a primeira coisa que faz é solicitar que lhe "levantem a vigilância". Nesse intervalo de férias, prepara o plano de um "golpe" surpreendente. A polícia sabe disso, mas a polícia precisa da existência do ladrão; precisa que, a cada ano, se lance uma nova fornada de ladrões sobre a cidade porque, senão, sua existência não se justificaria.

Em tal intervalo, o ladrão frequenta o café. Reúne-se com outros amigos. É depois do jantar. Joga cartas, dados ou dominó. Alguns também jogam xadrez.

O delegado Romayo uma vez me mostrou o caderno de um ladrão em cuja casa acabava de dar uma batida. Esse ladrão, que trabalhava como puxador, era um enxadrista excelente. Tinha anotados nomes de mestres e soluções de problemas enxadrísticos resolvidos por ele. Esse assaltante falava de Bogoljuboff e Alekhine com a mesma familiaridade com que um "turfista" fala de pedigrees, aprontos e performances.

À uma ou às duas da madrugada, quando já se encheram de jogar, quando alguns foram embora e outros acabam de chegar, faz-se em volta de qualquer mesa um círculo austero, tedioso, canalha. Círculo silencioso, do qual, de repente, escapam estas palavras:

— Sabem? Em Olavarría, agarraram o Japonês.
Todos os malandros levantam a cabeça. Um diz:
— O Japonês! Lembra quando eu andei por Bahía Blanca? A gente barbarizou junto com o Japonês.

Agora o tédio se dissolveu nos olhos, e os cangotes se enrijecem à espera de uma história. Poderia dizer-se que aquele que falou estava esperando que qualquer frase dita por outro lhe servisse de trampolim, para lançar as histórias que armazena.

— O Japonês. Não era ele que esteve em...? Dizem que ele esteve no assalto com a Velha...

Um olha para mim.
— É a "maior enganação". Imagina se vai estar no assalto!
— Verdade que se você encontra de noite o Japonês...
— Olha, meu chapa. O Japonês é feito uma menina, de tão educado.
Explode uma gargalhada, e outro:
— Pode ser feito uma menina, mas eu te dou de presente. De onde você tirou isso de que ele é feito uma menina?
— Quando eu tinha dezesseis anos estive preso com ele, em Mercedes... Era feito uma menina, estou te dizendo. Vinham as senhoras de caridade, olhavam pra nós e diziam: "Mas como é possível que esses garotos sejam ladrões!". E me lembro que eu respondia: "Não, senhoritas, é um erro da polícia. Nós somos de boa família". E o Japonês dizia: "Eu quero ir com a minha mamãezinha"... Estou te dizendo: é feito uma menina.

Explodem as risadas, e um ladrão me pega pelo braço e me diz:
— Mas não acredite nele. O senhor está vendo a fuça que eu tenho, não? Bom. Eu sou um anjinho perto do Japonês. Mas veja: um "bocó" encontra o Japonês e, só de vê-lo, se manda como se visse a morte. E este aí diz que ele era uma menina... Eu me lembro de uma loja de queijos que a gente assaltou com o Japonês... A gente levou uns duzentos queijos num carrinho. O trabalho pra vender eles!... E o cheiro! Seguia-se a pista só pelo nosso cheiro...

Outro:
— Do jeito que está agora o ofício, está arruinado. Se encheu de remelentos que dão com a língua nos dentes. Qualquer tonto quer ser ladrão.

Eu olho, reflito e digo:
— Efetivamente, vocês têm razão; não é qualquer um que pode ser ladrão...
— Mas claro! É o que eu digo... Se eu quisesse me meter a escrever suas notas, não poderia, não é?... E com o "ofício" é a mesma coisa. Vamos ver; me diz, como o senhor faria pra roubar agora o dono que está no caixa?... Olha que a gaveta está aberta...

— Não sei...

— Mas, meu amigo, não diga isso! Veja; você se aproxima do balcão e diz pro dono: "Me passa essa garrafa de vermute". O dono vira o corpo pra esse lado da prateleira. Assim que o homem está pra retirar a garrafa, o senhor diz: "Não, essa não; a que está mais pra cima". Como o dono está de costas, o senhor pode limpar o caixa... Percebe?... — Eu me admiro convencionalmente, e o outro continua: — Ah! Isso não é nada. Há "trabalhos" lindos... limpos... Esse do roubo da agência Nassi... Essa rapaziada promete...

— E o Japonês? Eu me lembro: a gente vinha uma vez no trem... A gente ia pra Santa Rosa...

Três da madrugada. Quatro. Um círculo de cabeças... um narrador. Digam o que disserem, as histórias de ladrões são magníficas; as histórias da prisão... Cinco da madrugada. Todos olham o relógio, sobressaltados. O garçom se aproxima sonolento e, de repente, em diversas direções, quase grudados nas paredes, elásticos como panteras e rápidos no sumiço, os malandros se escafedem. E de cinco deles, quatro pediram levantamento da vigilância. Para melhor roubar!...

21 jan. 1930

A TERRÍVEL SINCERIDADE

Um leitor me escreve:

"Rogo-lhe que me responda, muito seriamente, de que forma a gente deve viver para ser feliz."

Prezado senhor: Se eu pudesse lhe responder, seria humoristicamente, de que modo se deve viver para ser feliz; em vez de estar engendrando notas, seria, talvez, o homem mais rico da terra, vendendo, por apenas dez centavos, a fórmula para viver feliz. Já vê que disparate está me perguntando.

Acredito que há uma forma de viver em relação com os semelhantes e consigo mesmo que, se não concede a felicidade, proporciona ao indivíduo que a pratica uma espécie de poder mágico de domínio sobre seus semelhantes: é a sinceridade.

Ser sincero com todos, e mais ainda consigo mesmo, ainda que se prejudique. Ainda que quebre a alma contra o obstáculo. Ainda que fique sozinho, isolado e sangrando. Essa não é uma fórmula para viver feliz; acredito que não, mas é, sim, para ter forças e examinar o conteúdo da vida, cujas aparências nos deixam tontos e enganam continuamente.

Não olhe o que fazem os demais. Não dê pelota para o que opina o próximo. Seja você, você mesmo acima de todas as coisas, acima do bem e acima do mal, acima do prazer e acima da dor, acima da vida e da morte. Você e você. Nada mais. E então será forte como um demônio. Forte apesar de todos e contra todos. Não se importe que a pena o faça dar de cara contra uma parede. Interrogue-se sempre, no pior minuto de sua vida, o seguinte:

— Sou sincero comigo mesmo?

E se o coração lhe diz que sim e você tem que se jogar num poço, jogue-se com confiança. Sendo sincero, não vai se matar. Esteja bem seguro disso. Não vai se matar, porque não pode se matar. A vida, a misteriosa vida que rege a nossa existência, impedirá que o senhor se mate se jogando no poço. A vida, providencialmente, colocará, um metro antes de que o senhor chegue ao fundo, um prego onde suas roupas se engancharão, e... o senhor se salvará.

O senhor me dirá: "E se os outros não compreenderem que eu sou sincero?". O que importam os outros para o senhor! A terra e a vida têm tantos caminhos com alturas diferentes que ninguém pode ver mais distante daquela que dão seus olhos. Embora suba uma montanha, não verá um centímetro a mais do que lhe permita a vista. Mas, escute bem: o dia em que os que o cercam perceberem que o senhor vai por um caminho não trilhado, mas que marcha guiado pela sinceridade, esse dia o olharão com espanto, depois com curiosidade. E o dia em que o senhor, com a força de sua sinceridade, demonstrar-lhes quantos poderes o senhor tem entre as suas mãos, nesse dia serão seus escravos espirituais, pode acreditar.

O senhor me dirá: "E se eu me enganar?". Não tem importância. A gente se engana quando tem que se enganar. Nem um minuto antes nem um minuto depois. Por quê? Porque assim dispôs a vida, que é essa força misteriosa. Se o senhor se enganou sinceramente, o perdoarão. Ou não o perdoarão. Pouco importa. O senhor segue seu caminho. Contra vento e maré. Contra todos, se for preciso ir contra todos. E acredite em mim: chegará um momento em que o senhor se sentirá tão forte que a vida e a morte se transformarão em dois brinquedos em suas mãos. Assim, literalmente. Vida. Morte. O senhor vai olhar esse jogo do osso que tem tal reverso e, num chute, vai jogá-lo longe do senhor. O que lhe importam os nomes se o senhor, com sua força, está além dos nomes?

A sinceridade tem um fundo duplo curioso. Não modifica a natureza intrínseca de quem a pratica, antes, lhe concede uma espécie de dupla visão, sensibilidade curiosa, e que lhe permite perceber a mentira, e não só a mentira, mas também os sentimentos daquele que está ao seu lado.

Há uma frase de Goethe, a respeito desse estado, que vale ouro. Diz: "Você que me meteu neste dédalo, você me tirará dele."

É o que eu lhe dizia anteriormente.

A sinceridade provoca naquele que a pratica lealmente uma série de forças violentas. Essas forças só se mostram quando tem que acontecer isso de: "Você que me meteu neste dédalo, você me tirará". E se o senhor é sincero, vai perceber a voz dessas forças. Elas o arrastarão, talvez, a executar atos absurdos. Não importa. O senhor os realiza. Que ficará sangrando? Mas é claro! Tudo tem seu preço nesta terra. A vida não dá nada, absolutamente. É preciso comprar tudo com libras de carne e sangue.

E de repente descobrirá algo que não é a felicidade, e sim um equivalente dela. A emoção. A terrível emoção de arriscar a pele e a felicidade. Não nas cartas e, sim, transformando-se — o senhor — numa espécie de emocionada carta humana que busca a felicidade, desesperadamente, mediante as combinações mais extraordinárias, mais inesperadas. Ou o que é que o senhor está pensando? Que é um desses multimilionários americanos, ontem vendedores de jornais, mais tarde carvoeiros, depois donos de circo, e sucessivamente jornalistas, vendedores de automóveis, até que um golpe de sorte os põe no lugar em que inevitavelmente devia estar?

Esses homens se transformaram em multimilionários porque queriam ser isso. Com isso sabiam que realizavam a felicidade da sua vida. Mas pense o senhor em tudo que apostaram para ser felizes. E enquanto o dinheiro não aparecia, a emoção, que derivava de cada jogada, tornava-os mais fortes. Percebe?

Olha, amigo: construa uma base de sinceridade, e sobre essa corda frouxa ou tensa, cruze o abismo da vida, com sua verdade na mão, e você vai triunfar. Não há ninguém, absolutamente ninguém, que possa fazê-lo cair. E até os que hoje lhe atiram pedras, amanhã se aproximarão do senhor para lhe sorrir timidamente. Acredite, amigo: um homem sincero é tão forte que só pode rir e ter pena de tudo.

20 dez. 1929

O IDIOMA DOS ARGENTINOS

O senhor Monner Sans,[1] numa entrevista concedida a um repórter do *El Mercurio*, do Chile, nos alacrana da seguinte forma:

"Na minha pátria nota-se uma curiosa evolução. Ali, hoje ninguém defende a Academia nem sua gramática. O idioma, na Argentina, atravessa momentos críticos... A moda do 'gauchesco' passou; mas agora viceja outra ameaça, está em formação o 'lunfardo', léxico de origem espúria, que se introduziu em muitas camadas sociais, mas que só encontrou cultivadores nos bairros excêntricos da capital argentina. Felizmente, realiza-se uma eficaz obra depuradora, na qual se acham empenhados altos valores intelectuais argentinos."

Chega de lorota! Como vocês gramáticos são! Quando eu cheguei ao final da sua reportagem, isto é, a essa frasezinha: "Felizmente realiza-se uma obra depuradora na qual se acham empenhados altos valores intelectuais argentinos", comecei a rir a valer, porque me lembrei de que esses "valores" não são lidos nem pelas famílias, de tão chatos que são.

Quer que lhe diga outra coisa? Temos um escritor aqui — não lembro o nome — que escreve em puríssimo castelhano, e para dizer que um senhor comeu um sandwich, operação simples, agradável e nutritiva, teve que empregar todas estas palavras: "e levou à boca um pão fatiado com presunto". Não me faça rir, está bem? Esses valores, aos quais o senhor se refere, insisto: não são lidos nem pela família. São senhores de camisas com colarinho duro, voz grossa, que esgrimem a gramática como um bastão e sua erudição como um escudo contra as belezas que enfeitam a terra. Senhores que escrevem livros-texto que os alunos se apressam em esquecer assim que deixam as aulas, nas quais são obrigados a espremer os miolos estudando a diferença que há entre um tempo perfeito e outro mais-que-perfeito. Esses cavalheiros formam uma coleção pavorosa de "pancudos" — me permite a palavreca? — que, quando se deixam retratar, para aparecer num jornal, têm o cuidado de colocar ao seu lado uma pilha de livros, para que se comprove, de cara, que os livros que escreveram somam uma altura maior do que a que medem seus corpos.

Querido senhor Monner Sans: A gramática se parece muito com o boxe. Eu vou explicar:

Quando um senhor, sem condições, estuda boxe, a única coisa que faz é repetir os golpes que o professor lhe ensina. Quando outro senhor estuda boxe, e tem condições e faz uma luta magnífica, os críticos do pugilismo exclamam: "Esse homem tira golpes de 'todos os ângulos!'". Quer dizer que, como é inteligente,

---

[1] José María Monner Sans (1896-1987), expoente da cultura acadêmica da época.

escapa-lhe por uma tangente a escolástica gramatical do boxe. Não é exagero dizer que este que escapa da gramática do boxe, com seus golpes de "todos os ângulos", acaba com a alma do outro, e dali que já faça escola essa nossa frase de "boxe europeu ou de salão", isto é, um boxe que serve perfeitamente para exibições, mas para lutar não serve de jeito nenhum, ao menos diante dos nossos garotos antigramaticalmente boxeadores.

Com os povos e o idioma, senhor Monner Sans, acontece a mesma coisa. Os povos bestas se perpetuam em seu idioma, como se, não tendo ideias novas para expressar, não necessitem de palavras novas ou variantes estranhas; mas, em compensação, os povos que, como o nosso, estão em contínua evolução, tiram palavras de todos os lados, palavras que indignam os professores, como indigna a um professor de boxe europeu o fato inconcebível de que um garoto que boxeia mal acabe com a alma de um aluno seu que, tecnicamente, é um perfeito pugilista. Isso sim; me parece lógico que vocês protestem. Têm direito a isso, já que ninguém lhes dá bola, já que vocês têm tão pouco discernimento pedagógico de não perceber que, no país onde vivem, não podem nos obrigar a dizer ou escrever: "levou à boca um pão fatiado com presunto", em vez de dizer: "comeu um sandwich". Eu apostaria a minha mãe como o senhor, na sua vida cotidiana, não diz: "levou à boca um pão fatiado com presunto", mas que, como todos, diria: "comeu um sandwich". Não é preciso dizer que todos nós sabemos que um sandwich se come com a boca, a menos que o autor da frase haja descoberto que também se come com as orelhas.

Um povo impõe sua arte, sua indústria, seu comércio e seu idioma por prepotência. Nada mais. O senhor veja o que acontece com os Estados Unidos. Mandan-nos seus artigos com rótulos em inglês, e muitos termos ingleses nos são familiares. No Brasil, muitos termos argentinos (lunfardos) são populares. Por quê? Por prepotência. Por superioridade.

Last Reason, Félix Lima, Fray Mocho[2] e outros influíram muito mais sobre o nosso idioma do que todas as bobagens filológicas e gramaticais de um senhor Cejador e Frauca, Benot e todo o bando empoeirado e mal-humorado de ratos de biblioteca, que a única coisa que fazem é remexer arquivos e escrever memórias que nem vocês mesmos, gramáticos insignes, se incomodam em ler, de tão chatas que são.

---

[2] Last Reason, pseudônimo de Máximo Sáenz. Uruguaio, radicou-se em Buenos Aires, onde atuou como jornalista, inclusive no jornal *El Mundo*, no qual, em 16 de dezembro de 1929, escreveu, na página reservada para as "Águas-fortes", uma resenha altamente elogiosa sobre *Os sete loucos* (Cf. SCROGGINS, Daniel C. *Las aguafuertes porteñas de Roberto Arlt*. Buenos Aires: Ediciones Culturales Argentinas, 1981, pp. 110-1). Fray Mocho, pseudônimo de José Sixto Álvarez (1858-1930), diretor e principal redator da revista humorística *Caras y Caretas*, que fazia uma crítica de costumes da época (Cf. SANTIS, Pablo de. "Risas argentinas: la narración del humor". In: JITRIK, Noé (org.), *Historia crítica de la literatura argentina*, v. 11. *La narración gana la partida*. Buenos Aires: Emecé, 2000, p. 494).

Esse fenômeno nos demonstra até a saciedade o absurdo que é pretender engessar, numa gramática canônica, as ideias sempre mutantes e novas dos povos. Quando um malandro, que vai dar uma punhalada no peito de um comparsa, diz a ele: "vou te enfiar a faca nas costelas"; é muito mais eloquente do que se dissesse: "vou colocar minha adaga no seu esterno". Quando um meliante exclama, ao ver entrar um bando de meganhas: "espionei eles de esguelha", é muito mais gráfico do que se dissesse: "à sorrelfa, examinei os agentes policiais".

Senhor Monner Sans: Se levássemos em conta a gramática, teriam que tê-la respeitado os nossos tataravós e, em progressão regressiva, chegaríamos à conclusão de que, se aqueles antepassados tivessem respeitado o idioma, nós, homens do rádio e da metralhadora, falaríamos ainda o idioma das cavernas. Seu modesto servidor.

Q.B.S.M.
17 jan. 1930

PSICOLOGIA SIMPLES DO CHATO DE GALOCHA

Você estava sentado, gozando a vida mansa. Toda sua alma se dissolvia numa espécie de equanimidade que alcançava até os últimos espertalhões da terra e, à medida que desfrutava da vida mansa refestelado na mesa do café, ia dizendo para si mesmo:

— Não tem jeito: a vida tem suas partes lindas.

E outro meio litro se ia, suavemente, no boteco.

Mas exatamente ao pensar pela segunda vez: "Não tem jeito, a vida é linda", aproximou-se um senhor, um desses malditos senhores que a gente conhece por um acaso ainda mais maldito, e o sujeito, depois de cumprimentá-lo cordialmente, sentou-se diante de você, "por um momentinho, nada mais, porque tinha muito o que fazer".

Você se resignou, se resignou pensando que a vida já não era tão linda, porque abrigava em seu seio esse monstro inexplicável que se chama chato de galocha.

Eu não sou nenhum ranzinza; pelo contrário, o espetáculo da vida me deleita, porque construí para mim uma filosofia barata que me resolve todos os problemas. Pois bem, a única vantagem que sobre a terra reconheço no chato de galocha é ter me dado assunto para escrever estas linhas, linhas sobre a personalidade do chato de galocha e seu produto: a chatice.

Porque isso de aguentar um falastrão é a coisa mais horrível que há. Precisamente, eu me encontrava na mesa de um café; tinha meio litro diante do meu nariz e contemplava as mulheres que passavam, com essa bondosa equanimidade que abrigam os sujeitos que sabem que as mulheres não lhes dão bola. Mas, como eu ia dizendo, eu me divertia olhando-as passar e louvava a arte que o Todo-Poderoso pôs nessa costela que arrancou do nosso peito quando vivíamos no paraíso. E o meu espírito estava tomado de indulgência como o do Buda sob a figueira, com a única diferença em que eu levava duas vantagens em relação ao Buda: era que estava tomando cerveja, e em vez de me encontrar sob uma figueira que dá uma sombra ruim, via-me sob um toldo flamejante e multicolorido.

De repente, um sujeito, gordo e enorme, levantou os braços diante de mim. Eu ergui a cabeça, surpreendido, e agora sim que lamento não me encontrar sob a figueira! O sujeito que me cumprimentava era um solene falastrão.

Esteve duas horas me torrando a paciência. Quando foi embora, fiquei estonteado, exatamente como certo dia de verão, em que um poeta cordobês,

Brandán Caraffa, leu para mim os quatro atos de um drama e três metros e meio de um poema dedicado às vacas de Siva.

Não sei por que tenho a impressão de que o chato de galocha é um sujeito meio sonso; um sonso que "produz vapor", como diria Dickens. Porque parece absurdo que um sujeito dessa classe sempre tenha um stock de besteiras para despejar assim que vê um semelhante. Parece absurdo e fastidioso.

Porque o chato de galocha não se conforma em fazer uma porção de perguntas indiscretas. Assim que solta a língua, o sujeito se esquece de que existe o tempo e o tédio, e então, para divertir seus próprios ouvidos, começa a contar histórias, e que histórias!

Por exemplo: De como sua irmã se casou contra a vontade da família com um vendedor de máquinas de costura.

Para você não interessa absolutamente nada a história da irmã do chato de galocha. Ao contrário; parece muito natural que essa tipa tenha se casado com um vendedor de máquinas, se assim desejou. Mas o maldito chato de galocha trata de fazê-lo se interessar pelo assunto. Diz que uma irmã... (e dá-lhe a conversar da irmã). Em seguida vira o disco, e então tira do bolso um pacote de cartas, e diz que essas são as cartas da namorada, e que a namorada o ama muito, e que a namorada é uma moça de família, como demonstrarão amplamente as sessenta e duas dezenas de cartas que leva no bolso de seu paletó.

É inútil que você diga ao fulano chato de galocha que não põe em dúvida as virtudes de sua namorada; que, ao contrário, acha que ela é uma santa e digna mocinha; o cabeçudo faz como se escutasse chover, e começa por "um paragrafozinho, nada mais" e, em seguida, como se isso não fosse suficiente, quer fazer uma confidência de caráter reservadíssimo e diz, apesar dos gestos que você faz para evitar a confidência, que sua namorada é uma menina boníssima e virtuosa, tão virtuosa que, a primeira vez que ele a beijou na testa, ela se pôs a chorar.

Você sua sangue. E o chato de galocha continua. Depois fala de um cachorro que teve, e da mãe do cachorro, e da casta da cadela mãe, e dos cachorrinhos que teve, e de como ele se divertia com os cachorrinhos, e de como os cachorrinhos foram dados, e do que as pessoas diziam dos cachorrinhos no bairro, e de como uma vendedora de frutas, que queria um cachorrinho...

Por fim, o tentador de Satanás, o Tirteafuera moderno, o chato de galocha que, em tempos de Dom Quixote, foi gozar do Sancho na hora de almoçar; por fim, o falastrão inimigo de Deus, dos homens e do repouso resolve ir embora depois de duas horas, de duas espantosas horas de conversa fiada com gestos, piscar de olhos, posturas de opereta italiana e expressões de conspirador.

Você fica extenuado. Esvaziaram seu crânio com um trépano? Vai saber o que acontece! É que o inimigo de Deus, o chato de galocha truculento dos cachorrinhos, da namorada e o diabo, deixou-o doente. E adeus paz que pensou gozar sob o toldo que fazia o papel de figueira! Adeus equanimidade universal e regozijo na beleza das mulheres que passavam sem olhá-lo! Acabou-se tudo, pois a cabeça ficou como se a tivessem passado pela abertura de um forno de forja.

12 out. 1928

A MÃE NA VIDA E NO ROMANCE

Lembro que quando o filme *A mãe*, de Máximo Gorki, entrou em cartaz, foi num cinematógrafo aristocrático desta cidade. Os palcos transbordavam de gente elegante e supérflua. A fita interessava, sobretudo, por ser do maior contista russo, embora a tese... a tese não devia ser vista com agrado por essa gente.

Mas quando no filme se viu, de repente, um esquadrão de cossacos se precipitar sobre a mãe que, no meio de uma rua de Moscou, avançava com a bandeira vermelha, subitamente as pessoas prorromperam num grito:

— Seus vândalos! É a mãe!

Era a mãe do revolucionário russo.

Há algo de patético e de extraordinariamente encantador na figura da mãe que adora um filho. Nos contos de Máximo Gorki, por exemplo, as figuras das mães são sempre luminosas e tristes. E as avós? Lembro que Gorki, em *A história da minha vida*, descreve a avó, ensanguentada pelos socos do avô, como uma figura mística e santa. O coração mais duro estremece diante dessa figura doente, mansa, que se inclina sobre a pobre criança e torna a vida menos áspera com seus contos absurdos e suas carícias angélicas.

Em Marcel Proust, romancista também, a figura da mãe ocupa muitas páginas dos romances *No caminho de Swan* e *À sombra das meninas em flor*.

Aqui, na Argentina, quem deu uma importância extraordinária à mãe foi Discépolo em seus sainetes.[1] Por exemplo, em *Mateo* há uma cena em que a mãe, submissa à desgraça, de repente se rebela contra o marido, vociferando este grito:

— São meus filhos, sabe? Meus filhos! Meus!

Em *Estéfano* também a figura da mãe, das duas mães, é maravilhosa. Quando assistia à cena, eu pensava que Discépolo tinha vivido no arrabalde, que o tinha conhecido de perto, pois de outro modo não era possível aprofundar a psicologia apaixonada dessas mulheres que, não tendo nada na vida, depositam tudo nos filhos, adorando-os raivosamente.

Sem discussão alguma, os escritores que exaltaram a figura da mãe são os russos. Em *O idiota*, de Dostoiévski, assim como nos romances *Crime e castigo* e *As etapas da loucura*, as figuras das mães traçadas ali ainda tocam o coração do cínico mais empedernido. Outro gigante que cinzelou estátuas de mães terrivelmente encantadoras é Andreiev. Em *Sacha Yegulev*, essa mulher que

---

[1] Armando Discépolo (1887-1971), dramaturgo, "criador de um gênero que se chamou 'grotesco', que se caracteriza pela intervenção supressiva de rasgos cômicos em situações dramáticas" (AIRA, César. *Diccionário de autores latinoamericanos*. Buenos Aires: Emecé, 2001, p. 183). O sainete era um gênero teatral que privilegiava a música e a caricatura, tendo, entre seus personagens, os imigrantes. Apenas a título de curiosidade: ele é irmão do autor de letras de tangos clássicas, Enrique Santos Discépolo.

espera sempre a chegada do filho que foi enviado para a Sibéria, é patética. E a mãe de um d'*Os sete enforcados*? Essa velhinha que sem poder chorar se despede do filho que será pendurado dentro de umas horas? Quando se lê essas páginas de repente chega-se a compreender a dor de viver que tiveram que suportar esses homens imensos. Porque todos eles conheceram mães. Por exemplo, o irmão de Andreiev foi o que colocou a bomba no palácio do czar. A bomba explodiu fora do tempo e esse homem, com as pernas destroçadas, foi levado à forca, procurando com os olhos encharcados de angústia a mãe e o pequeno Andreiev, que mais tarde contaria essa despedida brutal em *Os sete enforcados*.

E que história da revolução russa não tem uma mãe? Acorrentadas, foram levadas para a Sibéria; deviam depor contra seus filhos debaixo do chicote, e os que restaram não as esqueceram mais. Daí esses retratos comoventes, saturados de doçura sobrenatural e que só sabiam chorar, silenciosamente, de tanto que lhes tinham torturado os filhos!

Por que qual a beleza que poderia haver numa mulher anciã se não fosse essa dos olhos, que, quando estão fixos no filho, se animam num fulgor de juventude reflexiva e terrivelmente amorosa? Olhar que vai se abandonando na pequena consciência e adivinhando tudo o que ocorre ali. Porque existe essa experiência da juventude que se foi e deixou lembranças que agora se tornam vivas na continuidade do filho.

O filho é tudo. Lembro agora que no naufrágio do "Princesa Mafalda" uma mulher se manteve com sua criança oito horas na água. Oito horas! Oito horas! Não dá para entender. Oito horas! Na água gelada, com uma criança entre os braços. Oito horas! Quando, por fim, lhe jogaram um cabo e a içavam, um vândalo, de um só golpe, fez o filho cair na água, e essa mulher enlouqueceu. Digo que diante dessa mãe a gente devia se pôr de joelhos e adorá-la como o mais magnífico símbolo da criação. O mais perfeito e dolente.

E essa terrível beleza da mãe tem que se esparramar pelo mundo.

Salvo exceções, o homem ainda não se acostumou a ver na mãe a não ser uma mulher velha e acabada pelo tempo. É preciso que essa visão desapareça, que a mãe ocupe no lugar do mundo um posto mais encantador, mais fraternal e doce.

Eu não sei. Há momentos em que digo a mim mesmo que isso fatalmente deve ocorrer, que até agora temos vivido todos como enceguecidos, que temos passado junto às coisas mais belas da terra com uma espécie de indiferença de proto-homens, e que ainda faltam muitos altares no templo da vida.

E como muitas outras coisas, essa exaltação da mãe, essa adoração da mãe, chegando quase ao religioso, devemos aos escritores russos. Cada um deles, na prisão ou na terrível solidão da estepe, caindo de cansaço e de tristeza, de repente teve, diante dos olhos, essa visão da mulher, "carne cansada e dolorosa" que, mais tarde, invisivelmente inclinada sobre suas costas, lhes dita as mais encantadoras páginas que foram dadas aos nossos olhos.

18 jun. 1929

O ESPÍRITO DA CORRIENTES NÃO MUDARÁ COM O ALARGAMENTO

É inútil, não é com um alargamento que se muda ou se pode mudar o espírito de uma rua. A menos que as pessoas acreditem que as ruas não tenham espírito, personalidade, idiossincrasia. E para demonstrá-lo, vamos percorrer a Corrientes.

A Corrientes tem uma série de aspectos dos mais opostos e que não se justifica numa rua.

Assim, da rua Rio de Janeiro à rua Medrano, oferece seu primeiro aspecto. É a rua das queijarias, dos depósitos de cafeína e das fábricas de moinhos. É curiosíssimo. Num trecho de dez quadras contam-se numerosas fábricas de instrumentos de sopro. O que é que levou os industriais a se instalarem aí? Vai saber! Depois vêm as fundições de bronze, também em abundância alarmante.

Da Medrano a Pueyrredón a rua já perde personalidade. Dissolve-se esta nos incontáveis comércios que a ornamentam com seus toldos. Converte-se numa rua vulgar, sem características. É o triunfo da penúria, do comércio a varejo, cuidado pela esposa, pela avó ou pela sogra, enquanto o homem trota ruas procurando se virar.

Da Pueyrredón até a Callao, acontece o milagre. A rua se transfigura. Se manifesta com toda sua personalidade. Coloca-a em destaque.

Nesse trecho triunfa o comércio de roupas e tecidos. São turcos ou israelitas. Parece um pedaço do gueto. É a apoteose de Israel, de Israel com toda sua atividade exótica. Ali encontra-se o teatro judeu. O café judeu. O restaurante judeu. A sinagoga. A associação de Joikin. O Banco Israelita. Ali, no espaço de doze ou quinze quadras o judeu construiu sua vida autêntica. Não é a vida da Talcahuano ou da Libertad, com seu brechó e alfaiate como único comerciante. Não. Israel oferece à vida todo seu comércio variado e fantasioso. Comerciantes de tecidos, perfumistas, eletricistas, engraxates, cooperativas, um mundo russo-hebraico se move nessa veia das quais as artérias subjacentes são desafogos e moradias.

O turco domina pouco ali. Sua sede são certas ruas laterais e mais na proximidade da Córdoba e da Viamonte que na da Corrientes.

A verdadeira Corrientes começa para nós na Callao e termina na Esmeralda. É o miolo portenho, o coração da urbe. A verdadeira rua. A rua com a qual sonham os portenhos que estão nas províncias. A rua que arranca um suspiro dos desterrados da cidade. A rua que se ama, que se ama de verdade. A rua que é linda de percorrer de ponta a ponta porque é rua de vadiagem, de malandragem, de esquecimento, de alegria, de prazer. A rua que, com seu nome, torna lindo o começo desse tango:

Corrientes... tres, cuatro, ocho.

E é inútil que tentem reformá-la. Que tentem torná-la decente. Rua portenha de todo o coração, está impregnada tão profundamente desse "nosso" espírito que, embora podem as casas até os alicerces e joguem criolina em toda a superfície, a rua continuará sendo a mesma... a reta onde a vadiagem é bonita e onde até o mais inofensivo infeliz se dá ares de valentão e de farrista aposentado.

E esse pedaço é lindo, porque parece dizer ao resto da cidade, séria e grave:
— Estou me lixando para a seriedade. Aqui a vida é outra.

E a verdade é que ali a vida é outra. É outra especificamente. As pessoas mudam de pelagem mental assim que passam de uma rua morta para esta, onde tudo grita sua insolência, desde o engraxate que vos oferece um "trago" até a manicure que na porta de uma barbearia conversa com um comediante, com um desses comediantes cujas faces flácidas têm um reflexo azulado e que se acreditam gênios em desgraça, sem ser desgraçados por isso.

Linda e brava rua.

Entre os edifícios velhos que a estreitam, se exibem as fachadas dos edifícios de apartamentos novos. Edifícios que deixaram de ser novos assim que foram colocados para alugar, porque foram invadidos por coristas e ex-atrizes e autores, e gente que não tem nada a ver com os autores e que, no entanto, são amigos dos autores, e comediantes, comediantes de todas as feições, e cômicas, e damas que nada têm que fazer com Talma nem com a comédia, nem com a tragédia, a não ser a tragédia que passam na hora do prato de lentilhas.

E o que dizer de suas "orquestras típicas", orquestras vagabundas que fazem ruídos endiabrados nos "foles", e de seus restaurantes, com congros ao gelo e polvos vivos nas vitrines e lebrachos para enlouquecer os famintos, e seus cafés, cafés onde os meganhas sempre detêm alguém, "alguém" que, segundo o garçom, é "pessoa de boa família".

Rua do galanteio organizado, dos desocupados com dinheiro, dos sonhadores, dos que têm uma "condicional" e se cuidam como a mãe cuida da criança, esse pedaço da Corrientes é o miolo da cidade, a alma dela.

É inútil que seja decorada por fábrica de móveis e lojas. É inútil que a seriedade trate de se impor à sua alegria profunda e multicor. É inútil. Por cada edifício que botam abaixo, por cada flamejante arranha-céu que levantam, há uma garganta feminina que canta em voz baixa:

Corrientes... tres, cuatro, ocho...
segundo piso ascensor...

Essa é a alma

da Corrientes. E não a mudarão nem os edis nem os construtores. Para isso teriam que apagar, de todas as lembranças, a nostalgia de:
Corrientes... tres, cuatro, ocho...
segundo piso ascensor...

25 jul. 1928

A VIDA CONTEMPLATIVA

Para se dedicar à vida reles-contemplativa, é preciso ter vocação, vale dizer, é preciso esgunfiarse, estar pelas tampas. Não conheço no léxico castelhano um vocábulo que encerre tão profundo significado filosófico como o verbo reflexivo que acabo de citar, e que pertence ao nosso reles falar.

O esgunfiado — não confundir — não é aquele que se faz de morto. Não. Ele tem pinta diferente; ganas subjetivas; diferentes. Preguiças dessemelhantes. O que se esgunfia é um "biltre" filosófico que tem esta razão obscura para toda e qualquer pergunta que se fizer a ele:

— Me esgunfiei.

E ao responder assim, estica a fuça numa expressão superazeda de tédio.

Um dia deixou de fazer ato de presença na oficina. Acordou e sua primeira bronca foi dar uma mordida na bombilha de mate e dizer, recusando o mate:

— Estou pelas tampas. Este mate acaba comigo.

Em seguida virou a cabeça para a parede; cobriu a juba com o lençol e ferrou no sono até as três da tarde. Às três se levantou, vestiu a fatiota de ver Deus e, com passo vagaroso, entrou no café da esquina. E os amigos, ao vê-lo, lhe perguntaram:

— Não foi pegar no batente?

— Não, me esgunfiei.

E, silenciosamente, mandou o café goela abaixo, entre o olhar de pouco caso do garçom, que pensou:

— Outro vadio liso. Que bairro de lambaris este aqui! (Explicação técnica de lambarizada: peixes que abundam nas margens de água suja.)

No dia seguinte repetiu o programa "farnientesco". A velha olhou-o de esguelha e disse timidamente:

— Não vai trabalhar?

E o outro, carrancudo, respondeu:

— Não; estou esgunfio de tanta oficina.

E a irmã virou para o lado da cozinha, pensando:

— Este também se encheu. Feito o Juancito. (Juancito é o seu namorado.)

Durante a semana, enquanto jantavam, o velho, que com a concha enchia o prato de sopa, disse:

— Então, não vai mais na oficina, hein?

— Não, fiquei pelas tampas.

O "velho" deteve um instante a concha no ar; moveu a cabeça raspada à la Humberto "primo", coçou os bigodes e, em seguida, arrancando meio pão, encheu a boca de miolo.

E todos rangaram em silêncio.

E o vadio não trabalhou mais.

Desde então, não pega no batente. Seu trabalho se limita a se esgunfiar. Ele se levanta às dez da manhã, põe o "fungi" (como se diz) e sai até a esquina para se apoiar no balcão do armazém. Das dez às onze, toma sol. Quieto como um lagarto, fica encostado na parede, com os pés cruzados, os cotovelos apoiados no peitoril da vitrine, a aba do chapéu lhe defendendo os olhos; uma careta amarga jogando seus dois catetos da ponta do nariz aos dois vértices dos lábios; triângulo de expressão mafiosa que se descompõe para cumprimentar insignificantemente alguma vizinha.

O dono do armazém o esnoba, lá do outro lado do vidro e atrás da grade do caixa, e pensa, maldizendo-o:

— Estes filhos do país...

Ele odeia os filhos do país. Odeia-os porque se fazem de mortos, porque ficam pelas tampas, porque não trabalham. Ele gostaria de ver metade da terra transformada num armazém e a outra metade em empregados dela. Em seguida inclina a "cachola" sobre o Haver e assina um cheque, regozijado de sua prosperidade e de nunca ter se esgunfiado desse negócio de batente, que começa às cinco da manhã e termina à meia-noite.

Aquele que se entedia, de pé junto do balcão, agora bate-papo com outro vadio. Esse nunca se esgunfiou. Mas, em compensação, se fez de morto. Assim, à toa. Por prepotência. "Os outros que trabalhem!". Os dois vadios intercambiam palavras preguiçosas. Lentas. Palavras que são assim: "Te contei que eu estive na casa do Pedro?". E pouco depois, novamente: "Te contei? Eu vi o Pedro". E depois de quinze minutos: "O Pedro está bem, sabe?". E depois de outros cinco minutos: "E o que é que o Pedro te disse?". Diálogo preguiçoso, com as faccias amarfanhadas, o nariz como que farejando a proximidade da fera: trabalho; os olhos rebotados sob as pálpebras na distância das árvores verdes que decoram a viela do bairro-lambari.

À tarde, de cada toca sai um desses "biltres". As mulheres fazem a Singer ranger, eles, com lento balançar, saem para o café. Sempre há no café um que tem vinte pratas. Esse é o que toma café. Outros sete amigos vadios formam uma roda em torno da mesa e só pedem água. O garçom espreita, resignado. Que destino o seu! Em vez de ser empregado do Hotel Plaza, ter caído nesse antro de ladrões! Bom, os triunfos magníficos não são concedidos a todos. E o garçom avinagra o gesto num pronunciamento mental de um palavrão. E na mesa corre a pachorra deste diálogo:

— Te contei que eu vi o Pedro? — Silêncio de cinco minutos. — E o que o Pedro te disse? — Outros cinco minutos de silêncio. — Então você viu o

Pedro? — Outros dez minutos de silêncio. — Vi o Pedro ontem. — Outros cinco minutos de silêncio. — E o Pedro, o que te contou?

São os esgunfiados. A preguiça lhes roeu o tutano. Estão tão entediados que, para falar, tiram férias de minutos e licenças de quinze minutos. São os esgunfiados. Os que não fazem nem o bem nem o mal. Os que não roubam nem fraudam. Os que não jogam nem apostam. Os que não passeiam nem se divertem. Estão tão esgunfiados que, apesar de serem uns molengas, poderiam ter uma namorada no bairro, e não têm; é que é muita peleja isso de ir papear na porta e jogar conversa fora com o velho; eles estão tão esgunfiados que a única coisa a que aspiram é uma tarde eterna, com um remoto pôr do sol, uma mesinha sob uma árvore e uma jarra d'água para a sede.

Na Índia, esses vadios teriam sido discípulos perfeitos de Nosso Senhor, o Buda, porque são os únicos que entre nós conhecem os mistérios e as delícias da vida contemplativa.

7 jan. 1930

CANDIDATOS A MILIONÁRIOS

Não há hoje um só imbecil que tenha aplicado dez centavos numa assinatura coletiva para comprar um vigésimo do bilhete de dois milhões que não se considere com direito a olhá-lo por cima do ombro, diante da ridícula perspectiva de uma impossível riqueza. Senão, caminhe pelo centro e preste atenção. Diante das vitrines das agências de automóveis, há, parados, a toda hora, maltrapilhos inverossímeis, que ficam espiando uma máquina de dez mil para cima e pensam se essa é a marca que lhes convém comprar, enquanto espremem no bolso a única moedinha que lhes servirá para almoçar e jantar num bar automático.

Uma febre surda se apoderou de todos os que dão duro nesta população. A esperança de enriquecer mediante um desses golpes de sorte com que o acaso cai na cabeça de um infeliz, transformando-o, da noite para o dia, de carvoeiro no habitante perpétuo de um Rolls-Royce ou de um Lincoln.

Febre que se transforma em adesão em todos os escritórios; febre que contagia os homens sossegados e os raciocínios fossilizados; febre que começa no moleque de recados mais insignificante e termina, ou culmina, no presidente de qualquer XX Company.

É a coisa mais curiosa, essa sugestão coletiva. Durante o ano todo joga-se na loteria, mas ninguém se preocupa. Os aficionados à jogatina legal vão e compram seu bilhetinho sem dizer nem A nem B; além do mais, no escritório, na hora do chá, soltam isto, como quem não quer nada:

— Hoje eu joguei na quina, pra ver se consigo pagar o alfaiate, ou fazer um terno.

E você pode observar que o aficionado não espera tirar uma fortuna, e sim que limita suas mais extraordinárias ambições a ganhar uns duzentos pesos, convencido de que nunca sairá desse trilho de mixaria em que seu destino arruinado o colocou.

Pois bem; esse senhor, que durante o ano todo limitou as ambições que tinha de ganhar para comprar um terno ou um jogo de gravatas, agora, da noite para o dia, se transforma numa fera insaciável, e a única coisa com que se conforma é... com um milhão. Um milhão!

O fenômeno se estende pelas mais diferentes classes sociais. Temos ali, por exemplo, o candidato a proprietário; o "duro" que comprou um lotezinho de terra na Villa Soldati ou em La Mosca, vilarejos que são o inferno na Terra ou o Saara enxertado nos arredores de Buenos Aires. Pois bem, esse tipo, que na luta pela vida sempre se sentiu forfeit: esse tipo que limitou suas aspirações a um terreno que tenha a superfície de um lenço ou um lençol de solteiro; esse bom senhor de olhos chorosos, ponta do nariz avermelhada, mãos sempre úmidas de um suor frio, encurvado à la Rigoletto; esse senhor, hoje, bruscamente, se endireitou e, em vez de andar perambulando por La Mosca ou por Villa Soldati, abandona os extramuros e transforma em seu raio de ação o bairro Norte ou a avenida Alvear.

    E não pensem que passeia. Não. Ele tem um palpite (esta é a época em que todos têm palpites), tem o palpite de que o bilhete que compraram no escritório vai sair com os dois milhões. E, de repente, a modéstia que impregnava seus sonhos, a dourada mixaria que decorava suas ambições de eterno pobretão, se derreteram como um sorvete ao sol, e agora o sujeito não quer saber nem em sonho de La Mosca ou Villa Soldati. Repudia de cara os bairros chinfrins, as quinze quadras que há da casa de chapas de zinco até a estação, e se sente chamado a um futuro mais encomiável e, com o único e firme propósito de comprar um terreno ou um sobrado na avenida Alvear, passeia por ela. E até encontra defeitos nos palácios que ostentam a placa de leilão judicial; e até já adquire um sentido arquitetônico, porque diz para seus botões que esta casa está mal situada porque não bate sol nela, e aquele outro terreno é estreito para fazer nele uma garage onde possa entrar seu automóvel vagão.

    E estes são os tempos em que não há ordenança que não se ache com direito a pilotar um Hudson. É a época em que nos lares mais pobrezinhos chega o "velho" e, secando com um lençol o suor da cachola, exclama:

— Ah! Se tiramos a sorte grande!

E o eco responde, esperançoso:

— Ah! Se tirássemos!

Realmente, é triste que por esse dinheiro porco todos estejamos penando. Uns mais, outros menos. Uns para realizar grandes projetos, outros para exatamente o contrário: não realizar nunca nada, nunca.

    Depois, há outra coisa muito séria. Para muita gente, para que serviria ganhar um milhão? Para nada. O que fariam com o dinheiro? Não trabalhar, se entediar, adquirir vícios estúpidos, olhar as fachadas das casas, pegar uma sessão, e isso é tudo. A maioria dos indivíduos que sonha em ter um milhão, acredite, não estão capacitados nem para ter mil pesos no bolso. Perderiam a cabeça em seguida.

    E tanto é assim que há sujeitos que ficam loucos quando ganham, não um milhão, mas cinquenta mil pesos. Há dois anos, vários ricos feitos pela loteria se espatifaram contra as colunas que servem para iluminar os tipos que passam ruminando maldições na escuridão da noite.

    De modo que você não tenha muitas ilusões com o milhão. Com ou sem milhão, você, se é um entediado, vai se encher da mesma maneira. Os únicos que mereceriam ganhar o tal milhão, se há um destino inteligente, são os apaixonados. Isso sim, porque, pelo menos, durante uns dias, seriam na vida perfeitamente felizes. E meu desejo é que lhes caia uma parte bem na cabeça, num desses casais que nos trezentos e sessenta e cinco dias do ano comentam com palavra modesta:

— Se tivéssemos mil pesos poderíamos casar. Trezentos pro jogo de sala de jantar, trezentos pro dormitório.

Pobre gente! Essa sim que mereceria um tiquinho de fortuna, de sorte, de golpe de sorte.

21 dez. 1929

GANGUE

Não me refiro ao magnífico tango de De Caro, que é o que há de mais carcerário e mafioso que conheço em questão de milongas. Tango lindo demais para ser tango; tango onde ainda persiste o cheiro de fera e o tumulto raivoso do "xadrez". O que lamento é não conhecer a letra. Não importa. Vamos ao que interessa.

Começa com estas únicas palavras de que me lembro: "Por tuas gangues, você se perdeu". Facinerosa realidade das "gangues". Perdição autêntica. "Por tuas gangues", quantos na prisão!

Começaram de pirralhos a se dar com adultos. Com adultos assassinos, ladrões, escrunchantes e lanceiros. Com descuidistas e furqueiros, com moços "atrevidos" e "mãos leves"! Só vendo o que significa isso de "atrevido" e "mão leve"! Em idioma caseiro, atrevido e mão leve são um qualificativo ingênuo; na gíria, quando um homem do meio diz de um fulano que é "atrevido" ou "mão leve", é como se dissesse... Bom, continuemos.

Começaram de pirralhos. O velho, pedreiro; a mãe, lavadeira. Começaram de pirralhos. Sempre estacionados no boteco da esquina, onde tomavam sol. Aqueles, mais velhos que tinham um prestígio tremendo, tanto prestígio que os remelentos se aproximavam sozinhos da mesa onde se carteava um monte com lance ou um truco com refrão. Aqueles, molengas e silenciosos, a guimba pendurada no vértice do lábio, a peixeira assentando-se nos rins, algumas vezes contando histórias, agindo sempre mais do que falando; eles, os pirralhos, criando admiração, odiando a "cana", sonhando com esse xadrez onde se ensinava a roubar, onde os vivaldinos agarravam um "bocó" para lhe ensinar a "lancear", colocando talas nos dedos durante vinte e cinco horas, aprendendo assim os procedimentos para esconder a gaita, para simular a doença, aprendendo o "vademecum" do perfeito ladrão e safado, se extasiando como diante de histórias dignas da imortalidade, ante aos delitos do vesgo Arévalo, do Inglesito, de todos os que foram e já não são.

Desde pirralhos começaram na "gangue". Depois foram se desgarrando. Primeiro foi um roubinho insignificante: duas gravatas num turco que vendia meias e rendas; depois venderam jornais por três dias e se deram conta de que vender jornais não era sopa. Largaram o jornalismo para se meter decididamente no "descuido" e começaram a bater carteiras nas feiras, a levar as burras dos botecos, e depois a vender frascos de água de colônia que não era nem colônia nem muito menos água suja. Foram em cana uma vez; depois se juntaram com malandros maiorzinhos e, numa batida, caíram na delegacia. Com trinta dias, saíram. Ou para o Reformatório; e no Reformatório, em vez de se reformar, ficaram amigos de safados pur-sang, de assassinos embrionários e assaltantes em flor, e sobre Reformatório e leis e juiz de menores, aprenderam de memória que o juiz pode ser um otário, que o único que merece respeito é o fiscal e o defensor, e nem de brincadeira pensaram em trabalhar, que o trabalho não tinha sido feito para eles que tinham sangue e instintos de feras, através de três gerações de pais degenerados. E um ano de academia criminal no Reformatório lhes serviu para se orientar definitivamente, e quando saíram ou fugiram e chegaram no bairro, já os maiorzinhos, aqueles que não tinham ido ainda para o presídio de Ushuaia, os empregaram como campanas e saíram para correr a "lança" em bondes e trens. Se tornaram célebres. Ouviram frases como esta, de um lanceiro, que dizia a um cidadão que tinha encontrado a mão de um gatuno no seu bolso:

— Deixa ele, senhor, que é aprendiz.

Ou também aquela outra de um batedor de carteira que jogou na cara de um assaltado:

— Do que está reclamando, infeliz? Se você é mais duro que uma pedra.

A mãe chorava de pena. Sempre dizia:

— Não é que eu não lhe tenha ensinado o bem, não. São as más companhias. A "gangue".

Pobre velha: as más companhias. Ou senão:

— Não é ele, que é bom. São os amigos... "esi furbanti". Sempre, sempre eles... arrastam ele... que é bom... tem um bom coração...

Pobre velha, engrupida pelo filho malandrão, achando que o filho é bom! Lembro que uma noite, numa ladra tertúlia, um facínora me contava que noticiado um velho de que o filho tinha sido detido numa indagação de assalto, aquele se apresentou na delegacia, perguntando pelo menor, nestes termos:

— Onde está o meu Anquelito?...

O auxiliar retrucou:

— Outro Anquelito!... Anquelote, ficou sendo seu filho!...

Os velhos são os únicos que não acreditam na malandragem do filho. São os únicos que respondem, a qualquer má lembrança:

— Não é ele, são as companhias que o arrastam.

Vocês se lembram de Cantizano, o que matou o alfaiate Fábregas a marteladas, na companhia de outro "menininho" estupendo? Pois a pobre mãe ainda acredita que o filho é bom. Acredita que são os amigos que o levaram para a ruína...

Bom, para isso são mães. Para isso sofreram para criá-los. Para isso passaram noites sem dormir, beijando esses pirralhinhos que mais tarde seriam grandes, facínoras, turbulentos, azedos, malvados. Para isso são mães; para isso pariram, com dor e miséria.

Explica-se que digam: "Não são eles... são os amigos, a "gangue".

2 fev. 1930

SOBRE A SIMPATIA HUMANA

Você caminha pela rua, e todas as pessoas são aparentemente iguais. Mas essa gente se põe em contato com você e, de repente, você sente que se desconcerta, que a vida dos próximos é tão complicada como pode ser a sua e que, continuamente, em todas as direções, há espíritos que a toda hora lançam seu S.O.S. Escrevo isso porque hoje fiquei caviloso ante uma porção de cartas que recebi.

Quando um autor começa a receber cartas, não encontra diferença entre uma e outra. Todas são cartas. Depois, quando se acostuma, essa correspondência vai adquirindo uma face completamente pessoal. O autor perde sua vaidade e, em cada carta, encontra um tipo interessante de homem, de mulher, de alma...

Há leitores, por exemplo, que escrevem para a gente cartas de quatro, cinco, sete, nove laudas. Você se desconcerta. Diz para si: Como esse homem se incomodou em perder tanto tempo em falar com alguém por escrito? Não se trata de um homem que escreve por escrever; não. É um indivíduo que tem coisas para lhe dizer, um espírito que vai através da vida pensando coisas.

Eu recebi cartas curiosas. Em algumas me formulam casos terríveis de consciência, atitudes para assumir diante da vida, destinos a cortar ou reatar. Em outras cartas só recebi uma mostra desinteressada e belíssima de simpatia. São as que mais me comoveram. Gente que não tinha nada de especial para me dizer, a não ser a cordialidade com que seguiam meu esforço cotidiano. Alguém poderá me dizer por que isso me preocupa. Mas assim como não posso deixar de escrever sobre um livro encantador, tampouco posso deixar de falar de gente distante que eu não conheço e que, com caneta ágil às vezes, ou mão torpe outras, se senta para escrever para me mandar sua ajuda espiritual.

Abri uma carta de nove laudas. O autor demorou uma hora para escrevê-la, no mínimo. Eu me detive na carta de uma moça que a cada quinze dias me manda umas linhas. Não deve ter nada que fazer, ou de que modo deve se entediar, para me escrever sincronicamente seus pensamentos desse modo tão matemático. Rasgo o envelope de outra, é um bilhete que parece escrito com pincel, letra de homem que manejaria com mais habilidade um martelo ou pincel do que uma caneta. Ele me envia suas palavras simples com uma amizade tão forte que eu gostaria de apertar sua mão. Em seguida, um fino envelope marrom; um cabeçalho: "Mar del Plata". Fala do meu romance; depois, duas cartas escritas à máquina; uma datilógrafa e um rapaz, ambos devem ter aproveitado um intervalo no escritório para se comunicar comigo. Em seguida, outra a lápis, em seguida, outra com um timbre de escritório comercial, um senhor que me propõe fazer uma distinção entre dois estados civis igualmente interessantes...

E assim todos os dias, todos os dias...

Quem são esses que falam com a gente, que escrevem para a gente, que durante um momento abandonam, de qualquer canto da cidade e à distância, "sua não existência" e, com algumas folhas de papel, com algumas linhas, lhe fazem sentir o mistério da vida, o ignoto da distância?...

Com quem a gente fala? Eis aqui o problema. Se nunca escrevessem para a gente, talvez existisse esta preocupação: "Não interesso às pessoas". Mas, esses homens e mulheres sempre inovadores; essas cartas, que sempre se aproximam, em sua quase totalidade, para bradar sua simpatia, inquietam a gente. Experimenta-se o desconcerto de que numerosos olhos o estão olhando, porque sempre que a gente escreve uma carta, e sabe que deve ter chegado, pensa o seguinte:

"O que terá dito do que lhe escrevi?"

Efetivamente, a gente não sabe o que dizer. Um leitor me diz: "Envio-lhe a presente por simpatizar com a sua maneira de ser para com o próximo". Outro pede que eu me dirija ao elemento obreiro com minhas notas. Outra faz uma paródia da carta que me foi escrita pelo "adolescente que estudava lógica", acrescentando: "diga ao desenhista que reproduza o desenho que ilustrava essa nota, acrescentando, às víboras e aos sapos, um punhado de rosas".

De repente, tenho uma sensação agradável. Penso que todos esses leitores se parecem pela identidade do impulso; penso que o trabalho literário não é inútil, penso que a gente se equivoca quando só vê maldade em seus semelhantes, e que a terra está cheia de lindas almas que só desejam se mostrar.

Cada homem e cada mulher encerram um problema, uma realidade espiritual que está circunscrita ao círculo de seus conhecimentos e, às vezes, nem a isso.

Até me ocorre que poderia existir um jornal escrito unicamente por leitores; um jornal no qual cada homem e cada mulher pudesse expor suas alegrias, suas tristezas, suas esperanças.

Outras vezes, eu me pergunto:

"Quando será que vai aparecer neste país o escritor que seja, para os que o leem, uma espécie de centro de relação comum?"

Na Europa esses homens existem. Um Barbusse, um Frank, provocam esse maravilhoso e terrível fenômeno de simpatia humana. Fazem com que seres, homens e mulheres, que vivem sob diferentes climas, se compreendam à distância, porque no escritor se reconhecem iguais; iguais em seus impulsos, em suas esperanças, em seus ideais. E até se chega a esta conclusão: um escritor que seja assim, não tem nada a ver com a literatura. Está fora da literatura.

Mas, em compensação, está com os homens, e isso é o necessário; estar em alma, com todos, junto a todos. E então se terá a grande alegria: saber que não se está só.

Na verdade, restam muitas coisas encantadoras, ainda, sobre a terra.

31 jan. 1930

O TÍMIDO CHAMADO

"Enquanto banho meus olhos doentes com um negro colírio", escreve Horácio, na quinta epístola do livro primeiro de *As sátiras*.

Indubitavelmente, estou obcecado pela Oftalmologia. A única coisa que me consola é que, faz um montão de séculos, um poeta romano tenha passado por maus bocados como eu; mas como não vou passar a vida falando de coisas pestilentas, entremos, pois, a tratar do homem do tímido chamado... e verão que vale a pena.

Apesar de estar transitoriamente vesgo (não sei se me deixarão definitivamente, meus três amigos, os oftalmologistas), com o único olho em disponibilidade ando pela rua vendo tudo o que me importa, e o que não me importa também.

Pois bem; hoje ao meio-dia e meia fui testemunha deste insignificantíssimo fato, que revela todo um mundo.

Um rapaz de vinte e três ou vinte e cinco anos, malvestido, de expressão inteligente, se aproximou de um suntuoso portal na rua Charcas e tocou a campainha duas vezes. Agora, se vocês tivessem observado com que timidez o homem apertou o botão; com que prudência, depois de tocá-lo se retirou do portal e tirou uma carta do bolso; se vocês tivessem visto isso, compreenderiam de sobra que esse rapaz ia a tal casa para pedir alguma coisa, e pedir com timidez; porque os que não vão pedir costumam tocar a campainha até descarregar a bateria.

Tão tímido chamado me emocionou. Compreendi toda a tragédia que se encerrava nele; porque só aquele que tiver passado amargos momentos na vida sabe de que modo se apoia o dedo na campainha onde mora um peixe graúdo influente ou um tubarão voraz. Um senhor amigo me acompanha e, ao lhe fazer a observação sobre de que modo o tal rapaz tinha tocado, ele me respondeu:

— A mesma suposição que o senhor está fazendo, acabo de fazê-la eu.

E nos detivemos para esperar no meio-fio, para ver o que iria acontecer.

Saiu, depois de um minuto, o porteiro, e o rapaz cumprimentou-o cortesmente. O outro o olhou, pegou a carta e voltou a fechar a porta na cara do pretenso postulante. É sempre assim. Aquele que está mais abaixo é o mais duro com aquele que precisa de alguma coisa.

Os tubarões, os abutres e os peixes graúdos têm sempre um verniz de cultura que faz atender com uma deferência, que, embora fria, é sempre deferência, o postulante.

Em compensação, o porteiro do abutre ou do tubarão, não. É o mais inexorável com o postulante. É o ponto trágico deste. Enfrentar o porteiro é o momento mais doloroso na *via crucis* daquele que tem de pedir algo, se suas botinas estão escalavradas e seu terno, sem brilho ou gasto nos cotovelos.

O porteiro nunca responde ao cumprimento que lhe faz um homem malvestido. E não só não responde, como, além disso, fecha a porta na cara dele, como se estivesse temeroso de que furtasse algo do hall.

Quando o porteiro vislumbra o postulante, a primeira coisa que ele faz é pôr a mão na maçaneta da porta e olhar as botinas do infeliz. E, depois de olhar as botinas, pega a carta, observa-a dos dois lados, fecha a porta e desaparece.

Esse olhar gela o coração do postulante. Compreendeu que seu primeiro inimigo, que o primeiro que lhe negará o copo d'água, é esse mal-educado que por acaso anda nas duas pernas.

E assim que a insultante catadura do porteiro desaparece, produz-se no postulante uma terrível emoção depressiva. Agora sente que está na rua, na rua da cidade, porque não há coisa mais humilhante do que esta: esperar diante de uma porta fechada, sabendo que as pessoas que passam o olham e adivinham que ele foi ali para pedir alguma coisa. É um minuto, dois minutos, mas dois minutos parecidos com os que passaria uma pessoa decente amarrada ao pelourinho, exposta a todos os olhares que a desnudam, que a medem e lhe destinam um canto no inferno da infelicidade.

E enquanto esses minutos passam, o postulante pensa na acolhida que lhe dará o abutre; cavila se o receberá ou não, e de que modo, se o receber; e até prepara as frases com que fará seu pedido. Dolorosíssima situação; nesse intervalo, a alma do homem se satura de esperanças e de amargura; sabe que todas as suas humilhações são inúteis, que essa carta, que o porteiro recebeu sem nenhum entusiasmo, não pesará nada em seu destino e, no entanto, como um náufrago, se aferra a essa única tábua, porque todo homem, na realidade, não poderia viver se não tivesse agarrado com os dentes a uma mentira ou a uma ilusão.

Lembro que um insigne pilantra me dizia uma vez:

— Se quer que o tratem com respeito, não se esqueça de ter sempre no armário um terno novo e sapatos flamejantes. Morra de fome, mas que não lhe faltem luvas nem bengala. Faça a barba, se não tiver navalha, com um vidro, e passe, em vez de talco, qualquer composto de polir metais; mas se for pedir alguma coisa, vá com a excelência de um grande senhor e a insolência de um príncipe. As pessoas, neste país, só respeitam os insolentes e os mal-educados. Se você entra num juizado ou numa delegacia falando duro e sem tirar o chapéu, todos vão atendê-lo cortesmente, temerosos de que você seja algum bandido que atua na política.

A mesma coisa acontece com os porteiros. Só respeitam os sapatos bem engraxados e o terno novo. Já sabe, amigo postulante, peça; mas peça com orgulho, como se fizesse um favor àquele a quem vai pedir algo.

10 jul. 1929

A TRAGÉDIA DO HOMEM QUE PROCURA EMPREGO

A pessoa que tiver o saudável costume de levantar cedo e sair de bonde para trabalhar ou tomar a fresca deve ter observado, às vezes, o seguinte fenômeno:

Uma entrada de casa comercial com a porta de aço meio corrida. Diante da porta de aço e ocupando a calçada e parte da rua, há um punhado de gente. A multidão é variada no aspecto. Há baixos e altos, saudáveis e aleijados. Todos têm um jornal na mão e conversam animadamente entre si.

A primeira coisa que ocorre ao viajante inexperiente é que ali ocorreu um crime transcendental, e ele sente a tentação de ir engrossar o número de aparentes curiosos que fazem fila diante da porta de aço, mas depois de refletir um pouco percebe que o grupo está constituído de gente que procura emprego, e que atendeu ao chamado de um anúncio. E se é observador e fica parado na esquina, poderá apreciar este comovedor espetáculo.

Do interior da casa semiblindada saem, a cada dez minutos, indivíduos que têm o aspecto de ter sofrido uma decepção, pois ironicamente olham para todos os que os rodeiam e, respondendo raivosa e sinteticamente às perguntas que lhes fazem, se afastam ruminando desconsolo.

Isso não faz desmaiar os que ficam, pois, como se o ocorrido fosse um estímulo, começam a se empurrar contra a porta de aço e a dar cutucões e pisões para ver quem entra primeiro. De repente, o mais ágil ou o mais forte escorrega para dentro e o resto fica olhando a porta, até que aparece em cena um velho empregado da casa que diz:

— Podem ir embora, já contratamos.

Essa incitação não convence os presentes, que, esticando o cangote sobre o ombro de seu companheiro, começam a soltar desaforos desavergonhados e a ameaçar quebrar os vidros do estabelecimento. Então, para esfriar os ânimos, em geral um robusto porteiro sai com um balde d'água ou armado duma vassoura e começa a dispersar os amotinados. Não é exagero. Já muitas vezes se fizeram denúncias semelhantes, nas delegacias, sobre esse procedimento expeditivo dos patrões que procuram empregados.

Os patrões argumentam que eles, no anúncio, pediram expressamente "um rapaz de dezesseis anos para fazer trabalhos de escritório", e que em vez de se apresentarem candidatos dessa idade, o fazem pessoas de trinta anos, e até mancos e corcundas. E em parte verdade isso é. Em Buenos Aires, "o homem que procura emprego" veio a constituir um tipo sui generis. Pode-se dizer que esse homem tem o emprego de "ser homem que procura trabalho".

O homem que procura trabalho é, frequentemente, um indivíduo que oscila entre os dezoito e os vinte e quatro anos. Não serve para nada. Não aprendeu nada. Não conhece nenhum ofício. Sua única e meritória aspiração é ser empregado. É o tipo do empregado abstrato. Ele quer trabalhar, mas trabalhar sem sujar as mãos, trabalhar num lugar onde se use colarinho; em resumo, trabalhar "mas entenda bem... decentemente".

E um belo dia, dia distante, se é que chega, ele, o profissional da procura de emprego, se "emprega". Se emprega com o salário mínimo, mas o que lhe importa. Agora poderá ter esperança de se aposentar. E a partir desse dia, calafetado em seu canto administrativo, espera a velhice com a paciência de um beneditino.

O trágico é a procura de emprego em casas comerciais. A oferta chegou a ser tão extraordinária que um comerciante amigo nosso nos dizia:

— A gente não sabe com que empregado ficar. Eles vêm com certificados. São o máximo. Começa então o interrogatório:

— O senhor sabe escrever à máquina?

— Sim, cento e cinquenta palavras por minuto.

— O senhor sabe taquigrafia?

— Sei, faz dez anos.

— O senhor sabe contabilidade?

— Sou contador público.

— O senhor sabe inglês?

— E francês também.

— O senhor pode oferecer uma garantia?

— Até dez mil pesos das seguintes firmas.

— Quanto quer ganhar?

— O que vocês costumam pagar.

— E o salário que se paga a essa gente — dizia-nos o aludido comerciante — nunca é superior a cento e cinquenta pesos. Duzentos pesos ganha um empregado com antiguidade... e trezentos... trezentos é o mítico. E isso se deve à oferta. Tem farmacêuticos que ganham cento e oitenta pesos e trabalham oito horas diárias, tem advogados que são escreventes de procuradores, procuradores que lhes pagam duzentos pesos mensais, engenheiros que não sabem que coisa fazer com o título, doutores em química que engarrafam amostras de importantes drogarias. Parece mentira e é verdade.

A interminável lista de "empregados oferecem-se" que se lê pelas manhãs nos jornais é a melhor prova da trágica situação pela qual passam milhares e milhares de pessoas em nossa cidade. E passam anos procurando trabalho, gastam uma fortuna em bondes e selos se oferecendo, e nada... a cidade está congestionada de empregados. E, no entanto, nos arredores está a planície, estão os campos, mas as pessoas não querem sair para os arredores. E é claro, acabam por se acostumar tanto à falta de emprego que vêm a constituir um grêmio, o grêmio dos desocupados. Só lhes falta personalidade jurídica para chegar a constituir uma das tantas sociedades originais e exóticas das quais a história falará no futuro.

5 ago. 1928

A AMARGA ALEGRIA DO MENTIROSO

Fiódor Dostoiévski retratou em *A aldeia de Stepántchikovo e seus habitantes* a figura de um genial invejoso: Fomá Fomitch. E Fomá é genial, porque nele o excesso de vaidade vai acompanhado de tal rancor para com os outros que, de uma figura vil, que é na realidade, de repente apresenta o divino espetáculo do grotesco. E por isso é imortal.

Fomá Fomitch é a personificação do invejoso universal. Fomá Fomitch, como todo personagem enfático e cheio de si, é grave e sisudo. Fomá Fomitch, como todo perfeito imbecil, sabe tudo. Fomá Fomitch, quando já não lhe resta outro recurso a não ser falar... cala. Parece que um tríplice ferrolho lhe fecha a humorística boca, na presença do êxito alheio.

Dir-se-ia que Fomá fora um personagem exclusivamente russo; mas isso não é verdade. Em Buenos Aires também vive e cavila Fomá Fomitch. No último recanto de um arrabalde, Fomá terá uma forma e uma idiossincrasia. Determinados detalhes podem variar, mas, em substância, o Fomá portenho é como o Fomá russo ou búlgaro. O caso é que é o mesmo.

Quem já não percorreu os cafés literários sem que não conhecesse um Fomá? Ali é onde com mais frequência e abundância encontramos o Fomá. Fomá ao redor duma mesa, entre um círculo de camaradas, discursará. Inimigo nato de todo êxito, por insignificante, pequeno ou trivial que seja, Fomá, como um caracol na presença do sal, se retirará para o interior de sua carapaça precipitadamente. É sua defesa. O silêncio. Nada de falar. Ante certas coisas é preferível emudecer.

É verdade que os outros que conhecem Fomá, para irritá-lo, lembram o êxito de fulano ou beltrano; mas Fomá, digno, incomensurável, grave, não moverá um músculo de seu bilioso semblante. Calará. E calará de modo tão ostensivo que, de repente, todo mundo perceberá que Fomá está passando por maus bocados.

E então começa o jogo sinistro, cruel. Sabendo todo mundo que Fomá sofre com o êxito dos outros, os outros se encarregam de exagerar o triunfo mais insignificante de qualquer conhecido ou desconhecido, de maneira que um personagem que começou por se fazer odioso acaba sendo divertido e causando momentos joviais.

Naturalmente a inveja, como todo sentimento de sujeito civilizado, tem seus matizes perfeitamente discerníveis, de maneira que a inveja de uma verdureira é diferente daquela de uma atriz, e a inveja de um carvoeiro dessemelhante à de um poeta.

Mas no arrabalde é onde mais se evidencia esse rancor cuja ignorância sinaliza as almas nobres.

Existem pessoas que vivem praguejando. Vivem praguejando a sério, não de brincadeira. Por exemplo, os pequenos proprietários. Não se perdoam, uns aos outros, as reformas que introduzem em suas bibocas. Qualquer trabalho extra é comentado e vigiado por cem olhos invisíveis que se encarregam de esparramar por ali a quantidade de cal, de areia e de pó de tijolo que levasse a uma argamassa. Qualquer defeito é tão exagerado que, de repente, se o presumível coitado escutasse os charlatões, acabaria por se convencer de que sua casa virá abaixo no primeiro aguaceiro que cair.

E as mulheres? Estas têm ódios e invejas venenosas que espantam.

Mas nada mais cruel e feroz do que a inveja entre comerciantes de bairro. Isso sim que é inveja, mas elevada à sétima potência. Inveja a prazo fixo, inveja espreitadora que passa o dia todo meditando nas promissórias do vizinho, inveja tão profunda e sutil que chega ao extremo de dizer isto, que eu escutei, de um comerciante que dizia para o outro:

— Ontem, na sapataria do X, entraram sete pessoas. Das sete, três compraram botinas, e um par era de criança. De modo que não ganhou nem pra licença.

É que não há nada mais profundo do que a rivalidade e a inveja entre comerciantes do mesmo ramo. Se esses entes, pálidos e prudentes, pudessem se exterminar sem perigo de ir para a prisão, não demorariam nem um minuto em se escalavrar. E como são pessoas que para juntar dinheiro para se estabelecer tiveram que ter paciência, é preciso ver a mesma paciência que têm para se enciumar e desejar uma catástrofe.

Eu me lembro que há um ano e dois meses, um dono de armazém me dizia, se referindo a outro, que ficava a uma quadra de seu negócio:

— Fulano vai quebrar dentro de um ano.

— Homem! É prognosticar demais.

— É; vai quebrar e dentro de um ano, porque dispõe de tal capital pra perder, pode trapacear tanto que, por isso, meus cálculos não falham.

E, de fato, não falhou. Ontem ele me disse:

— Viu, amigo, como eu não estava enganado? Tenho olho clínico.

E seu semblante revelava tanta alegria que não me pareceu estranho quando, hipocritamente, acrescentou:

— E me dá pena, acredite. Me dá pena, porque ele não era um homem mau...

Eu me retirei do lado desse Fomá Fomitch leguminoso, meditando. É que o invejoso é assim, ou pode ser definido assim:

Um homem disposto a se alegrar ao encontrar de quem se compadecer. A verdade é essa. Pegai o invejoso mais recalcitrante, mais fechado, mais tosco, e conta para ele a história de uma desgraça alheia, e esse homem explodirá imediatamente em exclamações de piedade. É até capaz de abrir seu bolso, de se sentar à sua mesa, de vos prestar um favor. Mas dai a ele a notícia de que um amigo teve um êxito, e esse mesmo indivíduo empalidece, o sorriso deixa de ser espontâneo para se converter num esgar doloroso e, se puder, desacreditará os motivos do êxito, os apequenará, babará uma alegria... porque, porque afinal de contas, é homem! Homem sempre disposto a se alegrar de poder se compadecer sinceramente de alguém.

15 set. 1928

O DOENTE PROFISSIONAL

É, há senhores empregados que poderiam pôr no cartão, sob seu nome, esta inscrição:

"Doente profissional."

Não há repartição do nosso governo onde não prospere o doente profissional, o homem que trabalha durante dois meses no ano, e o resto passa em casa. E o curioso é isto. Que o doente profissional seja o motivo de que exista o empregado ativo, fatalmente ativo, que realiza o próprio trabalho e o do outro, como uma compensação natural devida ao mecanismo burocrático. E dizemos burocrático porque esses doentes profissionais só existem nas repartições públicas. Os escritórios particulares ignoram em absoluto a vida desse ente metafísico que não morre nunca, apesar de todos os prognósticos dos entendidos da repartição pública.

Naturalmente, o doente profissional jamais tem vinte anos nem passou dos trinta. Se mantém na linha equinocial da vadiagem regulamentar. É um homem jovem, adequado para o papel que representa, sem exagero, mas com sabedoria.

Geralmente é casado, porque os doentes com esposa inspiram mais confiança e as doenças com uma cara-metade oferecem mais garantias de autenticidade. Um homem sozinho e doente não é tão respeitável como um homem doente e casado. Intervêm aí os fatores psicológicos mais diversos, as ideias cruéis mais divertidas, as compaixões mais estranhas. Todos pensam na futura viúva.

Agora, o doente profissional costuma ser, em noventa e cinco por cento dos casos, um simulador habilíssimo, não só para enganar seus chefes como também os médicos, e os médicos dos hospitais.

Naturalmente, para adotar a profissão de doente, sendo empregado de uma repartição pública, é preciso contar com a ajuda do físico.

O doente profissional não se fabrica e, sim, nasce. Nasce doente (com uma saúde a toda prova), como outro aparece sobre o mundo aparentemente são e robusto, com uma saúde deplorável.

Ele tem uma sorte, e é o seu físico, um físico de gato molhado e com sete dias de jejum involuntário. Corpo comprido, franzino, cabeça pequena, olhos afundados, uma faccia amarela e a fala fatigosa como do homem que regressa de uma longa viagem. Além disso, ele está sempre cansado e lança suspiros capazes de partir um atleta.

Aquele que contar com um físico dessa natureza, dois metros de altura, pescoçudo e cor de vela de sebo, pode começar a farsa da doença (desde que seja funcionário público) tossindo uma hora pela manhã no escritório. Alternará esse exercício de laringe com o de tocar suavemente nas costas, fazendo, ao mesmo tempo, um gestinho lastimoso. Em seguida, tossirá mais duas ou três vezes e, com toda dissimulação, evitando que o vejam (para que o olhem), levará o lenço à boca e o esconderá prontamente.

Na semana de efetuar essa farsa, o candidato a doente profissional observará que todos seus companheiros se põem a uma respeitável distância, ao mesmo tempo que lhe dizem:

— Mas você tem que descansar um pouco! (já caiu feito um patinho), você tem que ir ao médico. O que você tem? Vamos ver se está com febre?

E se o candidato a profissional é hábil, no dia em que visita o médico do escritório, coloca, muitas horas antes, um mata-borrão sob as axilas, de modo que, ao colocar o termômetro, o médico comprova que está com febre e, além disso, o profissional confessa que tosse muito etc. etc. (Nós não damos fórmulas para se transformar em doente profissional.)

Um mês de farsa basta para preparar um futuro. E que futuro! A "doença" alternada com as licenças, e as licenças com a doença.

Com esse procedimento, em pouco tempo o profissional se transforma no doente protocolar do escritório. O médico se afeiçoa a esse cliente que o visita assiduamente e lhe fala do temor de deixar sua esposa viúva, o médico acaba por se familiarizar com seu doente crônico que lhe faz pequenos presentes e que segue pontualíssimamente suas prescrições e, ao fim de um tempo, o médico já nem examina seu doente, mas, assim que o vê aparecer pelo consultório, lhe dá umas amistosas palmadas nas costas e estende a licença com uma serenidade digna da melhor causa.

Mas o profissional não se acalma e, sim, alega novas dores, e ora é o estômago que parece um "chumbo", ora é a garganta que dói e, se não, são os rins ou o fígado e o pâncreas ao mesmo tempo, ou o cérebro e os calos. O médico, para não alegar ignorância diante de tal ecletismo de doenças, deriva tudo da mesma causa e finge, com o doente, fazer análise que não faz, já que está convencido de que o cidadão vai morrer quando menos se esperar.

E o caso é o seguinte: todos ficam contentes. Contentes os empregados da repartição por terem se livrado de um companheiro "perigoso", contente o chefe de ver que com a ausência do doente o trabalho não foi obstaculizado, contente o ministro de não ter que aposentar o doente porque não alega que adoeceu no desempenho de seu trabalho, contente o médico de ter um paciente tão submisso e tão resignado, e contente o doente por não estar doente e, sim, de ser simplesmente um dos muitíssimos doentes crônicos que nas repartições públicas fazem o porteiro dizer:

— Pobre rapaz. Esse não passa deste ano.

E o pobre rapaz se aposenta... se aposenta como funcionário público... e como doente crônico, embora com um salário só para as duas doenças.

25 ago. 1928

A MULHER QUE JOGA NA LOTERIA

Tenho um montão de cartas aqui na escrivaninha. São de leitores que têm a gentileza de me escrever dizendo que gostam dos meus artigos, pelo qual me alegro; também me escrevem dizendo que não gostam dos meus artigos, pelo qual me alegro; também me escrevem mandando temas para as águas-fortes.

Assim, um senhor Jorge Saldiva me manda uma carta sobre o quebra-molas, que quase é uma nota e que verei se plagio um dia desses; outro, um cavalheiro Juan Arago, e que pelo visto tem muita imaginação, me dá argumento para quatro notas, que são:

O homem que conversa com o vigilante; a mulher que joga na loteria; o chefe-cachorro, que é mansinho com sua Sesebuta; e o homem que chega de fora para se radicar na cidade.

Nem é preciso dizer que agradeço a esses senhores que, ao contrário de outros, perceberam que o tipo portenho existe, e com características que talvez variem muito das dos homens de outros países.

Como eu disse, o tema da mulher que joga na loteria pertence à observação quádruple do senhor Arago, que, em vez de se dedicar à astronomia, imagino, se dedica a uma vadiação doce e confiada; essa vadiação que transforma um homem em sereno gozador e contemplador de seus semelhantes.

Realmente, a mulher que joga na loteria existe, quer dizer, é característica de determinados bairros, não de todos; porque há bairros onde a loteria não prospera, enquanto em outros, sim.

Por exemplo. Esses bairros improvisados, de pequenos proprietários, onde todos têm um terreno adquirido a prestações, são má freguesia para os apontadores de loteria.

Em compensação, esses outros subúrbios, Boedo e San Juan, Triunvirato e Concepción Arenal, ou seja, esses centros de população onde cada família ocupa um quarto que não é próprio e, sim, alugado, são o paraíso dos lotéricos, que têm implantada sua agência nos mercados, contando com cúmplices entre os balconistas de açougues, que são os mais afeitos às apostas por palpite.

Tem explicação essa mania do jogo das mulheres pobres, e ali onde o dinheiro dá apenas para socorrer as necessidades da abundante prole? Acredito que sim, e mais ainda: são os únicos casos em que se desculpa a paixão pelo jogo.

Lembro que lendo o romance *Um jogador*, de Fiódor Dostoiévski, disse este, mais ou menos:

"Os temperamentos sonhadores ou as pessoas que vivem na pobreza e que estão fartas de trabalhar sentem uma atração enorme pelo jogo, que, em seu conceito, tem que resolver de golpe uma situação pecuniária." Mais tarde, eu, numa nota sobre os turcos que jogam na loteria, dizia que não havia explicação para o fato de essa gente jogar até a alma, tendo que viver de um ofício tão penoso como o de vendedor de rua, e acredito novamente que esse vício, que se desculpa nos pobres, porque os pobres são os únicos que têm necessidade de dinheiro, se desculpa e explica, uma vez mais, na costureira, que, ao ir às compras, não pode resistir à tentação que lhe apresenta esse diabo descarado e com boné que é o lotérico, e que ao vê-la entrar lhe diz num só golpe e porrada:

— Puxa... agora mesmo eu estava falando da senhora com a tripeira. Eu estava dizendo que ontem à noite a estive vendo em sonhos...

— O senhor já deve ter outra mais linda com quem sonhar...

— É que, sabe... sonhava que a senhora tinha acertado no 48.

Que costureira resiste em apostar trinta centavos no 48?

E a tripeira, que deve uns centavos ao lotérico, exclama:

— Verdade, dona... este patife agorinha mesmo me falava da senhora...

— Não me ofenda, senhora... que bem que eu fiz a senhora ganhar também...

E a coitada solta a gaita, solta os cobres, pensando:

— Se eu acertar, compro um par de botinas pro garoto. Ou compro para mim um par de meias.

É sempre a miséria, companheiro leitor.

Nos Estados Unidos há um problema. É o álcool. Aqui, nosso problema é o jogo. Lá, por excesso de dinheiro que as pessoas querem desperdiçar alegremente; aqui, por falta dele, que é preciso conseguir de algum modo.

Nos lares pobres da nossa cidade vive-se pensando no jogo: na loteria, na quina, nas corridas. Para os homens restam os cavalos, para as mulheres o numerozinho em que economicamente anotam vinte, trinta, cinquenta centavos. Agora: como existem várias loterias, não é preciso dizer que todas as semanas essas mulheres, que tomaram gosto pela esperança de ganhar, jogam, em detrimento de outros interesses também pequenos, mas para os quais necessitam dessas reduzidas somas que o bolso do lotérico absorve, sempre de plantão no mercado ou com sucursal no açougue e no armazém.

Sobretudo os mercados. Ali se abrigam corretores dos "capitalistas", que têm sua clientela entre os donos de bancas e a freguesia dos mesmos. A jogadora tem a esperança de ganhar. E como a mulher é muito mais frenética em suas esperanças e necessidades do que o homem, não é preciso dizer que existem mulheres que jogam, não as cenouras do *puchero* como diz o amigo Arago, mas também o *puchero* e o osso e até o caldo.

Mas, o que se há de fazer? É a esperança do pobre que tem um orçamento na base dos centavos. E como diz o provérbio: "De carne somos"... O que se há de fazer!...

9 nov. 1928

VOCÊ QUER SER DEPUTADO?

Se você quer ser deputado, não fale a favor das beterrabas, do petróleo, do trigo, do imposto de renda; não fale de fidelidade à Constituição, ao país; não fale de defesa do operário, do empregado e da criança. Não; se você quer ser deputado, exclame por todos os lugares:

— Sou um ladrão, roubei... roubei tudo o que pude e sempre.

Enternecimento

Assim se expressa um aspirante a deputado num romance de Octavio Mirbeau, *O jardim dos suplícios*.

E se você é aspirante a candidato a deputado, siga o conselho. Exclame por todos os lugares:

— Eu roubei, eu roubei.

As pessoas se enternecem diante de tanta sinceridade. E agora vou lhe explicar. Todos os sem-vergonhas que aspiram a chupar o sangue do país e vendê-lo a empresas estrangeiras, todos os sem-vergonhas do passado, presente e futuro, tiveram o péssimo costume de falar para as pessoas de sua honestidade. Eles "eram honestos". "Eles aspiravam a desempenhar uma administração honesta." Falaram tanto de honestidade que não tinha polegada quadrada no chão onde se quisesse cuspir, que não se cuspisse de passagem na honestidade. Pavimentaram e calçaram a cidade de honestidade. A palavra honestidade tem estado e está na boca de qualquer safado que para na primeira esquina e exclama que "o país precisa de gente honesta". Não há prontuariado com antecedentes de fiscal de mesa e de subsecretário de comitê que não fale de "honradez". Decididamente, desatou sobre o país tal catarata de honestidade que já não se encontra um só pilantra autêntico. Não há malandro que alardeie sê-lo. Não há ladrão que se orgulhe de sua profissão. E as pessoas, o público, farto de lorotas, não quer saber nada de conferências. Agora, eu que conheço um pouco nosso público e os que aspiram a ser candidatos a deputados, proporei a eles o seguinte discurso. Acho que seria de um êxito definitivo.

Discurso que teria êxito

Eis aqui o texto do discurso:
"Senhores:
"Aspiro a ser deputado, porque aspiro a roubar a rodo e a "me ajeitar" melhor.

"Minha finalidade não é salvar o país da ruína em que o afundaram as administrações anteriores de cupinchas sem-vergonhas; não, senhores; não é esse meu elementar propósito e, sim, íntima e ardorosamente, desejo contribuir com o trabalho de saque com que se esvaziam os cofres do Estado, aspiração nobre que vocês têm que compreender é a mais intensa e efetiva que guarda o coração de todo homem que se apresenta como candidato a deputado.

"Roubar não é fácil, senhores. Para roubar necessita-se de determinadas condições que acredito que meus rivais não têm. Necessita-se, sobretudo, ser um cínico perfeito, e eu o sou, não duvidem, senhores. Em segundo lugar, necessita-se ser um traidor e eu também o sou, senhores. Saber se vender oportunamente, não desavergonhadamente e, sim, "evolutivamente". Me permito o luxo de inventar o termo que será um substitutivo de traição, necessário sobretudo nestes tempos em que vender o país ao melhor proponente é um trabalho árduo e ímprobo, porque tenho entendido, cavalheiros, que nossa posição, isto é, a posição do país não encontra proponente nem a preço de banana no atual momento histórico e transcendental. E acreditem, senhores, eu serei um ladrão, mas antes de vender o país a preço de banana, acreditem..., prefiro ser honrado. Abarquem a magnitude de meu sacrifício e perceberão que sou um perfeito candidato a deputado.

"É verdade que eu quero roubar, mas quem não quer roubar? Diga-me quem é o descarado que nestes momentos de confusão não quer roubar. Se esse homem honrado existe, eu me deixo crucificar. Meus camaradas também querem roubar, é verdade, mas não sabem roubar. Venderão o país por uma ninharia, e isso é injusto. Eu venderei minha pátria, mas bem vendida. Os senhores sabem que os cofres do Estado estão enxutos, isto é, que não têm um mísero cobre para satisfazer a dívida externa; pois bem, eu arrematarei o país em cem prestações, de Ushuaia até o Chaco boliviano, e não só negociarei o Estado, como também me arranjarei com comerciantes, com falsificadores de alimentos, com concessionários; irei adquirir armas inofensivas para o Estado, que é um meio mais eficaz de evitar a guerra do que tendo armas de ofensiva efetiva; regatearei a alfafa do cavalo do delegado e a gororoba do habitante da prisão, e cartazes, impostos para as moscas e para os cachorros, tijolos e paralelepípedos... O que eu não roubarei, senhores! O que é que eu não roubarei? Digam-me vocês. E se vocês são capazes de enumerar uma só matéria na qual não sou capaz de roubar, renuncio "ipso facto" à minha candidatura...

"Pensem nisso nem que seja por um minuto, senhores cidadãos. Pensem nisso. Eu roubei. Sou um grande ladrão. E se vocês não acreditam na minha palavra, é só dar um pulo na delegacia de polícia e consultar o meu prontuário. Verão que performance que eu tenho. Fui detido para averiguação de antecedentes algo como trinta vezes; por porte de armas — que não carregava — outras tantas; depois me regenerei e desempenhei a tarefa de crupiê, leiloeiro fajuto, corretor, malandro de jogo, extorsionário, acobertador, agente da investigações, ajudante de malandro de jogo, porque me exoneraram da investigações; fui em seguida agente judicial, presidente de comitê de bairro, convencional, fui apontador de jogo; fui, às vezes, pai de pobres e mãe de órfãs, tive comércio e quebrei, fui acusado de incêndio intencional de outro botequim que tive... Senhores, se não acreditam em mim, é só dar um pulo na delegacia... vocês verão que eu sou o único, entre todos esses hipócritas que querem salvar o país, absolutamente o único que pode arrematar a última polegada de terra argentina... Inclusive, proponho-me a vender o Congresso e instalar um cortiço ou edifício de apartamentos no Palácio da Justiça, porque se eu ando em liberdade é que não há justiça, senhores..."

Com esse discurso, ou o matam ou o elegem presidente da República.

14 fev. 1930

ARISTOCRACIA DE BAIRRO

Uma manhã dessas eu assisti a uma cena altamente edificante para a moral de todos os que a contemplavam.

Um cavalheiro, em mangas de camiseta e uma carga de sono nos olhos, atrelado a três crianças, discutia aos berros com uma costureira, mulherzinha de cabelo eriçado e ligeira de mãos como Mercúrio era de pés, e digo ligeira de mãos porque a costureira não fazia senão agitar seus punhos em torno do nariz do cavalheiro de camiseta.

Para amenizar esse espetáculo e lhe dar a importância lírico-sinfônica que precisava, acompanhavam os interlocutores sua discussão com essas palavras que, com mesura, chamamos de grosseiras, e que fazem parte da linguagem dos cocheiros e dos motorneiros irritados.

Finalmente, o cavalheiro de olhos sonolentos, esgotado seu repertório enérgico, recorreu a este último extremo, que não teve como não chamar minha atenção. Ele disse:

— A senhora não me falte com o respeito, porque eu sou aposentado.

O homem que se aposenta

É indiscutível que o nosso país é um país de vadios e inúteis, de aspirantes a donos de bibocas e de indivíduos que passariam a existência numa rede, pois esse fenômeno se observa claramente nos comentários que todas as pessoas fazem, quando falam de um jovem que está empregado:

— Ah, tem um bom cargo. Esse vai se aposentar.

Ninguém se preocupa se o tal parasita fará ou não fortuna. O que lhes preocupa é isto: que se aposente.

Daí o prestígio que têm, nas famílias, os chamados funcionários públicos. Dias atrás eu ouvia este comentário da boca de uma senhora:

— Quando uma mocinha tem um namorado que é empregado de banco, é melhor do que se tivesse um cheque de cem mil pesos.

Acontece que todo mundo pensa na aposentadoria, e isso é o que faz com que o empregado de banco, ou todo empregado com aposentadoria segura, seja o artigo mais cobiçado pelas famílias que têm pequenas casadoiras.

E tanto se exagerou isso que a aposentadoria chegou a constituir quase um título de nobreza chicaneira. Não há barnabé nem carimbador que não se ache um gênio, porque depois de ter passado vinte e cinco anos fazendo traços num livreco o aposentarão.

E as primeiras em exagerar os méritos do futuro aposentado são as famílias, as mocinhas que querem se casar e os pais que querem se ver livres delas o quanto antes.

A burocracia é a culpada

No meu conceito, a melhor patente de inutilidade que um indivíduo pode apresentar é a de ser burocrata; em seguida vem, fatalmente, a de se aposentar. Falando em dinheiro, é um sujeito que não serve para nada. Se servisse para alguma coisa não passaria vinte e cinco anos esperando um salário de fome, mas teria feito fortuna por sua própria conta e independentemente dos poderes oficiais.

Isso do ponto de vista mais puro e simples. Em seguida, vem o outro... o outro que se apresenta a nós com sua medianidade absoluta é um indivíduo que, como um molusco, se aferrou à primeira pedra que encontrou pelo caminho e ficou prosperando mediocremente, sem uma aspiração, sem uma rebeldia, sempre manso, sempre cinza, sempre insignificante.

Vinte e cinco ou trinta anos de espera por um salário sem fazer nada durante os trinta dias do mês.

Sete mil e quinhentos dias que um fulano passou montando guarda numa escrivaninha, mastigando as mesmas frasezinhas de encomenda; tremendo a cada mudança de política; suportando a bílis de um chefe animal; se entediando por escrever sempre as mesmas bobagens no mesmo papel-ofício e no mesmo tom vulgar e altissonante. É preciso paciência, fome e inutilidade para chegar a tais extremos.

Mas bem diz o Eclesiastes: "Todo homem faz de seus vícios uma virtude".

A aposentadoria, que devia ser a mostra mais categórica da inutilidade de um indivíduo, se transformou, em nossa época, na patente de uma aristocracia: a aristocracia dos aposentados.

Eu que o diga.

Quantas vezes, ao entrar numa sala e ser recebido por uma dessas viúvas grotescas com fita de veludo no cangote, a primeira coisa que ouvi, foi dizer ao me mostrar o retrato de um sujeito bigodudo de suíças espessas e compridas, pendurado numa parede:

— Meu defunto esposo, que morreu aposentado!

E vi que acrescentam essa história do aposentado como se fosse um título nobiliário, e gostariam de dizer:

— Meu defunto esposo que morreu sendo membro da Legião de Honra.

A legião de honra

Isso mesmo, a aposentadoria para certas pessoas da nossa sociedade vem a ser como a Legião de Honra, o desideratum, a culminação de toda uma vida de perfeita inutilidade, o fecho de ouro, como diria o poeta Visillac, desse vazio soneto de que se compõe a vida do funcionário público, cujo único sonho é isso.

É, esse é o único sonho. Além disso, o timbre de honra das famílias, o orgulho das filhinhas do papai.

E o curioso é que quase todos os aposentados pertencem à Liga Patriótica; quase todos os aposentados sentem horror à revolução russa; quase todos os aposentados se irritam quando ouvem dizer a frase de Proudhon: "A propriedade é um roubo".

Constituem um grêmio de fulanos cor de pimenta, usam bengalas com punhos de ouro, têm aspecto de suficiência e quando falam do presidente Irigoyen, dizem:

— Falando no doutor Hipólito... — e tiram o chapéu com uma cerimoniosa genuflexão.

Definitivamente: a aristocracia das freguesias está composta da seguinte forma:

Por empregados aposentados; tenentes-coronéis reformados; farmacêuticos e donos de armazéns que sentem veleidades de políticos e de salvadores da ordem social.

Por isso o remelento cavalheiro da camiseta, que era um ex-escrevente do Registro Civil, com trinta anos de serviço, dizia à costureira:

— A senhora não me falte com o respeito, porque sou aposentado.

30 set. 1928

A INUTILIDADE DOS LIVROS

Um leitor me escreve:
"Me interessaria muitíssimo que V.S.ª escrevesse algumas notas sobre os livros que os jovens deveriam ler, para que aprendam e formem um conceito claro, amplo, da existência (não excetuando, é claro, a experiência própria da vida)."

O corpo nada lhe pede...

O corpo nada lhe pede, querido leitor. Mas, onde você vive? Acredita, por acaso, por um minuto, que os livros te ensinarão a formar "um conceito claro e amplo da existência"? Você está enganado, amigo; enganado até dizer chega. O que os livros fazem é desgraçar o homem, acredite. Não conheço um só homem feliz que leia. E tenho amigos de todas as idades. Todos os indivíduos de existência mais ou menos complicada que eu conheci tinham lido. Lido, desgraçadamente, muito.

Se houvesse um livro que ensinasse, veja bem, se houvesse um livro que ensinasse a se formar um conceito claro e amplo da existência, esse livro estaria em todas as mãos, em todas as escolas, em todas as universidades; não haveria lar que, na estante de honra, não tivesse esse livro que você pede. Percebe?

Você não percebeu ainda que, se as pessoas leem, é porque esperam encontrar a verdade nos livros. E o máximo que se pode encontrar num livro é a verdade do autor, não a verdade de todos os homens. E essa verdade é relativa... essa verdade é tão pequenininha... que é preciso ler muitos livros para aprender a desprezá-los.

Os livros e a verdade

Calcule você que na Alemanha se publicam anualmente mais ou menos dez mil livros, que abrangem todos os gêneros da especulação literária; em Paris acontece a mesma coisa; em Londres, idem; em Nova York, igual.

Pense nisto:

Se cada livro contivesse uma verdade, uma só verdade nova na superfície da terra, o grau de civilização moral que os homens teriam alcançado seria incalculável. Não é assim? Agora, pense você que os homens dessas nações cultas, Alemanha, Inglaterra, França, atualmente estão discutindo a redução de armamentos (não confundir com supressão). Agora, o senhor seja sensato por um momento. Para que serve essa cultura de dez mil livros por nação, despejada anualmente sobre a cabeça dos habitantes dessas terras? Para que serve essa cultura, se no ano 1930, depois de uma guerra catastrófica como a de 1914, se discute um problema que devia causar espanto?

Para que serviram os livros, você pode me dizer? Eu, com toda sinceridade, declaro que ignoro para que servem os livros. Que ignoro para que serve a obra de um senhor Ricardo Rojas,[1] de um senhor Leopoldo Lugones,[2] de um senhor Capdevila,[3] para me circunscrever a este país.

O escritor como operário

Se você conhecesse os bastidores da literatura, perceberia que o escritor é um senhor que tem o ofício de escrever, como outro o de fabricar casas. Nada mais. O que o diferencia do fabricante de casas é que os livros não são tão úteis como as casas e, depois... depois que o fabricante de casas não é tão vaidoso como o escritor.

Nos tempos atuais, o escritor se acha o centro do mundo. Conta lorotas à vontade. Engana a opinião pública, consciente ou inconscientemente. Não revê suas opiniões. Acredita que o que escreveu é verdade, pelo fato de ele ter escrito. Ele é o centro do mundo. As pessoas que experimentam dificuldades até para escrever para a família acreditam que a mentalidade do escritor é superior à de seus semelhantes, e estão enganadas no tocante aos livros e no tocante aos autores. Todos nós, os que escrevemos e assinamos, o fazemos para ganhar o arroz com feijão. Nada mais. E, para ganhar o arroz com feijão não vacilamos, às vezes, em afirmar que o branco é preto e vice-versa. E, além disso, às vezes até nos permitimos o cinismo de dar risada e de achar que somos gênios...

Desorientadores

A maioria de nós que escrevemos, o que fazemos é desorientar a opinião pública. As pessoas buscam verdades e nós lhes damos verdades enganosas. O branco pelo preto. É doloroso confessá-lo, mas é assim. É preciso escrever. Na Europa, os autores têm seu público; para esse público, dão um livro por ano. Você pode acreditar, de boa-fé, que em um ano se escreva um livro que contenha

---

[1] Ricardo Rojas (1882-1957) foi o primeiro sistematizador e historiador da literatura argentina (AIRA, César. *Diccionário de autores latinoamericanos*. Buenos Aires: Emecé, 2001, p. 486).
[2] Leopoldo Lugones (1874-1938), fundador, em 1928, da Sociedade Argentina de Escritores (Sade), que tinha como membro, entre outros, Jorge Luis Borges. Tanto a obra de Lugones quanto essa Sociedade foram duramente criticadas por Arlt em suas crônicas.
[3] Arturo Capdevila (1889-1967), poeta, ensaísta, narrador e dramaturgo. Uma de suas especialidades foi a versificação de temas históricos em versão escolar, próprios para serem recitados nas comemorações.

verdades? Não, senhor. Não é possível. Para escrever um livro por ano é preciso enganar. Dourar a pílula. Encher a página de frases.

É o ofício, "o métier". As pessoas recebem a mercadoria e acreditam que é matéria-prima, quando se trata apenas de uma falsificação grosseira de outras falsificações, que também se inspiraram em falsificações.

Conceito claro

Se você quer formar "um conceito claro" da existência, viva. Pense. Aja. Seja sincero. Não engane a si próprio. Analise. Estude-se. O dia em que o senhor conhecer a si próprio perfeitamente, lembre-se do que eu te digo: em nenhum livro vai encontrar nada que o surpreenda. Tudo será velho para você. Você lerá livros e livros por curiosidade e sempre chegará a esta fatal palavra terminal: "Mas se eu já tinha pensado isso". E nenhum livro poderá te ensinar nada.

Salvo os que se escreveram sobre essa última guerra. Esses documentos trágicos... vale a pena conhecê-los. O resto é papel...

26 fev. 1930

APÊNDICE

Águas-fortes portenhas: cultura e política

A CRÔNICA N. 231

Duzentas e trinta e uma crônicas eu escrevi até hoje, último dia do ano, neste jornal cordial e forte, com a cordialidade que brinda a juventude, fonte inesgotável de espírito novo.

Confessarei com toda ingenuidade: estou encantado. Duzentas e trinta e uma águas-fortes!

Se há alguns anos me tivessem dito que eu ia escrever tanto e por tanto tempo, não teria acreditado.

Lembrando

Com o primeiro número do *El Mundo* apareceu minha primeira crônica. Quantas preocupações cruzaram pela minha mente naquela época! Eu tinha confeccionado uma lista do que achava que seriam os temas que daqui por diante eu desenvolveria diariamente nesta página, e consegui reunir argumentos para vinte e duas águas-fortes. Com que emoção eu me perguntava então: quando essa lista de temas se esgotar, sobre o que eu escreverei?

Agora contemplo novamente o jornal e leio: número 230. Amanhã será o número 231. Trabalhei, não tem jeito, mas estou contente; contente como o avaro, que depois de ter passado misérias durante o ano, revisa seu haver e descobre que seu sacrifício se transmutou em moedinhas de ouro.

Eu e o meu diretor

É preciso que antes de falar de mim, eu fale do diretor deste jornal; e não para adulá-lo, porque eu, por princípio, por costume e até por vício, jamais adulo ninguém e, sim, para que os meus leitores possam apreciar o que significa um diretor desta qualidade, da qualidade que vou explicar em seguida.

Muzio Sáenz Peña, coisa que nenhum diretor de jornal faz, me deu plena liberdade para escrever. Isso é tudo e é muito para quem entende alguma coisa de jornalismo. Liberdade, liberdade de denunciar as bobagens; liberdade de atacar a injustiça; liberdade do dizer, de ser o que se é, sem restrições, sem dissimulação.

É verdade que o meu diretor pressentia que eu não falharia, mas, onde encontrar um diretor assim? E num país como este onde o jornalismo é, por excelência, açucarado e onde se levantou um altar ao lugar-comum, à frase rebuscada, à baboseira da erudição barata.

Sim, é preciso fazer constar claramente isto: se eu pude me desenvolver com a agilidade que desejava, se deve exclusivamente a essa franquia; a liberdade da gente ser como é, como eu sentia a necessidade de me expressar para um público que, mais tarde, me alentou a continuar.

Cartas de leitores

Não passou um dia sem que eu recebesse cartas de meus leitores. Cartas joviais, cartas portadoras de um espírito cordial, cartas que, logicamente, a gente lê com um inevitável sorriso de satisfação e que, de repente, descobrem para o escritor a consciência de sua verdadeira força. Convencem-no de que seus esforços não são inúteis nem têm o pobre fim de ocupar espaço e, sim, que a gente desempenha um labor que desperta um interesse no espírito de quem o lê. Isso de saber que não se age no vazio vale muito. É, talvez, o mais poderoso estímulo.

Reprodução de crônicas

Jornais uruguaios, *El Plata*, por exemplo, reproduziram minhas notas com farta frequência. Sei também que jornais chilenos publicam minhas águas-fortes; nas nossas províncias, acontece algo parecido. Não sou vaidoso; ao contrário. Jamais a vaidade andou perto de mim. Estas linhas não têm outro propósito que aquele que inspira um balanço do meu labor, com as satisfações às quais não são alheios muitos dos meus leitores que, espontaneamente, colaboraram na minha tarefa diária.

Léxico

Escrevo num "idioma" que não é propriamente o castelhano e, sim, o portenho. Sigo toda uma tradição: Fray Mocho, Félix Lima, Last Reason... E é talvez por exaltar a fala do povo, ágil, pitoresca e variável, que interessa a todas as sensibilidades. Esse léxico, que eu chamo de idioma, primará na nossa literatura apesar da indignação dos puristas, a quem ninguém lê nem lerá. Não esqueçamos que as canções em "argot" parisiense por François Villon, um grande poeta que morreu enforcado por dar o clássico golpe da gravata em seus semelhantes, são eternas...

"Em consideração às coisas"

"Eu falo em consideração às coisas" escreveria o jovem poeta cubano Saint Leger, e essa é a única forma de fazer o público se interessar; a única maneira de se aproximar da alma dos homens. Falando, escrevendo, com uma consideração efetiva às coisas que se nomeiam, que se tratam. Talvez seja o grande segredo para conquistar o estímulo da multidão.

"Viver com ela as coisas e os momentos que interessam a ela e a nós; e não fazer literatura"... Essa falsa literatura que os escritores que chamam a si mesmos de sérios produzem para desconsolo de quanto aficionado haja para ler.

Meus mestres

Meus mestres espirituais, meus mestres de humorismo, de sinceridade, de alegria verdadeira, são todos os dias Dickens — um dos maiores romancistas que a humanidade já conheceu e conhecerá —, Eça de Queirós, Quevedo, Mateo Alemán, Dostoiévski — o Dostoiévski de *A Aldeia de Stepántchikovo e seus habitantes* —, Cervantes e o próprio Anatole France. Com eles, meus amigos invisíveis, eu aprendi a sorrir; e isso é muito.

Satisfação

Duzentas e trinta e uma crônicas! Não perdi o ano. Espero, para o fim de 1929, poder escrever, nesta mesma página:

"Continuo encantado da vida. Escrevi trezentas e sessenta e cinco águas-fortes."

E a verdade é que penso em fazer isso. E essa notícia, eu espero sinceramente, não amargará o Ano-Novo de ninguém.

31 dez. 1928

COMO QUEREM QUE EU ESCREVA A VOCÊS?

Estou intrigado. De que maneira devo escrever para os meus leitores? Porque uns opinam branco e outros, preto. Assim, a nota sobre as filósofas provocou uma série de cartas, em que alguns me pichavam e outros, em compensação, me elogiavam até a exaustão. Tenho aqui à mão duas cartas de leitoras. As duas perfeitamente escritas. Uma assina Elva e lamenta que eu seja antifeminista. Outra assina "Assídua Leitora" e com amáveis palavras encarece minhas virtudes antifeministas.

Muito obrigado! O curioso é que a semana toda têm chegado cartas com opiniões divergentes, e novamente me pergunto: de que modo devo me dirigir aos meus leitores? Sério, eu não acreditava que dessem tanta importância a essas notas. Eu as escrevo assim mesmo, isto é, converso assim com vocês, que é a forma mais cômoda de se dirigir às pessoas. E tão cômoda que alguns até me recriminam, embora gentilmente, o emprego de certas palavras. Alguém me escreve: "Por que usa a palavra 'bufo', que estaria bem empregada se a tivesse usado um açougueiro?". Mas eu pego o volume dezesseis da *Enciclopédia Universal Ilustrada* e encontro na página 1042: "Bufo, m. Americanismo Petardo".

Do falar

Esse mesmo leitor continua:
"Por favor, senhor Arlt, não rebaixe mais seus artigos até a sarjeta..."
Comecemos por estabelecer que a frase "ao bufo" você pode usar, prezado leitor, diante de qualquer dama, sem que se ruborize, já que ela — a frase, não a dama — deriva de petardo, isto é, um misto pirotécnico, falando em puro castelhano. E você sabe que a pirotecnia é feita de cores bonitas e mais nada. Depois da pirotecnia vêm os explosivos, isto é, o efetivo, aquilo que põe abaixo qualquer obstáculo. E eu tenho esta fraqueza: a de acreditar que o idioma das nossas ruas, o idioma em que você e eu conversamos no café, no escritório, em nosso trato íntimo, é o verdadeiro. Que eu falando de coisas elevadas não deveria empregar esses termos? E por que não, companheiro? Se eu não sou nenhum acadêmico. Eu sou um homem da rua, do bairro, como você e como tantos que andam por aí. Você me escreve: "não rebaixe mais seus artigos até a sarjeta". Por favor! Eu tenho andado um pouco pela rua, por essas ruas de Buenos Aires, e gosto muito delas, e juro que não acredito que ninguém possa se rebaixar nem rebaixar o idioma usando a linguagem da rua, eu apenas me dirijo aos que andam por essas mesmas ruas e o faço de bom grado, com satisfação.

Assim me escreve gente que, possivelmente, só escreve uma carta a cada cinco anos e isso me orgulha profundamente. Eu não poderia me fazer entender por eles empregando uma linguagem que não me interessa de jeito nenhum e que tem o horrível defeito de não ser natural.

O encantador idioma popular

François Villon, grande poeta francês, que teve a honra de falecer enforcado por se dedicar a arrebatar a capa e as sacolas de escudos de seus próximos, deixou maravilhosos poemas escritos em linguagem popular.

Quevedo, assim como Cervantes nas *Novelas exemplares*, usa a "germania", o gitano e o caló até dizer chega, sem falar nos escritores atuais, como, por exemplo, Richepin e Charles Louis Phillipe em *Bubu de Montparnase*, empregando o mais interessante do caló francês, e o meu diretor, que entende inglês, disse que nos Estados Unidos há jornais respeitosamente sérios cujos quadrinhos estão redigidos no caló ou "slang" da cidade, que no idioma popular de Nova York é diferente do da Califórnia ou do de Detroit.

Outro dia, no *El Sol* de Madri, apareceu um artigo de Castro falando do nosso idioma para condená-lo. Citava Last Reason, o melhor dos nossos escritores populares, e propunha o problema de aonde iríamos parar com esse castelhano alterado por frases que derivam de todos os dialetos. Onde iremos parar? Ora, na formação de um idioma sonoro, flexível, flamejante, compreensível para todos, vivo, nervoso, colorido por matizes estranhos e que substituirá um rígido idioma que não se ajusta à nossa psicologia.

Porque eu acredito que a linguagem é como uma roupa. Há raças às quais fica bem um determinado idioma; outras, em compensação, têm que modificá-lo, rasurá-lo, aumentá-lo, poli-lo, desglosar estruturas, inventar substantivos. Por exemplo, na nossa gíria temos a frase: "a cambada". Que palavra existe em castelhano para designar um grupo de sujeitos de obscuros "modus vivendi"? Nenhuma. Mas você, em nosso idioma, diz "a cambada" e já sabemos a que classe de pessoas se refere. Com o que se substituiria em espanhol a palavra "patota"? E assim, centenas delas.

Nenhum escritor

Acredite. Nenhum escritor sincero pode se desonrar nem se rebaixar por tratar de temas populares e com o léxico do povo. O que hoje é gíria, amanhã se transforma em idioma oficializado. Além disso, há algo mais importante que o idioma, e são as coisas que se dizem.

Valle Inclán faz referência de como San Bernardo predicava a cruzada a povos que não entendiam absolutamente uma palavra do que ele dizia; mas era tal o seu fervor e tão intenso seu entusiasmo que conseguia arrastar milhares de homens atrás dele. Se você tem "coisas" para dizer, opiniões para expressar, ideias para dar, é indiferente que as expresse num idioma rebuscado ou simples. Estou enganado? Se você tem alguma coisa para dizer, trate de fazê-lo de modo que todos o entendam: desde o puxador até o estudioso... Já dizia o velho adágio: "O hábito não faz o monge". E o idioma não é nada mais do que uma roupa. Se embaixo não há corpo, por mais linda que seja a roupinha, você, meu prezado leitor, está morto!

3 set. 1929

O CORTIÇO DA NOSSA LITERATURA

Não faz muito tempo, num de seus artigos de estética — que o que menos tem é isso —, o senhor Leopoldo Lugones se queixava de que os nossos escritores se dedicassem a descrever a miséria, influenciados pelo "bolcheviquismo", segundo ele.

Antes de mais nada, é necessário fazer constar que o senhor Lugones é um literato que mudou muitas vezes de opinião. Isso seria desculpável se as opiniões do senhor Lugones tivessem um valor definitivo para a sociedade em que vive; mas não. Seguiu os ventos de sua época e a isso acrescentou volumes de frases brilhantes. É indiscutível que ninguém ganha dele em pirotecnia. É um mestre nisso de encher a bola.

Isso é o paraíso

Muitos se dirão: o que o cortiço tem a ver com tudo isso que estou escrevendo? Mas já chegaremos ao ponto.

O senhor Lugones encontra bolcheviques em escritores que, como Mariani, Barletta, Castelnuovo, Tuñón[1] e eu, talvez, se ocuparam da imundície que torna triste a vida desta cidade.

O senhor Lugones acha ruim que todos os rapazes de esquerda, isto é, do grupo chamado de Boedo, se ocupem da miséria e da angústia dos homens argentinos. Ele prefere as frases, as rimas de azul de metileno com as durezas do tungstênio e outras combinações do gênero, que, com um pouco de dificuldade e outro pouco de engenho, constituem qualquer estudante avantajado.

E as prefere porque mentalmente está constituído para isso e porque tudo de útil que deixou de escrever, tendo podido fazê-lo, resolve-se em seu entendimento, que não pode admitir senão que o caminho que seguiu é o verdadeiro.

Isso não teria importância se não desviasse o critério dos leitores, sobretudo daqueles leitores para quem a letra da imprensa ou uma assinatura que fez barulho em torno de si são artigos de fé.

---

[1] Para Mariani, ver nota 1 em "A tristeza do sábado inglês", e para Tuñón, ver nota 3 em "Oficina de restauração de bonecas". Leónidas Barletta (1902-1975), membro chave do grupo Boedo, foi um dos mais enfáticos propagandistas e praticantes da literatura social e proletária dos anos 1920 em Buenos Aires. Fundou, em 1930, o Teatro del Pueblo, onde Arlt encenou onze de suas peças (apenas uma delas, *El fabricante de fantasmas*, foi encenada em outro teatro). Elías Castelnuovo (1893-1982), uruguaio, de família proletária, muito jovem se instalou em Buenos Aires. Autor de contos, romance e peças teatrais, colaborou assiduamente nas revistas do grupo Boedo. O anarquismo, a arte proletária e os autores russos do século XIX marcam toda sua obra. Castelnuovo fazia parte do círculo de conhecidos de Arlt.

Sejamos justos

Eu tive a bendita sorte de nunca morar num cortiço; mas, em contraposição, morei sempre bem longe da cidade, nos extramuros, se se quiser; nos lugares onde às vezes se assalta em pleno dia; mas onde há campo, luz, sol, vento e barro.

E confesso; cada vez que eu passo pela rua Venezuela ou Brasil não posso deixar de estremecer ao olhar esses cortiços espantosos, onde a imundície encheu de lepra as paredes e onde, em cubículos horríveis, sobre tocas de ratos, vivem dezenas e dezenas de famílias.

E então eu pensei:

— Dentro de vinte anos, os que agora são crianças serão homens; escreverão, e os Lugones do futuro acharão pouco artístico que esses homens de então, que são os meninos de hoje, falem do cortiço, da miséria e de toda essa cidade que a incúria dos nossos políticos que recebem propinas deixaram para a mancha da urbe.

Os cortiços!

Eu, em meu caráter de cronista, entrei em todos os lugares e, sobretudo, nos cortiços. E enquanto ouvia as explicações de seus habitantes, eu não prestava atenção na conversa, mas pensava:

— Como é que essas pessoas podem resistir à vida toda nessas condições? Como essas mulheres jovens, esses proletários que não parecem grosseiros, se resignam a viver anos e anos em dezesseis metros quadrados de chão podre, com tetos onde pululam as pulgas e as aranhas, à sombra de uma muralha coberta de alcatrão, que é cem vezes mais detestável do que a de uma fábrica, suportando a convivência forçada com toda classe de indivíduos?

Mas não, essas coisas incomodam o senhor Lugones. Ele prefere os versos lindos, as rimas de tungstênio e metileno.

Realmente, se a vida não é um sainete, que Deus o diga.

Está claro então...

Está claro então que a juventude que pensa um pouco, e que sabe expressar o que sente, tenha uma orientação que deriva para a miséria, para o cortiço, para a angústia. Como não falar dessas coisas? Caramba! Se são as que saltam aos olhos diante da sensibilidade de todo homem que tenha um pouco de coração. Isso não tem nada a ver com os russos. Se os russos nunca tivessem falado em miséria, a honra de tê-lo feito caberia a nós, os escritores argentinos da atual geração, não a do senhor Lugones. A geração que corresponde à época do senhor Lugones fez frases. Cantou para as ninfas, para as estrelas, para o buxo e para o relógio, e viveram contentes, satisfeitos, encantados da vida e seguros da sua imortalidade.

Tão seguros que constituíram cenáculos literários e nem por brincadeira lhes ocorreu olhar para o lado. E olhe que eles conheceram uma Buenos Aires que devia ser espantosa, com seus bairros característicos, seus compadres e a canalha aristocrática que formava a curriola.

Como os senhores que pensam numa lua de "patacoada" e numa ninfa de "lorota" vão falar ou escrever sobre cortiço? Para eles, isso é se rebaixar. Menosprezar a dignidade poética. Escrever sobre o cortiço? Que horror!

Mas essas pessoas que não tiveram coração para se apiedar somam a esse pecado de insensibilidade este outro, mais grave: o da inveja e impotência. Eles, que se esqueceram que no coração da cidade havia esse câncer que se chama cortiço, não querem agora que os novos, os rapazes, falem disso. Escrever sobre o cortiço quando se pode rimar marfim com carmim.

Mas devo lembrar de dois homens que, em sua oportunidade, se lembraram dessas moradias sórdidas onde floresce a flor da miséria: Luis Pascarella foi um, em seu livro intitulado *O cortiço*; e Francisco Sicardi[2] o outro, num volume chamado *O livro estranho*. Eram dois homens com espírito jovem, onde ainda germinava a rebelião, que é e será, por todos os séculos, o melhor privilégio da juventude que não pode se furtar às dores humanas.

21 dez. 1928

---

[2] Francisco Sicardi (1856-1927), romancista, contista e poeta, é lembrado unicamente por esse romance citado por Arlt.

PENHAS DE ARTISTAS EM BOEDO

No terraço do café Biarritz, não o Biarritz europeu, mas o de Boedo, funciona uma penha de artistas. Penha, como se sabe, significa uma pedra que resiste a embates, tanto que, a princípio, muita gente, ao ouvir falar de uma penha de artistas, achava que se chamaria penha porque os indivíduos que ali se reuniam tinham um cérebro granítico ou de paralelepípedo.

Em geral, essas penhas graníticas se instalam nos porões dos cafés. Por exemplo, "Signo" do Castelar e "A Penha" do Tortoni, ambas situadas nos subsolos dos citados estabelecimentos.

O real é que todas as penhas estavam instaladas na avenida de Mayo e suas proximidades, até que um dia ocorreu ao autor teatral González Castillo, natural de Boedo, que a rapaziada proletária de Boedo bem podia ter seu local onde se reunir, fazer música, expor quadros, organizar revistas orais, ler conferências e, então, animado com tão excelentes propósitos, foi ver o dono do Biarritz, que lhe disse que não dispunha de porão, mas sim de um terraço cheio de tranqueiras. González Castillo subiu no terraço, tropeçou em um galpãozinho de zinco repleto de trastes, e o negócio ficou consumado. Era preciso reformar o galpãozinho; chamou um marceneiro... e ei-nos aqui agora com uma maquinária em marcha, perfeitamente lubrificada e mais bem montada.

O que é a penha de Boedo

Boedo, queira-se ou não, tem uma importância extraordinária no desenvolvimento intelectual da nossa cidade. Tanta importância que há anos originou um cisma entre os literatos: se é de Boedo ou se é de Florida. Se está com os trabalhadores ou com os meninos de família. O dilema é simples, claro, e todos o entendem.

Boedo é o foco da literatura clandestina, das edições baratas que não pagam direitos autorais, nem de imprensa, nem de venda, nem de nada. Na jurisdição de Boedo se vende muito mais livros do que em toda a Corrientes e Florida.

Como é lógico, um bairro que absorve tanta literatura não podia carecer de artistas, pintores, escultores, poetas e vários matizes mais de aficionados às belas-artes.

Essa gente andava semidispersa nos cafés do bairro. Cada um tinha suas torcidas, seus amigos e suas antipatias. O mundo está construído assim, e é preciso aceitá-lo assim.

Mas o caso é que, quando os rapazes tinham que expor suas pinturas ou organizar um concerto, se viam obrigados a recorrer às penhas oficiais, quase sempre a do café Tortoni. Inclusive marcavam encontro ali.

Assim caminhavam os interesses artísticos do bairro até que González Castillo começou a agitar a torto e a direito para organizar um refúgio, e a verdade é que o conseguiu amplamente. No que lhe diz respeito, o dono do café Biarritz fez um bom negócio cedendo o terraço, pois o "salão" de madeira, construído por um carpinteiro pessimista, já está pequeno para conter todos os intelectuais aficionados que se reúnem ali.

Quem são

Na penha "Signo" comparecem as "pessoas de bem" com inquietudes artísticas. Em compensação, a do Tortoni é frequentada pela pequena burguesia. Semelhante classificação não tem outra finalidade que precisar a qualidade dos elementos humanos animados pela mesma inquietude e intenção.

Na penha de Boedo, chamada "Pacha Camac", que no idioma incaico quer expressar "gênio animador do mundo", se reúne o proletariado inteligente das redondezas.

São operários que leem, escrevem, estudam, ensaiam e, muitos deles, como bons filhos de italianos, são aficionados das artes plásticas.

As paredes brancas de "Pacha Camac" estão lotadas de abundantes mostras de arte proletária, de obras de rapazes e homens que nas horas de descanso pegaram um buril ou um pincel. Assim, vejo uma cabeça entalhada à mão num couro cru, obra de um moço lavador de pratos cujo nome lamento não poder lembrar, assim como de alguns escultores, pintores e águas-fortistas que são dignos de toda atenção. Me indicam os quadros de uma menina, vizinha do café, "que mora a meia quadra"...

Isso é reconfortante e encantador. Ali fala-se de arte, discute-se, pensa-se... e o que é mais importante ainda, o novato nos escarcéus artísticos encontra possibilidades de se fazer conhecer e, se tem valores, de ser estimulado e ajudado a ocupar o posto que merece.

Os inscritos na "Pacha Camac" aumentam diariamente. Existe um interesse visível, inegável, em muitos dos habitantes das redondezas pela obra de arte, e uma inquietude que afiança ainda mais a necessidade de reunião, intercâmbio de ideias e discussão.

— Nós não sonhávamos com tal sucesso — me disse González Castillo. — Agora sim podemos pensar em organizar um teatro aqui neste terraço, que esteja livre das terríveis exigências da bilheteria. Além disso, temos que organizar uma biblioteca... mas já está tudo em andamento, e não há de demorar.

Eu me despeço de González Castillo, pensando que sua iniciativa devia ser imitada em todos os grandes bairros. Flores precisa de uma penha semelhante; outra em Triunvirato, Mataderos, Liniers.

Em resumo... é preciso ser otimista.

22 out. 1932

ÁGUAS-FORTES CARIOCAS

Organização, compilação e tradução
Maria Paula Gurgel Ribeiro

COM O PÉ NO ESTRIBO

Estou me mandando, queridos leitores. Estou me mandando do jornal... ou melhor, de Buenos Aires. Estou me mandando para o Uruguai, para o Brasil, para as Guianas, para a Colômbia... Estou me mandando...

Continuarei mandando notas. Não chorem, por favor, não! Não se emocionem. Continuarei envenenando os meus próximos e falando com vocês. Irei ao Uruguai, a Paris da América do Sul; irei ao Rio de Janeiro, onde tem cada "menina" que dá calor; irei às Guianas, para visitar os presidiários franceses, a flor e a nata do patíbulo de ultramar... Escrevo e o meu "cuore" bate aceleradamente. Não encontro os termos adequados. Estou me mandando indefectivelmente.

Que emoção!

Faz um montão de dias que eu ando meio estonteado. Não dou uma dentro. A única coisa que aparece diante dos meus olhos é a passarela de um "piccolo navio". Eu a bordo! Eu caio e me levanto! Eu a bordo! "Hoje deu!" Eu me lembro dos meus tempos de malandro, das vagabundagens, dos dias que dormi na delegacia (das noites, entendamos), das viagens de segunda classe, do horário de oito horas quando trabalhava numa livraria, do horário entre doze e catorze horas, também, de um boteco. Eu me lembro de quando fui aprendiz de pintor, de quando fui aprendiz de funileiro, de quando vendia papel e era corretor de artigos de armazém; eu me lembro de quando fui cobrador (um dia os cobradores me enviaram uma felicitação coletiva). Que maldito trabalho eu não terei feito? Eu me lembro de quando tive um forno de tijolos; de quando fui subagente da Ford. Que maldito trabalho não terei feito eu? E agora, aos vinte e nove anos, depois de seiscentos dias escrevendo notas, o meu grande diretor me diz:

— Vá perambular um pouco. Divirta-se, faça umas notas de viagem.

Bom, o caso é que eu trabalhei. Sem dúvida. Dei duro cotidianamente, sem um domingo de descanso. É verdade que o meu trabalho dura exatamente trinta minutos, e que em seguida eu me mando, para tomar ar fresco. Mas isso não impede que eu dance miudinho.

Conhecer e escrever sobre a vida e as pessoas estranhas das repúblicas do norte da América do Sul! Digam, francamente, se não é uma baba e uma loteria!

Dois ternos, nada mais

Vocês me perguntarão que programação eu tenho. Não tenho nenhuma programação, não estou levando nenhum guia. A única coisa que estou levando na minha mala são dois ternos. Um terno para tratar com pessoas decentes e outro que está em frangalhos, com um par de alpargatas e um gorro escangalhado.

Estou pensando em me misturar e conviver com as pessoas dos *bas fond* que infestam os povos de ultramar. Conhecer os cantos mais sombrios e mais desesperados das cidades que dormem sob o sol do trópico. Penso em falar para vocês da vida nas praias cariocas; das moças que falam um espanhol estupendo e um português musical. Dos negros que têm seus bairros especiais, dos argentinos fantásticos que andam fugidos pelo Brasil; dos revolucionários incógnitos. Que multidão de temas para notas nessa viagem maravilhosa que me faz escrever na "Underwood", de tal maneira que a mão até treme sob a trepidação das teclas.

Viajar... Viajar!

Qual de nós, rapazes portenhos, não temos esse sonho? Viajar! Conhecer novos céus, cidades surpreendentes, pessoas que nos perguntem, com uma escondida admiração:

— O senhor é argentino? Argentino de Buenos Aires?

Vocês sabem perfeitamente bem como eu sou. Não me acovardo com ninguém. Digo a verdade. Bom: irei ver esses países, sem preconceitos de patriotismo, sem necessidade de falar bem para ganhar a simpatia das pessoas. Serei um desconhecido, que em certas horas está bem vestido e em outras parece um vagabundo, misturado com os carregadores dos portos. Tratarei de me enfiar na selva brasileira. Conhecerei esse maravilhoso bosque tropical onde tudo é luz, vida e cor. Mandarei as minhas notas por correio aéreo. Digo que o meu coração bate mais rápido do que nunca. Longe, longe, longe!...

E esta cidade

Onde quer que eu vá, levarei a vida desta cidade. Onde quer que eu esteja sempre saberei, como sei agora, que milhares e milhares de amigos invisíveis seguem meu trabalho com sorriso cordial. Que no trem, no bonde ou no escritório entreabrirão o jornal, pensando:

— Que novas notícias esse desocupado vai mandar para a gente?

Porque eu me honro e me orgulho de pertencer à confraria dos desocupados, dos sonhadores que rodam o mundo e que proporcionam a seus semelhantes, sem nenhum trabalho, os meios de ir de um canto a outro, com uma única passagem de cinco ou dez centavos e o boleto de um artigo, às vezes bem, às vezes mal escrito...

Caramba! Vitória! Estou abandonando o cabresto! Vocês vão ver só que notas eu vou enviar para vocês... (minha mão está pesando... se continuar nesse ritmo, vou acabar escrevendo uma bobagem). Não estou levando guias nem mapas nem coisas desse tipo, nem livros informativos, nem geografias, nem estatísticas, nem lista de personagens famosos. Só estou levando, como magnífico introdutor para o viver, dois ternos, um para ficar lado a lado com as pessoas decentes e outro roto e sujo, o melhor passaporte para poder se introduzir no mundo subterrâneo das cidades que têm bairros exóticos. Felicidades, grandes amigos.

8 mar. 1930

RUMO AO BRASIL, DE 1ª CLASSE

São curiosos os fatos que acontecem a um fulano que nunca navegou.

A primeira noite do dia em que eu embarquei no "Darro", lá pelas sete da noite, ouço soar o gongo. Com a firme intuição de que se tratava do "rango", eu me dirigi ao restaurante onde, na entrada, me mandou parar um sujeito baixinho, nariz adunco, ar enfático, cara redonda, que usava no cangote a coleira de cachorro a que já me referi em outra nota, quando estava viajando no "Asturias".[1]

Esse cavalheiro, que arranhava um tanto o castelhano e outro tanto o francês, me explicou que a primeira badalada é para lavar as mãos e trocar de roupa, isto é, "vista terno preto". Disse isso de "vestir terno preto" com certa afetação que me irritou, por duas razões. A primeira porque eu estava de rigoroso branco e, a segunda, porque eu não tinha terno preto, não penso em ter, nem mesmo quando morrer algum parente meu. Porque a cor preta me impressiona e me tira o apetite. E me parece ridículo, em última instância, ter um terno preto para dar o gostinho a um fulano com corrente pendurada no cangote, como os dignitários bizantinos.

E o muito ladino deve ter manjado que eu, apesar de viajar de primeira, tinha cara de passageiro de terceira; mas eu, que pesco as coisas no ar, disse:

— Veja, meu amigo; eu não tenho nada além de uma fatiota; e é essa que eu estou vestindo. Tenho outra também, mas está suja e rasgada. De modo que eu virei rangar com a que estou vestindo, e se os "gringos" não gostarem, que reclamem perante a embaixada do seu país.

O cavalheiro da coleira ouviu a minha ladainha e se inclinou. É escusado lhes dizer que na mesa, essa noite, veio gente até de pijama. Mas tinham direito de fazê-lo, porque no guarda-roupa guardavam uns régios smokings com cauda e tudo. Pode ser muito elegante, mas eu não me dou com esses artefatos.

Inutilidade do fraque

Não tem jeito; me convenci. Eu tenho psicologia de passageiro de terceira classe. Viajo de primeira porque o jornal considera justo que um sujeito que sua notas como eu merece um camarote laqueado, em vez de se decompor numa sentina, mas esses garçons, o encarregado do camarote, o outro pé-rapado que me avisa quando o banho está pronto, o garçom do restaurante, o encarregado

---

[1] Arlt se refere à sua viagem de quinze dias ao Uruguai, semanas antes, de onde também enviou "Águas-fortes" para o jornal *El Mundo*. Essas crônicas estão reunidas em *Aguafuertes uruguayas y otras páginas*. Organização e prólogo de Omar Borré. Montevidéu: Ediciones de la Banda Oriental, 1996.

dos bebestíveis (que era o safado da coleira), o *maître*, que tem galões e passeia com mais excelência do que o próprio comandante; toda essa gentinha dividiu a humanidade em duas categorias: os que viajam de primeira e os de terceira. Para eles, o mundo se divide em duas castas e, como é lógico, eu, pertencendo espiritualmente à vaga casta de tripulantes de terceira, era, ali, para eles, um intruso, o usurpador do trono dourado; porque é dourado o assento em que nos serviam a "boia" e a cerveja.

Coisa que me divertia ao extremo. Antes de mais nada porque, involuntariamente, sou filósofo, e refletia desta maneira:

Qualquer um desses poltrões se considera superior a um passageiro de terceira. Servir a mim com tantas atenções como a um senhor que usa fraque e colarinho engomado é se humilhar, é baixar de categoria de servidão. E daí que o façam com bronca escondida, e que o sujeito de coleira de cachorro me pergunte com má vontade se tomo cerveja ou água quando, a mesma água ou cerveja, é servida com uma deferência extraordinária ao fulano da "fatiota preta".

E eu continuava me dizendo:

— Mas é lógico. Eu sou o tripulante de terceira, que viaja — sabe-se lá por que fenômeno sísmico — de primeira; e que em vez de estar intimidado, passeia por aí, como se a vida toda tivesse viajado de primeira, e nada de se chatear!... É preciso compreender esse pessoal, colocar-se no ponto de vista excepcional com que eles julgam a humanidade: viajante de primeira ou de terceira.

Depois, tinha uma coisa mais importante. Eu violava sabe-se lá que sagradíssimas leis marítimas ao rangar de branco em vez de preto. Vocês percebem a tremenda importância de comer de branco em vez de preto?

E para esse patife acostumado a abrir garrafas de champanhe, eu, com meu modesto meio litro de uma loira gelada e minha fatiota Palm Beach (trinta e oito pesos numa liquidação) era um insulto. Sim senhores, um insulto para com a dourada dignidade do restaurante, onde entravam embutidos em ternos, cujo nome nem imagino, senhores com cara da cor de bife de vitela, com os pés laminados por pontiagudos sapatos de verniz, tão pontiagudos que um médico espanhol, de quem me fiz muito amigo, depois que terminou de jantar, mancava sem querer. Tão nefasto tinha sido o efeito de seus pisantes lustrosos como espelhos e afilados como pontas de lanças.

Mas eu, que conheço a psicologia humana, disse a mim mesmo, olhando para o garçom e para o sujeito da corrente canina:

— Daqui a alguns dias, nós vamos nos divertir.

31 mar. 1930

DOU O OCEANO DE PRESENTE

Dou o oceano de presente! E com tudo o que ele tem. Realmente dá raiva pensar que existem uns infelizes que fazem literatura e passam para as pessoas o conto das belezas do oceano. E eles vêm e declaram como se estivessem morrendo:

— Ah, o oceano! Ah, o mar!...

Esses embusteiros deviam ser obrigados a beber o mar para que parassem de fazer as pessoas acreditarem em bobagens.

Entediante

Eu não exijo, amigo leitor, que você acredite em mim, e mais ainda: se não quiser acreditar em mim, ficarei perfeitamente tranquilo, mas se a minha palavra merece um pouco de fé, admita cegamente isto:

É um milhão de vezes mais divertido um passeio a qualquer canal do Tigre do que a travessia do Oceano Atlântico. E se o senhor quiser, do Pacífico também. Amigo, como a gente apodrece viajando! Não há tédio mais horrível do que o tédio marítimo, o interminável dia e a interminável noite e as ondas que vêm e que vão, e que vão e que vêm, e você ficando farto no camarote, ficando farto no convés, no primeiro, no segundo; se chateando como uma ostra no salão de fumar; e se você se manda, para variar, para outro salão, morre de tédio; e se vai para a varanda para ver como se enchem os da terceira classe, acaba como que aturdido de tanta amolação. E então, volta ao camarote para retomar o romance abandonado pela quinquagésima vez, e volta a jogá-lo num canto e a bocejar com a boca aberta de um jeito que parece que vai se desencaixar. E você bufa e fuma e as ondas que vêm e que vão e que vão e que vêm...

A isso chamam de as belezas do oceano? E ainda tem uns caras de pau que têm a audácia de dizer:

— Ah, a contemplação do oceano!

Não sei por que me ocorre que esses infelizes nunca viram o oceano nem em oleografia, pois de outro modo não falariam assim.

Isso sem falar do enjoo... da "marianina" como diz o meu companheiro de viagem.

Você começa por sentir uma ansiedade estranha, súbita fraqueza que o surpreende pelas costas; um suor na testa, um aniquilamento de toda sua personalidade que o asfixia lentamente. E então se dá conta de que o barco se move; a popa sobe e a proa desce. Você, surpreendido — porque o enjoo é uma surpresa —, se manda para o seu camarote e se estica na cama. E novamente é a força misteriosa que, dos pés a cabeça, inclina-o horizontalmente, o faz descer e subir tão molemente que, de repente, você, desesperado, abandona-se ao enjoo fenomenal. Um suor frio brota de todos os poros da sua pele, suas mãos não conservam nenhuma energia, seu semblante se altera, fecha os olhos e, persistente, misteriosa, rangente, a força ondula sua cama; e você só tem dois pontos sensíveis no organismo, a nuca que sofre o intolerável calor do travesseiro e o estômago onde se chocam, suavemente, viscosidades repugnantes. E a isso é que chamam de as belezas do oceano? Deviam ser fuzilados!

Você se sufoca. Sai vacilando do camarote, sobe para o segundo convés, deixa-se cair moribundo numa espreguiçadeira: e o vento forte mal enxuga a sua testa. Seu organismo seca por dentro. A oscilação horizontal continua trabalhando com náuseas, e embora feche os olhos e não queira comprovar o ângulo de inclinação da passarela do navio, contemplando a reta dos confins, é inútil. Lá dentro de você está a comparação, o enjoo, a fraqueza que mal lhe permite caminhar vacilante, esse aniquilamento que tira toda sua energia, deixando-o reduzido a um doente de uma doença estúpida.

Ninguém se diverte

Ninguém se diverte a bordo. Nem os da primeira nem os da terceira. As únicas ocupações daqueles que não ficam enjoados são ir de um canto a outro, uma hora antes de soar o gongo, começar a caminhar desesperadamente para abrir o apetite. A seguir, meia hora de restaurante, depois dormir, refugiar-se no camarote e calafetar-se como uma ostra em sua concha. Ao entardecer, idem. Meia hora antes, trocar de terno (trocam aqueles que têm outro), depois jantar, entediar-se, olhar as ondas, que algumas vezes são pretas, outras verdes, como verde de folha de salgueiro. E assim até o infinito a repetição de tais minúcias.

Um dia, outro e outro. As jornadas perdem caráter. No terceiro dia depois de ter embarcado, você se encontra tão cretinizado que não sabe se é terça ou quarta-feira. Perde-se a consciência da vida normal e se é absorvido por uma espécie de caos interior, em que tudo o que se conhece passa a um plano secundário. Fatos recentes lhe parecem muito distantes e vice-versa; detalhes quase esquecidos da sua vida, cenas remotas, aparecem na sua mente com uma lucidez extraordinária.

Mas daí a se divertir, ou encontrar beleza nisso, há uma distância enorme, o senhor compreende? Por isso eu lhe digo:

— Acredite em mim: uma viagem ao Tigre é mais interessante do que a travessia dos dois oceanos.

1º abr. 1930

JÁ ESTAMOS NO RIO DE JANEIRO

— Veja a terra brasileira — me disse o médico que tinha sido meu companheiro a bordo. E eu olhei. E a única coisa que vi foram, ao longe, umas sombras azuladas, altas, que pareciam nuvens. E, mareado, tornei a me enfiar no meu camarote.

Duas horas depois

Em meio a um mar escuro e violáceo, cones de pedra de base rosa-lava, descalvados como clareiras em certos lugares, cobertos de veludo verde em outras, e uma palmeira na ponta. Bandos de pombas-do-mar revoavam ao redor.

Um semicírculo de montanhas, que parecem espectrais, leves como alumínio azul, o cume delicadamente bordado de verde. A água ondula oleosidades cor de salgueiro; em outras, junto aos penhascos rosas, tem reflexos de vinho aguado. Algumas nuvens, como véus cor de laranja, envolvem uma serra corcunda: o Corcovado. E, mais longe ainda, cúpulas de porcelana celeste, dados vermelhos, cubos brancos: Rio de Janeiro! Uma rua fria e comprida ao pé da montanha: o passeio da Beira-Mar.

A paisagem toda é leve e remota (embora próxima), como a substância de um sonho. Só a água do oceano, que tem uma realidade maciça, lambe o ferro do navio e gruda em franjas nos flancos, insistente, e no anfiteatro de montanhas, sobre as quais se levantam lisas muralhas destroçadas de montes mais distantes, se acinzenta sobre casinhas cúbicas que são o vértice dos cones. Dados brancos, escarlates, em seguida o barco vira e aparece um forte, igual a uma enorme ostra de ardósia que flutua na água. Seus canhões apontam para a cidade; mais adiante, navios de guerra pintados de azul-pedra; bandeiras verdes, diques, água mansa cor de terra; uma lancha carregada de pirâmides de bananas, um negro coberto por um gorro branco, que rema apoiando os pés no fundo da chalupa; minaretes de porcelana, torres lisas, campanários, aquedutos, bondes verdes-cipreste, que resvalam pelo topo de um morro. Uma rua, sobre o telhado de um bairro; ao fundo, um grande farol de granito vermelho. Casas de pedra suspensas na ladeira de uma montanha; sobrados de tetos de telhas de duas águas, uma profundidade asfaltada, negra como o betume, geométrica, nossa avenida de Mayo. E lá em cima, montes verdes, cristas douradas de sol, cabos de telégrafo, arcos voltaicos; em seguida, tudo se corta. Uma estrebaria, dois galpões, uma série de arcos de alvenaria que sustentam na abside os pilares de um segundo andar de arcos. Através dos arcos se distinguem ruelas inclinadas, escadas de pedra em zigue-zague. Subitamente, muda a direção e então é a testa esponjosa de um morro, dois cabos, um pássaro de aço que desliza de cima para baixo num ângulo de sessenta graus, e a perfeita curva de um espelho d'água...

Parece que se pode esticar o braço e tocar com a ponta dos dedos a montanha perpendicular à cidade escalonada nos diversos morros.

Porque a cidade desce e sobe, aqui no fundo uma rua, em seguida, cem metros acima, outra; um beco, uma depressão, clareiras e outeiros cor de grama, com cáries avermelhadas, e olhando para um abismo que não existe. Janelinhas retangulares, de tábuas; um bosque de tamarindos, de paineiras, de palmeiras, e, de lado, escadas de paralelepípedos, caminhos abertos em terra cor de chocolate, e perfeitamente reta a avenida Rio Branco, a avenida de Mayo do Rio, tão perfeita como a nossa, com seus edifícios pintados de cor-de-rosa, de cor de cacau, de cor de tijolo, toldos verdes, trechos sombrios, árvores nas calçadas, ruas empapadas de sol de ouro, toldos escarlates, brancos, azuis, ocres, "ruas" oblíquas, ascendentes, mulheres...

Negros, negros de camiseta vermelha e calça branca. Uma camiseta vermelha que avança movida por um corpo invisível; uma calça branca movida por umas pernas invisíveis. Olha-se e, de repente, uma dentadura de melancia num pedaço de carvão liso, com lábios vermelhos...

Mulheres, corpos túrgidos envoltos em tules; tules lilases velando mulheres cor de nácar, cor de ouro... Porque aqui as mulheres são de todas as cores e matizes do prisma. Há mulheres que puxam para o tabaco, outras para o rímel, e todas envoltas em tules, tules cor de cravo e cor-de-rosa. Tules, tules...

Dei uma pálida ideia do que é o Rio de Janeiro... O Diamante do Atlântico.

2 abr. 1930

COSTUMES CARIOCAS

Definindo para sempre o Rio de Janeiro, eu diria:
Uma cidade de gente decente. Uma cidade de gente bem-nascida. Pobres e ricos.

Exemplo

Acordei cedo e saí para a rua. Todos os estabelecimentos estavam fechados. E, de repente, parei, espantado. Em quase todas as portas se via uma garrafa de leite e um embrulho de pão. Passavam negros descalços para seu trabalho; passava uma gente humilde... e eu olhava perplexo: em cada porta uma garrafa de leite, um embrulho de pão...

E ninguém fugia com a garrafa de leite nem com o embrulho de pão.

Prezado leitor do metrô, do ônibus, da sobremesa; acho que você está levantando a vista e pensando:

Que história é essa que o Arlt está nos contando hoje?

Precisei ver para acreditar. Precisei ver outras coisas para acreditar nelas.

Outro exemplo

Nos bondes não se vendem bilhetes. Quando a gente sobe, o guarda, ou você mesmo, puxa uma cordinha. Numa espécie de relógio automático fica marcada a subida do passageiro mediante um número. Por exemplo: o relógio estava no número 1.000. Você puxa a cordinha e no controle fica marcado o número 1.001.

Subi em muitos bondes. Não puxei a cordinha, pensando: "O guarda vai ficar com o valor da viagem". Me enganei redondamente. O guarda puxou a cordinha por mim; estando o bonde cheio de gente e com um movimento extraordinário.

O guarda não se aproxima para cobrar o bilhete. É você quem o chama. Vejo novamente que o caro leitor levanta a vista e pensa:

— Que história é essa que o Arlt está me contando hoje?

E estamos numa cidade da América do Sul, querido amigo; a mil e seiscentos quilômetros de Buenos Aires. Mais nada.

Outro exemplo

Onze da noite. Mulheres sozinhas pelas ruas. Saem do cinema. Moças sozinhas. Sobem no bonde.

Bairros perdidos. Mulheres sozinhas. Voltam de qualquer lugar. Ninguém lhes diz nada. Caminham à meia-noite nessa cidade de sonho, com mais segurança do que em Buenos Aires sob o sol.

Eu não saio do meu assombro. Penso em Buenos Aires. Penso em toda nossa grosseria. Em nossa enorme falta de respeito para com a mulher e a criança. Penso em nossa descortesia e não saio do meu assombro. A mim, que é tão fácil escrever, me falta palavras agora. A paisagem, descreverei amanhã ou depois de amanhã. Ficou relegada ao último lugar em minha atenção. E agora acho que também na atenção de vocês. Sejam sinceros. Justificam-se essas palavras com que eu definia o Rio de Janeiro? Uma cidade de gente decente e bem-nascida?

Outro exemplo

Entro num cinematógrafo, e tarde, quando a sessão já começou. Uma moça de preto, jovenzinha, aproxima-se de mim e me leva até a poltrona.

É uma "lanterninha", ou seja, acomodadora.

Quando saio do cinema, pergunto para o meu amigo:

— E não acontece nada com essas moças, na escuridão?

— Não... Nas vezes em que aconteceu alguma coisa foi quando algum portenho lhes faltou com o respeito. (Desculpem: ando viajando para dizer verdades e não para acariciar o ouvido dos meus leitores.)

Já vejo você largando o jornal e pensando sabe-se lá que coisas inconcretas. Comigo aconteceu a mesma coisa, amigo, escrevendo esta nota. Eu me detive um momento na máquina, me dizendo: que posso dizer dessas assombrosas realidades?

Vocês percebem...? Isso a mil e seiscentos quilômetros de Buenos Aires. Na América do Sul.

Cidade de respeito

Escrevo sob uma estranha impressão: não saber se estou bem acordado. Circulo pelas ruas e não encontro mendigos; vou por bairros aparentemente facinorosos e onde olho só acho isto: respeito para com o próximo.

Sento num café. Um desconhecido se aproxima, pede uma cadeira desocupada e, em seguida, tira o chapéu. Entro em outro café. Uma moça sozinha bebe seu refresco de chocolate e ninguém se preocupa com ela. Eu sou o único que a olha com insistência; ou seja, sou o único mal-educado que há ali.

3 abr. 1930

DE TUDO UM POUCO

Este país é uma baba para viver com moeda argentina. Os preços de certas mercadorias surpreendem. Por exemplo: com um peso da moeda nacional, você não faz nadica de nada na urbe. Está na rua, não é mesmo? Um peso dá para quê? Para tomar o bonde, não é mesmo? E três centavos, para que servem?... Pra nada. Você vai me dizer: como é que de um mango baixei para três modestíssimas pratas, pratas que existem teoricamente, porque o cobre não circula e só em cunhagem vai dar seis centavos.

Baixei de um peso a três centavos porque três centavos nesse bendito país têm por nome "un teston", e com um teston você dá uma boa volta nas ruas, de bonde. Repare, com três cobres.

E o cafezinho... o café preto... seis centavos... e sem gorjeta, porque com café nem o próprio presidente dos Estados Unidos do Brasil daria gorjeta. De que vivem os garçons? Ignoro. A única coisa que posso garantir é que aqui não existe nem sombra de partido socialista e os comunistas formam um partido de escassíssimas pessoas, as quais a polícia persegue conscienciosamente.

Preços

Bonde, segundo as distâncias: 3, 6, 9 e 12 centavos. Com 12 centavos percorre dez quilômetros.

Engraxar as botinas, 8 centavos.

Refresco de cana, um suco delicioso e digestivo, copo grande, 9 centavos.

Café com leite, pão e manteiga, 18 centavos.

Caixa de fósforos, 3 centavos.

Sanduíches de presunto, 6 centavos.

Meia garrafa de cerveja, sem água e sem álcool, 18 centavos.

Cigarros — e que tabaco! —, 18 centavos um pacote de vinte cigarros, e não é folha de batata e repolho como o que nós fumamos.

Uma refeição de três pratos, sobremesa, que em Buenos Aires pagamos dois pesos, cinquenta centavos. Famílias frequentam esses restaurantes.

Sorvetes e refrescos

O idioma português... É preciso ouvir uma menina conversar, é a coisa mais deliciosa que se pode conceber. É uma fala feita para boca de mulher, nada mais.

Pois com os refrescos e sorvetes acontece a mesma coisa.

Preço geral, de 18 a 35 centavos... e por 18 a 35 centavos lhe servem um refresco que é tão delicioso como uma boca de menina falando português.

O sibaritismo brasileiro, a voluptuosidade portuguesa e negra, inventou sorvetes que são um poema de perfume, cor e sabor.

Por exemplo, soda de chocolate. A soda de chocolate é servida num copo que tem cerca de meio litro de espuma de chocolate semigelado, ligeiramente ácido. Quase meio litro de creme de chocolate batido com soda, 35 centavos. Você manda goela abaixo um sorvete desses, e à medida que saboreia a espuma cor de cacau, perfumada de jasmim, sente que o trópico se derrete no seu sangue.

E o sorvete de coco. É servido num copo como de beber champanhe (35 pratas), uma esfera branca como... (me saiu uma metáfora atrevida... imagine você como...) e que tem um perfume ligeiramente acídulo. É leite de coco congelado. Sorvete para o paladar de uma menina. Nas primeiras colheradas você não percebe nenhum sabor, depois, como se suas entranhas estivessem saturadas de limão, de dentro você sente que surge em direção à boca um sabor de laranja, de limão, em resumo, chega a olhar surpreendido ao redor e pensa: será que não me deram um veneno delicioso?

E o creme de abacate? Antes de tomá-lo é preciso fazer o sinal da cruz; deve ter sido inventado pelo demônio, para produzir sonhos voluptuosos. É servido em copo, do mesmo jeito que o vinho no cálice, dentro dos templos. É verde, parecido com purê de ervilhas. Um tênue perfume de glândulas humanas se solta dele.

A primeira sensação ao prová-lo causa repugnância, depois você pensa que só Satanás pode ter inventado essa beberagem, e colherada após colherada você vai submergindo nesse estremecimento.

É como óleo gelado e aromático que chega a nossas vísceras mais profundas. Aquela sensação de repugnância do princípio agora se transformou numa carícia obscura, que enjoa ligeiramente, como se você se encontrasse no convés de um navio ou, então, quando um elevador, que desce rapidamente, para. Eu disse que deve ter sido inventado pelo diabo, porque produz sonhos pecaminosos, e que duram toda uma noite.

E a polpa de manga gelada... que tem gosto de carne empapada de terebintina... E cheiro de iodofórmio... rosada e verde com a forma de um coração, a primeira vez que se prova causa náuseas, umas náuseas tão sedutoras que se deseja voltar a experimentá-las.

E assim todas essas frutas, refrescos, sobremesas, sorvetes. Apesar do frio que os empapa em sua substância, são tremendamente cálidos; devem ter sido criados por um demônio... o demônio das sensualidades botânicas. Senão, não há explicação.

4 abr. 1930

NA CAVERNA DE UM COMPATRIOTA

Hoje eu não tenho absolutamente nenhuma vontade de falar sobre a paisagem. Estou triste, longe desta Buenos Aires da qual me lembro o tempo todo. Escrevo da redação do jornal "O Journal", no Rio de Janeiro. Amanhã, depois de amanhã ou qualquer outro dia eu me ocuparei do maravilhoso bazar que é o Rio de Janeiro. Sim, um bazar oriental de mil cores. Mas isso não me consola. A cidade da gente é uma, nada mais. O coração não pode ser partido em dois pedaços. E eu o entreguei a Buenos Aires. Bom. Estou raivosamente triste e tenho que fazer humorismo. E depois tem aqueles que invejam a carreira da gente. E a popularidade!

Escrevo da redação de "O Journal". Nós, os jornalistas, somos como os monges. Aonde vamos encontramos a casa, isto é, o papel e a tinta e os camaradas que trabalham como nós, renegando do ofício que tanto amamos.

Um amigo

Ao desembarcar no Rio, um amigo portenho estava me esperando. Um velho astuto e sutil em manhas como Ulisses, o ligeiro de pés e mãos. Nós, os jornalistas, somos parecidos com certas mulheres: temos que sorrir para o público, embora o nosso coração esteja chorando. Continue, que o assunto não interessa ao cliente! Esse velho — não é tão velho — me lembra uma frase de Quevedo: "De onde ele saía, a metade das pessoas ficava chorando e a outra metade rindo dos que choravam". Acredito que o meu amigo até poderia dar lições ao velho Viscacha. Bom; quando me viu, ele me disse:

— Imagino que você virá na minha casa, hein?

— Como não...

Subimos num carro, partimos e chegamos à casa.

Vamos chamá-la de casa. É uma casa no sentido arquitetônico e idílico também. Mas... Mas a tal casa não tem móveis. Colchões no chão, pacotes de livros sem desembrulhar, lençóis sujos perdidos nos cantos. Na cozinha, o aparelho de fazer café daria inveja àquele desenhista inglês que inventava maquinarias monstruosas para matar pulgas. Nas paredes, alguns cromos; e depois listas, intermináveis listas de números. São os milhares de réis que o meu amigo deve ao seu provedor. Porque ele me disse, com digno orgulho: "Fique sabendo que aqui eu tenho provedor e crédito".

Quando ele me disse isso eu queria morrer. Crédito, ele? Mas será possível que na superfície do planeta existissem tamanhos ingênuos?

Ele reparou meu espanto e insistiu:

— Sim, tenho provedor.

Sou fatalista. Inclino-me diante das evidências. Quando um homem chama o dono do bar da esquina de "seu provedor" não resta dúvida de que algum dia o desgraçado vai bater a cabeça contra as paredes, de desespero.

— Você é um gênio! — eu disse, e não tinha terminado de expressar minha admiração por seu talento de financista, quando se apresentou diante de mim, num pijama listrado, de óculos, grisalho, e para ser mais exato, português. Apresentou-o a mim com estas frases:

— Um grande jornalista lisboeta em desgraça...

— Muito pracer em counucerlo.

— Muito obrigado — respondi eu para responder alguma coisa...

— Eu o protejo — continuou meu amigo —, o provedor tem uma confiança ilimitada em mim.

O senhor do pijama e de pernas peludas se inclinou novamente diante de mim e me disse:

— Ou[1] senhor está em sua casa. Esteja a gosto.[2]

— Eu estou a gosto em todos os lugares, companheiro... mas falando de tudo um pouco: não tem pulgas aqui?

— Não.

— Peste bubônica, nem febre amarela?

— Ou senhor está brincando...[3] (*cachando*, ele quer dizer).

— Bom, então eu fico. — E olhando para meu velho amigo, disse-lhe:

— Você é responsável por qualquer desgraça pessoal que me aconteça. E é responsável, porque eu, pessoa decente, não faço nada mais do que ter contato com pilantras fabulosos, e você é o mais estupendo malandro que já pisou nas terras do Brasil... Então você tem um provedor? E protege a um gênio, o jornalista lisboeta? Quem diria! Enfim, é preciso viver para ver e para crer. E você chama este buraco de casa? Bom; a partir de amanhã, bote um anúncio no jornal: "Precisa-se de moça jovem para atender a três jovens sozinhos. Roga-se apresentar-se com certificado de boa conduta e honestidade".

E essa é a casa do meu amigo; sim, senhores. Três quartos caindo aos pedaços, um jornalista em trajes menores, e eu, que rio para não chorar. Não ficarei um minuto nessa caverna. Quando cheguei, à meia-noite, encontrei o homem do pijama listrado barbeando-se à luz de um candeeiro. Ele me faz perguntas num português tão carregado que não entendo nem a metade, e a tudo lhe respondo

---

[1] [O].
[2] Em português, no original.
[3] Em português, no original.

"muito obrigado". O fulano me olha com desespero. Meu amigo me chama de lado e me diz:

— Tenho um projeto de um sindicato jornalístico formidável. Trabalharíamos com alguns milhares de contos... — e eu me pergunto:

— Mas, em síntese: o que é a vida? Romance, drama, sainete, bufonaria, ou o quê? E eu não sei o que responder. Compreendo que o mistério nos rodeia; que o mistério é tão profundo como a ingenuidade do provedor do meu amigo...

P.S.: Ah! Já estava me esquecendo. Recebi um montão de cartas que me foram enviadas para o *El Mundo*, de onde me mandaram para o Rio. Se tiver tempo, responderei algumas. Falou.

5 abr. 1930

FALEMOS DE CULTURA

Respeito para com o homem... para a humanidade que leva o nome em si.

É o que encontro no Rio. Aqui, onde a natureza criou seres voluptuosos, mulheres de olhos que são noites turvas e perfis com calidez de febre, só encontro respeito; um doce e profundo respeito, que faz com que de repente você se detenha e se diga numa conversa consigo mesmo:

— A vida, assim, é muito linda.

Eu não quero procurar as razões históricas de tal fenômeno. Estou me lixando para a história. Que façam história os outros. Eu não tenho nada a ver com a literatura nem com o jornalismo. Sou um homem de carne e osso que viaja, não para fazer literatura no seu jornal e, sim, para anotar impressões.

Direi que estou entusiasmado...

Direi que estou entusiasmado? Não. Direi que estou espantado? Não. É algo mais profundo e sincero: estou comovido. É esse o termo: comovido.

A vida, assim, é muito linda.

E não me refiro às atenções que se recebem das pessoas com quem você trata. Não. Eu me refiro a um fenômeno que é mais autêntico:

A atmosfera de educação coletiva.

O que importa que uma pessoa seja atenta com você se, quando você sai para a rua, o público destrói a impressão que o indivíduo lhe produziu?

Em compensação, aqui, você se sente à vontade. Na rua, no café, nos escritórios, entre brancos, entre negros...

Quando você sai da sua casa, você está na rua, não é mesmo?

Bom, aqui, quando você sai para a rua, está na sua casa...

Um ritmo de amabilidade rege a vida nesta cidade. Nesta cidade, que tem um tráfego e um público dentro de sua extensão proporcional ao de Buenos Aires. Com a única diferença que, nas esquinas, você levanta a vista e encontra-se com um morro verde dourado de nuvens e uma palmeira no topo, com seus quatro galhos reticulando o azul.

Sem exceção

Os brasileiros são diferentes de nós?

Sim, são diferentes no seguinte:

Eles têm uma educação tradicional. São educados, não na aparência ou na forma e, sim, têm a alma educada. São mais corteses que nós, e só se pode compreender o sentido verdadeiro da cortesia pela sensação de repouso que os nossos sentidos recebem. É como se de repente você, acostumado a dormir sobre paralelepípedos, recebesse um colchão para se deitar.

Pense nisso. Uma moça, aqui, pode caminhar tranquilamente pelas ruas à meia-noite. Uma moça decente, hein? Não vamos confundir!... E se não o é, também... Você pode ir a qualquer lugar, ainda que o mais fuleiro, na companhia de qualquer tipo de mulher, honesta ou não. Ninguém vai se meter com você.

Em Buenos Aires, em quase todos os cafés, você encontra compartimento para famílias. Aqui não se conhece essa divisão. Quando saem de seu emprego, as moças entram nos cafés, tomam seu cafezinho e o fazem com tranquilidade: a tranquilidade da mulher que sabe que é respeitada.

Em Buenos Aires, o trato geral para com a mulher revela o seguinte: que é tida como um ser inferior. A contínua falta de respeito que a faz vítima o demonstra.

Aqui não. A mulher está acostumada a ser considerada uma igual ao homem, e, por conseguinte, a merecer dele as atenções que este tem com qualquer desconhecido que se apresente.

E de repente, queira ou não, você sente que uma força o subjuga, que eles estão no caminho de uma vida superior à nossa. Compreendemos que, com nossa grosseria, nós desnaturalizamos muitas coisas belas, inclusive destruímos a feminilidade da mulher portenha.

Será, por acaso, que a vida aqui é mais linda porque é menos difícil? Vai saber! O certo é que este povo se diferencia em muito do nosso. Os detalhes que se percebem na vida diária o apresentam a nós como mais culto. Eu acho, entretanto, que predominam, com inquestionáveis vantagens para a coletividade, as ideias europeias. Se não fosse aventureiro demais o que vou dizer, sempre na correria, não da caneta, mas das teclas da máquina de escrever, eu transformaria isso numa categórica afirmação. Acaba de passar pela minha cabeça que, de todos os países da nossa América, o Brasil é o menos americano por ser, exatamente, o mais europeu.

Esse respeito espontâneo para com o próximo, sem distinção de sexo nem de raças; essa linda indiferença pelos assuntos alheios é, diga-se o que se quiser, essencialmente europeia.

E a paisagem é linda; as montanhas azuis, as árvores... Mas que importância pode ter a paisagem diante das belas qualidades do povo?

6 abr. 1930

OS PESCADORES DE PÉROLAS

Ocorreu-me chamá-la de a "pracinha dos Pescadores de Pérolas", porque me lembra um romance de Emilio Salgari, *A pérola sangrenta*. É preciso viajar um pouco para perceber que Emilio Salgari, o romancista que nos ruborizaríamos de confessar que lemos depois de ter lido Dostoiévski, é o mais potente e admirável despertador da imaginação infantil. Hoje eu me lembrei de um romance de Emilio Salgari com a mesma emoção que quando eu tinha treze anos e o lia aos pulos sob a tábua da carteira da escola, enquanto o professor explicava um absurdo teorema de geometria. Lembrei dele com emoção, porque a "reconheci" assim que a vi. E a denominei em seguida "a praça dos pescadores de pérolas".

Caminhando

Caminhando pela rua Carioca, em direção a oeste, chega-se ao mar. Seguindo por umas ruelas estreitas, ardentes de sombras, por um chão de pedras quadradas e polidas pelo atrito, de repente a perspectiva se abriu. Apareceu um pedaço de céu azul-claro e dois galpões baixos, compridos, caiados, com tetos de telhas acanaladas formando entre si um ângulo reto. Negros, descalços uns, com sobretudos puídos outros, e de camiseta quase todos, cobertos por chapéus ensebados, rasgados, olhavam como o sol descompunha pedaços de peixes, colocados sobre esteiras apoiadas por paus em cruz. Um fedor de peixaria, de sal e de podridão infectava aquele recanto. Eles, recostados ao sol, olhavam um rapaz de cabelo pixaim, cor de carvão, com os braços e os pés nus, que segurava uma gaiola com pássaros de plumagem azul, enquanto na encolhida mão direita sustentava um louro de um verde-diamante. Agachado junto a um cesto, havia um gato branco com um olho azul-claro e outro amarelo.

Parei junto aos negros e comecei a olhá-los. Olhava-os e não. Estava perplexo e entusiasmado diante da riqueza de cores. Para descobrir os negros é preciso se relacionar com eles; têm tantos matizes! Vão desde o carvão até o vermelho--escuro do ferro na frágua. Depois continuei caminhando e, com três passos, entrei numa pracinha de água... Ali estava!

A rua descia em declive. Em vez de parar junto da água, essa vereda de pedra entrava nela. E no declive, acomodadas uma junto da outra, lanchas estreitas e compridas como pirogas (devemos essas definições a Salgari) pintadas da cor da carne, da cor da alface, de um azul alho-poró. Mas não barcas novas e, sim, enferrujadas, rotas, carregadas de redes para pescar, cheias de escamas; algumas com as tábuas rachadas, fixadas com pregos de madeira cravados;

outras pareciam fabricadas com restos imprestáveis de caixotes de querosene e, no interior, esticados de cumprido, sobre a roupa, homens que dormiam.

Essa pracinha de água estava fechada aos quarenta metros por dois braços de pedra, que deixavam uma abertura de alguns passos. Por aí entravam e saíam as chalupas.

E me lembrei dos pescadores de pérolas, da "Pérola Sangrenta". O mesmo recanto da novela de Salgari, a mesma imundície carregada de um fedor muito penetrante, cascas de banana e tripas de peixe. De pé, junto às pirogas — não merecem outro nome —, havia anciões barbudos, descalços, mulatos, imundos, avermelhados, tecendo lentamente uma rede, raspando com uma faca a quilha de suas embarcações, acomodando cestos de vime amarelo, com um mata-rato entre os lábios inchados como de leprosos.

Conversavam entre si. Um cafre grisalho com faccia de pirata, barba rala, peito cor de chocolate, dizia a um rapaz amarelo, que apertava a extremidade de uma rede, com os sujos pés desnudos contra o chão: — "Toda forza que ven de acima, e de Deus..." (toda força que vem de cima é de Deus).

Quietude

Não sei se serão infelizes ou não. Se passarão fome ou não. Mas estavam ali, sob o sol que fazia fermentar a sujeira das suas embarcações e a própria, e os peixes destripados nas cestas, como se se encontrassem no paraíso prometido aos homens de boa vontade e simples entendimento.

Sem fazer barulho, sem se incomodar nem incomodar ninguém, indiferentes. O sol era tão doce tanto para o que estava de sobretudo como para o que estava nu, porque, na verdade, fazia um calor como para andar nu e não de sobretudo.

Uma brisa suave movia a água de óleo cinza feito aquarela. Sentei num pilarzinho de pedra e fiquei olhando. A pracinha de água bem podia estar situada na África, no Ceilão ou em qualquer canto do Oriente. E embora negros, água e peixes desprendessem um fedor a salgadura insuportável, eu sei que qualquer dos que me leem teria apertado apressadamente o nariz ao ter que estar ali; mas eu permaneci muito tempo com os olhos fixos na água, nas pirogas rotas, pobres, remendadas. Da pracinha aquática emanava uma sensação de paz tão profunda que não dá para descrever... Até cheguei a pensar que, se a gente se jogasse na água e tocasse o fundo, podia encontrar a pérola sangrenta...

7 abr. 1930

A CIDADE DE PEDRA

Há momentos em que, passeando por essas ruas, a gente acaba dizendo:
— Os portugueses fabricaram casas para a eternidade. Que bárbaros! Todas, quase todas as casas do Rio são de pedra. As portas estão encravadas em pilares de granito maciço. Casas de três, quatro, cinco andares. A pedra, em bloco polido à mão, suporta, coluna sobre coluna, o peso do conjunto.

Nada de revestimento

Nas primeiras vezes, eu achava que se tratava de pilares de alvenaria, revestidos de placas de granito, como na nossa cidade, ou seja, embaixo tijolo, em cima a roupinha de pedra. Estava enganado. Percorri ruas em que alguns edifícios estão sendo demolidos e eu vi derrubarem colunas de granito que no nosso país valeriam um capital. E vi quebrarem tabiques com martelo e talhadeira, pois os tabiques, em vez de estarem construídos com tijolos, são muralhas de mistura de argamassa e pedra e cal hidráulica; resumindo, o que na nossa cidade se emprega para fazer o que se chama uma armação de cimento armado, aqui, utilizam para construir a casa completa.

E se fosse a exceção não seria de estranhar; mas, ao contrário, no Rio a exceção é constituída pela casa de tijolo. Denominam-se construções modernas, e nas proximidades de Copacabana eu vi os chamados bairros novos, construídos de tijolo. O resto, a casa do pobre, a casa da maioria, o cortiço e a casa pequena são construídas dessa ciclópica maneira: pedra, pedra e pedra.

Em blocos descomunais. Em blocos que foram trabalhados na época do segundo império, por negros e artesãos portugueses.

Vejo demolições que espantariam os nossos arquitetos; demolições cujo material poderia suportar a passagem de uma estrada de ferro sem se quebrar. Por onde se caminha — e olha que o Rio é grande —, pedra, pedra e pedra... Isso explicaria um fenômeno. A falta de arquitetura, quer dizer, de molduras.

A casa aqui...

A casa, assim como em Buenos Aires, — no nosso arrabalde —, o tipo de moradia é um jardim de quatro ou cinco por quatro, seguido de três ou quatro cômodos com galeria; a casa aqui no Rio de Janeiro, saindo da avenida Rio Branco (nossa avenida de Mayo), tem a fachada lisa, com sacadas separadas quinze centímetros dessa fachada, ou seja, quase grudadas nela. Janelas perfeitamente quadradas, e o portal, ou melhor, as colunas que sustentam as portas são de granito. Os trechos de muralha que ficam entre tais colunas são pintados de verde, vermelho-fígado, ocre, azul de cândida, branco. Quase todas as portas têm, para defendê-las, uma primeira porta da metade da altura da principal e de ferro, de modo que, para entrar numa casa, você tem que primeiro abrir a portinha de ferro e depois a grande porta de madeira, alta e pesada. Uma defende a outra.

Essas portas de ferro trabalhado à mão reproduzem desenhos fantásticos, dragões com caudas de flores de açucena, encrespados diante de escudos. Todo conjunto pintado na cor prata, de modo que, de noite, sobre a miserável tristeza de uma fachada vermelha, destaca-se a sacada ou a porta prateada, revelando interiores domésticos de toda natureza.

Assim, acontece de você andar pela rua e ver coisas como estas: um menino lavando os pés num dormitório. Uma senhora se penteando diante de um espelho. Um negro descascando batatas. Um cego repassando o rosário numa cadeira de palhinha. Um velho padre meditando numa cadeira de balanço à margem de seu breviário. Duas moças descosturando um vestido. Um homem com pouca roupa... Uma mulher em idênticas condições... Um casal jantando. Duas comadres pondo as cartas. A vida privada é quase pública. De um segundo andar é possível ver coisas interessantíssimas; sobretudo se se utiliza um binóculo. (Não seja curioso, amigo; o que se vê com a luneta não se diz num jornal.)

Voltando às casas (deixemos de digressões), esse conjunto uniforme, pintado do que eu chamaria de cores cítricas e marítimas, porque têm a mesma brutalidade das camisas marinheiras, de noite produzem uma profunda sensação de tristeza e, de dia, algo assim como uma festa sempiterna. Festa rude, quase africana; festa que só de olhar cansa os olhos, aturde, deixando-o enjoado de tanta cor chamativa.

A cidade, sob o sol, merece outra nota. A cidade noturna é de cortar o coração. Você caminha como se estivesse num convento; sempre as mesmas fachadas, sempre um interior alaranjado ou esverdeado. Em algum lugar um pequeno fogareiro encravado num segundo andar; uma redoma que contém a dourada imagem da Virgem com o menino, e embaixo, pendurado por correntes, um lustre de bronze cuja chama flui para cima, movendo sombras.

Um silêncio que só é interrompido pela vertiginosa corrida dos bondes. Depois, nada. Portas fechadas e mais portas. A cada tanto, uma negra gorda e descalça sentada no umbral de sua casa; um negrinho com a cabeça apoiada no parapeito de granito de um primeiro andar e depois o silêncio; um silêncio cálido, tropical, por onde o vento introduz um crasso perfume de plantas cujo nome ignoro. E o peso da pedra, dos blocos de pedra de que são construídas todas essas casas, acaba por esmagar-lhe a alma, e você caminha cabeceando, no centro da cidade, numa quase solidão de deserto às dez da noite.

8 abr. 1930

PARA QUÊ?[1]

Um amigo do jornal me escreve:
"Estou estranhando que você não tenha visitado no Uruguai, nem dê sinais de fazê-lo aí, no Brasil, os intelectuais e escritores. O que é que há com você?"

Na realidade

Na realidade não há nada; mas eu não saí para percorrer esses países para conhecer gente que de um modo ou de outro se empenhará em me demonstrar que seus colegas são uns burros e eles uns gênios.

Os intelectuais! Vou lhe dar um exemplo. Num jornal de Buenos Aires, número atrasado, perdido entre papéis na redação de um jornal do Rio, leio um poema de uma poeta argentina, sobre o Rio de Janeiro. Leio e me dá uma tentação de escrever a essa distinta dama:

Diga-me, senhora, por que em vez de escrever não se dedica ao conspícuo labor de tricotar meias?

Em Montevidéu, eu conversava com um senhor chileno. Ele me contava casos. O intelectual dali é pego pelos casos. Um pintor chileno enviou um magnífico quadro para essa escritora, e ela, numa festa dada em sua homenagem, colhe umas violetas e diz a meu amigo:

— Ouça, fulano; envie estas flores a X...

Ou estava transtornada ou não percebia, em sua imensa vaidade, que não se envia umas violetas a um senhor que a presenteou dessa forma, a uma distância suficiente para permitir que, quando cheguem, as flores estejam murchas de velho.

Além do mais, a quem interessa a vida dos intelectuais? A quem interessa a vida dos escritores? A gente sabe de cor o que vão lhe dizer: elogios convencionais sobre fulano e beltrano. O convencionalismo jornalístico chega a tal extremo que vou fazê-los rir com o que se segue:

Ao chegar ao Rio, redatores de diversos jornais me entrevistaram. No jornal *A Noite*, foi publicada uma reportagem que fizeram comigo e, entre as muitas coisas que eu disse, me fizeram dizer coisas que nunca pensei. Aí vai o exemplo: que o meu diretor me convidou para "fazer uma visita à pátria do venerado Castro Alves".

Quando eu li que o meu diretor tinha me convidado para realizar uma visita à pátria do venerado Castro Alves, fiquei gelado. Eu nem sei quem é Castro Alves.

---

[1] Publicado em Arlt, Roberto. *Nuevas aguafuertes porteñas*. Estudo preliminar de Pedro Orgambide. Buenos Aires: Hachette, 1960, pp. 235-8, e em *Roberto Arlt, cronicón de sí mismo*. Buenos Aires: Edicom, 1969, pp. 143-6.

Ignoro se merece ser venerado ou não, pois, o que conheço dele (não conheço absolutamente nada) não me permite avaliá-lo. No entanto, os habitantes do Rio, ao ler a reportagem, devem ter dito:

— Eis aqui: os argentinos conhecem a fama e a glória de Castro Alves. Eis aqui um jornalista portenho que, conturbado pela grandeza de Castro Alves, chama-o, emocionado, de "venerado Castro Alves". E Castro Alves me é menos conhecido que os cem mil García da lista telefônica. Eu ignoro absolutamente o que é que fez e o que deixou de fazer Sua Excelência Castro Alves. Nem me interessa. Mas a frase caía bem, e o redator a colocou. E eu fiquei às mil maravilhas com os cariocas.

Percebe, amigo, o tanto que se embroma jornalisticamente?

Imagine agora os trotes que trataria de me passar qualquer literato. Assim como me fizeram dizer que Castro Alves era venerável, ele, por sua vez, diria que o "dotor" merece ser canonizado, ou que Lugones é o humanista e psicólogo mais profundo dos quatro continentes...

Não interessam...

Não passa um mês, quase, sem que de Buenos Aires saiam três escolares em aventuras jornalísticas, e a primeira coisa que fazem, assim que chegam a qualquer país, é entrevistar escritores que não interessam a ninguém.

Por que eu vou tirar o trabalho desses rapazes? Não. Por que vou subtrair mercadoria dos cem jornalistas sul-americanos que viajam por conta de seus jornais para saber o que fulano e beltrano pensam de nosso país? Sei de cor e salteado o que aconteceria. Eu, para ir vê-los, terei que dizer que são uns gênios e eles, por sua vez, dirão que tenho um talento brutal. E o assunto fica assim apalavrado: "Entrevistei o genial romancista X". Eles: "Visitou-nos o deslumbrante jornalista argentino"...

Tudo isso é bobagem.

Cada vez me convenço mais de que a única forma de conhecer um país, nem que seja um tiquinho só, é convivendo com seus habitantes; mas não como escritor, e sim como se se fosse lojista, empregado ou qualquer coisa. Viver... viver completamente à margem da literatura e dos literatos.

Quando no começo desta nota eu me referia ao poema da dama argentina, é porque essa senhora tinha visto do Rio o que qualquer péssimo literato vê. Uma montanhazinha e nada mais. Um moço de bem, parado na esquina. Isso não é o cúmulo dos cúmulos? E assim são todos. As consequências de tal atitude é que o público leitor acaba ficando sem saber sobre o país nem de que forma vivem as pessoas mencionadas nos artigos. E tanto é assim que, outro dia, em outro jornal nosso, li uma reportagem feita por um escritor argentino com um general, não sei se do Rio Grande ou de onde. Falava de política, de internacionalismo e sei lá eu o que mais. Terminei de ler a lenga-lenga e disse para mim mesmo:

Que miolos será que tem o secretário de redação desse jornal que não mandou para o lixo semelhante catarata de palavrório? Que diabos interessa ao público portenho o que opina um general de qualquer país, sobre o plano Young ou sobre qualquer outra matéria mais ou menos maçante?

O que tinha acontecido era o seguinte: assim como me fizeram dizer que Castro Alves era venerável, porque com isso achavam que me congraçavam com o público do Rio (o público do Rio está pouco se lixando para minha opinião sobre Castro Alves), mandam o jornalista argentino fazer uma matéria sobre um generalzinho que deixa imperturbáveis os duzentos mil leitores de qualquer dos nossos rotativos.

E com tal procedimento os povos acabam nunca se conhecendo.

Agora está explicado, meu leitor, por que não falo nem entrevisto personalidades políticas nem literárias.

9 abr. 1930

ALGO SOBRE URBANIDADE POPULAR

Vou por uma rua escura, entre fachadas de pedra. Os arcos voltaicos brilham, presos em cabos alcatroados. Homens em mangas de camiseta conversam sentados nas soleiras das portas. Mulheres achocolatadas, apoiadas com os braços cruzados nos ferros das sacadas. Seguem o movimento da rua. Numa leiteria de esquina, negros bebem cerveja, de pé. De repente:

Uma senhora escura segurou seu filho de seis anos, cor de café com leite, pela mão. Vai levar o menino para dormir. O garoto estava brincando com uma menina da sua idade, branca e loira. E vejo:

O garoto estende gravemente sua mão para a menininha. Ela também, com seriedade, corresponde; os dedos se apertam e eles se dizem:

— Boa noite (Buenas noches).

Segundo quadro

Vou por uma rua aberta entre um bloco de granito escarlate. Sobre a minha cabeça, pendem amplas folhas de bananeira. A rua asfaltada desce em direção à praia. Vêm:

Um rapaz e uma menina. Dezessete anos, quinze anos. Ele, cor de tabaco claro. Ela, cobre, que parece cobrir um vime de carvão, tão flexível é a moça de olhos verdes. Quantas raças se misturam nesses dois corpos? Não sei. A única coisa que eu vejo é que são magníficos.

Ele sorri e mostra os dentes. Ela, um passo atrás, também ri. Traz uma varinha verde na mão e faz cosquinha na orelha dele. Vão sozinhos. Aqui os namorados saem sozinhos. Eles são homens e elas bem mulheres. Quando dois namorados saem sozinhos é porque são prometidos. A vida é séria e nobre em muitos aspectos. E esse é um aspecto dessa vida nobre e séria.

Eles riem e vão em direção à praia. A praia estende sobre o rio uma bandeja de areia. As bananeiras deixam pender suas grandes folhas verdes e um perfume de violeta impregna densamente uma atmosfera de tempestade.

Terceiro quadro

Avenida Rio Branco. Ondas de gente. Fachadas de azulejos enfeitados de ouro, azul e verde. O Café Morisco com cúpulas de escamas de cobre. Bondes verdes. Rajadas de jasmim. No fundo, o Pão de Açúcar, cor de espinafre. De um lado, o morro de Santa Teresa, cor de laranja. Automóveis que passam vertiginosamente, gente que em cadeiras-cestas de vime tomam sorvetes. Ele e ela. Ela de preto. Ele de branco. Um decote admirável. Caminham lentamente. Não de braços dados, mas segurando pelos dedos. Feito crianças. E de repente, escuto ela dizer:

— Meu bem (mi bien).

Esse "meu bem" saiu da boca da mulher impregnado de doçura espessa, lenta, saborosa. Beberam-se num olhar; e continuam caminhando, devagar, ombro a ombro, os braços caídos, mas segurando fortemente os dedos do outro. Me disseram que quando um homem e uma mulher caminham assim, é porque sua intimidade é completa e eles vão cantando com esses dedos grampeados, enganchados, uma felicidade magnífica e cálida.

Quarto quadro

Restaurante. Hora do almoço. Ele, quarenta e cinco anos. Ela, trinta. Ele tem os cabelos brancos. Ela é loira magnífica alta flexível: olhos tão lindos como água sobre areia de carvão e ouro. Sentaram-se e o garçom trouxe o cardápio. Pedem e o garçom sai. Traz pratos diferentes. De repente, ela estica o garfo e põe na boca do seu companheiro um pedaço de carne. Ele sorri gulosamente. Então ela segura o queixo dele com a ponta dos dedos e sacode a mão lentamente. Diante de todos, que permanecem indiferentes. Aqui se vive assim. Trouxeram a sobremesa. Pediram sobremesas diferentes. Então ela retira um pedaço de doce do prato do homem e mexe a cabeça; ele ri e lhe dá umas palmadas na bochecha.

Delicadeza

Por onde se caminha, a delicadeza brasileira oferece espetáculos que impressionam. Homens e mulheres sempre se acariciam com a mais penetrante doçura que se pode dar, no gesto e na expressão. O espírito dessa conduta está no ambiente. Aqui vai um exemplo:

Entrei num café da ilha do Governador. Uma vitrola estava tocando. Quando o garoto que me atendeu ouviu que eu falava em castelhano, me disse sorrindo:

— O senhor é espanhol?

— Argentino, garoto...

O menino avançou até o balcão, falou algumas palavras com o patrão, e no mesmo minuto estava tocando na vitrola um tango cantado por Malzani: "Compadrón".

Aonde se vai... aonde se vai só se encontra mostras de gentileza, de interesse, de atenção. Salvo exceções, as pessoas são tão naturalmente educadas que a gente se espanta. Entrei na Nyrba[1] para pedir detalhes sobre como devia registrar uma carta aérea. Imediatamente um empregado fez com que um cadete me acompanhasse até o correio.

Precisava conhecer uma rua. Eu me aproximo de um jornaleiro. Só vendo a cortesia com que ele me explicou o percurso que eu devia fazer.

Gentileza? Se há uma terra da América onde o estrangeiro pode se sentir à vontade e agradecido ao modo natural de ser das pessoas, é esta do Brasil. Crianças, homens e mulheres semeiam suas ações dentro da mais perfeita urbanidade.

10 abr. 1930

---

[1] Companhia aérea, criada em março de 1929, que operou hidroaviões dos Estados Unidos para a América do Sul. Seu nome é formado pelas iniciais das cidades em que operava: Nova York-Rio de Janeiro-Buenos Aires. Em janeiro de 1930 foi criada a Nyrba do Brasil e, em abril do mesmo ano, a empresa foi comprada pela Pan Am. Com isso, alguns meses depois, em outubro, a Nyrba do Brasil se transformou na Panair do Brasil.

E A VIDA NOTURNA, ONDE ESTÁ?

Ah, Buenos Aires! Buenos Aires!... Corrientes e Talcahuano, e mesas na calçada e o café Ambos Mundos e Florida. Ah, Buenos Aires! Ali a gente se enche, é verdade, mas se enche acordado até as três da manhã. Mas aqui? Meu Deus! Onde você vai às três da manhã? É terrível! Eu disse às três da madrugada? Aonde se vai, aqui no Rio, às onze da noite? Onde? O senhor me explique, por favor.

Às onze da noite

Faz um calor de andar em trajes menores pela rua. E às onze da noite cada mocho está na sua oliveira. Percebem? Às onze da noite, quando na Corrientes as pessoas aparecem na porta dos botecos para começar a fazer a digestão! Ah, "botiglerías", os botequins da Corrientes! Me dá água na boca.

Eu estava dizendo que aqui às onze da noite todo mundo está na cama. Um que outro tresnoitado passa com cara de cachorro pela avenida Rio Branco. Devo estar mal da cabeça. Falei que algum tresnoitado, das onze da noite! O sujeito fica na farra até as dez e quarenta e, às dez e cinquenta, chispa para sua casa. E faz um calor como para pernoitar na calçada. E todo mundo metido na cama. Vocês concebem uma tragédia mais horrível do que essa? Deitar às onze da noite? Porque, o que se vai fazer, me diga, depois dessa hora? Medir a largura das ruas, a longitude da via, a quilometragem do estuário? Todo mundo metido na cama às onze da noite. Às onze, sim, às onze.

Eu concebo que se deitem às onze ou às dez da noite os recém-casados. Admito que o proprietário de algumas dessas meninas não se descuide e às dez e quarenta dê o pira diligentemente para o ninho. Sou humano e compreensivo. Entendo, e muito mais aqui. Mas, e a juventude solta e livre? "O divino tesouro" ferra no sono também. Às onze, no mais tardar, se calafeta no catre; e você roda que roda desesperado por essas ruas solitárias, onde, de vez em quando, tropeça-se em um negro que, sem estar bêbado, vai rindo e conversando sozinho. É notável o costume dos negros. Devem conversar com a alma de seus antepassados, os beduínos ou os antropoides.

Eque "leitos"

Brutalmente. Às onze você se deita porque as ruas estão desertas. Nadica de café, nadica de nada. Você se deita porque não há nada para fazer na rua. Essa gente é como as galinhas; janta das seis às sete da noite, depois dá três voltinhas ao redor do quarteirão, e depois cama, para dormir.

Mas vocês podem me dizer o que é que um portenho pode fazer na cama, às onze da noite? E nessas camas que são de madeira. Ah! Porque os colchões neste país não são de lã. "Lasciate ogni speranza" você se enfia na cama. Os colchões são de crina vegetal, e com essa crina vegetal é pouco dizer que qualquer colchão para os nossos soldados é mais macio e doce do que essas chapas flexíveis que parecem de amianto e não outra coisa.

Quando você se deita pela primeira vez, a primeira coisa que faz é chamar, desesperado, se está numa pensão, a criada e lhe dizer que ela se esqueceu de colocar o colchão. E então lhe replicam que não, que a cama tem colchão, e o mostram para que não reste dúvida, e você o vê com seus olhos mortais e perecíveis, e solta cada palavrão que ruborizaria um sarraceno. E nem por isso o colchão sente pena ou se dulcifica, e sim, permanece sendo tão madeira como antes, e um regimento inteiro pode se deitar nele, que não por isso amolecerá um milímetro. Crina vegetal, amigo. Feito para dormir! Você dá voltas e voltas com dor em todos os ossos; matiza as convenções da direita à esquerda com uma boa saraivada de arrepios e cãibras. O colchão não se enternece nem de brincadeira... Faça de conta que está dormindo e não dormindo, ou querendo dormir e não podendo, em cima de uma madeira de pinho.

Seja imparcial, amigo. Pode-se padecer maiores martírios que esses? Ter que se deitar às onze da noite numa cama que daria inveja, para ganhar o céu, a um candidato a santo. Seja imparcial; pense que obrigam você a se deitar às onze da noite num catre desses que não amolece nem jogando água.

Acende um cigarro. Fuma. Joga a bituca e cospe para qualquer lado. Mete o braço sob o travesseiro, em seguida a cabeça, depois o outro braço, mais tarde encolhe as pernas, depois outro cigarro, volta a expectorar.

Solta um palavrão, medita, endireita a espinha, sente vontade de furar o forro do teto; outro cigarro; passa um bonde com um estrépito infernal e o arranca de seu levíssimo torpor que prometia se transformar na tentativa de um semissono. O relógio marca duas horas, e marca três, e marca quatro, e não há guarda-noturno que grite "Viva a santa federação", mas você está com um olho aberto e o outro conspirando e pensando besteiras a granel.

E então você, desesperado, pergunta-se pela milésima vez:

— O que é que esse pessoal faz tão cedo na cama? O que é que faz?

11 abr. 1930

TRABALHAR COMO UM NEGRO

Nós, os portenhos, dizemos "trabalhar como um negro". Mas em Buenos Aires os negros não labutam, a não ser como ordenanças, que é o trabalho mais cômodo que se conhece e que parece exclusivamente inventado para que os negros portenhos o desempenhem nas portarias de todos os ministérios e repartições públicas.

Fora da dita atividade, o negro cidadão se faz de morto. Nasceu para ser ordenança e se lembra dessa célebre frase: "Serás o que deve ser, ou não serás nada" (entre parêntesis, essa célebre frase é uma reverenda lorota). E o negro a segue escrupulosamente. Não dá duro a não ser de libré e na antessala de um ministro.

O negro brasileiro

Este sim que trabalha como negro! Ou melhor: agora sim, constatei o que significa "trabalhar como um negro".

Sob um sol que derrete as pedras, um desses sóis que fazem você suar como um filtro, e que aturdiriam um lagarto, o negro brasileiro, descalço, sobre as calçadas candentes, transporta paralelepípedos, conduz pacotes, sobe escadas carregado de fardos tremendos, maneja a picareta, a pá; levanta trilhos... E o sol, o sol brasileiro cai sobre seu lombo de besta negra e o tosta lentamente, dá a ele um brilho de ébano requentado num forno.

Desempenha os trabalhos mais brutais e rudes, aqueles que aqui fazem o branco recuar.

É, onde o nativo pálido ou o operário estrangeiro recua, há o negro para ocupar o lugar. E trabalha. Você sente que vai desmaiar de calor na sombra; e o negro, entre uma nuvem de areia, entre faíscas de sol, dá duro, dá duro pacientemente como um boi; vai e vem com pedregulhos, sobe escadas incrivelmente inclinadas, com enormes cestos de areia; e sempre com o mesmo ritmo; um passo lento, parcimonioso, de boi. Assim, de boi.

Por um ordenado escasso.

É silencioso, quase triste. Deve ser a tristeza dos antepassados. Vai saber o quê!

Quando estão sozinhos

À noite, aconteceu de eu me encontrar, pelas ruas mais abandonadas, com negros que caminham sozinhos, conversando e rindo. No hotel também. No momento em que eu abria uma janela, surpreendi uma negra. Estava sozinha no quarto; ria e falava. Ou com a parede ou com um fantasma.

Ria infantilmente, ao mesmo tempo que movia os lábios. Outra vez, caminhando, escutei as risadinhas comprimidas de um negro. Parecia que zombava de um interlocutor invisível, ao mesmo tempo que pronunciava palavras que não pude entender.

Pensando, me vem à cabeça que, nesses cérebros virgens, as poucas ideias que nascem devem adquirir tal intensidade que, de repente, o homem se esquece de que um fantasma o escuta, e o fantasma se transforma, para ele, num ser real.

Observei-os também nos arredores do porto. Formam círculos silenciosos, que se aquecem ao sol.

Uma força espantosa explode em seus músculos. Há negros que são estátuas de carvão acobreado, máquinas de uma fortaleza tremenda e, no entanto, algo infantil, algo de pequenos animaizinhos se descobre sob sua semicivilização.

Vivem misturados com o branco; aqui você encontra uma senhora bem vestida, branca, em companhia de uma negra; mas o negro pobre, o negro miserável, o que vive nos casebres do Corcovado e do Pão de Açúcar, me dá a sensação de ser um animal isolado, uma pequena besta que se mostra tal qual, na escuridão da noite, quando caminha e ri sozinho batendo um papo com suas ideias.

Previno-lhe que então o espetáculo tem mais de fantástico que de real. Um negro na escuridão só é visível por sua dentadura e sua calça colorida ao passar por um poste de luz. Frequentemente está sem chapéu, de modo que imagine você a sensação que se pode experimentar quando, na escuridão, escutar uma risadinha de orangotango, palavras cochichadas: é um africano descalço, que caminha movendo os ombros e retendo sua misteriosa alegria.

Tão misteriosa que, nessas circunstâncias, eles não veem a gente. A negra que eu surpreendi no hotel estava quase na minha frente e não me via. Uma noite, caminhei vários metros lado a lado de um estranho negro murmurador. Quando, finalmente, "escutou" meus passos, ele me dirigiu um olhar esquivo; nada mais.

Com quem falam? Será que têm um "totem" que o branco nunca pode conhecer? Será que distinguem, na noite, o espectro de seus antepassados? Ou é que lembram dos tempos antigos quando, felizes como os grandes animais, viviam livres e nus nos bosques, perseguindo os símios e domando serpentes?

Um dia desses me ocuparei dos negros; dos negros que vivem em perfeita companhia com o branco e que são enormemente bons, apesar de sua força bestial.

12 abr. 1930

TIPOS RAROS

Meu amigo é uma excelente pessoa. Não se encontra outra melhor. Não fosse o defeito que tem de contrair dívidas, de comprar artigos e não pagá-los, seria o que podemos chamar de um honorabilíssimo cavalheiro. E é... quase. No Rio de Janeiro, rodeou-se de um prestígio único. É respeitado. Ele me confidenciou que o presidente do Brasil o estima muito. Como não me custa nada acreditar nele, admito esse fenômeno de simpatia do doutor Washington Luís Pereira de Souza pelo senhor a quem me refiro. E mais: intimamente, ele me confiou que o doutor Washington Luís Pereira de Souza deseja sua amizade.

Como eu lhes contava em outra oportunidade, o meu amigo é o proprietário da caverna, o inquilino, onde pernoita o homem do pijama listrado, e onde uma vez eu deixei as minhas malas, com desconfiança. Essas coisas costumam acontecer com a gente entre os amigos.

O homem do pijama listrado

O homem do pijama continua sendo um mistério para mim. Trabalha o dia todo feito burro de carga. Estou chegando à conclusão de que é o meu amigo que aluga a casa e o outro o que paga o aluguel. Sim. Tenho essa convicção, baseado no profundo conhecimento que tenho de certas naturezas humanas. No que trabalha? Não sei. Corre o dia todo sob o quentíssimo sol brasileiro, com uma pasta debaixo do braço, enquanto o meu amigo diz:

— Eu tenho condições de financista. Preparei uns projetos bestiais. Estou pensando em fazer todo o comércio de São Paulo se interessar na confecção de uma revista redigida em castelhano.

Eu fumo e olho para ele. Não me canso de olhar a cara de cabra que ele tem e a ingenuidade que abriga em seu coração. Porque todos esses aventureiros são ingênuos. Acreditam nos negócios de milhões. Armam o negócio admiravelmente para cravá-lo no dono do botequim da esquina, ou seja, sua astúcia não passa da alfaiataria e da provedoria e, em seguida, entram no terreno da imaginação, como esses péssimos contistas que depois de escrever penosamente um conto de oitocentas palavras, anunciam um romance em três tomos, "com continuação...".

Boa pessoa

Sério: é uma boa pessoa... Ou melhor... Um boêmio... Com um montão de cabelos brancos, meu amigo ou hóspede acredita na poesia... acredita... acredita em tudo, o que é incrível a certa idade...

Eu olho para ele. Deixo ele falar e lhe digo:

— Me conta a história do marechal Temístocles.

É fabulosa.

Meu amigo estava na lona. Não tinha um "toston", que são cem réis ou três centavos de moeda argentina. Tinha vendido tudo o que se pode vender, e o que não se pode também. O último resto do naufrágio era um retrato a óleo que tinha sido feito por um péssimo pintor. Imaginem vocês como o retrato devia ser péssimo; tanto que o meu amigo o colocou debaixo do braço, foi ver o marechal Temístocles, um negro com mais dragões do que os marechais do cinema e lhe disse:

— Trago aqui o retrato... do general Mitre. É um dever de consciência que o compre, "sua excelencia".[1]

O marechal olhou o retrato; olhou para o meu amigo e deu um conto. Imaginem como o retrato devia se parecer com o original...

Assim são as histórias do meu amigo. Seu casamento foi a coisa mais original.

Apaixonou-se por uma moça, há muitos anos. Ela gostava de poesia e o meu amigo pegou um livro de versos, o primeiro que lhe chegou às mãos, copiou-o integralmente, e disse à sua futura:

— Estes poemas foram inspirados por você.

E se casaram. Três meses depois, ela descobriu que o livro de poemas era um plágio e atirou o tomo na cabeça dele.

Seu aspecto

É sossegado, grave e sisudo. Criou um pouco de barriga, respeitabilidade, óculos, o conhecimento, cabelos brancos, experiência. Sorri, inclina a cabeça ao falar, o que produz a sensação de que mastiga muito o que vai dizer. É aristocrata, não sei se por parte de Adão ou de Eva. Tem na carteira três notas de cinquenta mil-réis, que são três notas eternas; o golpe de efeito... para engrupir o provedor.

Nunca diz palavrões, e gosta muito dos jovens escritores da nova geração argentina.

---

[1] Em português, no original.

Um homem excelente. Insisto. Bom. Decente. Tem seus defeitos, mas quem não os tem? Sua indulgência é enorme. Sua compreensão dos motivos que regem os atos humanos, fabulosa.

— Se eu fosse juiz, não condenaria ninguém — me diz. E acredito nele. O que ele não acrescenta é isto:

— Se eu fosse juiz não condenaria ninguém que me pagasse... mas isso está subentendido.

Entretanto, vive. Vive florido e contente, viçoso e otimista. Sonha com um sindicato monstruoso, jornalístico, à base de milhões de contos. Não faz mal a ninguém, ao contrário; se pode ajudar alguém, encantado.

Decididamente, é muitas vezes superior a esses fariseus que, como dizia nosso Senhor Jesus Cristo, "são sepulcros cheios de podridão por dentro e caiados por fora".

13 abr. 1930

CIDADE SEM FLORES

Que não lhes cause espanto o que eu vou lhes dizer: o Rio de Janeiro dá a sensação de ser uma cidade triste, porque é uma cidade sem flores. Você pode andar meia hora de bonde, que não vai encontrar um só jardim.

Quantas vezes eu me lembrei, esses dias, de um terraço que tem lá na rua Talcahuano, entre a Sarmiento e a Cangallo! Esse terraço fica num segundo andar, tem uma trepadeira e, por entre a trepadeira, uma gaiola com pássaros. E que rua da nossa cidade, que casa mais ou menos linda, que água-furtada de pobre, que pardieiro de empregado de empório e espelunca de carregador do porto, não tem no beiral da janelinha um potinho, com um pouco de terra e um mísero gerânio que está morrendo de sede?

Nada de verde

Se algum dia você chegar a pisar as ruas do Rio, dirá: o Arlt tinha razão. Não há flores de malva nem para tomar banhos de assento, cidreira, nem para tomar um chá, nada e absolutamente nada de verde. As janelas, sejam pobres ou não, as casas, estão mais peladas que cabeça de careca. Pedra, isso sim, por luxo. Azulejos? Dê risada do arco-íris. Aqui, há fachadas de casas feitas com azulejos amarelos, brancos, verdes, vermelhos, azuis. Mas flores, jardins? Nem para remédio!

Nos primeiros dias, eu me dizia que os jardins deviam estar nos arredores da cidade; mas fui aos arredores e nem sinal de botânica caseira! Pedra, pedra e pedra.

Eu disse ao jornalista português, com quem agora consigo me entender um pouco:

— Lá, na nossa cidade, nós, uns mais, outros menos, temos um jardinzinho fuleiro. Você percorre as ruas dos bairros que são as "freguecías" daqui e, que diabo! Não há casa que não tenha seu jardinzinho; e se a casa dá para a rua, colocam vasos na janela, e o morador de uma água-furtada tem que ser muito imbecil para não ter no parapeito uma plantinha qualquer, que serve de campo esportivo a todos os pássaros que passam.

Nada de pardais

O homem que anda em trajes menores me responde grosseiramente:
"Aqui temos corvos, não pasaros" (*Aquí tenemos cuervos, no pájaros*).

Efetivamente, uma nuvem de corvos salpica o dia todo sobre as montanhas ou morros do Rio. Como no alto dos morros vivem pessoas que não são duques nem barões, e, sim, negros e pobres, e ali há uma imundície que merece capítulo à parte, desde que se levanta até que se deita, você pode ver bandos de aves negras que traçam círculos oblíquos no ar.

E os pardais, que não queriam nem saber de semelhante vizinhança, chisparam dali. Ah! Outro detalhe. Atrás dos morros cuja frente se olha do Rio, ficam os bairros operários. (Nota para outro dia.) Bairros operários que são imensamente tristes e sujos. Bairros dos quais você sai com a alma encolhida de tristeza. Tampouco ali há jardins. Em nenhum lugar. Fui a Nicheroy, a capital do Rio de Janeiro (cada cidade tem sua capital). Nicheroy tem praias lindas, ruas abertas em rocha escarlate; montes de verdura e bananas; vias asfaltadas e, salvo nos sobrados de construção moderna, não vi a não ser um ou outro raro jardim. Isso num dos bairros considerados como dos mais lindos do Rio.

— É a influência dos portugueses — me disse o homem de pijama listrado. — Somos pessoas tristes. Não observou que aqui não há nenhuma alegria? E, no entanto, o Rio tem dois milhões de habitantes...

— Como? Dois milhões?

— E um pouco mais. E para esses dois milhões de habitantes, há três teatros habilitados... salvo a dezena de cinematógrafos que funcionam.

Dois milhões de habitantes e nenhum jardim, nenhuma flor! Não é triste e significativo, o detalhe?

Vive-se, como eu disse numa nota anterior, sombriamente. Os que trabalham, vão do emprego para a casa. Nos cafés, você não encontra um trabalhador mais de cinco minutos sentado diante de sua xícara; a um empregado, eu queria dizer. Os trabalhadores não entram nos lugares frequentados pela gente bem vestida. (Nota à parte.) Em Buenos Aires, um operário termina seu trabalho e troca de roupa. Na rua, ele está par e par com o comerciante, com o rentista e com o empregado. Aqui não. O trabalhador é o que é em todos os lugares. Vai para a casa, o casarão sombrio, e não sei se, de cansado ou desespiritualizado, não encontra em sua vontade as forças para manter um cravo florescendo num potinho de conserva.

— Em Petrópolis, lugar onde veraneia o presidente da República, há jardins — me diz um senhor. — Mas é curioso; ali as flores não têm perfume.

Eu não consigo entender certas contradições. Em Petrópolis as flores não têm perfume; aqui, as mulheres têm fixação, como os homens, pelos perfumes. E, no entanto, em toda a cidade, nem uma só flor... nem um só jardim.

— É a tristeza portuguesa — insiste o amigo lisboeta — somada à moleza que o sol produz.

E vai saber se não é assim!...

14 abr. 1930

CIDADE QUE TRABALHA E QUE SE ENTEDIA

No conceito de todo cidadão respeitoso dos direitos da moleza, porque a moleza também tem seus direitos, segundo os sociólogos, o café desempenha um lugar proeminente na civilização dos povos. Quanto mais aficionada a flautear é uma raça, melhores e mais suntuosas cafeterias terá em suas urbes. É uma lei psicológica, e não há o que fazer: assim batem os sábios.

Aqui se pega no batente

Nós, habitantes da mais encantadora cidade da América (me refiro a Buenos Aires), acreditamos que os cariocas e, em geral, os brasileiros, são pessoas que vivem de pança para o sol, desde que "Febo assoma" até a hora de roncar. E estamos redondamente enganados. Aqui as pessoas labutam, e fora de brincadeira. Ganha-se o pão de cada dia com o suor da testa e das outras partes do corpo que também suam como a testa. Elas dão duro, dão duro infatigavelmente e guardam o que podem. Suas vidas são regidas por um subterrâneo princípio de atividade, como diria um senhor sério fazendo notas sobre o Brasil. Eu, de minha parte, digo que dobram a espinha todo santo dia e que, de sábado inglês, neca. Aqui não há sábado inglês. O domingo como Deus manda, que Deus não inventou o sábado inglês. E aí terminaram as festas. Trabalham, trabalham brutalmente, e não vão ao café senão por breves minutos. Tão breves minutos que, assim que você fica um tempo a mais, te expulsam. Te expulsam, não os garçons, e sim o encarregado de receber.

E o chamado café "expresso"?

Antes de mais nada, não se conhece o café "express", essa mescla infame de serragem, xícaras de expresso, e outros resíduos vegetais que produzem uma mistura capaz de produzir uma úlcera no seu estômago em breve tempo. Aqui, o café é autêntico, como o tabaco e as belezas naturais das mulheres.

Os cafés têm poltronas nas calçadas, mas na calçada não se serve café. É preciso tomar lá dentro.

Lá dentro, as mesas estão rodeadas por cadeirinhas que dão vontade de jogar na rua com um pontapé. Eu vi um gordo se sentar, gordo do qual cada perna precisou de uma cadeira. A mesinha de mármore é reduzida; em resumo, parecem construídas para membros da raça dos pigmeus ou para anões. Você se senta e começa a dar um esbregue. Uma orquestra de negros (em alguns bares) arma, com suas cornetas e outros instrumentos de sopro, uma barulheira tão infernal que você mal acabou de entrar e já sente vontade de sair.

Senta-se e lhe trazem o cafezinho. Sem água. Percebem? Num país onde faz tanto calor, servem o café sem água. Você afoga um palavrão, e bramindo, diz:

— E a água? Se vende água aqui?

— "O senhor quere acua yelada... Um copo de acua yelada". E lhe trazem a "acua yelada" com um pedacinho de gelo. O copo é como para licores, não para água.

Você mal acaba de tomar o café quando um safado vestido de preto, que passa o dia fazendo malabarismos com moedas, aproxima-se da mesa e bate no mármore com o canto de uma moedinha de mil-réis. Mil-réis são trinta pratas. Você, que ignora os costumes, olha para o safado e este olha para você. Então você diz:

— Porque não bate na sua fuça em vez de bater no mármore?

É preciso morrer com a conta e ir embora. Pagar as seis pratas que custa o café e dar no pé. Se você quer ensebar, tem as poltronas da calçada. Ali são servidos bebestíveis que custam um mínimo de seiscentos réis (dezoito centavos argentinos).

"Neca" de gorjeta

O garçom não recebe gorjeta. Ou melhor, ninguém dá gorjeta com o café. O homem que faz malabarismos com os cobres é o encarregado de receber e, por conseguinte, o único que afana... se é que rouba, porque este é um país de gente honrada.

De modo que o espetáculo que o olho do estrangeiro pode gozar na nossa cidade, e é o de robustos vadios tomando a sombra por duas horas num café bebendo um "negro", é desconhecido aqui. As pessoas aparecem na hora da moda nas poltronas das calçadas. O resto da multidão entra no bar para ingerir um cafezinho e se manda. Aqui se labuta, se trabalha e se leva a vida a sério.

Como fazem? Não sei. Homens e mulheres, crianças e adultos, negros e brancos, todos trabalham. As ruas fervem como formigueiros na hora da "ferveção".

Conclusões

Se não fosse um pouco atrevida a metáfora, eu diria que aqui os cafés são como certos lugares incômodos, onde se entra apressado e se sai mais rapidamente ainda.

Cidade honrada e casta. Não se encontram "mulheres fáceis" pelas ruas; não se encontra nem um só café aberto a noite toda; não se aposta, não há apontadores de loteria. Aqui, as pessoas vivem honradissimamente. Às seis e meia todo mundo está jantando; às oito da noite os restaurantes já estão fechando as portas... É como eu disse antes: uma cidade de gente que labuta, que labuta infatigavelmente, e que na hora de chispar, chega em casa extenuada, com mais vontade de dormir que de passear. Essa é a verdade absoluta sobre o Rio de Janeiro.

15 abr. 1930

PORQUE VIVO NUM HOTEL

É inútil... Eu tenho pinta de profeta. Quando me ocupei do meu amigo, disse que tinha dado com meus ossos na caverna do maior bandoleiro que poderia conhecer. Ele é, claro, um malandro interessante.

Eu também disse que a casa constava de dois colchões e uma cama. Concedeu-me a cama em honra do meu romance.

Algo incrível

Pois vocês vão ver agora o que aconteceu.

Uma noite, eu me deito bem tranquilo. Durmo sem que me aconteça nada. Nessa manhã acordo às sete. Meu amigo estava de saída. Ele disse "até logo" e voltei a roncar. Lá pelas nove, sinto que alguém puxa o meu braço. Abro os olhos e me vejo rodeado por uma cáfila de carregadores, cor de chocolate, que me olhavam com gravidade. E um deles me disse:

— Sua excelencia poe dexar a leito[1]...

(Caramba, estão me chamando de excelência!) Eu me ergui dizendo, como se fosse excelência de verdade:

— O que está acontecendo aqui? — Minha estupefação se multiplicou ao grau infinito.

Vi que os negros carregavam os colchões e se mandavam com eles nas costas.

Então um dos carregadores me explicou que os colchões e a cama tinham sido vendidos, pelo meu amigo, a um brechó e que, em síntese, eles não eram ladrões nem procediam a um "furto" e, sim, que ganhavam a vida carregando volumes, e a cama na qual eu estava docemente ferrado no sono estava incluída na operação comercial que o pilantra havia realizado.

Eu me vesti e saí para a rua. Não para consultar os homens sábios, mas para rir. Quero fazer constar que em todo o apartamento a única coisa que ficou foi um par de lençóis, algumas meias de pontas puídas e bastante sujas, a fantástica cafeteira, um embrulho com pão e as minhas malas. E eu estava tão distraído que, ao descer a escada, esqueci de fechar a porta do apartamento.

E eis que agora encontro o financista pela rua e lhe digo:

— Me diga, seu bandido, como é que você vendeu as camas?...

Sem se conturbar, ele me respondeu:

— Quero mobiliar o apartamento. Assim não pode ficar.

— É que ali não tem nem onde se sentar. Levaram até as cadeiras...

[1] Em "portunhol", no original.

Então, gravemente, refletiu e me disse:

— Será preciso comprar uns galões de querosene para se sentar...

Quando ele respondeu assim, comecei a rir. As pessoas que passavam pela rua paravam para olhar para a gente. Finalmente, quando pude afogar as gargalhadas, ponderei:

— E é com essa mobília que você vai decorar o apartamento? Mil raios te partam... Toma a chave. Eu vou dormir num hotel.

— Você fechou a porta?

— Não. Para que que eu vou fechar?

— Como! Você deixou a porta aberta!...

— Deixei. E daí?

— E você quer que o primeiro que passar se enfie ali? Que levem o que me resta?

Juro que eu nunca ri tanto. Os transeuntes paravam e me olhavam como que dizendo: "O que será que esse homem tem?"; enquanto isso, o meu amigo vociferava:

— Eu tenho que dar uma de pai com você. Você cai na minha casa, joga as bitucas pelos cantos, me despoja da minha mais encantadora cama; rasga os lençóis, toma o meu café, o meu pão, o suor da minha testa, deixa a porta aberta para que o primeiro mal-encarado que passe me despoje de minha fazenda e ainda dá risada. Você ri de mim, que faço às vezes de um pai para você!...

— Mas que fazenda você quer que te roubem, velho bandido, se a única coisa que resta ali são papéis e livros, papéis rascunhados?...

— Os originais da minha obra-prima... do meu livro...

Juro que nunca ri tanto como hoje. Até as meninas[2] que trabalham no balcão de uma tabacaria começaram a me olhar e a rir do meu amigo, que continuava:

— É essa a gratidão que você tem por mim pelos cuidados paternais que eu te dispensei? Você tem prazer em me prejudicar; em deixar a porta da minha casa aberta para que o primeiro foragido que passe me despoje. É assim que me agradece os serviços que prestei, não como a um amigo, mas, como a um filho?... Porque você, perto de mim, é um fedelho...

— Bom, e onde vamos dormir esta noite? Eu terei que ir para o hotel. E o jornalista português? Este sim que ficou na rua...

— Como? Levaram a cama do português?

— Que cama? O colchão, você quer dizer... Claro que levaram o colchão!...

— Meu Deus! É que o colchão era dele! Como é que a gente vai fazer agora?...

— O quê? O colchão era do homem de pijama listrado?...

— Era. Comprou com o dinheiro dele...

[2] Em português, no original.

— E você vendeu?...

Eis aqui porque, já há algumas semanas, vivo num hotel, e acho que a hospitalidade, como sentimento amistoso, é muito linda, mas incômoda se vendem a cama em que você puxa um ronco.

16 abr. 1930

RIO DE JANEIRO NO DOMINGO

Procuro, inutilmente, uma definição do Rio de Janeiro cidade. Porque o Rio é cidade, não tem jeito; mas uma cidade de província com uma triste paz em suas ruas mortas no domingo.

Cinco da tarde. Coloco o nariz na sala de jantar da pensão onde moro. A dona, umas pensionistas, alguns pensionistas. Todos fazem uma roda em volta da mesa e jogam uns "tostones" (moeda de três centavos argentinos) no pôquer. Jogam pôquer a cobres! Faço, devotamente, o sinal da cruz diante desses audazes jogadores e me mando para a rua. Nem o consolo de fazer ginástica me resta, porque a Associação está fechada.

Rua

A rua onde eu moro se chama Buenos Aires. Pois embora embaixo de "Buenos Aires" tenham colocado República Argentina, como nos mapas, essa rua não seria menos chata, triste e tediosa que as cem mil ruas deste Rio de Janeiro, sem jardins, sem pássaros, sem alegria.

Anoto:

Dois meninos descalços, cor de chocolate, que brincam no meio do asfalto. Muitas mulheres descalças na varanda de um primeiro andar, com os cotovelos apoiados no peitoril. Não sei o que olham. Provavelmente não olham nada. Um turco vende uvas numa esquina. Numa leiteria, três mulatos inclinam a cabeça sobre três xícaras de café. Olho pela milésima vez as fachadas das casas, de pedra. Os arcos de pedra. Os arcos de pedra. As colunas de pedra. Pedras... Negros e crianças descalças. Volto a fazer o sinal da cruz. Lembro da jogatina doméstica, um testón[1] a um *full*! Estou liso de tanta virtude. Materialmente liso...

Entro numa praça cercada por uma grade. Alta e robusta. A grade devia estar na jaula dos leões, não aqui numa praça. De repente, nos meus ouvidos, ressoa o estrépito de uma corneta. É um automóvel que atravessa a praça. Aqui os automóveis podem andar pelas praças. Senhor! Faça sua vontade aqui na terra como no céu! Tende piedade de seu humildíssimo servo Roberto Arlt já "liso" de belezas brasileiras.

---

[1] Tostão, em "portunhol".

Soma e continua

Uma roda de meninos e meninas de todas as cores e idades brinca de uma coisa que deve ser muito parecida com "a viuvinha de San Nicolás, quer se casar e não sei com quem". Perdoa, Senhor, nossos pecados, como nós perdoamos a nossos devedores! Uma roda de paspalhos com barbas e, sem elas, se lança em torno do círculo com as mãos cruzadas atrás. Num prado, um animalzinho que tem o corpo como uma berinjela e a cabeça de um rato brinca por entre o verde. Mais adiante, três animaizinhos como este pararam ao pé de uma palmeira. Caminho. Não sei se estou na África ou na América.

Soma e continua

Num banco de pedra, um negro vestido de luto. Ao lado, uma negra vestida de rosa. Ao lado dessa negra, uma anciã de carvão pedra. O negro, que usa óculos com armação de tartaruga, segurou a mão da negra de rosa e, mostrando magníficos dentes, declara-lhe amor eterno. O negro deve se chamar Temístocles. A negra de rosa arregala os olhos, e a anciã de carvão pedra vira a cabeça para o outro lado. Fujo dessa paragem de Romeu e Julieta ou Calixto e Melibea da mulatagem, e murmuro:

— Faça, Senhor, sua vontade assim na terra como no céu!

E me mando.

Em outro banco de pedra, e sem encosto, vejo um casal branco. Como se não fosse suficiente dar-se uma mão, deram-se as duas. Me lembro de "A glória de dom Ramiro" e do frade que murmura, apontando uma roseira para Ramiro:

— Agora está chegando a estação libidinosa. (Senhor: tende piedade do teu humilde servo, que só encontra tentações que sobressaltam seu recato.)

Dou no pé. Não quero que conturbem a minha castidade. São seis da tarde. Em todos os bares e restaurantes há gente rangando. Passo na frente de tabernas que devem ser o inferno do estômago. Em frente de um restaurante que ulceraria não o duodeno, mas também uma chapa de aço cromado. Num deles, vejo este letreiro: "Puchero a espanhola". Comer puchero no Brasil é tão difícil como comer caviar em Buenos Aires. Sigo sem parar. Vou murmurando uma fieira de palavrões.

Quem mandou sair de Buenos Aires? Por que fui tão bobo? Não estava tranquilinho e sossegado lá? Ah, juventude, juventude! Lembro do Gusmán de Alfarache, que, quando rapaz, saiu para pedir esmola à uma da tarde e tudo o que encontrou foi um tacho de água quente com couve mexida, que um criado atirou na sua cabeça. E as palavras que lhe dirigiu um velho mendigo:

— É isso que acontece por procurar pelo em ovo.

Nove da noite. Pessoas que esperam o bonde para ir dormir. Ruas desertas. Meia dúzia de entediados em cada café. Janelas iluminadas. Lembro da jogatina na pensão e me digo: "em cada casa dessas deve haver uma jogatina de 'tostones'". Acendo um charuto de dois mil-réis e fumo furiosamente.

O que é que eu estou fazendo nesta cidade virtuosa, querem me dizer? Nesta cidade que não tem crônica policial, que não tem ladrões, trambiqueiros, vagabundos, gatunos; nesta cidade onde cada próximo ganha o "feiyón" e presenteia o Estado com um filho bimensal? O que é que eu estou fazendo?

Porque aqui não há ladrões. Percebem? Não há vigaristas. Não há trambiqueiros. Não há crimes. Não há acontecimentos misteriosos. Não há "trapaceiros". Não há traficantes de brancas. Não há a melhor polícia do mundo. O que é que eu estou fazendo nesta cidade tranquila, honesta e confiada?

Sento num café. Peço qualquer coisa. Medito tristemente, olhando a calçada lustrosa e órfã de gente. Coço a ponta do nariz. E digo a mim mesmo, pela milésima vez: o que é que se pode escrever sobre o Brasil? O elogio do trabalho? Não é possível. O que dirão todos os vadios portenhos se eu fizer o elogio do trabalho sem sábado inglês, sem casas de jogo, sem nada? Não tem jeito. Escreverei sobre os negros? Quem se interessa pelos negros, a não ser seus confrades, os ordenanças do Congresso? Escreverei sobre as meninas? Meu diretor dá uma bronca e diz que estou me tornando "excessivo", e o meu diretor não sabe que encontro paz e calma em uma hora cotidiana de ginástica brutal. O que é que eu faço, querem me dizer? Voltar é o que me parece melhor.

22 abr. 1930

DIVAGAÇÕES E LOCOMOTIVAS DE FANTASIA

Aqui nem as locomotivas puderam ser feitas a sério, como corresponde à severa petulância da engenharia mecânica. Nem as locomotivas! Como se não lhes fosse suficiente o colorido dos morros, das mulheres e dos crepúsculos que incendeiam a cidade de chuva rosada ou esverdeada, enfeitaram também as locomotivas. E com macaquinhos! Estou falando a verdade.

Na estação

Eu me dirigia à Leopoldina. Fui tomar o trem na estação Pedro II. Logo de cara, um fedor de negro suado bate no meu nariz. É um galpão imenso, com uma multidão que vai e vem o dia todo. As frutas fermentam nos cestos dos comerciantes. Os trilhos descrevem curvas, de modo que não desengatam para voltar por uma via contrária, e, sim, entram na estação e fazem a curva. Nuvens de fumaça, sujeira por onde se olha. (Que fique claro que eu não quero falar mal, limito-me a reproduzir quase fotograficamente o que vi.)

Vinte quilômetros de viagem. Ida e volta. Trinta centavos. Você compra a sua passagem e entra na plataforma. O comboio chega, e quando você se lembra, tem gente pendurada até nos estribos. Então se resigna a esperar outro trem e examina a locomotiva.

Cúpula de bronze. Diante da chaminé, uma lira de bronze. Outras vezes, esse enfeite é substituído pelo corno da abundância. Outras vezes, por outra figura. As alavancas da máquina a descoberto. Você vê os seus rins, o ventre. Sobre o topo dos para-choques, dois chifres pintados de cores de serpente, vermelho, verde, amarelo. Os para-choques de vermelho. As tubulações, de azul. Perto da válvula de segurança, um lustroso sino parece fundido em ouro. Você olha o sino e franze a fuça. Você se pergunta: para que serve o sino? E o sino serve para denunciar perigo quando o comboio se aproxima da estação. Você vê o foguista que, desesperado, puxa e solta a corda do sino. Assim deviam ser os trens nos tempos do Lord Beasconfield, o excelente ministro da rainha Vitória. Muita água correu daquela época até agora, sob as pontes; mas eu não tenho culpa. A locomotiva tem chifres ou bandeirinhas, sino e macaquinhos. Se não acredita, venha até aqui. Ah! O maquinista se confunde com o foguista e o foguista com o carvão, mas isso não tem importância. Quem é que não é negro ou quase negro aqui?

Dentro

Se você tem a desgraça de viajar de primeira classe, ao entrar no carro tem que tampar o nariz. Não sei como são os vagões de segunda. Acho que o meu diretor mandaria pro lixo uma nota que versasse sobre os vagões de segunda. Bom; imaginem vocês assentos de palha vergonhosos, madeiras que cedem... Eu perguntei para o meu acompanhante se os vagões não eram construídos com caixotes de automóvel, e ele me disse que não; mas suspeito que sim. E um cascão que espantaria a Hércules; e isso que Hércules limpou inteiramente sozinho as cavalariças do muito imundo rei Augias. Um cascão que dá medo, nos carros de primeira. Nos de segunda, não digo nem a nem b. Estou falando dos carros de primeira.

Os guardas, gente boa. O trem sai e, se há assento vazio, recostam-se e conversam com os passageiros, ou melhor, com as passageiras amigas. De repente, o sino começa a tocar sem parar. Você coloca a cabeça para fora e aparece uma plataforma, o sujeito do sino o toca freneticamente, e entre um descompassado ranger de freios e sacudidas da locomotiva, o comboio para. Para partir, o sino não toca nem há apito; o trem se põe em marcha quando o maquinista, só de olhar, comprovou que não há passageiros subindo.

Um fedor azedo, catingoso, paira em todos os lugares. Eu olhei para o meu acompanhante e lhe disse:

— Mas esta pestilência, de onde sai?

Ele, por sua vez, olhou para mim e, muito amavelmente, respondeu:

— Deve ser do carvão da locomotiva, este cheiro.

— É que em Buenos Aires o carvão não tem este cheiro...

— Devem usar outra marca...

— Ah!...

O guarda se engolfou novamente numa interessante conversa com uma indígena mestiça do Congo. Como não lhe agradava ficar sentado, recosta-se no assento. O trem, chacoalhando para todos os lados, e armando um estrépito infernal, avança ao longo da montanha. Nos flancos da montanha e das serras, fica o subúrbio operário. Vinte quilômetros. Eu percorri vinte quilômetros? Sob o sol africano, este povoado de miséria, pedregoso, com ruas que sobem em escadarias, com bananeiras que se agitam à beira de acéquias de água podre, e cabanas de pano, combina perfeitamente bem com a locomotiva e os vagões de primeira. Dos de segunda não falo; não os vi; e eu não quero desacreditar a mercadoria sem tê-la visto. Mas se na primeira...

É hora de ir dormir. Até amanhã.

24 abr. 1930

CASTOS ENTRETENIMENTOS

Castos entretenimentos

No Rio, eu me divirto casta e recatadamente. Pareço aluno do "Sacré Coeur", se houvesse escolas do "Sagrado Coração" para homens. E onde eu me divirto casta e recatadamente é no restaurante Labarthe. Insisto, eu me divirto imensamente, observando três pessoas.

Os três

Dá gosto olhar para eles. Juro que dá gosto e gozo imensamente ao ver como os três se dão bem: o esposo, a esposa e o amigo de ambos. Dá gosto e edifica o coração ver tanta harmonia humana. Os três almoçam e jantam todos os dias na caverna Labarthe, numa mesa que o sucessor de Labarthe já ordenou que reservassem para eles, ainda que troveje ou chova. O coração se dilata e sorri de satisfação ao ver que possível e verdadeira é a amizade humana e os afetos que os malditos materialistas negam com insolvente contumácia. Digo que dá gosto olhar para eles. Eu, que me enveneno a prazo fixo na caverna Labarthe, cem metros antes de chegar, vou me dizendo:

— Devem estar no primeiro prato. — E gozo casta e recatadamente. Não sei por quê. Talvez porque a minha bondade ache belo o espetáculo da ternura humana. Possivelmente porque, como sou homem puro, aspiro aos espetáculos que levantam o coração com um panorama celestial. E com mil diabos, toda a minha pureza e pensamentos limpos encontram na mesa dos três um campo propício para amadurecer santos pensamentos. E gozo casta e recatadamente. Dá gosto de olhar para eles. O amigo, sempre barbeado, baixinho, gordinho, o nariz arrebitado, as botinas lustradas, as bochechas resplandecentes, os olhos que dançam de felicidade; o marido, com barba de três dias, terno puído, silencioso. Ela fresca, carnuda, comestível em grau máximo.

Quando se levantam, o marido pega seu chapéu, enquanto o amigo, galante, ajuda a esposa de seu bom companheiro a vestir o casaco. Depois fica esperando que saiam, com os olhos que dançam, as bochechas resplandecentes. É tão zeloso da honra de seu amigo que quando alguém olha para a senhora, irrita-se e observa furiosamente.

E saem. À noite, voltam. Sempre assim, sempre em boa amizade, em doce colóquio. Dá gosto olhar para eles. Eu, que sou melhor do que pão francês, gozo casta e recatadamente ao vê-los. Eu me dou conta de que a amizade é um dos mais belos presentes que Deus fez para o homem.

Os sucessores de labarthe

Hoje confessei a um dos sucessores de Pierre Labarthe. Digo que confessei porque ardia de curiosidade para saber de que modo esses trapaceiros haviam comprado o envenenadouro de mestre Pierre.

Numa ocasião em que estava almoçando (o trio havia se eclipsado), aproximou-se da minha mesa um dos donos, que é um português com calos nos pés, nariz fofo e grandinho, olhos licorosos, e bastante corcunda. Ele me perguntou se eu gostava da comida, e como sou extremamente sincero, respondi que em seu "fondac" o próprio presidente dos Estados Unidos do Brasil podia comer sem perder a saúde, ao que o homem se inclinou agradecido e me disse:

— "Muyto (*sic*) obrigado".

E comecei a fazê-lo confessar:

— Então o senhor e o seu sócio foram, antes, funcionários deste restaurante?

Evitei dizer-lhe que havia sido "garçom" porque não se deve falar de corda em casa de enforcado. Além do mais, qualquer imbecil que trabalhe num emprego não é empregado e, sim, funcionário. Assim se ajeitam as pessoas com conversas e com dinheiro.

Outro fulano, a quem fazia trabalhar catorze horas, acrescentava:

— Sim, mas tenho a qualidade e o título de primo.

Fiquei tentado a dizer se com o título de primo podia [ilegível no original]

Então o do nariz [ilegível no original] e olhos chorosos me disse que sim, que ele foi funcionário durante longos anos no mesmo restaurante, até que [ilegível no original] Labarthe [ilegível no original]

— E de onde tiraram [ilegível no original]. De onde roubaram tanto [ilegível no original]. Então o homem se explicou:

Ele e seu companheiro [ilegível no original] contos cada um, ou seja, [ilegível no original] pesos em economias, [ilegível no original] a mil pesos por quatro, isto é, por cabeça. [ilegível no original] vinte contos e Pierre [ilegível no original] aos socos e porrete e quatro mil pesos e se mandou deixando trinta [ilegível no original] cerca de mil em moeda nacional.

Harmonia

Só vendo com que [ilegível no original] levam esses dois provedores [ilegível no original]. Atendem o caixa alternando a semana, outra semana vigiam com mais olhos que serviço, tratam os garçons como se fossem cachorros, não homens sarnentos ainda por cima.

[ilegível no original]

Às oito da noite contam o dinheiro. Com as moedas [ilegível no original]. Falam devagar. [ilegível no original].

25 abr. 1930

QUE LINDO PAÍS!

Eu não sei se vocês se lembram que, uma vez, vários senhores tomaram um amigo meu, chofer, deram umas voltas, para ensaiar a velocidade do carro, e depois disseram:
— Que lindo carro para um "assunto"!...

Reflexões

Não sei também se lhes contei que eu tinha um amigo ladrão, técnico da gazua, que me propunha problemas como estes:
— De que modo você entraria nesta casa? Como abriria esta porta de aço?
Era um gênio! Vai saber a que alto cargo seu talento o conduziu! Possivelmente agora seja bibliotecário de uma prisão.
Bom: percorrendo muitas vezes estas ruas do Rio de Janeiro, parando diante de vitrines de joalherias que têm vários "contos" em pedrarias, relicários de platina, pulseiras de ouro maciço, cristais de todas as cores, ocorreu-me mais de uma vez esta frase:
— Que lindo salão para um "assunto"! Que rua tão deserta! Que magnífico túnel se poderia fazer, num dia, em rua tão estreita!
Aqui a vigilância é escassa. Você pega um jornal da manhã ou da tarde, e neca de crônica policial. Não há ladrões. O magnífico e sempre novo conto do bilhete de loteria, do legado do defunto, da herança do tio; o ardil da quebra fraudulenta, da carteira com gaita, a sutileza da "gaita mixa", da máquina de fabricar dinheiro, não tem no Rio cultores nem professores nem acadêmicos... que não roubam ninguém, a não ser literariamente. E isso não se chama roubo e sim plágio. Nesse sentido, caminho espantado e digo a um amigo:
— Mas me diz, aqui não há profissionais nessa coisa de arrebentar cofres? Veja esta joalheria. Quem não percebe, a léguas de distância, que ela se presta para um assalto em bando e à mão armada? Veja este banco solitário. Essa casa que comercializa unicamente pedras preciosas, e que ao lado tem um cortiço miserável. Um simples buraco na parede...
Meu amigo é brasileiro. Me olha espantado e abotoa o paletó. Eu continuo:
— E a rua sem vigilância! As pessoas se deitam às sete da noite. Toda uma noite para trabalhar. É, amigo, é um pecado não assaltar esta joalheria.

Gente afortunada

Gente afortunada! Cem vezes afortunada. Dos jornais, leem somente as questões relacionadas com política. A polícia, quando tem trabalho, é porque aconteceu um drama passional: ele, cadáver; ela, morta; o amigo, presunto também. Em resumo, a eterna trilogia que Deus não pôde conceber no Paraíso, porque no Paraíso só existiam Adão e Eva e, no dia em que um terceiro interveio, a serpente, a confusão já estava armada. Se em vez de serpente é homem, a raça humana não existiria. Tirando isso, a delinquência é reduzidíssima. O trabalho da polícia se limita a expulsar os comunistas, a vigiar os nativos que se saem com essas ideias e a dirigir o tráfego.

Uma que outra vez explode uma revolução; mas isso não tem importância. Revolucionários e leais têm o bom e perfeito cuidado de sempre interpor entre suas pessoas uma distância razoável, de modo que a opereta continua até que os revolucionários chegam a terreno neutro. E como para chegar a um terreno neutro há milhares de quilômetros pelo meio, uma revolução costuma durar um ano ou dois sem que por isso a sociedade tenha que lamentar o desaparecimento de nenhum de seus benfeitores.

Às vezes explode também um crime bárbaro. Aparecem alguns desses monstros que concitam em torno de uma pessoa, quase imediatamente, um regimento de médicos legistas. Não é mandado para a prisão, mas para o manicômio de loucos delinquentes. As famílias comentam o fato durante um mês, depois se esquecem e a doce vida segue seu ritmo, do "travallo" para casa e vice-versa.

As pessoas vão ao cinema uma ou duas vezes por semana. Os cinemas são pequenininhos como caixinhas de bombons, não têm teto corrediço, salvo um. Sua-se com tanta amplitude no interior dessas joias cinelândicas que ir ao cinema pressupõe, além do mais, a vantagem de se tomar um banho turco.

Os noivados são longos e seguros. Há leis tremendas que defendem as mocinhas contra aqueles que lhes "aprontam uma". Pesadas indenizações pecuniárias, prisão ou casamento. E a lei não é nada, mas nada indulgente nesse sentido. Coitado daquele que se mete a se fazer de noivo e depois quer se fazer de morto. Está perdido. Ou se casa ou o metem na cadeia, fora de brincadeira, a menos que chispe do Estado. Daí essa liberdade magnífica que os noivos têm. As famílias vão muito bem, obrigado. Bom; sejamos consequentes. Também, se não fosse assim, com o calor que faz e os temperamentos que existem, isto seria o "cúmulo do absurdo", como dizia outro amigo meu, andaluz ainda por cima.

Essa agressividade

Nicolás Olivari, o poeta de "La musa de la mala pata" e de "El gato escaldado", que esteve no Brasil, me dizia uma vez:

— Não há sujeito mais entediado nem mais agressivo do que o portenho. Nossa gente anda pela rua como se desejasse ter um pega com alguém.

E é verdade. Está num permanente estado de contida agressividade. Bondes, trens, ônibus, a fuça de todos é a mesma. Ganas de arrumar briga com alguém.

Aqui, deve ser efeito do clima ou da educação, o povo é doce, manso, tranquilo. Você viaja num trem carregado de gente pobre e, passados quinze minutos, se quiser, pode estar conversando com todo mundo. Eles vão te atender gentilmente, amavelmente. Até o tratamento informal é respeitoso. Nós, dizemos "você fala", eles, "o senhor", assim, em solene terceira pessoa.

Não há teatro, o que nós chamamos "teatro nacional", isto é, sainete e obra representativa dos nossos costumes e cultura. Nos teatros, são representadas peças estrangeiras.

Em resumo: as pessoas vivem tranquilas, afortunadas, felizes quase. O pobre resignado, com sorte, não pensa ou não sabe que existe uma possibilidade de melhora social; o empregado, a mesma coisa... E assim... sabe-se lá até quando! Existe serviço militar obrigatório, mas ninguém se apresenta. Em resumo, uma baba, sem encheção de linguiça.

26 abr. 1930

DOIS OPERÁRIOS DIFERENTES

Passa pela cabeça de qualquer um que o trabalhador do Rio de Janeiro é igual ao de Buenos Aires; mas está enganado. Observe que não me refiro ao operário dos campos, mas ao das cidades. Nesse caso, exclusivamente, a comparação se refere ao operário do Rio e ao de Buenos Aires. Não sei se em São Paulo, Bahia, Pernambuco ou Manaus o operário é diferente. Feita essa ressalva, vamos direto ao ponto.

Importância da biblioteca

Conversando com jornalistas dos jornais "O Jornale" e "Jornale da Noite", eu lhes dizia que, na nossa capital, em todos os subúrbios, Parque Patrícios, Mataderos etc., havia centros operários com diversas atividades. Esses centros, alguns minúsculos, dizia-lhes, têm uma biblioteca insignificante, livros de Zola, de Spencer, Reclús, a Biblioteca Vermelha, Semper, a de "A cultura argentina", fundada por Inginieros e, enfim, manuais de cultura popular até dizer chega. Acrescentava eu que o operário argentino, portenho, lê, se instrui, ainda que superficialmente, sindicaliza-se e assim que sai do trabalho veste um paletó, confundindo-se com o funcionário. Acontece assim com o sindicato dos mecânicos, pintores, impressores, sapateiros etc.

Aqui, no Rio, não acontece nada disso. O operário não lê, não se instrui, não faz nada para sair de sua condição social paupérrima, na qual a roupa de trabalho é como um uniforme, que só se tira para dormir. E conste que a população do Rio é, numericamente, igual à de Buenos Aires.

Para se ter uma ideia do fenômeno que estou anotando em relação à cultura popular, leve-se em conta este dado. Não há nenhum jornal aqui que tenha uma tiragem cotidiana de cento e cinquenta mil exemplares. Compare-se com as tiragens dos rotativos da nossa população: *EL MUNDO*, "La Nación", "La Prensa", "Crítica" e outros, e o leitor se dará conta do que se lê em Buenos Aires e do que se lê no Rio. Me diziam no "O Jornale" que, aqui, antes de lançar um jornal, entre os cálculos de administração que se faziam, entrava o de venda de exemplares, quando, ao contrário, em Buenos Aires, a venda dá perda e o anúncio, lucro.

Interrompi a nota para dá-la para um jornalista de "O Jornale" ler, o senhor Novrega. Ele leu a folha e exclamou:

— Você tem razão. Mas no dia que esses quarenta milhões de homens lerem, o Brasil será um perigo. E a América do Norte sabe disso...

E talvez o Novrega tenha razão.

Voltando ao operário

O operário do Rio de Janeiro trabalha, come e dorme. Mistura de branco e negro, analfabeto em sua maioria, ignora o comunismo, o socialismo, o cooperativismo.

Vocês devem se lembrar que em mais de uma nota eu fazia piadas em relação a nossas bibliotecas de bairro e da nossa cultura mais do que superficial. Agora eu me dou conta de que é cem mil vezes preferível uma cultura mais do que superficial a não ter nenhuma. Nossos críticos teatrais também fazem um trabalho negativo. Criticam o sainete que interessa ao nosso público. Incapazes de escrever um péssimo ato, falam continuamente da arte e se esquecem do povo. (No Brasil, estariam orgulhosos e felizes em ter um Vacarezza.[1]) Entretanto, o nosso povo, o operário, frequenta cinema, teatro, mais teatro do que cinema. Chega à sua casa e fala do que viu. Os filhos o ouvem. Forma-se uma atmosfera cultural. O que estou dizendo? Já está formada. Na Associação Cristã, de Montevidéu, um senhor chileno me dizia, referindo-se à sua pátria:

— Nossa cultura é profunda, mas não tem nenhuma extensão. A de vocês, argentinos, é superficial e extensíssima. E para um povo em formação é preferível a extensão à profundidade. Ela virá depois. E ele tinha razão.

É preciso viajar para perceber certas coisas. O bom e o ruim. Teatro, jornais, romances, contos, revistas, estão formando no nosso país um povo que faz com que uma pessoa que está longe se sinta orgulhosa de ser argentina. Aqui, o operário não vai ao teatro nem de brincadeira. Tampouco lê. Vocês percebem? Teatro, leitura, são luxos reservados para as pessoas com dinheiro... para as pessoas com dinheiro quando, em dia de ópera; não há pedreiro em Buenos Aires que não vá ao degrau do "poleiro" no Marconi ou no Pueyrredón de Flores, para sair cantarolando o ar no qual esgoela seu ridículo tenor.

Conclusões

O operário argentino assegurou, dentro do país em que vive, um lugar não social, mas com as comodidades que aqui estão reservadas para uma classe social.

Operário ou funcionário, na nossa cidade dá no mesmo. Aqui, não. O operário é uma coisa, que se veste mal, trabalha muito e vive pior. O funcionário trabalha muito, vai uma ou duas vezes por mês ao cinema; assim que sai de seu escritório, troca de roupa, e até o dia seguinte não se move de sua casa.

---

[1] Alberto Vacarezza (1888-1959), autor teatral, se dedicou ao gênero grotesco, que, ao ridicularizar os personagens-tipos (imigrantes, geralmente), cria uma identificação com o público — de imigrantes, em sua maioria (Cf. CAZAP, Susana e MASSA, Cristina. "El sainete criollo. Mímesis y caricatura". In: JITRIK, Noé (org.). *Historia crítica de la literatura argentina*, v. 6. *El imperio realista*. Buenos Aires: Emecé, 2002, pp.133-4).

Nosso operário é discutidor porque entende de questões proletárias. Faz greves, defende raivosamente seus direitos e, mal ou bem, estuda; manda seus filhos para a escola e quer que seu filho seja "dotor" ou que ocupe uma posição social superior à sua. Veste-se par a par com o funcionário, sobretudo o operário jovem, que é mais evoluído do que o velho. Eu já disse... operário... funcionário... na nossa cidade dá na mesma. É claro, com a diferença de que o operário ganha mais, e não o deixam na rua como se faz com o funcionário.

Em Buenos Aires estamos acostumados a tal espetáculo, e nos parece o mais natural do mundo. Mas venha aqui; converse com pessoas cultas a respeito desse problema e todos, sem exceção, mesmo o brasileiro mais patriota, lhe dirão:

— Você tem razão. O operário argentino está num nível intelectual enormemente superior ao do operário brasileiro.

E de repente você se dá conta disto. De que os maus escritores, os jornais ruins, as peças de teatro ruins, toda a ressaca intelectual que devora o grosso do público, em vez de causar dano ao país, faz bem. Os filhos dos que hoje leem bobagens amanhã vão ler coisas melhores. Esse refugo é adubo, e não há que desperdiçá-lo. Sem adubo, as plantas não dão encantadores frutos.

27 abr. 1930

COISAS DO TRÁFEGO

No Rio de Janeiro o tráfego é bem diferente do de Buenos Aires. Antes de mais nada, não se encontram carroças na cidade. O transporte é feito quase que totalmente em caminhões.

Sincronização

O tráfego está sincronizado, isto é, não há "varitas".[1] Em cada esquina, uma coluna com luzes vermelhas e verdes indica quando os carros devem parar e quando a via está livre. Tal sinal reza também para o público e não sei como eu não morri esmagado, porque nos primeiros dias não me dava conta do fenômeno e atravessava. Além disso, outro detalhe: na avenida de Mayo, os carros que circulam pela esquerda vão para o Leste e os que vão pela direita, para o Oeste. Aqui é ao contrário. De modo que durante muitos dias você observa pela contramão, e claro, não vê carros, que são os que vêm pelas suas costas.

Os bondes, em conjunto, param em duas estações. Uma coberta, chamada Galeria del Cruzeiro, onde há muitas tabacarias e, outra, a praça Tiradentes. Nas ruas que rodeiam essa praça abundam os tira-dentes. Imagino que dessa vizinhança derive o nome da praça. (Desculpem a piada.)

Em outra nota eu disse que os bondes eram a coisa mais barata que havia. Há percursos de três centavos, de seis, de nove, de doze e de quinze. Um conselho: quando tomar um "bondi" de quatrocentos réis, leve almoço ou quitutes. Viaja o dia todo a uma velocidade fantástica. Quilômetro após quilômetro e não chega nunca ao ponto final da linha.

Os ônibus são caros. A tarifa elevada é superior em três ou quatro vezes a do bonde. Nos ônibus não há bilheteiros. Você sobe e se senta, olha em volta e então observa que junto ao chofer há um aparelhinho que é uma coluna quadrada de ferro, com a parte superior de vidro. Essa parte superior deixa ver uma dentadura metálica. Por uma ranhura, deposita-se a importância da viagem. A dentadura metálica impede que com pinças ou outro instrumento o chofer possa afanar as moedas. De trecho em trecho do trajeto sobem ao carro uns foragidos que gritam:

— Truco!...

Você se sente tentado a gritar: "Quero! Retruco!". Experimente dizer isso e verá, imediatamente, que o homem tira um montão de moedas e lhe oferece o troco. Chamam-se "Trocadores", e sua missão consiste em impedir que os passageiros, alegando que não têm trocado, deem o fora sem pagar.

[1] Agente de polícia que dirigia o trânsito.

Os inspetores dos bondes têm um nome mais altissonante. Chamam-se Fiscais. Você dá uma olhada na pinta deles e dá vontade de rir. Esses fiscais são mais maltratados do que os nossos guardas de ônibus suburbanos.

Não se pode tomar carros de praça. É mais barato fazer um terno a prestações. Os chofers passam o dia nas costas do Teatro Fênix, brincando de amarelinha ou de correr... mas a pé.

O que está com preços brutalmente baratos é a navegação. Uma viagem de vinte minutos de barca custa doze centavos. Uma passagem de uma hora e vinte minutos à ilha de Paquetá, dezessete centavos ida, e outro tanto de volta. A gente se entedia de navegar por tão pouco dinheiro.

Os veículos aquáticos são barcaças de dois conveses, com bancos laterais. Andam acionados por tremendas rodas. Quando faz muito calor, as pessoas tiram as botinas e o paletó, e aí sofrem as pessoas de olfato delicado ou não habituadas a essa familiaridade, sobretudo no primeiro convés, onde, misturados com as pessoas, vão cargas de móveis, sacos de arroz, de feijão (aqui o prato nacional é feijão misturado com arroz), fábricas ambulantes de sorvetes e algum zebu.

Eu não sei se vocês sabem o que é um zebu. Talvez conheçam de nome, se bem que no zoológico de Buenos Aires existam alguns exemplares. Trata-se de um boi africano. Ele tem corcova no lombo e corno como alguns cristãos. Nos romances de Rider Haggdard há zebus em abundância. Eu me lembro que Allan Cuatermain, o caçador de "As minas do rei Salomão", comprou uma dezena de zebus para ir para o deserto, que olhava para "o peito de Sebha". E como esse é um animal empregado no tráfego (no tráfego lerdo), direi que de noite, quando você anda perdido por alguma dessas ruas que estão a uma légua da sua casa, de repente, no silêncio, na solidão, em alguma esquina, aparece na frente da monstruosa carroça esse boi com corcova, que caminha com passo lento. A seu lado, junto dos chifres, marcha descalço o carreteiro, ou o zebuleiro, com uma pequena lança na mão.

Depois, tem o funicular. Esse eu descrevi numa nota anterior. Ah! No porto há, amarrado, um submarino brasileiro. Vou ver se consigo permissão para visitá-lo, e então descreverei para vocês o que é esse aparelhinho tão pequeno, miúdo, comprido, com uma torrezinha em cima, retangular, e que deixa pálidos os comandantes dos superdreadnaugths. Hoje escrevi duas notas, fiz ginástica, vinte minutos de polia, dez de bola, trinta de ginástica sueca e estou com as minhas costas queimando de cansaço. Então, chega...

28 abr. 1930

CHAMEMO-LO DE JARDIM ZOOLÓGICO

Suponho que o Jardim Zoológico do Rio de Janeiro não tem diretor. Suponho que os poucos animais ali trancados não se ofenderão se eu chamar esse inquilinato com o nome de jardim, porque juro que jamais havia pensado na minha vida em dar com um canto mais vagabundo do que aquele. É algo fantástico, desmesuradamente fantástico, "alucinante" como diz o meu camarada, o gênio português. E se não for verdade, se o que eu estou dizendo não for verdade, que peçam minha renúncia.

O quarto dos leões

Se não acreditam no que vou dizer, apresento a renúncia, ou faço com que tirem uma foto do quarto dos leões.

O leão e a leoa, como um casal sem filhos, ocupam duas alcovas; cada um, uma. Essas alcovas são de saibro, piso de terra, paredes de quinze centímetros de espessura. Cada quarto tem cinco metros de largura; de profundidade, quatro metros. A altura, de três metros... e sem teto...

É para se ficar frio. Previno-lhes que eu dei um pulo quando vi isso. Qualquer dia a leoa, que é muito cabreira, vai nos dar uma dor de cabeça. O quarto não tem teto, a não ser o "plafón" celeste. As paredes são baixas, um bom salto e "salute Garibaldi". Como ontem à tarde, que queria se mandar. Acontece que um negro, para dar uma de safo, começou a embromar a "dona" com um pedaço de pau. A leoa se pôs de pé, e se se empenhasse um pouco, ficaria livre. Todos nós nos espantamos, e veio um foragido (imagino que era guardião), e armado de uma taquara começou a dar bordoadas na leoa e a gritar com ela até que esta adotou sua posição natural, ou seja, a de andar em quatro patas.

E não pensem que são leões de brinquedo. Não. São de verdade, de carne e osso. A grade que os separa de nós, os cristãos, é menos espessa do que as nossas cercas para jardins domésticos. Insisto: qualquer dia desses, com esses animais, vai se armar uma confusão que Deus me livre; e mais de um negro vai pagar o pato. De minha parte, não volto mais ao zoológico. Bastou-me uma visita.

Nota esclarecedora — Os dois quartos, rebocados e pintados de azul, que ocupam os cônjuges leoninos, têm este pomposo título: "Villa dos Leoes". É preciso imaginação! Bom, nesse inquilinato dos animais, tudo é imaginação, desde o título de Jardim Zoológico até o serpentário.

E o serpentário?

O serpentário é uma baba. Algo digno da fantasia de um manteigueiro persa. Um galpão sujo, construído com tábuas, onde quantos pintores com suas brochas passaram por ali e ensaiaram a cor de seus pincéis. Nesse galpão, metade de zinco metade de tábuas, as serpentes pernoitam. As serpentes estão colocadas dentro de uns caixotes que devem ter sido caixotes de óleo em outra época, e a tampa não é de vidro, mas de arame tecido de malha muito fina. Isso se presta para a seguinte diversão:

As serpentes adoram dormir, e mais ainda na semiescuridão do galpão úmido. Bom, a diversão consiste no seguinte: é preciso levar uma caixa de fósforos e um charuto. Acende-se o charuto e raspa-se a brasa sobre o arame tecido, em cima do lombo das serpentes. As faíscas caem em cima das serpentes e estas dão uns pinotes que é uma maravilha. Há aquelas de um ligeiro bronzeado, outras que parecem polvilhadas de limaduras de aço, finas, elásticas, venenosíssimas. Quando o fogo cai em cima delas, sua língua, fora da goela, ondula como uma pequena faísca negra. Se alguém quiser levá-las, ninguém se opõe porque os guardiões brilham por sua ausência. Numa jaula maior, também forrada de arame tecido, habita uma *boa constrictor* que deve ter nove metros de comprimento e trinta centímetros de diâmetro. Um animal monstruoso.

Casinhas de animais

Salvo a casa dos leões, a dos tigres e a de um pobre urso melancólico e solitário, nesse parque animal, com declives, cheio de restos de imundícies, madeiras podres, trapos inúteis, ferros oxidados, as casas dos bichos são caixotes e parecem pequenos galinheiros de madeira pintados de azul ou de vermelho.

Os animais são escassos; quase nem há macacos. A extensão dessa Arca de Noé, porque assim, em semelhante promiscuidade, deviam viver os animais na época do dilúvio, é de umas quatro quadras. Ali se encontram bosquezinhos semidestruídos, casas de tiro ao alvo abandonadas, ranchinhos, carrosséis por entre cujos cavalos de madeira a grama cresce, um restaurante onde nem os animais comem, acéquias de água podre, árvores derrubadas, galpões solitários, gaiolas com pavões reais e plebeus, gatos ariscos (não sei de onde é que saem tantos gatos, que em cada canteiro há um enrodilhado). Olho para o alto e do telhado de um segundo andar de uma bilheteria de madeira vejo que pende um pedaço de lona podre. Dou com os pés num monte de barras de ferro oxidadas. De repente me encontro diante de uma cerquinha onde há um bisão entediado e [ilegível no original], tudo nos dá a impressão de termos entrado numa espécie de laboratório de animais, na Arca de Noé, no Paraíso Terrenal, mas depois de um ciclone ou do combate que os anjos tiveram com os demônios.

Juro que é de assustar. Juro que o zoológico da cidade de Córdoba é infinitamente superior a este e que o de Buenos Aires, o nosso, é, comparado com o daqui, o que Marcel Proust é ante o homem primitivo...

Por isso comecei a minha nota com estas otimistas palavras: quero acreditar que o Jardim Zoológico do Rio não tem diretor. Não, não tem. Não é possível.

29 abr. 1930

P.S.: Não gostaria que esta nota provocasse um incidente diplomático.

SÓ ESCREVO SOBRE O QUE VEJO

O meu diretor me escreve:
"O Rio deve oferecer assuntos interessantes. Há museus, conservatórios de música, cafés, teatros, a própria vida dos jornais..."

Inocência

Inocência. Inocência, precioso tesouro que, quando o homem perde, não torna a reconquistar. Inocência pura e angelical. Conservatórios no Rio? Teatros no Rio? Das duas uma: ou eu estou cego ou o meu diretor ignora absolutamente o que é o Rio de Janeiro. E tão absolutamente que eu não posso fazer nada a não ser escrever o que segue:

Ando todos os dias um mínimo de duas horas de bonde. Outras vezes vou às ilhas, outras, aos bairros operários. E a única coisa que se vê aqui é gente que trabalha. Cafés? Já mandei uma nota sobre os cafés. Conservatórios de música? Ou eu sou cego ou neste país os conservatórios não têm placas nem pianos. Porque da minha vagabundagem por infinitas ruas, só numa tarde de domingo, na ilha de Paquetá, escutei um estudo de Bach num piano. Já posso ver o meu diretor segurando a cabeça e dizendo: "O Arlt está mal. O Arlt ficou surdo".

Não, eu não fiquei surdo. Ao contrário: estou desesperado para escutar um pouco de boa música. E, sucintamente, direi o que eu não vi.

Procuro com os olhos, infatigavelmente, academias de corte e costura. Não há. Procuro conservatórios de música. Não há. E olha que estou falando do centro, onde se desenvolve a atividade da população. Livrarias? Meia dúzia de livrarias importantes. Centros socialistas? Não existem. Comunistas, muito menos. Bibliotecas de bairro? Nem em sonho. Teatros? Não funciona a não ser um, de variedades, e um cassino. Para conseguir que a Junta de Censura Cinematográfica permitisse que a fita "Tempestade sobre a Ásia" entrasse em cartaz, houve reuniões e confusões. Jornalistas? Aqui um bom jornalista ganha duzentos pesos por mês para trabalhar brutalmente dez, doze horas. Sábado inglês? Quase desconhecido. Reuniões de desocupados, nos cafés? Não se conhece. Tiragem máxima de um jornal: cento e cinquenta mil exemplares. Eu quero dizer "tiragem ideal", cento e cinquenta mil exemplares, porque não tem jornal que tire isso.

Não estamos em Buenos Aires

É preciso se convencer: Buenos Aires é única na América do Sul. Única. Tenho muito que escrever sobre isso. Lá (e falei isso para os jornalistas daqui), lá, no mais ínfimo bairro operário, você encontra um centro cultural, onde, com uma incompetência assombrosa, discutem-se as coisas mais transcendentais. Pode ir a Barracas, a Villa Luro, a Sáenz Peña. Qualquer povoado do interior da nossa província tem um centro onde dois ou três filósofos baratos discutem se o homem descende ou não do macaco. Qualquer um dos nossos operários, pedreiros, carpinteiros, portuários, têm noções, e alguns deles bem sólidas, do que é cooperativismo, centros de luta social etc. Leem romances, sociologia, história. Aqui isso é absolutamente desconhecido.

Aqui? Aqui, a única frase que você escuta, senhor, na boca de pessoas bem ou malvestidas, é a seguinte:

— Se "travalla".

Aonde você for, você escuta essas palavras bíblicas.

Vejam: na Associação Cristã de Montevidéu, todas as noites se armavam umas discussões tremendas sobre comunismo, materialismo histórico etc. Quase não há estudante uruguaio que não tenha preocupações de índole social. Aqui, não se conhece isso. O operário, pedreiro, carpinteiro, mecânico, vive isolado da burguesia; o empregado forma uma casta, o capitalista outra. E como eu dizia numa nota anterior, os operários nem de brincadeira entram nos cafés aonde as "pessoas de bem" vão. Há bondes de primeira classe e de segunda. Sim, bondes. Nos de segunda classe viajam os trabalhadores. Nos de primeira, o resto da população. Não confundir com carro de primeira, mas sim um conjunto: locomotiva e dois ou três reboques de segunda classe.

E isso acontece no Rio, onde há dois milhões de habitantes. Quando me disseram que o Rio tinha dois milhões, eu não podia admitir. É que eu estava pensando em Buenos Aires. Me falaram do Jardim Botânico como da sétima maravilha. Fui vê-lo e me deixou gelado. É completamente inferior ao de Buenos Aires. Fui aos bairros operários e recebi uma sensação de terror. Durante vários dias caminhei com essa visão nos olhos. Fui aos bairros de quatro quadras quadradas, onde se exerce a vida fácil. Na companhia de um médico.

Isso é o inferno. E quando saíamos dali, o homem me diz:

— E o senhor sabe que a inspeção médica nunca vem aqui?

— Como? Não há inspeção municipal?

— Não. Nem todos os médicos do Rio dariam conta.

"Se travalla". Essa é a frase. Trabalha-se brutalmente, das oito da manhã às sete da noite. Trabalha-se. Não se lê. Escreve-se pouco. Os jornalistas têm outros empregos para poder viver. Não há ladrões. Os poucos crimes que acontecem são passionais. As pessoas são mansas e educadas. Tem mais: as casas de rádio, que infectaram a nossa cidade, porque no último boteco do último bairro o senhor encontra um alto-falante aturdindo a toda a velocidade, são escassas aqui. Senão, venha ao Rio e olhe para os telhados. Quase não vai ver antenas. Passeie pelas ruas. Não vai escutar música.

"Se travalla". Trabalha-se. E depois se dorme. Isso é tudo; isso é tudo, compreendem? É preciso ter vivido em Buenos Aires e depois sair dela para saber o valor da nossa cidade.

E depois os críticos literários se indignavam com o que o Castelnuovo contava em suas escassas páginas de uma viagem pelo Brasil. O que o Castelnuovo disse não é nada. O que o Castelnuovo viu em "La charqueada" se vê aqui, no Rio, em qualquer lugar. Isso e muitas outras coisas que o Castelnuovo não contou. Sobretudo no que se refere à vida social da população pobre.

"Se travalla". Isso é tudo.

E mais nada.

30 abr. 1930

RECOMENDO PARA COMBATER O CALOR

"Eu acho que devo contar ao leitor, ponto por ponto, sem omissões, sem efeitos e sem lirismos, tudo quanto faço e quanto vejo." ("La Mancha". Páginas Escolhidas, Azorín.)

Isso escrevia o simpático Azorín, quando o diretor de um jornal espanhol o mandou passear, como o diretor do *EL MUNDO* fez comigo. É comovente que haja diretores de jornais assim. Quando morrerem, a gente se lembrará deles, dizendo:

— Fulano? Era muito bom... Por causa dele fui a X...; nem que X seja o Brasil ou a Alemanha.

Bom. Mas eu não ia contar isso, e sim o seguinte: é tão disparatado ir ao Brasil para fazer ginástica sueca como plantar bananas no Polo. E, no entanto, todos os dias malho minha boa hora de ginástica. Sim, senhores; sessenta minutos, sem brincadeira nem desconto.

É necessário

Fiquei seis dias meditando se iria ou não à Associação Cristã de Jovens Brasileiros para me desconjuntar. Seis dias, em cujo lapso não sei quantos mil-réis fiz saltar em refrescos, laranjadas e sorvetes. Nem à sombra, nem ao sol, encontrava alívio para o calor que derrete os miolos de todo homem do sul que chega aqui.

E eu me dizia: a continuar dessa forma, ou meu estômago explode de tanta porcaria que estou ingerindo, ou fico reduzido a uma expressão mínima, vale dizer: reduzido a pó de traque.

Tentei o procedimento dos banhos. Não dão resultado. Fui à Copacabana. A história das moças de Copacabana é lorota. Vi algumas que se banhavam, e não causam nenhuma impressão. É inútil: a mulher, para interessar, tem que estar vestida. Bem sabia o diabo quando sugeriu a San Mael que adotasse o uso do vestido aos pinguins. E San Mael caiu na trama de Satanás.

Adotei o sistema de ficar imóvel horas e horas num catre, como um Buda sob a figueira. Contei todas as rachaduras que o forro do teto tinha; todos os nós do franzido de uma cortina, e nadica de nada. Meu cangote suava como o de um burro de carga.

Visto e comprovado, na hora, que os sistemas falhavam na sua base, e que esse trem me deixaria magro, esquálido e sei lá eu quantas coisas mais; somando o agravante de que assim que sai na rua você começa a sintonizar com toda mulher que olha e passa; na tarde do primeiro dia de abril peguei minha calça, as alpargatas e a camisetinha de fazer ginástica e chispei para a Associação.

Sessenta minutos

Desde então malho sessenta minutos de ginástica cotidiana. Isso sem contar a que faço antes de dormir e ao me levantar. Acho que sou um herói. Faço ginástica no Brasil! Resignadamente, como quem vai para o suplício, eu me encaminho todas as tardes para a ACM (tem um sólido edifício). Me troco, desço para um porão e começo a trabalhar nos aparelhos. Subo e desço uns pesos endiabrados. Primeiro de pé, depois de costas, depois deitado, semideitado, obliquamente. Pelas costas e pelo peito correm gotas de suor gordas como feijões.

E como a arte está no matiz, aos poucos começo a subir feito um macaco por uma parede de traves redondas, e faço flexões pendurado pelos braços. Esse é um regime bacana para ficar pele e osso. Recomendo aos gordos.

Depois me deito no chão como se tivessem aplicado um senhor chute. E assim que você começou a respirar, o apito do professor de ginástica soa chamando-o para a aula, porque a que se fez é aula individual e não vale. E ali são outros trinta minutos de malhação consciente e organizada, com paus e com bochas. Depois a variação de uma corridinha, corridinha de todos os matizes e estilos. Quando termina, uma ducha de água fria, que aqui não é como Buenos Aires, onde há água quente. Nem pensar! Água bem fresca. Recomendo isso aos neurastênicos e cocainômanos.

E sai na rua

E você sai na rua, com garbo gentil e majestosa compleição. Claro, depois de todo esse batente de flexões, arqueamentos, pulos, alongamento de pernas e braços, tensão de músculos e o escambau, o esforço de caminhar acaba sendo insignificante. O corpo não sente, por mais calor que faça. Como é que vai sentir, depois de semelhante malhação? E é a única forma de se manter bem. Senão, morre-se. Sobretudo nós, os "de clima frio".

A temperatura, aqui, esgota o homem do sul. Perceba: os nativos sentem o efeito, eles que deviam estar acostumados, o que dirá a gente...

Nos primeiros dias depois de chegar a esta cidade, caminha-se com a cabeça atordoada. Você sai o melhor possível de sua casa e, de repente, tudo dança diante dos seus olhos. Está estonteado de calor, "grógui", esse é o termo. Em compensação, com a ginástica, dê risada do calor! Por brutal que seja, o corpo absorve a fadiga, torna-se mais elástico, mais rijo, e "experimentá-la é adotá-la".

Eis aqui o único remédio para o qual o cidadão argentino que queira vir a vagar nesse país de "paz e ordem".

Ah! Já ia me esquecendo: também se pode comprar uma geladeira e puxar um ronco nela.

1º maio 1930

A BELEZA DO RIO DE JANEIRO

O visitante não pode se dar conta do que é o Rio de Janeiro sem subir ao Pão de Açúcar. E para resolver subir ao Pão de Açúcar, em geral, medita-se uma hora. Porque são trezentos metros de altura e...

Uma obra de engenharia brasileira

Digamos que você se encontra na avenida Rio Branco e olha para o Pão de Açúcar, que é uma montanha; não: é a ponta de uma granada gigantesca, meio encravada na terra. Um casco de projétil verde. Entre esse projétil e o monte Vermelho, há um precipício imenso, um vale cheio de bosques. Uma cortina de céu azul; e se você olha insistentemente, entre as duas montanhas, distingue, suspenso, um fio fino, preto. Depois, se você olha muito, vê que por esse fino fio desliza um retângulo negro, velozmente. De repente, desaparece. A ponta do Pão de Açúcar o tragou. É o bondinho.

Chega-se de bonde à estação do bondinho. A viagem custa nove centavos e você se farta de tanto andar. Além disso, você não se cansa de dizer, a cada momento: "Que incríveis, estes brasileiros!". Têm um país magnífico, e nem por brincadeira fazem propaganda dele para que venham turistas. Bom, chega-se à Praia Vermelha, e ali está a montanha: pedra cinza, um bloco sem declive, que cai de boca sobre a avenida Beira-Mar. Em frente, uma guarita de cimento armado. Dessa guarita saem dois cabos de aço, de uns três centímetros de diâmetro. Com um declive de setenta graus, mais ou menos. É brutal. Você olha os cabos de aço, o bondinho, e, de repente, pensa: "Se os cabos se romperem vão ter que nos juntar com pinças". Altura imensa que cai sobre sua cabeça. Uma emoção extraordinária de subir a essa altura num declive semelhante. A viagem de ida e volta ao Pão de Açúcar custa seis mil-réis: um peso e oitenta da nossa moeda. Bom: você sobe, com certa ansiedade, à cabine envidraçada. O guarda fecha a porta e, de repente, a cabine está em cima da calçada. Você achava que sentiria sabe lá que emoções, e não sente nada.

Mais emocionante é uma viagem de ônibus. Sobretudo quando o volante ou as rodas estão desajustados. Você se encontra agora a cento e oitenta metros de altura, e o Pão de Açúcar tampa seus olhos; está diante de você. Você tem a sensação de que se esticar o braço, poderá tocá-lo; e entre a Praia Vermelha e o Pão de Açúcar há algo como duzentos metros. Dali, e com uma rampa muito mais pronunciadíssima, partem outros dois cabos de aço, que por seu próprio peso traçam uma curva sobre o abismo, enquanto, ao chegar ao cume da montanha, sobem perpendiculares a ela. E a emoção de cruzar suspenso sobre o bosque que está lá no fundo se repete em você. Agora sim, que vem o brabo. Mas o bondinho sobe; o guarda fecha a porta, e o bondinho começa a subir os duzentos metros de altura que faltam para chegar ao Pão de Açúcar. Um vento tremendo atravessa as janelinhas da cabine. Esta conserva sempre sua posição horizontal. Você assoma a cabeça ao abismo. Lá embaixo, cascatas de árvores, cúpulas verdes e a arenosa curva da praia. Agora parece que o Pão de Açúcar vem velozmente ao nosso encontro. A pedra se agiganta, a cabine sobe como elevador; oscila no interior de um nicho de pedra, e já está lá em cima. Lá embaixo, as treze montanhas em cujos vales o Rio de Janeiro se aloja. Uma cidade fabricada nos vales que as montanhas deixam entre si. As casas sobem pelos sopés, se interrompem; o bosque avança, depois desce. Listras asfaltadas avançam em direção à distância, em seguida uma serra, penhascos, e no vale subsequente, outra fatia de população, telhados vermelhos, azuis, brancos cubos que, como uma vegetação de liquens, sobe e se interrompe, manchando de cor de vinho, cor de cola, roxos e de óxidos de ferro e de verde de sulfato as ladeiras de pedra. São as casas de milhões de habitantes. Agora você entende as voltas dos bondes. Para entrar nas ruas de um vale, o bonde tem que passar pelas costas deste, um zigue-zague prolongado. A baía, com uma lisura de espelho de aço, chanfra-se em verde salgueiro junto à costa. Passa um transatlântico, e atrás dele a água fica numa esteira, revolta em sujeiras de marisco. Distribuídos irregularmente, há navios ancorados.

Cúpulas de cobre, de porcelana, de mosaicos e de azulejos; telhados que parecem retângulos de ferro fundido; arranha-céus cúbicos, profundidades arborizadas, um espetáculo feérico, é o que oferece esta cidade de edifícios escalonados na ladeira de uma serra que, de repente, se anula misteriosamente, ou confunde sua bissetriz com o ângulo de outra montanha, coberta de telhados vermelhos, de duas águas e avenidas asfaltadas. Você olha e fecha os olhos. Quer conservar uma lembrança do que vê. É impossível. Os quadros vistos se superpõem, um desvanece o outro e assim sucessivamente, você luta com essa confusão, quer definir geometricamente a cidade, dizer "é um polígono, um triângulo". É inútil... O máximo que poderá dizer é que o Rio de Janeiro é uma cidade construída no interior de vários triângulos, cujos vértices de união constituem o lombo dos cerros, dos morros, das montanhas...

De repente, a cidade desapareceu de seus olhos. Treme de frio. Olha ao redor. Tudo é absolutamente cinza. O Pão de Açúcar foi envolvido por uma nuvem que está passando. Mais adiante, há sol.

3 maio 1930

POBRE BRASILEIRINHA![1]

Recebi uma impressão dolorosa.

Cada vez que eu subia a escada da pensão onde estou morando, vinha ao meu encontro uma índia cor de café que, com as mãos, me fazia sinais para que subisse devagar. Hoje, intrigado, eu lhe disse:

— Mas que diabos está acontecendo que não se pode caminhar? E a empregada me respondeu:

A mociña[2] está muito doente.

Quem é a mociña?

A filha da patroa.

— Não se pode vê-la?

Me fizeram entrar.

A doentinha.

Numa cama larga, sobre um amplo travesseiro, repousava a cabeça de uma moça de dezenove anos. Grandes olhos pretos, cabelo encaracolado emoldurando as faces. Cumprimentei-a e ela moveu ligeiramente os lábios. De uma olhada, eu a observei. Tinha a garganta envolta num lenço; sob os lençóis brancos se adivinhava um pobre corpo enfraquecido.

Amigas, maduras como grandes frutas, rodeavam-na. Me apresentaram:

— O senhor é o jornalista argentino, o novo pensionista.

— O que ela tem? — perguntei. Me explicaram. Pleurisia, a garganta, em resumo, essas meias palavras que disfarçam a terrível doença. Tuberculose pulmonar e laringite. Com razão que não falava. Eu sorri para ela e lhe disse essas palavras tristemente doces que a gente se considera obrigado a dar a uma pobre criatura a quem nenhuma força humana pode salvar.

Ela me olhava e sorria. O idioma a fazia rir, como a nós nos faz rir o português. De vez em quando, um ataque de tosse a crispava sob os lençóis e as amigas, solícitas, rodeavam-na.

Quando saí, ela me dedicou um sorriso que só os lábios das doentes incuráveis têm.

Entrei numa floricultura e fiz que preparassem um buquê de rosas brancas, e à tarde o dei à empregada índia para que o levasse. Que pelo menos tivesse no quarto um pedaço de primavera. E que fosse um argentino quem o havia levado...

A mocinha do Brasil vai morrer! Dezenove anos!

E saí para a rua, entristecido, pensando.

---

[1] Publicado em BORRÉ, Omar. *Roberto Arlt. Su vida y su obra*. Buenos Aires: Planeta, 2000, pp. 73-5.
[2] Em "portunhol", no original.

Eu sei que ela acha graça no idioma "aryentino". Fica me olhando um tempo.

Então lhe digo que o Brasil "es muyto (*sic*) bonito", que ela tem que ter esperanças na virgem que está na cabeceira (eu falando da Virgem!); que não tem que se afligir, que logo ficará curada, que essas doenças assim são muito fantásticas, e que "já vai ver, logo poderá se levantar e sair para caminhar". Ela me olha em silêncio. E eu me lembro do Sanatório de Santa María, nas serras de Córdoba. Lembro das quinhentas moças que no pavilhão Penna, prostradas como essa mocinha de dezenove anos, para quem a vida devia ser só felicidade. E, de repente, uma pena enorme me sobe do coração até a garganta.

4 maio 1930

ELOGIO DE UMA MOEDINHA DE CINCO CENTAVOS

Uma senhora argentina, residente aqui, me deu de presente uma moeda de cinco centavos argentinos.

E eu olhei a moeda matreira, perdida neste país de moedas grandinhas, e lhe falei:

— Como vai, queridinha? Aqui você está mortinha entre esses tostões (moedas de três centavos brasileiros) e esses pratos (porque não são outra coisa que pratos) de quatrocentos réis, que esburacam os bolsos da gente. Mas eu te saúdo respeitosamente, querida moedinha. Eu te saúdo com a emoção do portenho que perdeu não faz muito sua encantadora Corrientes, e sua magnífica avenida de Mayo, sua Florida cafona e sua majestosa Callao.

É verdade que as moedonas desta pátria brasileira te batem em prepotência; é verdade que o vulgar tostão, grandinho e enfezado, te intimida; mas não dê bola para elas; são três centavos argentinos... e você: cinco! As cinco pratas vagabundas com as quais ajeitamos a vida do garçom do café em tempos de crise.

Como os tempos mudam, querida moedinha! Hein? Ali a gente não te dá bola. A gente te dá para o primeiro pedinte infeliz que atravessa o nosso caminho, te deixamos abandonada na mesa de qualquer leiteria imunda e facinorosa. Você é o trocado indispensável para o metrô e isso te dá categoria; mas aqui, no Rio, querida, você não vai passar por aventuras. Você vai ficar no meu bolso como um talismã que me dê sorte e, de quebra, para deixar com bronca todos esses réis que, dos milhares que são, não me duram nada.

Você foi trazida por uma senhora argentina que queria levar uma lembrança de sua linda terra; ela te trouxe para te olhar nos dias que sentisse nostalgia de sua cidade, a mais linda da América do Sul; te trouxe para que você respirasse novos ares, adquirisse experiências e aprendesse a "falar"[1] português e ainda aproveitasse para conhecer os moedões azucrinantes, as moedonas de duzentos réis, as de quatrocentos, as de mil e as de dois mil, que é moeda de puro bronze e alumínio; nem um pingo de níquel, como te fundiram.

Eu te olho com carinho, querida moedinha. Te olho com essa doce paúra que entra na nossa alma quando nos lembramos dos tempos "mixos"; das épocas em que tínhamos os pisantes furados, as meias pelo meio da canela, a gravata feito uma tira, a fatiota avariada por todos os lados. Eu te olho e você me faz lembrar as magníficas polêmicas de leiteria, as discussões filosóficas dos vadios do bairro, a hora derradeira em que o mais vagabundo diz: "Me faço de morto"; a hora do juízo final, quando o menos duro, exclama:

— Não se aflijam, eu tenho cinco pratas pra dar de gorjeta pro garçom!

---

[1] Em português, no original.

Eu te olho e penso: cinco pratas. Penso que Buenos Aires está a cerca de três mil quilômetros daqui; penso que isso pode ser tanto a América do Sul quanto a costa da África; e ao te ver tão pequenininha, tão miudinha, tão magra entre essas moedinhas que pesam quilos, me dá medo. Você não vai morrer de tristeza perdida entre os réis, espremida entre os tostões. Mas não se preocupe. Vou te colocar numa moldura no meu quarto. Quando eu entrar e sair, quando estiver sozinho, meditando besteiras e pensando bobagens, eu levantarei os olhos, te espiarei com o rabo dos olhos e direi: "Bom", não estou tão sozinho assim, tenho uma companheira. Conversaremos. Desembucharemos nossos mútuos infortúnios. Você me contará a angústia dos pés-rapados por cujos bolsos você passou, peregrina, sem poder durar em nenhum; você vai me narrar a odisseia de inumeráveis vadios acossados por mil necessidades, e eu te contarei, por minha vez, as broncas que não posso escrever; destilarei veneno e nós dois, coitados, nos consolaremos como fazem os duros de verdade, mas que falam o mesmo idioma.

Foi isso que eu falei à moedinha de cinco pratas que uma senhora argentina me deu.

Ela está em cima da minha mesinha de cabeceira. Quando chego depois de vagabundear por essas ruas negras, sujas e estreitas; quando saio rogando pragas nos cafés, protestando por causa da cozinha do restaurante do maldito Pierre Labarthe, inventor do tóxico, "O soberano dos *vinos* brasileiros"; quando chego desesperado e suando das intermináveis caminhadas que faço à procura de motivos que não existem, a moedinha fiel, lustrosa, fina, miúda, bonita, me recebe como um consolo; os olhos da cabeça da República parece que me dizem, ao me olhar: "Você não vai me abandonar", e eu lhe respondo: sou fiel a você, porque apesar de que aqui você não serve para nada, você me liga a um passado mixo; sou fiel a você porque você me faz recordar da minha cidade mais querida, agora mais do que nunca, porque ela está longe; sou fiel a você apesar de ter os bolsos entupidos de tostões, porque você fala o nosso idioma, ressonante, machão, bravo, enfezado, *compadre*; te sou fiel porque na tua companhia o coração me diz que dias bons chegarão, dias em que terei tuas companheiras no bolso, e serei personagem importante, dizendo, numa mesa de café:

— Quando eu andei pelas tampas com o Brasil...

E a moedinha me olha de esguelha. Parece que sorri, e me responde:

— É inútil... Você tem a alma de um vagabundo.

E pode parecer mentira para vocês; mas eu tenho a sensação de que a alma da moedinha se solta de seu disco de níquel, e me dá um grande e consolador abraço. E então eu durmo tranquilo.

5 maio 1930

NÃO ME FALEM DE ANTIGUIDADES

Alguém me disse:
— Parece que as coisas antigas não o entusiasmam; essas igrejas centenárias, essas estátuas do tempo da colônia e do imperador...
— Efetivamente — respondo. Estátuas, igrejas antigas e todas essas tranqueiras do outro século me deixam perfeitamente indiferente. Não me interessam. Acho que não interessa a nenhum argentino. Entediam, sejamos sinceros. Para nós, que temos os olhos acostumados à linha dos automóveis, que diabo pode nos dizer um arco de pedra ou uma abside! Sejamos sinceros. Eu admiro a arte desses charlatões que olham uma pedra que foi de outro século e encontram motivo para choramingar uma lenga-lenga durante três horas. Admiro-os, mas não posso imitá-los. As igrejas antigas não me chamam a atenção. As casas do século passado, caindo aos pedaços, tampouco. Protestamos contra a estúpida arquitetura colonial, que em nosso país se difundiu entre os novos-ricos, e vamos começar a abrir a boca diante desses casarões escuros, porque são feitos de pedra? Faça-me o favor. Todas essas casas me parecem muito lindas... para transformá-las em pedregulho.
— Sabe que o senhor é um sujeito agressivo?
— Sou sincero. Não fui ao Museu Histórico nem penso ir. Não me interessa. Não interessa a ninguém saber de que cor eram as saias das senhoras do ano Quatrocentos, ou se os soldados andavam descalços ou com abarcas. Isso é o que me desiludiu de viajar. Não daria um cobre por todas as paisagens da Índia. Prefiro ver uma boa fotografia a ver a natureza. A natureza, às vezes, está num mau momento, e a fotografia é tirada quando a natureza está em seu "melhor momento".
Meu interlocutor sente vontade de se indignar, mas eu insisto:
— Das duas uma: ou enganamos a nós mesmos e enganamos aos demais ou confessamos que o passado não nos interessa. E é o que acontece comigo. Outro senhor poderá fazer das igrejas do Rio um capítulo de romance interessante. Para mim, não parece assunto nem pra uma nota ruim. Estamos entendidos? Outro senhor poderia fazer das sinuosas ruelas do Rio um poema maravilhoso. Para mim, o poema e a ruela me cansam. E me cansam porque falta o elemento humano em seu estado de evolução. A paisagem sem homens acaba comigo. As cidades, sem problemas, sem afãs e os homens sem um assunto psicológico, sem preocupações, acabam comigo.
Quando eu olho a cara de um operário portenho, sei o que ele pensa. Sei que afãs leva em seu íntimo. Sei que estou na presença de um inquietante

elemento social. Aqui encontro pessoas que, contanto que ganhem o "feiyon", vivem felizes. Isso me indigna. Na pensão mais equívoca, encontra-se, entre gargalhadas irrisórias, um altarzinho aceso à Virgem e seus santos. Vive-se religiosamente ou não se vive.

Essa mistura de superstição, de imundície, de ignorância e de inconsequência, me irrita. A empregada doméstica argentina é uma moça calejada de preocupações reais; a empregada, aqui, é um artigo de luxo.

Os que vivem mal não percebem isso, aceitam sua situação com a mesma resignação que um maometano; e eu não sou maometano. Alguns dizem que a culpa é dos negros, outros que é dos portugueses, e eu acho que a culpa é de todos. Em nosso país havia negros, e havia de tudo e a civilização segue em marcha. Não entendo por civilização superabundância de fábricas. Por civilização entendo uma preocupação cultural coletiva. E em nosso país existe, ainda que seja de forma rudimentar.

Aqui, a cultura da classe média é de um afrancesamento ridículo. Imita-se as artistas de cinema de tal forma que se pode ver mulheres pelas ruas vestidas de maneira tão extravagante que a gente não sabe por qual extremidade começar a descrevê-las.

Eu não posso escrever sobre tudo isso. Diriam que sou um sujeito agressivo, venenoso, mal-humorado, hipocondríaco. E, no entanto, elimino todos os dias toxinas com uma boa aula de ginástica. Por isso que o antigo não me interessa. O antigo, entre pessoas antigas, está em seu lugar; entre pessoas modernas, é de um ridículo! A paisagem acaba comigo. Não olho as montanhas nem de brincadeira. O que fazemos com a montanha? Descrevê-la? Montanhas há em todos os lugares. Os países não valem por suas montanhas. Em Montevidéu, que é um país pequenininho, encontrei preocupações sociais a granel. Esses uruguaios pensam no futuro, pensam numa condição social melhor, em quais remédios podem ser aplicados aos defeitos sociais, e discutem como energúmenos. Aqui ninguém discute. Ninguém se irrita. Vive-se como num salão. Isso está muito bem quando o salão está acompanhado da cozinha; mas aqui a cozinha está a cargo das negras...

— O senhor é um tipo insociável — me diz meu interlocutor. — A melhor coisa que podia ter feito era ter ficado no seu arrabalde...

— Eu também acho. E não penaria tanto para encontrar temas para notas como estou penando aqui.

6 maio 1930

AMABILIDADE E REALIDADE

Quando se quer investigar algo seriamente a respeito da vida do povo, caro leitor, a gente se estrepa aqui no Rio de Janeiro, nessa amabilidade brasileira, que ciumentamente oculta as fissuras de sua civilização popular.

Me contaram um caso formidável. Passo a vocês tal como recebi:

Quando o "leader" socialista Albert Thomas chegou ao Rio de Janeiro, como todos os sindicatos trabalhistas haviam sido dissolvidos pela polícia, pregaram "uma peta" no mr. Thomas, apresentando a ele uns empregados do governo como delegados de centros operários. Tinham até regulamentos perfeitamente confeccionados.

Tive oportunidade, faz uns dez dias, quando se inaugurou a nova linha aérea, de conversar com uns rapazes jornalistas, argentinos e amigos.

— E então? Como vão vocês?

— Encantados. Já nos levaram para visitar o Pão de Açúcar, Copacabana, o Jockey Club, o hipódromo...

Nós nos sentamos num café para conversar. Com meia hora, os rapazes jornalistas me diziam:

— Claro. Você está aqui e não se deixa deslumbrar com as belezas naturais...

E outro jornalista (é de um vespertino, e não digo o nome para não lhe criar nenhum conflito) me disse:

— Veja só; entro no correio, vejo um cofrinho para colocar um óbolo para os tuberculosos; pergunto ao funcionário se eles tinham uma mutualidade, como nós, um sanatório, e ele me respondeu que não. Claro... Enrolam as pessoas com o Pão de Açúcar.

Eu lhe digo:

— Você sabe como os gráficos são fortes, em Buenos Aires? Bom. Aqui havia uma associação gráfica, e a polícia a dissolveu três vezes. Na Associação, um estudante brasileiro me dizia:

— Não se abrem escolas porque os políticos não querem de modo algum que o proletariado se instrua. Sabem que o dia que o proletariado estiver instruído, não votará neles.

E não há problemas sociais

Com toda gravidade, um amigo me dizia:
— Aqui não há problemas sociais.

Esse amigo não havia saído da avenida Rio Branco nem do perímetro de Copacabana.

Sejamos sinceros. No nosso país, como aqui, é permitido falar mal do presidente para baixo; e na nossa Câmara há socialistas de todos os matizes. Aqui o socialismo produz calafrios. Há uma comissão de cinema, que não se assusta com nenhuma fita por mais escabrosa que seja, desde que não trate de assuntos sociais. A mais inocente associação gremial alarma a polícia.

Só vendo a estupefação que produziu, nuns rapazes da Associação, ao ver uma edição do *El Mundo*, onde se publicava a fotografia de um deputado radical que tinha sido vendedor de jornal na infância e a de outro socialista que foi mensageiro, refiro-me a Portas e Broncini. Olharam-se entre si, como se dissessem: que país deve ser aquele!

Eu, que estou me tornando argentinófilo, explico a esses rapazes, companheiros da Associação Cristã, quais são os movimentos sociais no nosso país; descrevo-lhes as bibliotecas operárias, os centros dos bairros, as qualidades dos nossos autores de bairro que estreiam bobagens em teatros de bairro, com companhias péssimas, e me observam, como que dizendo:

— Aqui não tem nada disso.

E é verdade. Involuntariamente, eu me pergunto: que fenômeno será que pressionou sobre nós, os argentinos, para nos fazer, indiscutivelmente, o país mais interessante psicológica e culturalmente da América do Sul?

Somos os melhores, não tem jeito: os melhores. Um operário como o nosso não se encontra a não ser em Buenos Aires. Na Europa e no Uruguai deve haver, mas fora dali, não.

Somos os melhores porque temos uma curiosidade enorme e uma cultura coletiva magnífica. Comparada com a que há aqui. Quantos teatros há em Buenos Aires? Não sei. Em Flores há dois. O Almagro... em... sei lá eu quantos teatros há em Buenos Aires! Sei que aqui, com dois milhões de habitantes, há três ou quatro teatros que não funcionam. E livrarias? E editoras? Não se encontra nada disso aqui. Depois meu amigo argentino diz que não há problemas sociais. Não há poucos problemas sociais. E o nosso país é desconhecido no Brasil. A prova: conversei com um montão de pessoas. Cultas e incultas. Todas me perguntaram a mesma coisa:

— O senhor é espagnol?

Não ocorreu a ninguém me perguntar: O senhor é argentino?

Falar da Argentina aqui é como em Buenos Aires falar do Tibete.

Naturalmente, nas conversas e reportagens oficiais que são publicadas nos jornais, argentinos e brasileiros, nós nos conhecemos como se tivéssemos comido no mesmo prato ou dormido no mesmo quarto; mas na realidade prática não acontece isso. Somos dois povos distintos. Com ideais coletivos distintos. Nós somos ambiciosos, entusiastas e desejamos alcançar algo que não sabemos o que é, e lemos jornais, revistas, romances, teatro; conhecemos a Espanha como se fosse a Argentina... Aqui? Num dos melhores jornais, o encarregado do arquivo me disse:

— Veja... não temos nenhuma informação de Portugal, a mãe pátria. Nenhuma fotografia. Estamos tão distantes...

Percebem?

7 maio 1930

TRINTA E SEIS MILHÕES!

Vou pelo deserto do Saara. Quero dizer, pela avenida Rio Branco, às nove e quarenta da noite.

Se a tivessem varrido com uma metralhadora, não estaria mais limpa de gente. Num bar, chamado "Casa Simphatia" (com "h" e tudo), os garçons se chateiam olhando o asfalto. Só um casal, em duas poltronas-cestas, se dá ósculos inflamatórios. O encarregado do boteco olha alarmado e pega o extintor de incêndio. Vê-se que está disposto a proceder.

Eu penso. Penso o seguinte, num solilóquio que me acho no direito de lhes transmitir:

— Que coisa! Desde que cheguei a este país, não vi um só enterro. Ninguém morre aqui? Ao contrário, este casal que está arrulhando tem todo o aspecto de presentear o Estado com dois gêmeos dentro de pouco tempo. Ninguém morre e eu não sei, ainda, como são os carros fúnebres. Mas existem funerárias no Brasil? Ainda não vi uma, e olha que eu fui a todas as ilhas, ao Pão de Açúcar e à Praia Vermeia (sic), e ao diabo. Não há coveiros, nem agentes funerários, nem caixões, nem nada. Acho que nem cemitérios. Olhando para a rua Buenos Aires, há um mercado de flores, flores com cheiro de cadáver e uns truculentos pacotes de coroas. A menos que a prefeitura espere uma peste fulminante, esse mercado de coroas não se justifica. Um pé-rapado, com barba portuguesa, monta guarda fumando, entediado, um charuto ruim. E o mundo emperrado em viver. Não morre ninguém, está visto; e o Brasil tem trinta e seis milhões de habitantes. E, continuando assim, dentro em breve terá setenta e dois milhões.

Também

Também! Como é que não vai ter trinta e seis milhões! Reparem:

Não se aposta, não se bebe, não se vai ao teatro, porque dos três teatros, um está fechado, o outro sem companhia e o terceiro em reforma. Não se perde tempo no café, porque nos cafés não há tolerância para os vadios. Não se joga, porque todos os cabarés onde havia carteado foram fechados. Não se perde tempo com mulheres suspeitas, porque as mulheres suspeitas dispararam entediadas com tanta moralidade. Não se lê, porque os livros custam caro, e só de dar uma folheada nos jornais o assunto está liquidado. Não se vai aos comitês, porque aqui não há comitês. Não se vai às bibliotecas operárias, porque os operários não têm bibliotecas. Uma que outra sessão de cinema, e dê-se por bem servido. E as fitas do cinematógrafo passam previamente por uma comissão de censura que as expurga de quanto elemento revolucionário possam encerrar.

Você me dirá: o que as pessoas fazem?

Trabalhar. Aqui todo mundo trabalha. Já disse em outra nota e repito nesta, para que não se esqueça. Trabalham brancos e negros, mulheres e homens. Nas bilheterias das companhias de navegação, você encontra mulheres. Quase todas as tabacarias são atendidas por mulheres. A mulher trabalha tanto quanto o varão; ganha o "feyjonn", isto é, os *porotos*.

"Aqui toda a gente a grama." Aqui todas as pessoas trabalham. E, em seguida, direto para casa.

É preciso se entreter com alguma coisa

Vocês devem compreender que com alguma coisa um cristão tem que se entreter, e esses cristãos que "falan" português se divertem encomendando, todos os anos, um bebê em Paris.

Quanto mais pé-rapado é um infeliz, mais pimpolhos tem em sua "facenda". Um negro passeando é um espetáculo; duas negras com as crianças nos ombros constituem uma brigada que ocupa integralmente um "bondi".

Trabalham e têm filhos. Seguem no mais amplo sentido da palavra o bíblico preceito.

Trinta e seis milhões. A soma é brutal. Se vivessem de outro modo, mas no passo em que vão, algum dia irão constituir o estado mais importante da América do Sul.

Cidades? Em todo o interior do Brasil se improvisam às margens de péssimos ramais de estradas de ferro cidades que algum dia serão centros de população importantes. Os negros estão desaparecendo, me dizem, e eu os encontro até na sopa. Estão desaparecendo porque estão se fundindo com a classe branca, de maneira que quando acordarmos, o Brasil terá cem milhões de habitantes. E não vão se passar muitos anos. Quando as pessoas pegam no batente e não bebem, não jogam e ficam em casa...

8 maio 1930

ELOGIO DA TRÍPLICE AMIZADE

No domingo às sete e trinta da noite, este servidor de vocês, malcomido e bem entediado, perambulava já fazia uma hora pela avenida Rio Branco, ruminando seu péssimo mau humor. E de repente todo seu fastio se derreteu como a neve ao sol e, embora andasse sozinho, começou a sorrir graciosamente:

Eu sei o que vocês vão supor:

Será que você viu um senhor passar de saída de banho pela rua?

Não. Aqueles que têm inverossímeis saídas de banho, desfiadas e gordurentas, exibem-nas pelas ruas e se pavoneiam com elas às onze da manhã e às cinco da tarde.

Será que você viu algum negro de fraque, algum mulato de alpargatas e monóculo; algum empregado de padaria com colarinho engomado e bengala forrada de pele de cobra?

Não!

Será que observou algum casal bem vestido meditar, meia hora diante de um café, se entrariam ou não para tomar alguma coisa... e depois ir embora sem resolver entrar?

Não!

Será que detinha seus olhos em alguma dama de cinquenta anos, com o vestido até os joelhos e cachos soltos pelas costas?

Não!

Será que estava prestando atenção na inquilina de algum cortiço, enrolada em sedas e que, para olhar para seus próximos, adquiriu um "impertinente"?[1]...

Não!

Então, que diabos é que você viu?

A única coisa que sei é que este servidor sorriu graciosamente, docemente, melificamente...

Explique-se, homem!

— Caminhando em direção contrária à minha, vinha um casal em companhia de seu fiel e inseparável amigo, não aquele casal que vai ao restaurante Labarthe, mas outro casal.

Descrição

Ele, cem anos. Se não aparenta, merece tê-los. Alto, magro, caquético: a dentadura, pela gengiva; a pele com mais rugas do que um acordeão.

---

[1] Luneta ou binóculo com cabo, usado especialmente pelas senhoras, sobre o nariz; lornhão, aportuguesamento do francês *lorgnon*.

Ela, quarenta e cinco a cinquenta outonos; um crepúsculo magnífico: olhos pirotécnicos, curvas como para dedicar-se a estudar imediatamente trigonometria e investigar de que modo matemático é possível tirar uma cotangente de um seno sem tocar o cosseno, em resumo, riam vocês da Pompadour, de Recanier e de todas as grandes madamas de que fala a história.

Mulher para ser vista à luz artificial, como diria um cronista social.

Ele (o outro ele), trinta e cinco abris, janota, no dizer dos clássicos espanhóis; pura pinta de cavalheiro galgo, bem untado de brilhantina, empoado, cingido, unhas feitas e pés de bailarina, e aqui têm vocês o terceto que derreteu o meu mau humor.

E aonde vai o ancião, ali você encontra o seu amigo, e ela: Como vai deixar o seu esposo sozinho? Não seria uma crueldade, uma ação inqualificável? E eis aqui então que, múmia, janota e dona, formam um conjunto delicioso.

Mas não vamos pelo mau caminho. Não. O que acontece é que esse jovem está ansioso por ilustrar seu espírito com as verdades e conhecimentos que o ancião entesoura. E não pode resistir a seu desmedido afã de acumular experiência. Ela, por sua vez, amorosa e diligente, tampouco pode se resignar a perder a companhia do homem que tanto adora. E se um "carro" passar por cima dele? (Os ônibus são chamados de "carros", neste país. Os *carros*,[2] eu não sei como são chamados.)

Qual é a consequência de tais solicitudes que levam a uma direção contrária, isto é, a do jovem que quer enriquecer seu intelecto com a experiência do velho decrépito e a da esposa em cuidar do seu museu andante? Que sempre onde está um pode-se encontrar os três. E depois Santo Agostinho quebrava a cabeça para compreender o mistério da Santa Trindade.

Mal faria alguém em supor que os três se entediam. Ao contrário: se dão bem que dá "gosto vê-los". O jovem não faz nada mais que abrir a boca de admiração e respeito, escutando tudo o que diz o ancião.

E ela, ao ver essa harmonia fica tão contente que vai quase dançando, de tão feliz. E é lógico: ama tanto seu esposo que como não vai ficar alegre com essas mostras de admiração que o jovem janota produz em sua boca, nariz, orelhas e olhos? E tanto se alegram que, às vezes, deixando-se levar por seu entusiasmo, ela dá uns tapinhas nas costas do jovem; e o jovem compreende que são como as palmadas de uma irmã. O ancião percebe que são puras carícias fraternais... e aqui não aconteceu nada.

Que coração, por mais duro que seja, não se enterneceria diante de tal espetáculo? Que alma, por mais insensível e malvada, não se emocionaria de doçura ao contemplar o ancião que esparrama sua sabedoria caudalosa, e como

---

[2] Carroça, em espanhol.

um rio de leite e de mel, nos ouvidos de um jovem ansioso por conhecimento e de uma mulher doida para enterrá-lo... quero dizer, cuidá-lo? (Freud tem razão quando estuda as palavras equivocadas.)

Percebem, agora, porque o meu mau humor de cão se derreteu como a neve ao sol, ou como a melancolia de um L.C.[3] ao qual notificam que a autuação por porte de armas ficou sem efeito, e que pode sair do 5º Distrito para ir roubar outra vez?

11 maio 1930

---

[3] Sigla policial, também conhecida pelos ladrões, que significa "ladrão conhecido".

"VENTO" FRESCO

Não há nada mais emocionante para um viajante em terra estranha do que a chegada do "fin de mês" e a chegada do dia 1º, se no dia 30 e no dia 15 há uma alma perfeita que se lembra que deve lhe enviar "vento" fresco, gaita.

Com que solicitude amorosa e comovedora se faz, então, ato de presença na caixa postal, para indagar se chegou ou não o aviso do banco, a notificação de que há uma boa bolada de réis esperando sua respeitável visita, a notícia reveladora de que não o esqueceram, por mais que às vezes as pessoas não tenham motivo para lembrar direito de um emigrado!

Terra estranha

Estar em terra estranha, é estar completamente sozinho. A amabilidade das pessoas é da boca para fora. O viajante, que não é um otário nem nasceu ontem, rapidamente compreende isso.

Quando se traça esse panorama geral, assim como o marinheiro em tempo de tempestade põe sua alma e sua pele na bússola, e o aviador no sextante, você põe seus sentidos, seus pés e seu corpo no banco com o qual opera. E o banco, que em outros tempos era para você uma instituição vaga e irreal com a qual não havia tido, nem que quisesse ardentemente, nada a ver; o banco, que na sua imaginação de duro crônico, era representado como uma casa onde os que juntam uns trocados levam seu "vento" para que não seja volatilizado pelos "ladros"; o banco, da noite para o dia, no exterior, se transforma em seu "amigo" e você em "seu cliente e amigo". Você já não leu, por acaso, os anúncios nos jornais e nos bondes, nos quais as instituições bancárias fazem sua propaganda: "Nossos clientes são nossos amigos"?

Consequentemente, eu sou amigo do Banco Português do Brasil, situado na rua de Candelária, 24. Esse banco, quer dizer, "meu amigo", todos os dias 1º e 15 de cada mês me envia a carta, cujo texto reproduzo:

"Ilustríssimo senhor... (percebem? Me tratam por ilustríssimo!) Temos a vossa disposição o equivalente de pesos argentinos, por ordem do Banco de la Provincia de Buenos Aires. — Vs. Mt. Ats. e Vrs."

As tais iniciais correspondem a uma multidão de cumprimentos que me fazem os que incluem o tratamento de "vueselencia" etc. Vocês percebem? Ilustríssimo e vueselencia!

Assim as pessoas são tratadas neste país. Vejam se não dá gosto viver e ter que ombrear-se com semelhantes "amigos".

Bom, só vendo a emoção com que qualquer fulano ausente de sua bendita terra acolhe a supracitada notícia.

Porque...

Porque no dia 29 ou 14 de cada mês, o cidadão que emigrou ou que foi expulso de seu país começa a dar uma passada pelo correio, cumprimenta com amabilidade os carteiros, que são donos do seu destino; ainda que esteja com dor de dente, sorri para o funcionário negro que varre às cusparadas em volta da caixa postal; se informa, com tom melífluo, sobre os horários de distribuição da correspondência, e uma doce paúra penetra na sua alma.

E se o aviso não chegou? E se o barco que o trazia se enganou de rota e, em vez de embicar para o Brasil, pegou a direção da África? E se foi a pique? Pior, e se roubaram a correspondência? Isso sem contar que o encarregado de expedir a ordem de pagamento pode ter morrido de uma síncope cardíaca, de uma angina peitoral, de qualquer coisa...

O assunto é grave e brabo, porque ainda que o banco o chame de ilustríssimo senhor, e se intitule, ampla e pomposamente, seu amigo, enquanto não houver aviso de que pode e deve morrer com a conta, vai deixá-lo no estuário sem consideração alguma. Além do quê, você não desconta a possibilidade de que os encarregados de expedir a ordem, se não lhes ocorreu morrer, podem, em compensação, ter se esquecido de fazê-lo por excesso de preguiça.

E o seu espírito se enternece quando medita na infinidade de causas, motivos, acidentes imprevistos e inesperados que podem fazer com que o dinheiro não chegue às suas ansiosas mãos: e no dia 29 você se aproxima da caixa postal, dizendo para si mesmo:

— É brincadeira que o aviso não chegou.

E não se engana. Fica-lhe a imensa satisfação de não ter se enganado e de sair para a rua, dizendo para si mesmo:

— O coração estava me dizendo.

No dia seguinte, volta. Ali está o aviso! Uma mão misteriosa o jogou na caixa do correio, outra o apanhou. E... você tem o infinito prazer de ficar sabendo que o Banco X, "seu amigo", por intermédio do Banco XX, seu "outro amigo", lhe roga (ainda que não rogassem você iria do mesmo jeito) para passar pelos escritórios da instituição para retirar a gaita.

Também é outra piada que no dia 30 você tem, como todo capital, algumas chirolas, réis, pfenings ou liras. Não importa: o aviso chegou. E então, magnânimo, opulento, senta-se em qualquer café e pede. O momento ruim passou. O banco, no final das contas, "seu amigo", tem em seus monumentais cofres de aço, escrupulosamente guardadas, as notas indispensáveis para que as pessoas não tenham inconvenientes em continuar sendo amáveis com você.

12 maio 1930

REDAÇÃO DE "O JORNAL"

Todas as noites eu venho escrever minha nota na redação do diário "O Jornal", um dos principais rotativos do Rio de Janeiro, que atualmente ocupa um antigo casarão.

Quando as rotativas funcionam, o chão trepida e a redação se enche de um barulho infernal que todos nós, jornalistas afeitos ao ofício, não escutamos senão de tarde em tarde, como os marinheiros que, acostumados ao balanceio do barco, não o percebem senão quando este joga demais.

A redação

Num canto, fica a escrivaninha do secretário de redação, Figueredo de Piementel, que é um ótimo rapaz. Depois, as mesas dos outros redatores. No centro, uma mesona como daquelas para preparar talharins para um regimento serve ao pessoal para esses trabalhos que nós, jornalistas, denominamos requentar e recortar; a cozinha, em síntese, onde se recortam telegramas, se cola e se faz todo o trabalho cujo único fim é evitar escrever.

Numa mesa em frente à do secretário está a do encarregado de concurso de belezas femininas para eleger a Miss Brasil, o cavalheiro Nobrega de Acuna, um infatigável labutador, encarregado de receber as meninas que os municípios do interior delegam para o concurso. Está sempre terrivelmente atarefado; eu lhe digo se não quer que eu o acompanhe nesse trabalho de selecionar meninas, e ele me responde que não, que é muito delicado e assim acho eu também. A única coisa que não entendo é como ele faz pra dar conta de tanta moça aspirante à Miss Brasil. Tem pinta de núncio apostólico, é sutil e diplomático, eu acho que deixa todas contentes só de conversar.

Ele tem, além disso, quatro cargos diferentes. Isso faz com que uma fileira de pessoas desfile continuamente diante da sua escrivaninha; insisto, ele tem pinta de núncio apostólico ou de delegado de Sua Santidade, e ganha duzentos pesos por toda essa atividade.

Os outros

Depois há uma misteriosa quantidade de redatores que devem ter suas seções fixas; gente que trabalha em suas escrivaninhas sem dizer nem A nem B. Às vezes chega um moço apressado, tira o paletó, senta na mesona e, apressadamente, escreve sem levantar a cabeça. Traz notícias, informes, a seção, a eterna seção que em todos os jornais se escreve espumando de pressa porque os linotipos não esperam e a rotativa tem que funcionar.

Às vezes forma-se um grupo, os cigarros soltam fumaça, aquele que está escrevendo apressado levanta a cabeça, no círculo dá-se risada e se conversa, o homem da seção que despacha espumando tem uma vontade danada de largar a caneta e juntar-se ao grupo, mas é impossível; ele escuta três palavras e submerge novamente no batente. As pautas entram brancas e saem, rapidamente, cheias de linhas negras entre suas mãos. O homem escreve a todo vapor.

Três personagens em colóquio imperceptível conversam com o secretário de redação. São assuntos graves, mas a rapaziada está pouco se lixando, está acostumada a tantos assuntos graves que já nenhum por sua gravidade vale a pena deixar que um cigarro se apague.

É curioso como nas redações dos jornais o indivíduo se acostuma com os "assuntos graves". Trinta mortos. Bah!... Não é muito... podiam ter sido muitos mais. Meia cidade se incendiou? Bom, podia ter se incendiado toda. Uma ponte de estrada de ferro desmoronou com um trem em cima. Pra isso existem as pontes, pra desmoronar. Senão, de que viveriam os fabricantes de pontes? Chegou o inventor do movimento alternado. O subsecretário conversa com um senhor de rigoroso luto que lhe levou um livro. Os rapazes olham de esguelha pro coitado. Nessas circunstâncias, o coitado é o subsecretário.

Eu ouço as conversas, mas como não entendo patavina, olho; sorrio aos que me sorriem e depois continuo na máquina. Dou duro. Escuto alguém que diz:

— Um "jornalista aryentino".

Viro a cabeça e digo:

— Muyto (*sic*) obrigado. — E me meto na Underwood. O que acontece é que às vezes a Underwood não sabe sobre o que escrever, e eu me vejo em apuros, o secretário se aproxima de mim e me dá um tapinha nas costas, olho em volta e aí eu digo a mim mesmo:

Todas as redações de todos os jornais do mundo são iguais. Rapazes que escrevem com uma insuficiência maravilhosa e que dissertam, fumando um cigarro ruim, sobre o futuro do universo. Todas as redações do mundo são iguais. Gente que olha de mau humor a lauda que, para ser terminada, exige mais dez minutos de escritura e redatores que sorriem semientediados, escutando um senhor de fartas costeletas que trata de complicar-lhes a vida com a revelação de um assunto sensacional. E, no entanto, a gente se diverte na maldita profissão. A gente se diverte porque as coisas que só se pode escutar nos confessionários se escutam também na redação.

13 maio 1930

FESTA DA ABOLIÇÃO DA ESCRAVATURA

Hoje, almoçando em companhia do senhor catalão a quem não nomearei por razões que vocês podem adivinhar, ele me disse:
— Dia 13 de maio, é feriado nacional...
Ah é? E continuei jogando azeite na salada.
— Festa da Abolição da Escravatura.
— Está bem.
E como o assunto não me interessava especialmente, dedicava agora minha atenção a graduar a quantidade de vinagre que jogava nas verduras...
— Na semana que vem, vai fazer quarenta e dois anos que a escravidão foi abolida.
O assunto me pregou tamanho susto que metade da vinagreira foi parar na salada...
— Como é que é? — repliquei espantado.
— É, quarenta e dois anos sob a regência de dona Isabel de Bragança, aconselhada por Benjamin Constant. Dona Isabel era filha de dom Pedro II.
— Quarenta e dois anos? Não é possível!...
— Dia 13 de maio de 1888, menos 1930: quarenta e dois anos...
— Quer dizer...
— Que qualquer negro de cinquenta anos que você encontrar hoje pelas ruas foi escravo até os oito anos de idade; o negro de sessenta anos, escravo até os dezoito anos.
— Então, essas negras velhas?
— Foram escravas...
— Mas não é possível! O senhor deve estar enganado. Não será no ano de 1788... Veja: eu acho que está enganado. Não é possível.
— Homem, se não acredita em mim, averigue por aí.

Na associação

Assim que terminei de almoçar, me dirigi para a Associação, e perguntei, no balcão, aos rapazes:
— Que feriado é o 13 de maio?
— Abolição da Escravatura.
— Quando foi isso?
— 13 de maio de 1888.

— 1888... 1888... 1930... menos 1888... Não tem jeito!... Quarenta e dois anos. Mas não é possível... 1888.

— Homem — diz um deles, com toda naturalidade —, meu pai foi capataz de escravos...

Eu fiquei frio e branco.

— Precisa de dados?...

Olhei para esse homem, como olharia para o filho do carrasco da prisão de Sing-Sing; depois, dominando-me rapidamente, segurei-o por um braço, e lhe disse:

— Vem cá: preciso falar com o senhor. A que preço se vendia um escravo?

— Segundo... os preços variavam muito, dependia das localidades, estado físico e aptidões do escravo.

— Em São Paulo, por exemplo, um escravo custava dois contos de réis, ou seja, seiscentos pesos argentinos; em Minas, o mesmo escravo, custava de cinco a seis contos de réis. Um escravo arrebentado pelos castigos, duzentos pesos argentinos... Mas não se pode fixar uma tarifa exata, porque o escravo não era vendido particularmente. Por exemplo: o senhor precisava de dinheiro, juntava seus escravos e os levava ao mercado... Leia "A escrava Isaura", de Alencar,[1] é um romancista brasileiro que retratou muito bem a escravidão. Bom, como eu ia dizendo, levavam o escravo ao mercado e o rematavam àquele que fizesse o melhor lance.

Aqui, no Rio de Janeiro, o mercado de escravos ficava na rua Primeiro de Março, diante da drogaria Granado.

Eu escuto como se estivesse sonhando.

— E é verdade que os castigavam?

— É, quando não obedeciam, com um chicote. Agora, tinha facendas onde maltratavam os escravos, mas eram poucas. (Castigar com chibata e maltratar é uma coisa muito diferente, isto é, dar vinte ou trinta chibatadas num escravo não era maltratá-lo e, sim, castigá-lo.)

Os matizes

À noite, encontro o senhor catalão, e digo:

— É verdade que castigar é uma coisa e maltratar outra?

— Mas, é claro, homem de Deus! Castigar... isto é, a chibata, era de uso corrente em todas as facendas para manter a ordem mais elementar. Maltratar um escravo era, em compensação, suplantar o uso da chibata pelo de instrumentos

---

[1] Aqui há um claro equívoco de Arlt, pois *A escrava Isaura* é de Bernardo Guimarães e não de José Alencar.

perfurantes, cortantes... quebrar os braços a pauladas, colocá-lo no tronco... Como o senhor pode perceber, é simplesmente uma questão de matizes...

— É... estou vendo... de matizes...

— E os donos?

— Os donos?... Só sendo muito selvagem, aquele que tocasse num escravo. Para quê, se para isso tinham o "feitón"? O feitón era o capataz dos escravos, geralmente também escravo, mas só que era liberado do trabalho brutal para fazer seus companheiros trabalharem, e castigá-los. Esse escravo era o terror dos outros. Cumpria a ordem do dono ao pé da letra. Se lhe ordenavam dar cinquenta chibatadas num escravo e este morria na chibatada trinta e nove, o outro lhe subministrava as onze restantes... uma questão de princípios, amigo. Obediência absoluta.

— Quer dizer que os brancos velhos, de aparência respeitável que a gente encontra nos automóveis particulares...

— Foram donos de escravos. Leia o que escreveram Alencar e Rui Barbosa...

— Mas eu fui às livrarias e me disseram que não havia livros sobre a escravidão.

— É natural... Eu vou consegui-los para o senhor... mas faça isso: vá ao porto e converse com algum negro velho, desses que o senhor viu tecendo redes...

— E essas negras velhas, tão simpáticas, as coitadas...?

— Também foram escravas... Mas vá e fale...

Não me decido

E ainda não me decidi a entrevistar um ex-escravo. Não sei. Me dá uma sensação de terror entrar no "País do Medo e do Castigo". O que me contaram parecem histórias de romances... prefiro acreditar que foi escrita por Alencar, tremendo de indignação, que é uma história que aconteceu num país da fantasia. Acho que é melhor.

14 maio 1930

AQUELE QUE DESPREZA SUA TERRA

Vou lhe dar um conselho: esteja onde você estiver, se encontrar um compatriota que fala mal de sua terra, desconfie dele como da peste. Pense que se encontra diante de um sem-vergonha ou de um adulador da pior espécie. Escrevo isso porque aconteceu de eu me encontrar com um argentino que está empregado num jornal do Rio. E, logo de cara, ele me disse:

— Este sim que é um grande país. Preza e honra as pessoas de bem.

— Então o senhor deve se sentir muito desconfortável aqui.

— Sério. Desprezo o meu país. O que a República Argentina fez por mim? Nada. Não se preza os talentos. São manuseados e desprezados. Em compensação, no Brasil, eles me admiram e me respeitam, sou amigo do Coelho Neto (uma espécie de Martínez Zuviría argentino), me correspondo com o Dantas, o Monteiro Lobato me trata com atenção.

— Mas o Monteiro Lobato está nos Estados Unidos...

— Me trata com atenção por carta...

— Isso é outra história. Mas pense que, se as pessoas o tratam como o senhor está dizendo, é porque o senhor não faz outra coisa a não ser adulá-los descaradamente, e depois porque não o conhecem...

— Em compensação, no meu país me desprezavam. Não me queriam nem para ordenança, em nenhum jornal. A Argentina? Puf! País de mercadores.

E, com um safanão, varreu a Argentina do mapa da América do Sul. Sem me alterar, eu lhe respondi:

— É curioso. Na nossa cidade, o senhor adulava tudo quanto era medíocre para que lhe desse um terno ou um par de botinas. Inclusive, falava cobras e lagartos do Brasil. Aqui, procede ao contrário. Não me parece ruim que admire o país onde pode comer todos os dias; o que me parece ruim é que esteja constantemente desprestigiando a nossa pátria. Acho que, se não o queriam nem para ordenança num jornal, era porque os diretores abrigavam a veemente suspeita de que o senhor pudesse fugir com as bengalas e sobretudos que os visitantes deixam nos cabideiros. Uma questão de ética profissional. Não é possível ficar explicando para cada senhor que vai a uma redação: "Senhor, traga o seu chapéu porque ele não está em segurança no 'jol'".

Por três razões

Por três razões um homem sai do seu país. A primeira, porque a polícia ou os juízes têm interesse em conversar amigavelmente com ele e submeter a seu entendimento problemas de ordem jurídica: um homem modesto e inimigo da popularidade dá no pé. A segunda razão: porque aquele que viaja tem dinheiro e se entedia em seu país e pensa que vai se entediar menos em outro lugar, no que se engana, e a terceira: porque sendo um perfeito inútil, acredita que em outro lugar a sua inutilidade se transformará em capacidade de trabalho.

Cada um desses viajantes vê o país que visita com um critério diferente.

O ladrão no estrangeiro

"Este sim que é um lindo país para o assalto, o descuido, bater carteira e a jogatina. No entanto, tenho saudades da Argentina. Tenho saudade dela. Onde mais o senhor vai encontrar um time como o nosso? Onde, rapazes de leis como os nossos, que tanto servem para "depenar o caixa" como para uma delicadíssima operação de "treta" nas cartas? E os "tiras"? Traga-me o país que tenha melhores "tiras" que os nossos, rapazes de coração, de respeito, que só metem o sujeito em cana quando não têm dez pesos para parar o cozido, e que por cem pesos deixam que ele fuja ainda que seja com o próprio cofre. Ah, Buenos Aires, pátria querida! Teu time, honra e glória da América do Sul. Meu coração não te esquece porque ali transcorreram os mais ternos dias da minha adolescência e mocidade, e aprendi a me tornar homem de lei entre as tuas grades enferrujadas."

O viajante entediado com a sua pátria

"Eu não nego que o Rio de Janeiro seja mais pitoresco do que Buenos Aires. Não nego que a saída é esplêndida. Mas me entedio do mesmo jeito. As montanhas e os morros estão sempre no mesmo lugar, e isso não tem graça. Além disso, na minha terra também há montanhas e estarão ali enquanto o governo não as vender por um prato de lentilhas ao melhor proponente. Eu me entedio, sim, senhores; com todo o meu dinheiro eu me entedio espantosamente. Fui ao cabaré e antes de entrar me advertiram que é de praxe tratar as 'damas' que dançam ali de 'senhoritas'. Façam-me o favor! Eu não vim a este país para tratar de senhoritas mulheres a quem na minha cidade são chamadas assim, 'che, milonguita'. Isso sem excluir que todas, invariavelmente, contam uma história sentimental de viuvez peregrina, de um esposo amado que morreu faz muitos anos, deixando-as no estuário, e que não tem uma que não diga que morre de vontade de conhecer um homem inteligente, e de que elas são também inteligentes, a ponto de que uma, para me demonstrar que o era, retirou de sua bolsa umas anotações de puericultura e o gráfico de temperatura de um infante tratado com arsenobenzol. Por Deus! Eu não vim aos cabarés para estudar obstetrícia nem doenças do sangue."

É inútil

"Eu te detesto e te desprezo, Buenos Aires. Eu te desprezo e detesto. Você deixou que um gênio como eu, por parte de pai e mãe e ama de leite, viesse ignominiosamente ao Brasil para ganhar o 'feiyón'. Você deixou, com uma indiferença contumaz, que eu me ausentasse e viesse a deslumbrar alguns negros com as minhas adulações e a me transformar num vulgar lambe-botas de qualquer branco que tem uns tostões nas suas algibeiras. Oh, iniquidade! Oh, parvoíce! Não se envergonha disso, República Argentina. Não coloca suas bandeiras a meio pau. Isso põe em evidência a dureza do teu coração. Lá o meu almoço cotidiano consistia em percorrer as vitrines dos restaurantes e ler os cardápios e estabelecer estatísticas de preços e arquivos de pratos, aqui engordo minha humanidade com bananas, feijão e arroz, aqui janto todos os dias que Deus manda. Aqui, choro de admiração diante do Pão de Açúcar; eu me benzo ao olhar o Corcovado e gaguejo ao me referir à baía, e estou muito bem, sim, senhor. Até penso em fazer um discurso na academia de literatos... eu que lá nem na mesa do café podia dissertar. Te detesto, Buenos Aires, a cada dia que passa o meu ódio fica mais venenoso e inflamado à medida que a minha pele fica lustrosa e engordo lambendo meias três-quartos."

Assim se expressam esses três tipos de viajantes.

15 maio 1930

OS MININOS

Os "mininos" não são gatos, ei!... Os mininos são as crianças. Assim são chamados neste país. E vocês já vão saber por quê.

Bom; eu fiz algumas observações curiosas sobre os mininos. Os mininos são crianças boas. Não direi que chorem quando batem neles, como assegurava esse sábio que foi patrão de Gil Blas de Santillana, referindo-se aos fedelhos gregos que existiam antes que o Nosso Senhor Jesus Cristo aparecesse, mas insisto: descobri detalhes que demonstram que o minino brasileiro é diferente do "pibe" portenho e do "botija" uruguaio, já que no Uruguai chamam os pequenos de *botijas*. É uma maravilha. Em cada país os moleques têm um nome diferente. Mas isso de minino é magnífico e doce. "Ven percá, minino", diz a mãe ao menino quando quer lhe passar um pito, e o garoto sai chispando como gato escaldado.

Grafites

Vocês devem se lembrar que eu escrevi uma nota sobre o senhor Bergeret, a quem sua esposa adornava conscienciosamente a testa, enquanto as crianças do vilarejo se entretinham em decorar as paredes com a efígie de Bergeret coroada com grandes chifres. Também devem se lembrar que eu disse que o senhor Bergeret qualificava esses desenhos de "grafites", comparando-os aos descobertos nas ruínas de Pompeia e de Herculano.

Vocês também devem se lembrar que escrevi outra nota (possivelmente não lembrem, porque já escrevi seiscentas e noventa e quatro notas) onde eu falava do infinito prazer que as nossas crianças experimentam em decorar as paredes com desenhos que fazem as senhoras virarem as cabeças, e que ruborizam os casais de namorados que passam e olham distraídos. Esse gênero de "grafite" pertence ao pictórico, segundo as teorias do exímio Bergeret, enquanto aqueles outros "grafites" que dizem "este que está me lendo é um otário", e outras finezas de impossível reprodução, pertenciam ao gênero literário.

Indiscutivelmente que no gênero pictórico como literário há casos teratológicos, monstruosidades de imaginação infantil que espantariam um cínico, os poetas e Goyas em embrião. Para o observador inteligente se destacará o seguinte detalhe, que deixa de sê-lo para se transformar em realidade maiúscula. As inscrições ou "grafites" mais desavergonhados encontram-se nas proximidades das escolas, o que demonstra que a instrução exerce efeitos saudáveis sobre a alma infantil.

O material que os nossos fedelhos empregam para levar a cabo suas obras artísticas são o carvão, os lápis de cor e o giz que roubam nas salas de aula.

Os "mininos"

Inutilmente, tão inutilmente como um viajante procuraria um pinheiro no Saara ou uma bananeira no Polo, eu procurei por essas ruas de Deus "grafites" que pudessem me ilustrar sobre o palavrão brasileiro ou sobre a imaginação infantil.

Perambulei por escolas do subúrbio, pelos bairros operários, pelas ruelas escuras e sujas como guetos; andei pelos morros e pelos recantos mais absurdos, pelos casebres onde vivem negros que, mais que homens, parecem beduínos; pela periferia, pelos bairros burgueses, pelas inclinadas ruas das ilhas, e em nenhum lugar encontrei esses notáveis "grafites" que nos mostram um senhor com chifres saindo por cima de um chapéu, ou realizando atos mais graves para a imaginação infantil. Tampouco encontrei aquelas inscrições que enterneceriam um arqueólogo e que rezam mais ou menos assim: "fulano é que nem um...", ou senão "eu sou um...", e que estão destinadas a insultar aquele que as lê.

Tal fenômeno me espantou profundamente. Consultei algumas pessoas sobre o particular e me responderam que aqui não se costuma dizer palavrões, o que é muito possível, porque desde que estou no Rio ainda não escutei uma saraivada malsonante nem entre os fulanos que descarregam peixe no cais do porto.

Tampouco se usa a terminologia que usam nossos deputados e senadores nos dias que a briga explode, nem as metáforas que nas lutas de boxe matizam o ambiente cultural que as anima.

Mas, voltando aos mininos, é de espantar. Se tivessem me contado eu não teria acreditado; mas depois de perambular conscienciosamente à procura dessas mostras de arte infantil popular, e não encontrá-las, eu me convenci de que o minino brasileiro é cem mil vezes mais educado que os nossos fedelhos, e cem mil vezes menos enfezado que o "botija" uruguaio.

O fenômeno tem explicação. As crianças são ou recebem a influência dos adultos e do ambiente que os rodeia. E aqui a educação está tão imposta, mesmo nas classes mais pobres, que, como eu dizia em outra nota, os vendedores de jornais são senhores, em relação aos nossos meninos que vendem jornais.

Desista de encontrar o tipo foragido e o trapaceiro que dá brilho e prestígio a nossa cidade turfista e estupenda. Desista desse diálogo faiscante de graça e literatura que se entabula entre um motorneiro neurastênico e um caminhoneiro semibêbado; desista dessas indiretas que duas comadres descabeladas e furiosas se dirigem nos cortiços. Desista do "grafite", da inscrição que Anatole France consideraria reprodução de uma inscrição greco-latina; desista do bate-papo lunfardeiro, bravo, procaz, cabreiro, afiado e pontiagudo como uma faca. Aqui se "fala" docemente ou não se fala.

O que é que se pode fazer!... O Brasil é assim.

16 maio 1930

ME ESPEREM, QUE CHEGAREI DE AEROPLANO[1]

Hoje, dia 14 de maio, recebi dois telegramas:

Um, dos meus companheiros e do diretor felicitando-me porque me haviam concedido o terceiro prêmio, dois mil pesos, no Concurso Literário Municipal por meu romance *Os sete loucos*, e outro, participando-me que a empresa Nyrba, gentilmente, tinha me presenteado com uma passagem para ir do Rio a Buenos Aires de hidroavião.

Precisamente, meia hora antes desses dois telegramas chegarem, estivemos comentando na Associação o desastre ocorrido num avião que se dirigia de Buenos Aires ao Rio, desastre ocorrido no dia 9. (Joguem na loteria.)

O caso é que recebi os dois telegramas, os li de cima a baixo e me dirigi para a Nyrba. Se me permitem, reproduzo o diálogo que tive com o chefe da sucursal.

— Prezado senhor: o telegrama diz que eu tenho que sair amanhã, dia 15, mas como não tenho os papéis em ordem...

— Ah! Isso não é nada: sai no dia 21.

Foi tal o gesto "Ah! Isso não é nada" que eu, involuntariamente, interpretei-o como se quisesse dizer: "Homem, para que tanta pressa!".

— E os hidroaviões são seguros? (Que pergunta!)

— Seguríssimos...

— E o desastre do outro dia...?

— Não era hidroavião... Era avião... O hidroavião flutua nas águas, o que significa, bem interpretado, que, se o aparelho cai, em vez da pessoa se fazer em pedaços ou subpedaços, afoga-se como um cachorro, "um macabeo ao sugo", como dizem os ladrões marselheses.

E isso me desilude. Sejamos francos. Se a pessoa se afoga, pescam-na tranquilamente ou não a pescam. E dizem os jornais: "desapareceu". E quem desaparece deixa sempre nos outros a esperança de que pode aparecer. Por outro lado, se o aparelho cai na terra, não resta dúvida, a pessoa se espatifa bonitinho. Os jornais, que exploram a nota truculenta, escrevem então:

"Os cadáveres estavam tão espatifados que foi preciso juntar os fragmentos do corpo do nosso companheiro de tarefas com pinças, labor árduo esse, porque a massa encefálica tornara a passagem escorregadia, e os operários patinavam continuamente no terreno impregnado de matéria cinza."

---

[1] Publicado em ARLT, Roberto. *Nuevas aguafuertes porteñas*. Estudo preliminar de Pedro Orgambide. Buenos Aires: Hachette, 1960, pp. 239-42, e em *Roberto Arlt, cronicón de sí mismo*. Buenos Aires: Edicom, 1969, pp. 139-42.

E, é claro, a gente tem a imensa satisfação de saber que, mesmo estando bem morto, dá trabalho a seus próximos.

O o premiado

A única coisa que lamento é não conhecer o nome do primeiro e do segundo prêmio. Porque então poderia, de imediato, embora me encontre a três mil quilômetros de Buenos Aires, imaginar as piadas e os comentários dos prejudicados, isto é, de todos os que não foram premiados. Que prato estou perdendo! Meus Deus, que prato! Eu conheço quase todos "os queridos amigos". Que prato estou perdendo!

Agora, voltando ao prêmio, direi que estou sumamente admirado de que me hajam premiado. Na nossa cidade, os terceiros prêmios sempre foram reservados para os melhores prosistas; exemplos: Elías Castelnuovo, terceiro prêmio; González Tunõn, terceiro prêmio; Álvaro Yunque, terceiro prêmio. O terceiro prêmio é a comida das feras, não há candidato a prêmio que não diga: "Eu me conformo com o terceiro prêmio", e afinal de contas são tais as confusões que se armam para repartir o terceiro prêmio que as pessoas se assombrariam se as conhecessem. Além do mais, a tarefa dos jurados é pouco grata. Não há senhor que não tire o terceiro prêmio que não se sinta com direito a espicaçar o júri.

Eu que sou um filósofo cínico acima de tudo, direi que o veredicto do júri me deixou, mais que tranquilo, satisfeito. Por estas razões:

1º Porque poderiam não ter me dado nenhum prêmio.

2º Porque não fui buscar prestígio no concurso (isso tenho de sobra), senão dinheiro, e dinheiro me deram.

3º Porque a vida é assim, e nenhum homem pode ser mais feliz, porque em vez de lhe dar dois mil, deram-lhe três ou cinco mil, que é o prêmio máximo.

Suponham que, viajando do Rio para Buenos Aires, o hidroavião vá ao fundo do mar. Eu, por uma cobiça estúpida, teria perdido a satisfação de ter recebido um prêmio. Depois, nós todos do ofício sabemos de maneira consciente o que é que merecemos e o que não merecemos. E, que diabo, se a pessoa trabalha, escreverá bons livros, porque para isso tem condições e vontade. E se chega um prêmio maior, o receberá com igual tranquilidade, porque é tanta coisa que um homem pode sonhar que a vida poucas vezes pode superar seus sonhos e a satisfação que estes proporcionam.

De maneira que receberei meus pesos, certamente haverá banquetes de autores aos quais não penso comparecer, porque os banquetes me aborrecem, e mais ainda a quantidade de estupidez que dizem os que no final dele se embriagaram e, novamente, todos os que não foram premiados vão se apressar em recopilar um livro sobre qualquer coisa para tentar a aventura no "concurso que vem".

Ah! Haverá também retratos nas revistas, literatas ou pseudoliteratas, que escreverão efusivas felicitações aos autores; um que outro senhor pedirá à pessoa o livro premiado, com uma dedicatória; e a pessoa, fria, indiferente a tudo, sorrirá amavelmente às pessoas, que, depois de lhe dar a mão, irão embora pensando:

— É uma iniquidade que lhe tenham dado o prêmio, havendo tantos outros que o merecem mais que ele.

E assim é a vida, e a prova de que eu acho que a vida é bem estúpida é que viajarei de hidroavião.

21 maio 1930

VIAGEM A PETRÓPOLIS

Ainda não consigo entender por que motivo a viagem a Petrópolis é tão barata: duas horas de trem por oito mil-réis, ou seja, dois pesos e quarenta.

Tento me habituar com as belezas desta viagem, que, apesar da minha desconfiança para tudo aquilo que é motivo de elogios, resolvi perder um dia, e a única coisa que lhe direi é a seguinte:

— Se algum dia você passar pelo Brasil e dispuser de algum tempo, não deixe de fazer a viagem Rio de Janeiro-Petrópolis. É, simplesmente, impressionante.

A primeira hora

Toma-se o trem numa pequena estação moderna, bem parecida com a nossa estação da Praça Onze. Limpa, confortável, bonita. Você compra o bilhete e, ao retirá-lo, tem que entregá-lo em outra bilheteria para que coloquem o número do seu assento, já que os carros da primeira, nas viagens longas, têm assentos numerados. No entanto, os vagões não respondem a esse luxo do assento numerado. São velhos e enferrujados até dizer chega. Mas a gente se acostuma a tudo.

Depois de quinze minutos de viagem, o trem entra numa diagonal que abandona o subúrbio operário, por onde corre outra linha e começa... — aqui estão as dificuldades da descrição. Numa caderneta, tomei notas para evitar essa confusão que se apresenta quando a paisagem varia continuamente como aqui.

Um ardente céu de anil. Embaixo, pântanos; no fundo, erguidas, duas palmeiras: o tronco alto, o penacho cadente. Pássaros estranhos saem de entre os pastos. Aparecem montes cobertos de plantas, o bosque aumenta instantaneamente, e, de repente, numa picada, vê-se, por entre as clareiras de verde, atravessar um negro que leva sobre a cabeça um feixe de lenha cortada.

O trem range infernalmente. De repente, um monte que parece construído com tubos de pedra, prensados; jatos que escapam para cima. Esse órgão de granito começa por um amarelo-ocre, depois, a pedra adquire tonalidades de grená e bordô; é maravilhoso: desaparece e os pastos se sucedem; um recanto de água, uma cabana de negros, duas pirogas sob uma cobertura. Mais adiante, aparece o modelo de uma cabana sem terminar. A armação é feita de bambu, os retículos que formam os entrecruzamentos são recheados de barro. Ao longe, entre uma cárie azul de montanha, levanta-se um obelisco de pedra; o trem corre, e, árvores de cores escarlate e verdes; se se olhar com atenção, descobre-se entre os troncos um espelho preto: é a água. Uma invisível planície de água coberta pelo bosque. Aparecem caminhos estreitos, abertos com manchado por entre as árvores, caminhos acolchoados de galhos, por onde andam obliquamente negros de chapéu em forma de sino. Quilômetros de flores brancas, paralelas à via: são lírios-d'água. Os olhos se levantam e a montanha aparece próxima, como uma grande ameaça. Ilhotas de planície cobertas de bananeiras, que são como plantas de milho, de tronco grosso e folhas largas com as bordas em zigue-zague. Uma negra vestida de branco afasta os galhos e emoldura seu rosto de chocolate entre vegetais leques verdes. Sua mão saúda o trem que passa. Onde começa a água e termina a terra? Não se sabe.

Onde logo se explica alguma coisa

O trem para numa estação. Caterva de crianças descalças, de pálpebras avermelhadas, rodeiam os carros miando feito gatos:

— Miau... miau... — eles fazem.

Alguns oferecem frutas que parecem canhões e cachos de bananas, e o outro insiste:

— Miau... miau...

O viajante pensa: "Que forma que estas crianças têm de se divertir!".

O trem começa a andar e os miados se redobram. Em outra estação acontece a mesma coisa; antes do trem parar, desesperados miados de gatos explodem nos seus ouvidos: "Estas crianças estão gozando da gente, você pensa, estão nos chamando de gatos". E se perguntar a algum conhecedor do lugar o que é que está acontecendo, ele vai lhe responder:

— Com esses gritos, eles pedem que deem para eles os jornais que os passageiros já leram.

Você fica satisfeito. Ah!... nunca jogue uma moeda para essas crianças, e, se o fizer, jogue-a a uma boa distância dos trilhos. Assim que se joga uma moeda, eles vão buscá-la debaixo dos vagões, mesmo que estejam andando.

O céu ficou invisível, de tanta fumaça que as locomotivas soltam. O comboio começou a andar, você olha adiante, e os vagões parecem que caminham sozinhos. A locomotiva, lá de trás, empurra os carros. Entre as duas vias, aparece um terceiro trilho dentado: a cremalheira. O comboio sobe, a seus pés se abrem precipícios que dão calafrios; uma janela entre dois altos cones de pedra, e, lá longe, o mar, que parece estar colocado a uma altura prodigiosa; e, entre a linha do mar e você, uma profundidade infinita, escura, tormentosa. Nesse momento, você compreende o que é viajar de avião. Lá embaixo, a paisagem tem quadriculados de fotografia aérea. O mar está cada vez mais alto; entre você e o mar há sempre um ângulo de profundidade espantosa. Você olha a cara dos passageiros: todos os que nunca viajaram nessa linha se olham; alguns fecham os olhos ou se encolhem nos assentos; a noite chega, a máquina de cremalheira lança pequenos assobios de moribundo; os vagões rangem e continua-se subindo. As cristas dos montes ficam, sucessivamente, embaixo, em semicírculo; aqueles que eram altos cones, são, agora, pequenos vales; o céu está azul; de repente, um raio estoura de um canto imprevisto, uma nuvem cor de barro cobre os picos e uma catarata de água se solta das alturas. A máquina de cremalheira arfa horrivelmente. Embaixo, muito embaixo, um trapézio de lâmpadas elétricas — vai se saber a que distância! A pedra, de noite, tem, ao estourar dos raios, a cor da pele do leão; a água bate nos vidros; uma curva, novamente céu azul, a tempestade ficou num grotão; no lugar onde antes estava a taciturna e alta linha do mar, aparece uma espectral reta amarelada, oblíqua: são as luzes do Rio de Janeiro.

O comboio para. Estamos em Alto da Serra. As pequenas máquinas de cremalheira desengancham. Um negro cheio de galões dá ordens. Falta meia hora para chegar a Petrópolis. O terreno é liso, agora.

22 maio 1930

DIÁRIO DAQUELE QUE VAI VIAJAR DE AEROPLANO[1]

Eu posso ser o mais ordinário que vocês quiserem, mas tenho perfeita noção do que é ser jornalista, e como além de jornalista sou homem e, como homem, sujeito à possibilidade de morte violenta, hoje, dia 18 de maio, domingo em Buenos Aires e "Prima Feira" aqui no Brasil, dou início a este breve diário de um fulano que terá que viajar dezessete horas de hidroavião.

Domingo, 18

Dezessete horas por sessenta minutos igual a 1.020 minutos; por sessenta segundos, 61.200 segundos... vale dizer que eu tenho 61.200 possibilidades de chegar contra 61.200 de não chegar. Altura: realmente me impressiona cair lá do alto, mas tanto se estica a canela caindo de cinco metros quanto de mil. Realmente, a lógica é uma baba.

Fantasia: Caímos no mar. Eu mando este radiotelegrama para o meu diretor: "Ficamos no estuário". Tem um inglês que lê a Bíblia, uma senhora que dá pena ver e um jornalista que se sente antropófago. S.O.S.".

Realidade: faltam quatro, não, três dias. Segunda, terça, quarta, na quinta-feira às seis embarcamos, hidroaviamos, quero dizer. O que é o destino!

Experimento. Porque viajo de avião. Para comprovar se Freud tem razão. Freud diz que às vezes os sonhos contêm verdades telepáticas. Pois bem, faz quinze dias que eu não sonho nada mais do que coisas horríveis e mortuárias. Se ocorrer um acidente no avião, Freud e os sonhos terão razão, e se não ocorrer nenhum acidente, quer dizer que Freud está de gozação, referindo-se ao "pressentimento", e que os sonhos não são nada mais do que o temor subconsciente.

---

[1] Publicado em *Roberto Arlt, cronicón de sí mismo*, Buenos Aires: Edicom, 1969, pp. 31-4.

Segunda-feira, 19

Por que será que as coisas novas interessam no primeiro dia e depois o interesse passa? Não sei por quê, suspeito que a viagem vai ser um porre. Hoje um senhor estava me dizendo que os aviadores da Nyrba estavam submetidos a um regime especial e severo. Por exemplo, não lhes é permitido tresnoitar, nem frequentar botecos, nem coisas do gênero. Como os aprendizes de santo, devem viver casta e recatadamente.

Fui ao Departamento de Polícia colocar o visto no meu passaporte. No Departamento de Polícia encontrei a mesma ordem do Jardim Zoológico. Inclusive negros que vendem tortas fritas, não fora do departamento, mas dentro. Um ordenança e um empregado de investigações quase saem no tapa, na minha presença, para disputar a honra de colocar o visto no meu passaporte. Por fim o ordenança foi embora, passamos a escritórios com cortinados que representam o escudo do Brasil ou a bandeira. Para fazer honra ao país, a imundície que ali havia era tropical. A cada momento eu me lembrava do Jardim Zoológico. Dei cinco mil-réis de gorjeta para o empregado que abreviou os trâmites, e que me acompanhou até a porta. Sua obsequiosidade era tanta que, se eu deixasse, ele me acompanhava até o restaurante, pois já era hora de "yantar" (*sic*).

Quarta-feira, 21

Hoje eu recebi uma notícia desagradável. A saída do avião foi postergada para o dia 25. Parece que no Mar do Caribe houve uma tempestade daquelas e, se o Diabo não se opuser, estaremos em Buenos Aires no dia 26.

Sexta-feira, 23

Nova postergação. O avião só sairá para Buenos Aires no dia 29. Ao que parece, os aparelhos estão avariados por causa da faina a que foram submetidos pela tempestade de Nova York ao Rio de Janeiro. Uma baba... quero dizer... um "macabeu ao sugo", uma barbada. Para me desentediar, gastei vinte e oito mil-réis e comprei a *História de la conquista de Nueva España*, de Bernal Díaz de Castillo, soldado que foi acompanhante de Hernán Cortez e que escreveu dois volumes de quinhentas páginas cada um.

Curiosidade

Sonhos macabros, aviões que não podem sair devido às tempestades pelas quais passaram; nunca na vida tive mais curiosidade do que agora: ocorrerá ou não um acidente?

Vocês vão perceber que é uma questão puramente científica. Se não acontecer nada, os sonhos terão sido consequência de má digestão, mas se acontecer alguma coisa, que importância científica ou de "verdadeiro pressentimento" cabe dar aos sonhos? Inclusive, agora me lembro que há um montão de noites atrás eu sonhei com um amigo que morreu afogado num acidente no rio da Prata; foi uma tragédia da qual se falou muito. O afogado se chamava Trainor, e estava acompanhado de outro rapaz de sobrenome Fabre. Indubitavelmente que ser ator de uma aventura assim não tem a menor graça, mas, de qualquer forma, ao "presunto" resta o encantador consolo de pensar, ao dar as últimas baforadas: "Eu não estava enganado. Freud tem razão".

Se não acontece nenhum acidente, tem-se a vantagem de sentar fama de "duro na queda", ou seja, que sempre se dá bem, pois se, se descadeira, demonstra que tinha jeito para ser um excelente profeta, e se não se arrebentar, as pessoas abrem a boca de admiração e dizem:

— Através de você comprovamos que os sonhos são bobagens, que os pressentimentos são idiotices; e que não se deve ligar para as suscetibilidades do subconsciente.

29 maio 1930

PROPOSTAS COMERCIAIS[1]

Ainda não saí do Rio de Janeiro, quero dizer, ainda não me arrebentei e já recebi cartas da Argentina me propondo diversos negócios nos quais investir os dois mil pesos que me proporcionou essa desgraça com sorte, como eu definiria o terceiro prêmio do Concurso Literário Municipal. Porque o terceiro prêmio é uma desgraça com sorte. A sorte são os dois mil pesinhos. Bom; vamos às cartas.

1ª carta — "Sou viúva e proprietária de uma leiteria. Além disso, tenho uma filha de catorze anos, pelo que o senhor compreenderá, cavalheiro, que não sou donzela e, sim, uma senhora muito formal. Eu precisaria de um sócio com um pequeno capital, e como o senhor o tem, apresso-me em felicitá-lo e depois a lhe oferecer uma oportunidade para tirar do seu dinheirinho juros de trinta por cento ao mês ou seja, trezentos e sessenta ao ano. Tais são os lucros que o leite produz, prezado cavalheiro. Se por acaso o senhor não é um aficionado das crianças, eu lhe direi que a minha menina é muito ajuizada, não é para me gabar, mas é um retrato vivo da mãe quando tinha essa idade. Esperando que o senhor saberá compreender todas as vantagens da minha proposta comercial, saúda-o respeitosamente, Eufrasia López."

Resposta: "Minha digna senhora Eufrasia López: os dados que a senhora me transmite na sua carta: de que é viúva e tem uma filha de catorze anos, inclinam-me a supor que a senhora é sincera ao manifestar que não é donzela. Acredito na senhora, acredito. No que eu não acredito é no êxito das leiterias. O excesso de martonas[2] pôs o negócio a perder. O que não me surpreende é que a sua menina (lamento muito não conhecer tão ajuizada criatura) seja o seu retrato vivo. Cuide dela, minha senhora. Em geral, as filhas reproduzem as virtudes da mãe. Seu atento servidor."

2ª carta: — "Senhor: Li seu romance e acho que o senhor tem conhecimentos de química nada comuns. Por isso me é grato oferecer-lhe participação na exploração de um novo sistema para fabricar ácido nítrico. Seus dois mil pesos, pouco dinheiro, aliás, servirão para efetuarmos os primeiros testes que cobrirão de glória nossa incipiente indústria nacional. Não duvidamos nem por um momento que o senhor nos emprestará seu valioso apoio. Saúda-o, T. Lecrel."

---

[1] Publicado em ARLT, Roberto. *Nuevas aguafuertes porteñas*. Estudo preliminar de Pedro Orgambide. Buenos Aires: Hachette, 1960, pp. 243-5, e em *Roberto Arlt, cronicón de sí mismo*. Buenos Aires: Edicom, 1969, pp. 131-4.

[2] Arlt refere-se a uma tradicional marca de laticínios da época. Marca para a qual, aliás, os escritores Jorge Luis Borges e Bioy Casares chegaram a escrever um folheto, falando das maravilhosas propriedades do iogurte produzido por essa empresa, que pertencia à família materna de Bioy.

Resposta: "Querido senhor: O senhor faz muito mal em não duvidar. É próprio de homens sábios duvidar. Mas eu vou confessar a verdade ao senhor. Esses extraordinários conhecimentos de química que o senhor encontra no meu romance são "uma embromação". Eu não entendo patavina de química. Confundo o hidrogênio com o azoto e o sulfato de sódio com o cloreto de potássio. Naturalmente, os jurados do Concurso Literário Municipal, que são muito mais analfabetos que eu, se assustaram ao ver tanta sabedoria engarrafada... mas eu, meu senhor, não entendo absolutamente nada de química. Estou completamente de acordo com o senhor no que diz respeito a que dois mil pesos são pouco dinheiro. Tão pouco, querido senhor, que eu me alegro infinitamente de neste momento me encontrar no Rio de Janeiro. Decidido a não lhe arrebatar a glória do ácido nítrico, receba um aperto de mão de R. A."

3ª carta: — "5º D.P., 15 de maio. Irmão: Primeiro vimos sua chapa no *El Mundo*, depois em *Caras y Caretas*, depois no jornal *Crítica*... e sempre abaixo do dito manjamento, esta frase: dois mil pesos de prêmio. O que é que você quer, a gente se emocionou, a gente... Que garfada você deu com os teus lelés, meu velho. Esse sim que é um assalto em bando e à mão armada. Sete lelés que arrebatam duas mil pratas na moral. Olha só, escrevo a frase e o mio cuore palpita. Dois mil mangos e retratado em todas as revistas, como se você fosse um grande ladrão. O Pibe Repolho caiu em lágrimas. Guilhermito, o do Ambos Mundos, disse que você é o Saccomano da literatura, e que é uma pena que você não se dedique ao 'conto', que você ganharia tudo o que quisesse. E olha que o Guilhermito entende, o Guilhermito entende. Bom, meu velho, vamos ao que interessa.

"Nós saímos em 25 de maio, com o indulto. Mas não temos ferramentas para trabalhar. Sem falar que me sequestraram um perfurador elétrico que era uma boniteza. Você lembra daquele jogo de gazuas que eu tinha? Fiquei na mão. O Guilhermito a mesma coisa. Tinha uma máquina de fabricar pesos que era de dar risada dos aparelhos de Raio X etc. Também a sequestraram. Que máquina! Imagina só que tinha até um cilindro de misturador de concreto. Bom, posso ver que você já manjou a facada. Com quinhentos mangos você ajeita a nossa vida. O que são quinhentos pesos para você? Se com sete loucos te deram dois mil, o dia que você escrever os catorze loucos vão te dar o Tesouro inteiro. E você fica bem com os rapazes. Se você precisar 'abrir uma avenida' em algum trouxa, algum assalto reservado, pode contar com a gente, que não falhamos. Você bem sabe que a gente tem o Angelito, mais conhecido como Potriyo, que, de dez punhaladas que deu, só uma ficou em lesões graves; as demais... todas homicídio.

"Irmão, não se esqueça do endereço: 5º D.P., e escreva e anda rápido. — Santo Bonfiglio (a) Porco Alemão."

30 maio 1930

ESTE É SOIZA REILLY[1]

Alguém me diz aqui, no Rio de Janeiro, sorrindo de maneira equívoca:
— O que o senhor pensa do Soiza Reilly?
— Homem, vou escrever o que eu penso. Leia.

1916 ou 1917

Uma manhã de inverno. Casas de dois andares na rua Ramón Falcón, entre a Membrillar e a "outra". Um rapaz malvestido, que pergunta à empregada, parada no patamar da escada:
— O senhor Soiza Reilly está?
— Da parte de...
— Ele não me conhece...
— Vou ver, espere um momento.
Três minutos depois:
— Entre.
O rapaz malvestido entra. Carrega em si uma tremenda emoção. Vai falar com o autor de "A alma dos cães", de "Figuras, homens da Itália e da França". Soiza Reilly é, nessa época, famoso entre os rapazes que escrevem. Suas crônicas sobre Paris (a Paris dos dezesseis anos que não existe), sobre Verlaine, fizeram tremer a alma dos poetas de calça curta e dos reformadores do mundo que ainda não tiveram que se alistar no Exército. Aquele que escreve estas linhas, quer dizer, o rapaz malvestido, entra emocionado na biblioteca escritório, onde a empregada o faz sentar. Não é para menos. "Vai ler um texto para o grande Soiza Reilly." Será que o homem que viu D'Annunzio vai escutá-lo? Só vendo como palpita o coração do rapaz malvestido.

Pela janela olha a rua, em seguida a biblioteca, e pensa: "Assim dá gosto ser escritor. Ter uma sala como esta, livros, uma empregada. Será que vai ler o que eu estou trazendo para ele? Pode ser... porque em suas crônicas se vê que é um homem bom..."

A porta se abre e, teso, em seu paletó peludo, limpando com um lenço as lentes de seus óculos pretos, aparece o homem. O homem que todos conhecemos nas fotografias.

O rapaz se levanta emocionado, e diz:

---

[1] Publicado em ARLT, Roberto. *Nuevas aguafuertes porteñas*. Estudo preliminar de Pedro Orgambide. Buenos Aires: Hachette, 1960, pp. 220-4, e em *Roberto Arlt, cronicón de si mismo*. Buenos Aires: Edicom, 1969, pp. 63-6.

— Veja, senhor, adoro escrever. Sempre leio as suas coisas. Sei alguns contos seus de cabeça. Por exemplo: "E disse a Sherazade dos contos modernos. Era um cachorro magro, muito magro, extremamente magro, magérrimo...".

— Escrevi isso quando era jovem.

— Eu gostaria que o senhor fizesse o favor de ler uma coisa que eu escrevi...

Gesto defensivo do homem.

— Não tenha medo, é curto, e está à máquina.

Soiza Reilly olha dos pés à cabeça o rapaz malvestido e diz:

— Bem... deixe aí... se eu gostar, publicarei na "Revista Popular".

O visitante respira. Está, como todos os autores, "seguro" de que o crítico "vai gostar" do seu artigo. Essa segurança é fantástica, e, por conseguinte, a mais irracional que se pode imaginar. Mas o rapaz "está seguro". Sorrindo, compreende que não deve incomodar o grande homem nem um minuto a mais; estende-lhe a mão e diz:

— Muito obrigado, senhor. Adeus, tá? — esse "tá?" quer dizer um montão de coisas, é a fórmula psicotelefônica mais eloquente que o desejo do homem criou. Soiza Reilly aperta a mão do rapaz e lhe diz:

— Vá tranquilo, se eu gostar, publico.

Um mês depois

Os amigos. — Rapaz... você não viu o seu conto que saiu na "Revista Popular"? E olha, com um título em cima que diz: "Prosas modernas e ultramodernas".

O autor vai a todo vapor a uma banca e compra a revista. Efetivamente, ali está o seu conto, uma coluna de tipo pequeno e apertado e, em cima, seu nome, seu nome e sobrenome. Será possível? Seu próprio nome! E em letras impressas, e, como título de honra, o "prosas modernas e ultramodernas". Mas então... pode escrever... é um talento... talento... um supergênio!... E é possível que os bondes caminhem, tendo saído o seu artigo, e as pessoas andam o mais naturalmente possível pela rua... estando o seu nome, seu próprio nome com letras maiúsculas impressas!

E o rapaz vive umas horas que só aos dezesseis anos o homem pode viver. As horas mais lindas da sua vida. As mais perfeitas, de terrível e profunda alegria. Parece que ele toca o céu com a mão. Tem as chaves da porta do paraíso. Soiza Reilly gostou dos seus escritos!

Eu acho que o homem e a mulher são dois animaizinhos ingratos, joviais e ferozes... Mas acho, também, que esses animaizinhos jamais se esquecem daquele que os marca com uma primeira dor terrível, ou uma felicidade idêntica.

Por isso eu nunca me esqueci de Soiza Reilly. Foi a primeira mão generosa que me presenteou com a mais extraordinária alegria da minha adolescência.

Dois meses depois, a revista que Soiza Reilly dirigia ia à falência. Mas eu sei que, se continuei escrevendo, era porque, nesse artigo grudado com quatro pregos na parede do meu quarto, eu via uma promessa invisível de êxito no grande título "prosas modernas e ultramodernas", que, a modo de um elogio irônico, havia posto o escritor maduro, para o rapaz que acreditava que quanto mais termos "difíceis" se usam na prosa, mais artística era essa... porque isso sim eu posso jurar... eu não sei se Soiza Reilly entendeu ou não o artigo, a única coisa de que me lembro é que muitas pessoas sensatas me disseram:

— Pobre homem... o que você escreveu, só lendo com um dicionário. De onde você tirou essas palavras estranhas?

31 maio 1930

Posfácio

O signo moral das *Águas-fortes*

Horacio González

E então, o que quis dizer? A pergunta continua sobrevoando a literatura de Arlt. A clara condição de solilóquio secretamente divertido de seus escritos está em contradição com sua escuridão moral. Há algo indecifrável no que escreve, pois seu trabalho essencial consiste em colocar camadas de podridão e zombaria sobre um último pano de fundo lírico que mal se suspeita. É que Arlt é um pensador moral, isto é, alguém que procura um sentido em toda ação humana e esse sentido é de redenção. Mas não deve revelá-lo, mas ao contrário, deve velá-lo. O que redime, deve esconder e, inclusive, injuriar. Deve falar com desdém do mesmo material que prepara para sua liberação, como se o cobrisse de um riso depreciativo, um regozijo maligno.

Como cronista da rua, é uma testemunha pertinaz. Está sempre a ponto de se fundir com a matéria de vida da qual se condói. Fala mal de tudo para poder pensar bem. Mas em sua dobra íntima, seu relato — herdeiro plebeu do moralismo

---

* Horacio González é sociólogo e ensaísta. Desde 2005 dirige a Biblioteca Nacional Argentina.

de ensaístas como Montaigne e Francis Bacon —, procura uma última razão de salvação de suas criaturas, cuja profunda desgraça não permite distinguir se são criminosos ou pobres diabos capturados por um destino que ignoram.

Seu maior êxito estilístico supera o mero coloquialismo, pois exumando clichês próprios do ferro forjado da linguagem, consegue criar uma cumplicidade íntima com o leitor. Escreve meditando e o que escreve são meditações, cruzadas por desafios surgidos de uma catequese de bairro: se dirige sempre a um leitor ali presente, um escuta que sente o privilégio de escutar Arlt pensando: "Ah... outro detalhe...!" Se se esquece de alguma coisa, um pormenor de último momento, também escreve o movimento pelo qual o recupera. Arlt escreve assim os movimentos internos da lembrança, do que havia esquecido, da ramificação que um escritor qualquer preferiria suprimir e ele a revela como parte de seu travesso plano confessional. Escreve e confessa. Escreve-se e confessa. Escreve e se confessa.

Estamos assim diante de uma espécie de sacerdote que brinca com sua própria malignidade no tremendo ceticismo lírico de seus escritos. O que é o ceticismo lírico? Escrever para que fique um nada, uma baba melancólica que desaparece com o último suspiro do mundo, só para que talvez alguém sinta a emoção de iniciar tudo outra vez: ter salvo uma vida ou redimido um mundo. Os personagens de seus romances são assim, mas vistos pelo reverso. Redimem pela criminalidade, carregando sobre si toda a malignidade existente que desejariam atacar desde o exterior, se tais elementos malignos não fossem as urdiduras de sua própria consciência.

Um tema que o obceca é o do trabalho e do tédio, a biografia dos homens cinza, os empregados públicos — dos quais traça uma verdadeira genealogia, superior a muitos manuais de sociologia que se escreviam naquela época e ainda na nossa. Uma água-forte situada em Buenos Aires nos diz o que vê de seu eterno posto de caminhante: "Caminhava num sábado, pelo passeio, à sombra, pela Alsina — a rua mais lúgubre de Buenos Aires — quando vi pela calçada oposta, a calçada do sol, um empregado de costas encurvadas, que caminhava devagar, segurando pela mão uma menina de três anos". O tema das costas encurvadas nunca o abandona. O corpo fala em sua torcedura, anunciando que há uma espiritualidade contraída, enroscada. Entender essa relação entre a curvatura do corpo e um sigiloso impulso rumo à loucura, define em Arlt o itinerário das pequenas criaturas, dos homens sofredores que são portadores de um pungente desejo de simulação. Quem são eles? A pergunta encontra seu destino na fulguração que o leva dessa imagem da rua a uma "casa de aluguel, uma sala em que a mãe da menina, uma mulher jovem e enrugada pela penúria, passa as fitas do chapéu para a menininha". Arlt realiza essa passagem brusca em direção a uma indução sombria, depois de ver um quadro entristecido na rua. São as induções de um santo equívoco, as regras lógicas de um salvador que se surpreende pelo interesse que lhe causam as pessoas pobres e seu balanceio entre o crime e o choro, entre a rua e a casa.

Nas *Águas-fortes cariocas* há outro salto mais surpreendente ainda, pois se trata de um sistema constante de comparações deslocadas entre Buenos Aires e Rio de Janeiro. Qual se sai melhor? Sem dúvida, as imagens do Rio são amargas e, às vezes, deliberadamente encarniçadas num soterrado mal humor. Não perdoava nenhum dos signos urbanos que já naquela época estavam preparando o epíteto de "cidade maravilhosa". Mas o que lhe interessa é que nessa cidade triste, onde predominam os tons sombrios e as flores sem perfume, os trabalhadores quando terminam seu trabalho não trocam de roupa para passear pela cidade "como os rentistas ou os escriturários". Isto é assim em Buenos Aires. Não no Rio. No Rio o operário vai para sua casa, igual a si mesmo em todos os lados, e quando chega cansado não tem nem sequer força "para manter um cravo florescendo numa latinha de conserva". Claro que no Rio vê respeito, sensualidade, a paisagem que descreve na viagem a Petrópolis tem traços de alguns de seus contos — o uso de terminologia industrial para a vegetação ou o céu —, e se encanta com a soda de chocolate. Mas o que lhe interessa é o que já havia visto em Buenos Aires, "o amor não serve para pagar a conta do armazém" e as mulheres que trabalham em ambientes de miséria, percebem que nem um minuto de felicidade tiveram, "nasceram sob o signo do trabalho" e não fazem nada mais do que produzir "costuras e filhos, uma coisa e outra e nada mais".

Mas se no Rio vê amabilidade nas ruas — diferentemente de Buenos Aires, "se o senhor está na rua, está em sua casa" — e sente a doçura de uma menina falando português, sua preocupação maior é a da educação popular, e compara as bibliotecas operárias e socialistas de Buenos Aires com a ausência de leitura do operário do Rio que "trabalha, come e dorme e ignora o que é socialismo, comunismo, cooperativismo". Arlt se queixa do intelectual portenho que renega dos sainetes de Vacarezza, sem considerar que no Brasil seriam a plataforma ideal de um plano de educação popular. Esse é o mesmo tema de suas polêmicas sobre o idioma nacional: falar como se fala na áspera oralidade criativa da rua significa que a literatura deve homologar essa frágua de sons rangentes e às vezes sábios. É seu tema de debate com o partido comunista argentino, do qual é um afiliado divergente. Seus dirigentes não sabem o que sente um obreiro têxtil quando vê no cinema Rodolfo Valentino beijar.

Daí surge um tema fundamental do Arlt filólogo, mas filólogo brincalhão. Já o intuímos: é o tema das costas. Detendo-se na palavra *squenun*, que embora pareça mentira, ainda se escuta de tanto em tanto em Buenos Aires, concebe uma vaga etimologia que viria nem mais nem menos que de Dante. Este escreve numa passagem *squena dritta*, isto é, costas endireitadas ou retas. Daí se tira, consequentemente, que são costas não afetadas pelo trabalho, costas egrégias, sem o peso do suor diário do trabalhador. Como essa palavra chegou a Buenos Aires? Arlt não diz, mas sua ideia subjaz a todas as teorias sobre a formação do idioma dos argentinos. Aqui não em estilo direto, como "cross na mandíbula", e sim através de refinamentos filológicos que consistem em agregar o remate fonético a *squena* para transformar a palavra num fato onomatopeico, esquenún. É a imigração castelhanizada, o que dizer, é o próprio Alighieri nas ruas de Buenos Aires. É definir um sujeito e uma atitude existencial: o que nunca trabalhou, o que viveu de sua arte picaresca e a galhardia da vagabundagem de um grácil cavador. O suburbano de Borges vem das sagas islandesas. O esquenun de Arlt, da Idade Média italiana.

Assim trabalha Arlt seus tipos morais. Viaja ou faz que viaja. Mas sua viagem é o pano de fundo dos idiomas, onde se associaria a loucura a qualquer uso do idioma, mas a fala nada mais é do que o uso de alavancas físicas da realidade, como se fosse uma indústria, um rádio, uma metralhadora. Mas não termina aí o estudo moral de Arlt. Tudo isso é para dizer que as pessoas, os homens mais castigados do universo, esses tipos humanos que descreve como um fisiopatologista dostoievskiano como uma gota de aristocracia soez de Proust — ao qual também lê — possam se salvar através da mais fecunda das utopias: saber que cada corpo ou que cada situação amorosa, cada gesto humano, sai de antigas escrituras, das mais profundas das literaturas do passado. Curiosamente, passou muito tempo indagando sobre o passado e lançando injúrias aos melancólicos e passadistas, os que não admiram as gruas da Ilha Maciel. Mas sabe que também essas gruas se oxidam e abandonam. E podem ser o moderno já passado, e nessa formidável vacilação, não prefere nem o nostálgico, nem o insípido modernista, mas o que escuta pelas ruas ao passar. Aí dialoga com Dante ou com Dostoievski. E o presente não necessita nenhum arqueamento para ser também o passado, seja de costas encurvadas, aflito, ou de costas retas, ufano e errante.

SOBRE O AUTOR

Maria Paula Gurgel Ribeiro

Roberto Godofredo Christophersen Arlt nasceu no bairro portenho de Flores, em Buenos Aires, "sob a conjunção dos planetas Mercúrio e Saturno",[1] em 26 de abril de 1900 (segundo sua certidão de nascimento, e no dia 2 ou 7 do mesmo mês, segundo algumas de suas autobiografias) e faleceu na mesma cidade, na manhã de 26 de julho de 1942.

Filho de Karl Arlt, de Posen (hoje Poznańska, na Polônia), um desertor do exército prussiano, e de Ekatherine Iobstraibitzer, de Trieste, Roberto Arlt teve uma infância pobre, no mesmo bairro em que nasceu, onde conviviam pequenos comerciantes, operários, funcionários públicos, tanto imigrantes quanto argentinos.

Roberto Arlt dizia ter cursado a escola somente até o terceiro ano primário, criando uma autoimagem de semianalfabeto. Na verdade, ele chegou a terminar o quinto ano, que corresponde ao penúltimo ano do primário no sistema escolar argentino e, a partir daí, aos catorze anos, decidiu não mais frequentar o ensino regular. Em contrapartida, começou a trabalhar e teve as mais variadas atividades: balconista de livraria, aprendiz de relojoeiro, mecânico, inventor, entre outras. Ao mesmo tempo, já iniciava sua atividade de escritor, por volta de 1912 e 1915, com pequenas colaborações nos jornais do bairro onde vivia.

Depois que largou a escola, Arlt tornou-se autodidata. Leu desde folhetins, manuais de invenções, livros de aventuras até Cervantes, Proust, Baudelaire, Dostoiévski, Nietzsche. Essas leituras eram motivo de cotidianas conversas com seu amigo Conrado Nalé Roxlo, a quem conheceu nas tertúlias literárias que se realizavam numa das livrarias do bairro, e que seria seu grande amigo por toda a vida. Em seu livro de memórias, Nalé Roxlo lembra que Arlt escrevia muito e "com uma celeridade extraordinária. Muitas manhãs ele chegava na minha casa e, sem me acordar, sentava-se à minha mesa, de frente para uma janela, e escrevia páginas e mais páginas de uma aflita escritura, que, quando eu acordava, lia para mim, enquanto tomávamos o café da manhã que a minha mãe nos servia".[2] Nessa época, afirma Nalé Roxlo, Roberto Arlt também "fazia versos. [...]. Leu para mim alguns, sem lhes dar a menor importância. Ele soube desde muito

---

[1] ARLT, Roberto. "Autobiografía humorística", *El resorte secreto y otras páginas*. Prólogo de Guillermo García. Organização e edição de Gastón Gallo. Buenos Aires: Simurg, 1996, p. 133.
[2] ROXLO, Conrado Nalé. *Borrador de memorias*. Buenos Aires: Plus Ultra, 1978, p. 142.

cedo que sua força estava na prosa. Eu só me lembro que eram versos livres, de ritmo solto, luxuosos, cobertos de palavras estranhas e paisagens exóticas, do mesmo jeito que a sua prosa daquela época".[3] Infelizmente esses poemas se perderam ou então foram queimados pelo próprio Arlt, o que ele costumava fazer sempre que considerava os textos ruins.

Como se pode notar, a imagem de um escritor semianalfabeto, fomentada pelo próprio Arlt, de maneira alguma corresponde à realidade. Basta prestarmos atenção às várias referências literárias que há tanto nas *Águas-fortes portenhas* quanto em seus romances e, principalmente, na maneira como Arlt constrói os seus relatos. Talvez essa fosse uma forma de compensar, ao revés, o fato de não ter tradição familiar, um nome, um passado. Referências a essas leituras estão presentes em seus romances e em muitas das *Águas-fortes portenhas*, seja numa frase, seja citando ou parodiando autores; com a diferença de que nas crônicas Arlt cita também autores argentinos, como Fray Mocho, Raúl Scalabrini Ortiz, Elías Castelnuovo, Leónidas Barletta, Leopoldo Lugones... entre outros.[4]

Autor de romances, contos, crônicas e peças de teatro, desde muito cedo Arlt dedicou-se ao jornalismo para ganhar a vida. Inicialmente trabalhou como repórter policial do jornal *Crítica*. Seu primeiro romance, *El juguete rabioso* (1926), foi escrito na redação desse jornal, pois, segundo ele próprio, "quando se tem algo a dizer, escreve-se em qualquer lugar. Sobre uma bobina de papel ou num quarto infernal. Deus ou o Diabo estão junto da gente ditando inefáveis palavras".[5]

De 1928 a 1942, Arlt escreveu para o *El Mundo*, onde manteve a coluna de crônicas "Águas-fortes portenhas". Em 1929, escreveu *Os sete loucos*, onde, em nota de pé de página, à moda dos folhetins que tanto lera, anunciava, na figura de um comentador: "A ação dos personagens deste romance continuará em outro volume intitulado *Os lança-chamas*".[6]

Ao terminar de escrever seu último romance, *El amor brujo* (1932), passou a se dedicar ao teatro, sem, no entanto, deixar de publicar contos em revistas nem tampouco suas crônicas na coluna do *El Mundo*. Com exceção de *El fabricante de fantasmas*, todas as suas outras peças[7] foram encenadas no Teatro del Pueblo, fundado em 1930 e dirigido pelo escritor Leónidas Barletta.

---

[3] Ibid.
[4] Sobre as referências literárias de Roberto Arlt há o excelente ensaio de Daniel Scroggins (*Las aguafuertes porteñas de Roberto Arlt*. Buenos Aires: Ediciones Culturales Argentinas, 1981), que traz também várias "Águas-fortes portenhas" nunca compiladas até então.
[5] ARLT, Roberto. "Palavras do autor". In: *Os sete loucos & Os lança-chamas*. Trad. Maria Paula Gurgel Ribeiro. São Paulo: Iluminuras, 2000, p. 193.
[6] Ibid., p. 189.
[7] A saber: *El humillado* (fragmento de *Los siete locos*), *300 millones*, *Saverio el cruel*, *La isla desierta*, *Africa*, *La fiesta del hierro*, *Prueba de amor*, *El desierto entra a la ciudad*, *La juerga de las polichinelas*, *Un hombre sensible*, *Separación feroz*, *La cabeza separada del tronco*.

Em 1933 a editora Anaconda publicou uma seleção de contos do autor intitulada *El jorobadito*.[8]

Em consonância com o desencontro de informações que o próprio Arlt criou em torno de si, muito se falou sobre sua morte, em julho de 1942: que ele teria sofrido um ataque cardíaco durante um ensaio; que sofrera tal ataque na estreia de uma peça. Na realidade, de acordo com sua segunda esposa, Elisabeth Shine, eles estavam na pensão onde moravam — ela, na época, grávida de seis meses —, tomando café da manhã, quando sobreveio o ataque fulminante:

> Nesse domingo, acordamos às nove e começamos a conversar. Falamos do filho que ele esperava com tanto afã. Ele preferia que fosse mulher, queria chamá-la Gema (pronunciava Yema), um nome de que eu não gostava. A empregada trouxe o café da manhã. Eu estava de costas para ele, olhando para a parede. Perguntei-lhe as horas e ele me respondeu "não sei". Foi a última coisa que disse. Depois ouvi um ronco, era o ataque. Corri para chamar o médico. As pessoas da pensão tiveram medo por causa da criança e não me deixaram subir, até que, dez minutos depois, veio o doutor Muller. Subi com ele, mas Roberto já tinha morrido. Morreu às dez da manhã.[9]

Seguindo o desejo do autor, seu corpo foi cremado e as cinzas, espalhadas na região do Tigre, delta do rio Paraná. Três meses depois nasceria Roberto, seu segundo filho.

Sempre criticado por seu estilo — abusava das gírias e de personagens como delatores, prostitutas, rufiões, homossexuais —, Arlt, depois de sua morte, foi temporariamente esquecido pela elite cultural portenha. Os leitores, no entanto, jamais o abandonaram. Somente em 1950, quando Raúl Larra escreveu *Roberto Arlt, el torturado*, sua primeira biografia, é que se deu início à redescoberta da obra arltiana.

Em 1954 a revista *Contorno* dedicou-lhe um número especial. Anos depois, Oscar Masotta escreveu *Sexo y traición en Roberto Arlt* (1965), Ricardo Piglia dedicou-lhe um relato, *Nome falso — Homenagem a Roberto Arlt* (1975),[10] e, desde então, Arlt é tema de ensaios, conferências, seminários, teses. Algumas de suas obras chegaram, inclusive, a ser adaptadas para o cinema: *Noche terrible* (1967),

---

[8] No Brasil, o livro foi publicado com o título de *As feras* (Trad. Sérgio Molina. São Paulo: Iluminuras, 1996).
[9] SHINE, Elisabeth. "Mil días con Roberto Arlt". Entrevista concedida a Alvaro Abós, publicada no Caderno Cultura do jornal *La Nación*, em 16 maio 1999, p. 2.
[10] Editado no Brasil pela Iluminuras, em 1988, com tradução de Heloisa Jahn.

baseado no conto homônimo, uma coprodução argentino-brasileira-chilena, dirigido por Rodolfo Kuhn;[11] *Los siete locos* (1973), dirigido por Leopoldo Torre Nilson; *Saverio el cruel* (1973), dirigido por Ricardo Willicher; e *El juguete rabioso* (1984), com direção de José María Paolantonio.

Pode-se dizer que nos anos 1990 ocorreu, na Argentina, um *boom* em relação à vida e obra desse escritor portenho: publicaram-se ensaios;[12] compilaram-se inúmeras crônicas e contos esquecidos; adaptaram-se obras suas para o teatro: *Los fracasados del mal*, de Vivi Tellas, e *El pecado no se puede nombrar* — setembro de 1998 — de Ricardo Bartís, a partir de textos de *Os sete loucos* e de *Os lança-chamas*. Esta última foi apresentada em setembro de 1999 no 53º Festival de Teatro de Avignon. Em abril de 2000, em comemoração ao centenário de nascimento do autor, mais duas biografias foram editadas: *El escritor en el bosque de ladrillos. Una biografía de Roberto Arlt*, de Sylvia Saítta, e *Roberto Arlt: su vida y su obra*, de Omar Borré.

Além de escritor, Arlt era inventor — como muitos de seus personagens, chegando, inclusive, diz-se, a causar várias explosões nas pensões onde morava —, sempre procurando enriquecer para poder seguir tranquilo com a literatura. Chegou a patentear uma meia feminina indestrutível. Um fragmento dela está exposto no Museo de la Sociedad de los Escritores de Buenos Aires. Seus inventos jamais funcionaram.

---

[11] Sobre essa adaptação cabe um esclarecimento: equivocadamente, escrevi na apresentação de *Viagem terrível* que houve, nesse filme, a codireção do brasileiro Eduardo Coutinho; posteriormente, obtive a informação, do próprio Coutinho, de que *Noche terrible* é um dos episódios do filme *ABC do amor*, e que a ele coube a direção de *O pacto*.

[12] Como *Arlt. Política y locura*, de Horacio González (Buenos Aires: Colihue, 1996) e *Arlt y la crítica. 1926-1990*, de Omar Borré (Buenos Aires: América Libre, 1996), só para citar dois exemplos.

CRONOLOGIA

1900   Roberto Godofredo Christophersen Arlt, filho de Karl Arlt ((nascido em Posen, hoje Polônia) e Ekatherine Iobstraibitzer (de Trieste), nasce em Buenos Aires, em 26 de abril (em algumas autobiografias ele diz ter nascido no dia 7 de abril). É o caçula de três filhos: a mais velha chama-se Luisa e a segunda morre com um ano e meio de idade.

1905   A família instala-se no bairro de Flores, onde transcorre a infância e a adolescência de Arlt.

1908   Vender, por cinco pesos, seu primeiro conto a don Joaquín Costa, "um distinto morador de Flores".1909 — Cursa a escola primária só até o terceiro ano.

1912   Ingressa na Escola de Mecânica da Armada, onde sópermanece apenas alguns meses.

1912-5   Colabora em jornais de Flores e exerce diversos tipos de trabalho: balconista de livraria, aprendiz de relojoeiro, mecânico, entre outros.

1916   Deixa a casa paterna.

1917   A *Revista Popular*, dirigida por Juan José de Soiza Reilly, publica o primeiro conto de Arlt, "Jehová".

1920   Aparece em *Tribuna Livre* — folhetim semanal — "Las ciencias ocultas en la ciudad de Buenos Aires".

1921   Cumpre serviço militar em Córdoba. Provável aparecimento em uma revista cordobesa de um pequeno romance intitulado *Diario de un morfinómano* (há referências a essa obra, mas ainda não se encontrou um exemplar.)

1922   Casa-se com Carmen Antinucci.

1923   Nasce sua filha, Mirta.

1924   Volta para Buenos Aires com a mulher e a filha. Termina de escrever *La vida puerca*, título inicial de *El juguete rabioso*. Primeiras tentativas de edição do romance.

1925   A revista *Proa* publica dois fragmentos de *El juguete rabioso*: "El Rengo" e "El poeta parroquial". Torna-se amigo de escritores dos grupos literários Boedo e Florida. Os de Boedo consideram que a arte e a cultura têm uma função social e adotam a narrativa como gênero, enquanto os de Florida as encaram do ponto de vista estético e adotam a poesia como gênero.

1926   A Editora Latina publica *El juguete rabioso* (*O brinquedo raivoso*). Arlt começa a colaborar na revista humorística *Don Goyo*, dirigida por Conrado Nalé Roxlo. Publica ainda o conto "El gato cocido" na revista *Mundo Argentino*. Torna-se secretário do escritor Ricardo Güiraldes (autor de *Don Segundo Sombra*) por algum tempo.

1927   Trabalha no jornal *Crítica* como cronista policial.

1928   Começa a trabalhar no jornal *El Mundo*, onde aparecem alguns de seus contos, como "El insolente jorobadito" e "Pequenos proprietários", e a série de crônicas sobre a cidade de Buenos Aires e seus personagens, intituladas "Aguafuertes porteñas". A revista *Pulso* publica "La sociedad secreta", um fragmento de *Los siete locos*, seu segundo romance.

1929   Publicação de *Los siete locos* pela Editora Claridad.

1930   *Los siete locos* recebe o Terceiro Prêmio Municipal de Literatura. Viaja ao Uruguai e ao Brasil. A revista *Argentina* publica "S.O.S", um fragmento de *Los monstruos* (título original de *Los lanzallamas*).

1931   O romance *Los lanzallamas* é publicado pela Editora Claridad.

1932   Em junho estreia sua peça *300 millones*, no Teatro del Pueblo. Publica seu último romance, *El amor brujo* (Editora Victoria, Colección Actualidad). É convidado a participar de um programa de rádio. Pouco tempo depois abandona a nova atividade por não se interessar por seu público.

1933   Aparece a primeira compilação de *Aguafuertes porteñas* (Editora Victoria) e a seleção de contos *El jorobadito* (Editora Anaconda). Em *Mundo Argentino* publica os relatos "Estoy cargada de muerte" e "El gran Guillermito".

1934 — O jornal *La Nación* publica duas *burlerias* de Arlt: "La juerga de los polichinelas" e "Un hombre sensible". A *Gaceta de Buenos Aires* publica um esboço de sua peça *Saverio el cruel*.

1935   Viaja para Espanha e para o norte da África como correspondente do *El Mundo*. Escreve as *Aguafuertes españolas*.

1936   Estreiam suas peças teatrais *Saverio el cruel* (4 set., no Teatro del Pueblo) e *El fabricante de fantasmas* (8 out., pela Cia. Perelli de la Vega).

1937   Estreia sua *burleria La isla desierta* (30 dez., no Teatro del Pueblo). A revista *El Hogar* publica o conto "S.O.S! Longitud 145° 30' Latitud 29° 15'" (22 jan.).

1938   Estreia, em março, também no Teatro del Pueblo, a peça *Africa*. Publicação de sua peça teatral *Separación feroz* (El Litoral).

1939   Estreia da peça *La fiesta del hierro* (teatro). Viaja para o Chile. Morre sua esposa Carmen Antinucci. Continua a escrever no jornal *El Mundo* as famosas

Aguafuertes porteñas. Publica na revista *Mundo Argentino* o conto "Prohibido ser adivino en ese barco" (27 set.).

1941   Casa-se com Elisabeth Shine. *Un viaje terrible* aparece na revista *Nuestra Novela* (11 jul.), e a editora chilena Zig Zag inclui na sua Coleção Aventuras *El criador de gorilas*, conjunto de contos com temas africanos.

1942   Continua publicando contos nas revistas *El Hogar* e *Mundo Argentino*. Obtém a patente do sistema de meias emborrachadas e indestrutíveis, segundo ele. Termina de escrever a farsa *El desierto entra a la ciudad*. Morre em 26 de julho, vítima de infarte múltiplo, sem conhecer seu segundo filho, Roberto, que nasceria três meses depois. É cremado — estava ligado à Asociación Crematoria — e suas cinzas são espalhadas na região do Tigre, delta do rio Paraná.

CADASTRO
ILUMI/URAS

Para receber informações sobre nossos lançamentos e promoções, envie e-mail para:

cadastro@iluminuras.com.br

Este livro foi composto em Minion e Gotham pela *Iluminuras* e terminou de ser impresso nas oficinas da *Meta Brasil Gráfica*, em Cotia, SP, sobre papel off-white 80 gramas.